U0756542

SUNFALL

JIM AL-KHALILI

BANTAM PRESS

TRANSWORLD PUBLISHERS
61–63 Uxbridge Road, London W5 5SA
www.penguin.co.uk

Transworld is part of the Penguin Random House group of companies
whose addresses can be found at global.penguinrandomhouse.com

First published in Great Britain in 2019 by Bantam Press
an imprint of Transworld Publishers

Copyright © Jim Al-Khalili 2019

Jim Al-Khalili has asserted his right under the Copyright,
Designs and Patents Act 1988 to be identified as the author of this work.

This book is a work of fiction and, except in the case of historical fact,
any resemblance to actual persons, living or dead, is purely coincidental.

Every effort has been made to obtain the necessary permissions with
reference to copyright material, both illustrative and quoted. We apologize
for any omissions in this respect and will be pleased to make the
appropriate acknowledgements in any future edition.

A CIP catalogue record for this book
is available from the British Library.

ISBNs 9780593077429 (cased)
9780593077436 (tpb)

Typeset in 11.25/13.25pt Sabon by Jouve (UK), Milton Keynes.
Printed and bound in Great Britain by Clays Ltd, Elcograf S.p.A.

Penguin Random House is committed to a sustainable
future for our business, our readers and our planet. This book
is made from Forest Stewardship Council® certified paper.

1 3 5 7 9 10 8 6 4 2

SUN

太阳坠落

FALL

[英]吉姆·艾尔-哈利利 ——— 著 吕雅鑫 ——— 译 CNS | K 湖南科学技术出版社

献给朱莉

太阳
坠落

目 录
CONTENTS

吉姆·艾尔－哈利利其他作品

黑洞、蠕虫洞与时间机器

量子：迷路指南

探路者：阿拉伯科学的黄金时期

悖论：破解科学史上最复杂的 9 大谜团

量子力学：瓢虫图书专家系列

重力：瓢虫图书专家系列

与约翰乔·麦克法登合著

神秘的量子生命：量子生物学时代的到来

与雷·麦金托什、比约恩·琼森和特蕾莎·佩纳合著

原子核：进入物质核心的旅程

编　著

外星人：地球以外存在其他生命吗？

未来来了：出乎意料还是意料之中？

想进一步了解吉姆·艾尔－哈利利及其作品，

请访问 www.jimal-khalili.com

序 ●■□

公元前4万年 德国杜塞尔多夫现代东部尼安德山谷

他已经连续好几天死盯着狂风暴雨，这是他有生以来第一次感觉自己就快饿死了！多亏在养精蓄锐之后他就开始捡木头起火，所以这会儿石灰岩洞里还是温暖的。但是现在火苗变小，木头也用完了。虽然他的取火技巧一直以来都是他和伴侣两人引以为豪的事。然而，此时此刻，这个洞穴，他的避难所，却成了束缚他的牢狱！

他非常肯定自己是同类中唯一的幸存者，这让他又悲又怒。站在洞口，他拉紧披在肩上的动物皮毛，冲着外面的世界吼叫，仿佛想盖过狂风的呼啸。

在最近那个月圆之夜，他的伴侣生气了，因为他病得很重，没法和其他猎人一起去寻找食物，只好由她去，但没见她回来。当他身体终于复原，可以走出洞穴后，就一直在寻找她，但是没找到，反而意外地发现了几具同族人的尸体，是猎人和他们的伴侣及一些年轻人。尸体一半被埋在雪地里，横尸峡谷。这个峡谷恰好是通往宽阔河谷的入口。他不清楚他们到底遭遇了什么，只知道有许多族人在上一个寒冬要么饿死，要么被冻死了。

随着严寒的加剧以及狂风的肆虐席卷，原本为数不多的同族人口在逐渐减少。他们都感到自己很难适应这样的气候，熟悉的植物和动物已经消失了，食物来源更稀缺了。

那些尸体上面都没有被宿敌或野生动物攻击的明显伤痕，起疱的红色皮肤也许是因为冻伤。但令他困惑的是，既然他们距离洞穴已经这么近，为什么还要在外面待那么久呢，以致被活活冻死？！

怀着悲痛的心情，他费劲地回到洞穴。虽然想过要妥善安葬他们，为他们哀悼，但他知道这得等自己力气恢复了以后再说，当务之急是觅食。他运气很好，在树根旁就找到了一头瘦小的死鹿。由于饥肠辘辘，疲惫不堪，他压根儿没想过要停下来先想想这头鹿的死亡是否与族人的死亡有关。

他把死鹿带回洞里，用火烤熟，直到吃撑了。四天过后，鹿肉已经被他吃得一干二净，只剩下些骨头，他只好把空心骨头和暴风雨前找到的少许根茎类蔬菜、草一块煮了吃。然后，他又开始挨饿了。

两周又过去了，暴风雨依然没有减弱的迹象，他可能也会死掉！但是死于饥饿，而不是死于日冕物质抛射带来的强大的致命辐射。正是日冕物质抛射杀死了他的族人。洞穴避难所为他提供了保护，但这实在是太残酷了，在里面待着也不过是毫无意义地拖延生命。

临死时他压根儿也不会想到，自己有朝一日会变得多么特别。很久很久以后，人们发现他的尸体，但没人知道他实际上是欧亚大陆北部最后一个幸存者。罕见的命运安排让他成了同类中第一个被识别出来的人，这要归功于研究他骨头的智人学者。他们把他命名为费尔霍夫1号（Felhofer One），又名尼安德特人1号（Neanderthal One）。这些学者中有很多人在思考：是什么原因导致他的众多同类突然消失？

第一部分

———————

S u n f a l l

磁层

❶

2039 年 10 月 22 日星期六　阿拉斯加费尔班克斯郊外

　　布拉德·格罗霍维亚克原本非常期待与妻子劳拉带孩子们去度假，不过这得先等他结束这一趟特别的送货之旅，卸下货物，在假日快捷酒店睡上一晚之后再说。平心而论，从安克雷奇到费尔班克斯以北这段560 千米的常规路线并不是那么糟糕，哪怕是十月下旬，只要天气晴朗，一切就都很好。

　　这天夜里没什么事，还剩不到一小时的车程。他的卡车后面跟着另外六辆一模一样的巨型卡车，这几辆车看起来几乎都快碰到一起了。虽然这些车无人驾驶，但车子自带的人工智能系统会把它们关联在一起。布拉德在这趟行程中不需要做什么，不过有个人类驾驶员随行会让货运公司很放心，如有必要，驾驶员可以随时进行手动驾驶。毕竟，恶劣的天气总是说来就来，尤其是在每年的这个节骨眼上。虽然人为监管不是必要的，卡车的人工智能系统在恶劣天气和光线不好的情况下比布拉德看得更远也更清楚，不过布拉德对此并没什么可抱怨的，因为这正是他得以在这家公司谋生的原因。他在这里已经干了十二个年头，还从未干涉过任何行程。

布拉德伸展双臂，弯腰，活动活动筋骨。

然后，他用力抓了抓头发，身子往前倾，轻轻地摸了一下挡风玻璃，先前有一搭没一搭看着的电影消失了，玻璃变回自然的透明状，这样一来他便可看清外面的景观。虽然已是黎明，但天空才刚开始变色，新的一天就要开始了。随着天空愈发明亮，道路两侧的雪景由黑色变成了深蓝，与朝霞的红色光带形成了鲜明对比，霞光洒满了西部山脉的山峰。布拉德看了一辈子的阿拉斯加朝霞，每一次都觉得它们美翻了！太阳在远处洒下第一道光线之前的这段时间一直是他一天中最喜欢的时光。

仅有这一回，当太阳映入他的眼帘，冬日朝阳的光芒照亮了整个世界，一处微小的细节引起了他的注意。在明晃晃的雪白背景下，有一抹橙黑色斑纹跃入他眼中。一开始布拉德以为这只是路上遥遥领先的某辆车，也可能是远处一栋色彩鲜艳的建筑物，后来他才发现原来是挡风玻璃上的一块污渍。拜无人能挡的动量守恒定律所赐，这很可能是某种昆虫一头撞上了比自己重一亿倍的汽车之后的惨状。

就这件事本身而言，一只虫子的悲惨命运并不会引起布拉德的重视，但很快他便注意到挡风玻璃上还有其他自杀的昆虫。认出这些昆虫时他惊呆了，它们可是黑脉金斑蝶啊！去年春天，他协助宝贝女儿完成学校布置的任务：在花园里收集蝴蝶。虽然女儿格蕾丝只是个九岁的孩子，但她拥有属于这个年龄的聪慧。她用纯真的目光看世界，告诉他，那些蝴蝶被称为虎尾蝶，并认真地跟他解释，它们看起来和著名的表亲黑脉金斑蝶非常像。据悉，黑脉金斑蝶从不冒险飞到这么远的北方来，但是人们可以通过翅膀的形状来区分这两种蝴蝶。布拉德往前倾，仔细查看挡风玻璃上的某块污渍，几乎可以肯定这些就是黑脉金斑蝶。话说回来，格蕾丝是个机灵的丫头，如果她说你不会在阿拉斯加遇到黑脉金斑蝶，那么你就不会。再说了，蝴蝶是一种在夏季时飞舞的小家伙，可不是在十月下旬和在零度以下的遥远北方能看得到的。

反正闲着也是闲着，布拉德于是决定进一步调查此事。他的车载电脑是基本款，不过足以满足他的使用需求了。布拉德觉得自己并不需要最流行的全息显示器或虚拟现实环绕显示器，只要电脑能上网，他就很开心了。令他感到欣慰的是，不管这片荒凉之地多么令人感到孤独，他头顶上的平流层中一直有数十架太阳能互联网无人机，它们可以让他随时随地与世界其他地方联系。

布拉德清了清嗓子，然后扯开嗓门大声说话，声音盖过卡车电动马达的嗡嗡声。

"电脑，向我展示黑脉金斑蝶图片。"

话音刚落，他便盯着挡风玻璃一侧显示的那排彩色图案。

是的，他想的没错！挡风玻璃上的昆虫确实是黑脉金斑蝶。格蕾丝肯定会为爸爸做出的正确判断感到骄傲！

"跟我说说黑脉金斑蝶的迁徙情况。"

电脑顿了一会儿才有回应，布拉德知道延迟回应是人为的设计。人

　　　　　　　　　　　　　太阳坠落

们不喜欢与机器交流时立即得到回应,当然啦,机器肯定能做到即时反应,仿佛它们事先已经知道人们会问什么问题。相反,如今所有的人工智能(AI)和聊天机器人都设置了1秒的延迟时间,这让它们在与人类互动的时候更人性化。

黑脉金斑蝶的迁徙之旅是世界上最壮观的年度迁徙之一。为了逃离加拿大东南部的寒冬,数百万只黑脉金斑蝶不停地飞往墨西哥西南部。加拿大落基山脉以西的黑脉金斑蝶则南迁到加利福尼亚过冬。

黑脉金斑蝶是利用生物指南针和地球磁场作为导航工具的众多动物之一,和它们采用相同的迁徙方式的还有几种候鸟和海洋生物。

"黑脉金斑蝶什么时候在阿拉斯加被发现的?"

人类尚未在阿拉斯加发现黑脉金斑蝶。那个位置对它们来说太靠北了。

布拉德在脑海中勾勒出北美地图。无论这些蝴蝶途经何处,它们肯定都不是朝着温暖的地带飞。显然,挡风玻璃上的这群蝴蝶一定是迷路了。它们的队长的方向感是否真的差到把队伍带得南北不分?如果真是这样,它怎么会被赋予如此重任?这个想法把他自己给逗笑了。不,它们肯定是带有服从某种集体的群体心态。但是,有没有可能是它们的生物指南针出了问题?它们究竟发生了什么?这事儿回家后可要问问格蕾丝,这将会是一个很棒的科学项目。布拉德本想给格蕾丝发送虚拟视网膜显示器录下的蝴蝶增强现实画面,但决定缓一缓。不管怎么说,比起拷贝他在屏幕上看到的增强现实画面,与格蕾丝面对面聊这事有趣多了。

布拉德从没想过这可能根本不是黑脉金斑蝶的错。他漫不经心地轻弹雨刷器,弹走挡风玻璃上五彩斑斓的蝴蝶尸体。

❷

2041 年 1 月 28 日星期一　里约热内卢

　　莎拉·梅特林盯着显示器，试图理清思绪，以致忘了第三杯西尼奥咖啡还在桌上，已经凉了。她总觉得咖啡比药片更能有效地止住让她心烦的头痛。她双手穿过发丝，顺手一抓，绕圈，把头发塞进去，一个花苞头就盘好了。尽管实验室对温度控制有要求，但空调的凉意拂过裸露的脖子，莎拉不由得感到一阵寒冷，便伸手拿回在椅背上挂了一整天的毛衣，套在 T 恤衫外。她突然想起了老妈的责备，责备她不好好打扮打扮自己。"为什么你还穿着那件丑不拉几的旧衣服？"老妈肯定会这么说，"你只要稍做打扮，就是一个非常迷人的姑娘。"想到这，莎拉笑了笑。在英国老家的母亲很想含饴弄孙了，她比以往任何时候更紧盯着莎拉的生物钟，因为莎拉已经三十多岁了，而且之前谈的几场恋爱都无疾而终。

　　莎拉把注意力放回到眼前的全息显示器上。通常情况下，她关注这些图像只不过是出于学术兴趣，但这回情况有所不同。作为里约太阳能科学研究所的值班物理学家，莎拉的职责就是密切关注太阳活动。

虽然这家成立于 20 年前的研究所的初衷是开展基础天体物理学研究，但在过去几年，它的主要职能是提供任何可能引起并值得关注的太阳活动异常的早期预警，眼前的情况便是一个很好的例子。

充斥莎拉视野的全息影像中心主要为太阳投射而成的高分辨率 3D 视频，是围绕在太阳轨道上的一组卫星捕获的图片，一幅既漂亮又可怕的详细图像。真是太逼真了！她几乎可以感受得到迎面扑来的热浪。莎拉盯着缓缓旋转的三维投影，将注意力集中在太阳转动和表面炽热的一个区域。她正在观察的这个图像非常重要！

几小时前莎拉就希望能结束这一天的值班工作，现在她清楚自己暂时无法离开办公桌了。她的猫会饿，所以她想着几分钟后要打电话给邻居，请她帮忙喂猫。

莎拉突然想起自己吃完早餐就没再进食了。努力工作对她来说并没有什么好处，她可两周没去健身房了，社交生活也一塌糊涂。她已经想不起上一次和朋友小聚是什么时候了。

最近的这次危机一结束，她可得好好休息一下。也许是去科帕卡巴纳待上一两天，度个短假。尽管穿过大气层的臭氧洞最近一直在增大且数量不断增多，但海滩上的紫外线屏蔽地带还是会挤满了人。现在，即使是最虔诚的太阳崇拜者，也不会冒险在得不到保护的户外长时间躺着。在世界上许多地方，即便在晚上，有些人都不愿踏出家门，原因都是为了避免接触到不必要的且日益强大的宇宙辐射。许多人在皮肤内嵌入了微型传感器来监测高能粒子，危险时传感器会发出警报。

但遇到来自太空的危险辐射中，没有任何东西可以与来自日冕物质抛射目标明确的冲击波相比。

而直到几年前，太阳抛射出的这些巨大热等离子体气泡才引起太阳物理学家的兴趣。莎拉回想起这样一个画面：当时自己正竭力地跟父亲解释她为什么认为这个现象有趣至极。

"你瞎操什么心呢？"父亲反驳她，"别忘了，在人类尚未出现之前，在人类还没被太阳煎烤的数十亿年内，地球不都好好的嘛。"本·梅特林毫不掩饰地表达了自己的愿望，他希望女儿能跟随自己的脚步踏进政治新闻界。"这才是改变世界的方式，"他告诉莎拉，"比任何政治家都更能做出成绩。"但莎拉还是选择了科学事业，与父亲时常无法理解的一些概念打交道。后来，她才知道父亲为她感到非常自豪，总是要她把发表的研究论文副本寄给他。母亲告诉她，每当父亲被问及女儿近况的时候，他总会在晚宴上拿出她最新发表的文章，然后以非常浮夸的方式激昂地诵读标题，虽然他压根儿不了解文章写的是什么。

本·梅特林是个聪明人，他努力跟上科学发展的步伐。有时，莎拉沮丧地发现，现在许多实际上是科盲的记者都自认为是日冕物质抛射领域的专家。鉴于日冕物质抛射已经开始对人类安全构成真正的威胁，当然可以理解这些记者为什么对此感兴趣，起码他们正在报道这些威胁。这至少意味着政客们现在终于可以做点什么了。

在过去的两年里，莎拉的工作节奏紧张，这与她获得博士学位后所享受的平静的、好奇心驱动的研究形成鲜明对比。最近人类对地球磁场强度和分布的测量结果真令人吃惊，地球磁场的强度现在已经减弱到她出生时的一半，这一现象带来的影响对她来说太明显了！

当然，世界各国政府都采取将风险以轻描淡写的方式避免引起公众的恐慌。这一做法给许多科学家带来了困扰，他们可以预见即将发生的事情，但发现他们的警告却落入装聋作哑的政客耳朵里，正如这些政客早期矢口否认气候变化那样。对于将要发生的危机，国际社会仍没有协调一致的反应，可以说近乎无视！这一科学事实非常简单：地球磁场，数十亿年来保护地球脆弱的生物圈免受来自太空的危险辐射，现已无法胜任这一任务，这意味着人类遇到了一些严重的问题！

莎拉检查了图像和滚动的数据流，它们如幽灵般悬挂在她面前的空气中。此时，她就像是管弦乐队的指挥，挥舞着双手处理数据，将信息保存在虚拟文件夹中。日冕物质抛射将会在 48 小时内撞击地球，这可不妙！

"嘿，米格尔，过来看看这个。"

莎拉把太阳的全息影像切换成地球，重点突出已经整理好的日冕物质抛射的所有数据：能量、传播以及最重要的抛射到达时间（Shock Arrival Time, SAT）。

米格尔来回徘徊，盯着莎拉的肩膀，"啊呀，这会破坏一些电网。会击中哪里？"

"看起来像是印度洋，几乎可以肯定是中亚和东南亚。"

"如果提前几小时到达，我们可能就走运了。那样一来，大部分日冕物质会袭击——"

"——南太平洋，没错。但这只是美好的幻想。无论如何，我不敢保证结果会让人多舒心。它还是会破坏一些通信卫星。"

　　莎拉闭上眼睛，用拇指和食指揉了揉双眼。她决定再次进行模拟，除非她已有了肯定的答案，否则毋庸惊动这些国家当局。假如她的计算错误，而且日冕物质抛射最后没有到达地球，那么她就会被指责说是发出假警报。

　　"米格尔，能帮我个忙吗？ 帮忙查一下 5000 千米半径以上所有的中低轨道坐标路径，呃，中心是……"她盯着慢慢旋转的地球仪说，"就以尼泊尔为中心吧。"

　　"然后把它与抛射到达时间联系起来，是吧？"

　　莎拉知道抛射到达时间具有很大的不确定性。 没有人能准确预测即将发生的日冕物质抛射速度变化以及脉冲延伸范围。"是的，假设通常是抛射到 8 ~ 10 时窗口。"

　　莎拉感到一阵僵硬，于是双腿往前伸展，腰往后仰，随后起身离开座位，伸展肌肉。又一个深夜降临了。她拉伸到一半时，突然意识到自己没听到米格尔走回他的办公桌的动静，他还站在她身后。莎拉旋转椅子的速度比预想的快得多。

　　"可以吗？"

　　米格尔咧嘴一笑，然后回到实验室的一个角落。一坐下，他就把显示器眼罩往下拉遮住双眼，一边没腔没调地哼着，一边在眼前半空中的虚拟显示器上舞动手指，收集并处理数千颗已注册的卫星传来的数据，排除那些绝对不会跨越电子、原子和原子核高能级联的路径，然后把其余信息输入模拟代码。

太阳坠落

尽管米格尔工作时会发出嗡嗡声，但莎拉还是很钦佩这位年轻的巴西小伙子：聪明，对工作充满热情。她想知道他表现出来的快乐是否真的发自内心，还是只是想借此隐藏自己的忧虑。

❸

1月30日 星期三　新西兰怀赫科岛

　　马克·布鲁克纳正待在他最喜欢的葡萄园里，独自享受着这静谧的时光。这天下午他到达葡萄园的时候已经有点晚了，院子里还有其他顾客，大多是老夫老妻。他向大家点头问好，随后在院子尽头一处偏僻的角落里找到一张桌子，让自己随桌子一起隐匿在大贝壳杉树阴下。大贝壳杉厚实的棕色树干上满是热恋中的访客留下的浪漫涂鸦。尽管身处这样的环境，但马克的大脑中并没有类似的回忆，唯有失败的婚姻仿佛还在昨日！周边的人看起来都是成双成对的快乐爱情鸟，他开始觉得自己一个人喝酒与大家显得格格不入。不过，几杯葡萄酒入肚之后，所有的尴尬都消失了。事到如今，看来只有酒精才是他唯一的忠实伴侣。

　　马克清楚地记得，当他告诉女儿艾维他要搬回新西兰住上一阵子时，女儿一脸的指责。"跑到另一个半球情况就会好转吗？"她愤怒地哭着

　　　　　　　　　　　　　　　　　　　　　　太阳坠落

问他。

确实，他搬回新西兰的初衷是要"让自己振作起来"，他父亲在世的时候总是把这句话挂在嘴上。好吧，他已经回来两周了，当然啦，他可没期待一踏上新西兰的土地生活就有所好转。毕竟，他已经和恶魔抗战很久了。前些年他被诊断出患有抑郁症和焦虑症，这意味着他接受了自己需要的所有临床帮助，但他依然坚信自己的问题不仅是道德品性和意志力的失败，而且可以用某种方式更好地与他人聊聊自己。

这是一个温暖而湿润的午后，西沉的太阳为周围的植物染上了最绚丽的色彩。葡萄园坐落在山顶上，这让马克得以尽览整座岛屿的美景——从园子里精心修剪的灌木丛到山下的杏树、酸橙树和梅树，更远处是一片郁郁葱葱的景观，毗邻葡萄园的山顶上布满了更多的葡萄园和农场。事实上，如果他把脖子伸到离他最近的灌木丛中，就可以看到岛的最西边和马蒂亚湾，渡轮在港湾航行 20 千米就能运送居民和游客来往奥克兰。

马克坐在那里想着被他抛在美国的生活：婚姻失败，与女儿的关系破裂，学术生涯遭重创，就算自己是世界上最重要的物理学家之一，那又怎样？！这个午后唯一闯入他思绪的是昆虫和鸟类柔和的争鸣声。虽然看不到它们，但是他知道在绿叶之间藏着整个生态系统，灰色的刺嘴莺和扇尾鸽在枝桠间跳来跳去，寻找臭虫、甲虫和毛虫。

那是几小时前的事了。现在黑夜已经降临，奥克兰天际线的灯在远处闪闪发光，此时此刻他认为怀赫科岛绝对是地球上最美丽的地方。为什么自己之前没想过在这里多待一阵子呢？他回想起小时候在这里度过的暑假时光，那时的他在父亲的船边游泳、钓鱼、捣蛋。但是，在他搬到美国很久之后，他的父母才在新西兰南部买了退休后住的房子。现在双亲都去世了，他继承了他们的房子。但是他拒绝承认自己已经准备好在这里安顿下来，他仍然怀有渺茫的一线希望，希望自己可以让生活和职业生涯都回到正轨。

第二瓶西拉红葡萄酒下肚，他缓缓地靠在椅子上，凝视着夜空，决定数数流星，心想自己可能是葡萄园里最后一位顾客了。屋内轻柔的音乐穿过庭院传到他耳朵里，他一直听啊听，最后听出了这是法兰克·辛纳屈的歌曲。低吟的歌声飞往木星和火星，这真是太应景了，马克心想，因为他正试图从数百颗闪烁的行星中找到这两颗星球。

回到新西兰肯定是明智之举。离婚带来的压力，在哥伦比亚大学遭受的学术重创，以及自己看走了眼，把学术同事误当知心朋友，结果对方耍了小心机，这一切的一切最终都压得他喘不过气来！

也许他真的应该把过去抛在身后，在新西兰安顿下来。这个想法真有这么糟糕吗？他可以想到很多项目让自己忙起来。而且，即使疯过头了，他随时都可以回纽约，在哪里跌倒就在哪里站起来。毕竟，他还没五十岁呢，他可还没做好随时退休的准备。

他让双眼适应黑暗，这样就能找出最微弱的光点。有趣的是，人们认为所有物理学家都应该熟悉夜空中的所有恒星、行星和星座。为此他崩溃了很多次，不得不向大家解释自己不是天文学家，他做的研究要么是低头看数学方程式，要么是沉浸在复杂的电子工具箱中，用最微小的尺度研究世界，而不是仰望天空。因为色盲，他甚至无法分辨金星和火星。

马克拿出增强现实镜片，以免受到任何不必要的叠加信息的干扰。

当每个亮点旁边都重叠着详细的统计数据，夜空便失去了壮美的感觉。当然，随时关闭增强现实推送器对他来说并不困难，但是摘下智能隐形眼镜让他有一种解放的快感，就像赤脚踩在鲜嫩的草地上。

不过，和很多人一样，马克发现没有 AR 感觉日子很不好过。AR 无处不在，以至于现在人们很难记起那样的年代：视野里没有叠加的即时信息。他不禁惊叹人类能这么快就适应新技术，以至于都忘了这些技术还没出现的时候是怎么过日子的了。就拿他自己来说，他是在互联网诞生几年之后出生的，尽管已经接受过科学训练，马克依然觉得越来越难跟上科技变化的步伐。接触最新技术的时候，马克戏谑自己就像恐龙，因为他更喜欢佩戴老式的 AR 智能隐形眼镜，不喜欢近年来风靡的"纳诺吉"（Nano-Gee）植入式视网膜。

人们一经发现 AR 不再需要用户佩戴眼镜或智能隐形眼镜来叠加文本、图像和视频，这个领域便以令人惊叹的速度发生了革命，透过这些数据的面纱人们仍然可以看到周围的物理世界。如果你选择这么做（大多数四十岁以下的人会这么选择），那么你可以从云数据中获取你需要的所有内容，以此作为你视野里的一部分。事实上，如果你闭上眼睛屏蔽外部世界，AR 世界还真有它的独特之处。

伯克利大学一个研究小组首先发现了如何控制覆盖视网膜背面的光敏隐花色素生物分子。其中几名成员很快就看到了这一重要突破的价值，并在短短五年内成为世界富豪榜上有名的亿万富翁。一旦弄懂这些蛋白质如何通过云连接的腕带把微小的电磁信号发送到用户眼睛来控制开关，该技术就会得到快速发展。在马克看来，几乎是在一夜之间，每个人都可以拥有双重视觉：现实与增强现实。虽然重叠，但只要稍加练习就可以将这些信息区分开。现在，视网膜上的 AR 投影效果变得非常好，这项技术的主要问题是用户会把投影与物理世界混淆。

"布鲁克纳教授，需要我为您上点其他吃的吗？"

背后传来的柔和女声把马克从思绪中拉回现实，原来是葡萄园主的女儿梅丽莎在和他说话，她夏天在这个石头酒庄（Stony Hill）当服务员。她巧妙地隐藏了不耐烦的情绪，期待着打烊。

"谢谢你，梅丽莎，不用了。喝完这杯我就走。"然后他补充说，"真是不好意思，我是不是害你下班晚了？"

"没事儿，"她笑着说，"我老爸付的是计时工资。"她收起了邻桌的一盏小灯，将四把椅子推到桌旁。转身回屋之际，她抬头看了看夜空，"夜空可真美啊，是吧？这一切旋转得色彩斑斓。"

马克不知道她在说什么，转身顺着她的目光抬头看。"哦，天啊，是极光！"他倒吸一口气，"太惊艳了！"太平洋上方的夜空熠熠生辉，闪着白绿相间的漩涡，花样一直在变，美得夺人心魄！

马克认为这一美景为今晚画下了完美的句点。他们一起凝视着葡萄园屋顶左侧越来越强的一道光线，这道光慢慢地落到他们身后，最后消失了。屋顶右侧也有同样令人惊叹的图案。他和梅丽莎一言不发，欣赏着眼前的美景。

然而，随着这一美景带来的新奇感逐渐消失，马克有了另一种微妙的感觉：他错过了一件明显的事情，一件非常重要的事。虽然酒精减弱了他的分析能力，但这个想法在他脑海中萌芽并长大。突然，他想起来了！

他在脑中快速核对，确认刚才所看到的方向无误。他所看到的激动人心的南极光完全是错误的方向！本应该出现在南方的天空，朝着南极点，但这个却在北方。见鬼了，这怎么可能？！

❹

1 月 31 日星期四 05:30　新德里

从斯德哥尔摩飞往新德里的人工智能 -231 航班正在下降。约瑟夫·拉赫曼机长喜欢那些老式的亚音速飞行，哪怕一整晚都在飞。不过近来，他开始觉得当了太多次的超音速飞机机长并不是件舒心的事。由于地球磁场减弱，飞行人员承受的辐射风险越来越高。虽然他能够感受到以 3.4 千米／秒的速度穿过高层大气在 45 分钟内从欧洲飞到印度所散发出的吸引力，感觉如同石头掠过池塘水面，但他还是决定尽力减少宇宙射线对自己的轰击。

拉赫曼打开机舱的外部投影，这样一来，飞机表面的数百台微型摄像机推送的视频映射到无窗式机身内部，让乘客能完全看到外面的世界，但这次是一个毫无意义的动作。通常情况下，飞机降落的全景图将是一次极具戏剧性的体验，绝大部分的大都市依然在睡梦中，城市的灯光美景一览无遗。然而，此时迎接他们的却是一堵"白墙"，因为每年这个

太阳坠落

时候英迪拉·甘地机场经常被浓雾笼罩。此时飞机已经在距离地面3千米的等待航线中往返飞行了40分钟，在等待机场允许降落的指令。

突然，眼前的几个显示器唰地一片空白。

看起来像是卫星导航系统出了问题。拉赫曼等了几分钟，让飞机上的人工智能解决这个问题。在这期间他没事可做，于是他轻拍对讲机，跟机组人员和乘客报道最新情况。和过去一百年来的所有飞行员一样，拉赫曼机长的声音低沉悦耳，二十五年的飞行经验令他的声音听起来平静而自信。

"女士们，先生们，很抱歉我们的飞机暂缓下降，目前我们仍在等待降落的指令。同时，因为机组正在排查飞机人工智能的问题，所以下降时间可能还会延迟。我们将尽快解决问题，并及时向各位播报最新进展。"为了避免引起任何不必要的恐慌，他补充道，"各位无需担忧。"

尽管如此，拉赫曼现在不得不密切注意电池电量表。从斯德哥尔摩起飞的大部分航班都会遇到强烈逆风，然后在英迪拉·甘地国际机场上方长时间停留，这意味着剩余电力会比预期要低。

当两名年轻的副驾驶忙于查找卫星导航系统的问题根源时，拉赫曼向空中交通管制中心发出无线电广播。

"新德里，这是印度航空231航班。我们丢失了卫星连接信号，我想现在我们的命运就在你们手上了。电池的电量越来越低了。"

控制塔的回应令人欣慰。

"收到，231航班。现在可以降落。你什么都不用做，剩下的交给我们。"

拉赫曼松了一口气。大多数机场现在都有人工智能系统，可以在必要时控制所有进港的航班，特别是在能见度差的情况下，将飞机远程操纵到正确的进近角度。然而，由于人工智能已在所有复杂系统中得到普遍使用，飞机通常本身就能胜任这项工作，所以国际法规规定机场的空中交通管制只在绝对必要时才介入。拉赫曼机长非常高兴在这种情况下让别人驾驶自己的飞机：这架飞机的人工智能系统比老式自动驾驶仪更强大，但没有 GPS 就无法飞行。尽管如此，他还是暗下决心，一旦着陆就要找出原因。GPS 只在他面前失灵过一次，但那次他至少能够看到外面，能够看着机场人工智能系统那无形的手引导飞机安全下降。

　　然而，正如刚才卫星信号突然消失那样，现在飞机的整个通信系统也突然发生故障了。当控制台发出允许下降指令的时候，飞机突然一震。

　　好吧，这下子有事可做了。真是要命！情况越来越糟糕了。不过，没必要恐慌。拉赫曼机长转身面向副驾驶，他俩紧盯着他的一举一动。拉赫曼朝他们露出一个安慰性的微笑，竭力保持声音的平稳，"干活吧，伙计们，继续展现我们的专业水平吧。这将是一个值得吹嘘的故事，可不是吗？"不等他俩回应，拉赫曼机长便把注意力转回到手头的工作上。

　　"新德里，这里是印度航空 231 航班。你那边到底发生了什么？"

　　"对不起，231 航班，我们这边似乎也出现了一个重大的电子问题。我们——"

　　拉赫曼耳机里突然传来类似静电的噼啪声。

　　"我没听清楚，新德里，再说一遍！"

　　那头仍然没有回复，只有静电似的噼啪声。

　　　　　　　　　　　　　　　　太阳坠落

约瑟夫·拉赫曼深吸一口气,再次检查了油量表。余下的油已经不足以提升飞机的高度,让飞机飞越浓雾,也等不到问题得以解决。他回想起二十多年前他刚开始飞行的那段日子,那时机场的仪表着陆系统（ILS）可以让他进行合乎规范的仪表进近,特别是在这样的浓雾中。今天的情况本来肯定可以实施三类盲降（CAT Ⅲ）的,但如今几乎没有机场拥有仪表着陆系统。该系统是一种涉及航向台和下滑台方向引导系统的技术,航向信标和下滑信标会给飞机的计算机提供安全着陆所需的所有信息,无需飞行员操控,一切都依赖于人工智能和 GPS,但现在看来这两样东西对人工智能 -231 班机来说并没有任何帮助。

通常,拉赫曼机长喜欢手动操作现代飞机降落,因为这让他感觉有点儿新奇,但这需要娴熟的驾驶技能和满满的好运气。他坚信在与控制台失联之前,飞机正朝着正确的方向滑入东南跑道。飞机的空速没问题,而且下滑台指示器仍显示他正以正确的角度滑下跑道,下滑信标给出仰角 3°的下滑面。这意味着试图降落的危险系数远远低于指望问题得到解决而在雾中盘旋。据他所知,附近的十几架飞机也是盲降。

"好嘞,开始下降吧!"这话他更像是说给自己听的,"我们必须保持这个方向,缓缓下降,平稳着陆,接下来只能衷心希望我们可以及时看到跑道灯来调整进近。"

他轻按通信按钮,"女士们,先生们,请注意。您的座位将被调成茧状模式,本次降落可能较为颠簸。"

随后他立刻补充道,"全体机组人员,请先确认所有乘客都安全就座,然后回到你们自己的位置坐好,飞机将于 5 分钟后着陆。"

拉赫曼机长看得出两个副驾驶都吓坏了。先前在整个飞行过程中他们一直用印地语聊天，现在却沉默无言。他俩坐在座位上，注视前方，等待穿过大雾能看到跑道灯。拉赫曼则密切关注着高度计，高度计显示飞机现在已经下降到距离地面 400 米的高度，并减速到 46 千米 / 时。如果他有更多的时间考虑现在的处境，那么作为一个超脱的观察者，他可能会记得多年前在飞行训练中学到的一些知识，也就是有些信息是他从来不需要去考虑或者做出反应的。因此，拉赫曼从来没有想过高度计会在浓雾中给出一个错误的读数，因为冷空气影响了压力读数。

　　他快速扫了副驾驶一眼，使了个眼色，"伙计们，我们必须顺利完成任务，飞机将于两分钟后降落。祈祷我们可以看到那些光——"

　　约瑟夫·拉赫曼机长根本不知道如何面对自己的意外死亡。

　　"搞什么鬼？！"

　　人工智能 -231 航班以每小时 300 多千米的速度撞向机场停车场，距离跑道不到 2 千米。

　　在世界陷入黑暗之前，拉赫曼机长有足够的时间思考为什么飞机会如此快地撞向地面，并感受到了爆炸带来的灼热。

　　　　　　　　　　　　　　　　　　　　　太阳坠落

❺

2月1日星期五　新西兰怀赫科岛

太阳已经高高挂起，阳光从百叶窗的缝隙里溜进屋内，马克抬起一只手臂遮住紧闭的双眼，试图挡住阳光。他不情愿地在床上翻了个身，想看看时间。不愿离开枕头的他眯着双眼微微抬头看：已经十点半了呀！虽然他不是在天快亮了才上床睡觉，但他知道自己的不舒服和睡眠不足关系不大。距离在葡萄园看到奇怪的极光已经过了两天，昨天他外出钓鱼的时候，这件事还是让他心烦了一整天！傍晚时分，他就饿坏了，于是启程回家。他停好船，朝家里走去。当然啦，他努力说服自己，是饥饿感和调查极光的强烈的科学渴望促使自己加快了回家的步伐，但他知道更深层次的需求是家里那瓶还未开封的苏格兰威士忌在呼唤着他。

关于这次奇怪的极光的新闻报道，时下有个最流行的观点，认为这只是宇宙射线对一个越发脆弱的星球影响越来越大的另一个疯狂后果。

然而，这个东南亚高层大气中美丽且吸引人的画面和以下这则新闻相比就显得不起眼了：一架飞机在新德里坠毁，320人遇难。近年来，空难其实已很罕见，而这场灾难似乎由几颗通信卫星被烧毁导致的。马克从沙发上缓缓起身，跌跌撞撞地到厨房找东西吃，此时午夜已过，苏格兰威士忌的瓶子被他喝空了一大半。

得了得了，今早上他已经为自己的过度放纵付出了代价。当然，这并不是说不适感不再困扰他了。实际上在过去的几个月里，每天醒来双眼沉闷的疼痛感已司空见惯，对此他不再去多想；他甚至喜欢上这种昏昏沉沉的感觉，因为这种感觉很好地麻痹一直萦绕在他心头的悲伤。他从床上滚下来，摇摇晃晃地走下楼，拖着沉重的脚步走进客厅，用声控激活落地窗的窗帘，打开窗帘，然后人靠在窗边，再把窗帘拉上。与此同时，他还激活了墙壁上的显示器，准备去厨房。正当他要走过去的时候，一则新闻报道让他转身看向大屏幕。

所有的广播电视都在报道同一件事：至少有六颗通信卫星被来自太空的高能粒子破坏。印度、中国和马来西亚当局都在说他们非常幸运地免于灾难。除了印度航空公司遇难的乘客，新闻里唯一报道的其他伤员是印度某个偏远村庄的三名病人，他们目前靠着呼吸机维持生命。事故的起因是该地区的应急发电机发生电网故障后未能启动，而这三名孟加拉国建筑工人在更换变速箱顶部的零部件时触电了。马克认为像孟加拉国这样的国家，国民经济核算需要把气候变化的成本也算进去，因为他们不是用机器人代替人来执行这种危险的工作，这个事实让他很难过。

马克注意到了明网和暗网社交媒体目前的趋势。大部分的言论主要

太阳坠落

围绕以下观点：这次日冕物质抛射直击地球只是一次性事件，或许也是在警告人类太阳会往地球抛射出更多物质。

众说纷纭的网络杂音让人很难从中筛选出合乎情理的内容。各方人马都确信这是他们一直在等待的最终信号，所有人都想引起注意。发表言论的人包括愤怒的自由主义者、争论到底发生了什么的阴谋论者、更喜爱吵吵嚷嚷的世界末日狂热分子。事实证明，安装在家里的虚拟助手系统哪怕运行了高度复杂的排序算法，也无法从那些拙劣的表演者中清除出垃圾邮件，以勾勒出可靠的真相。

马克叹了口气。我们通常都必须做一些调查才能了解真相。"只选择收藏量最多、过去 24 小时发生的报道。关键词：磁暴、太阳耀斑、威胁等级。"

由于他还没更改虚拟助手系统的设置，所以系统默认的声音仍是年老的英国自然历史主持人大卫·爱登堡爵士的说话声，大卫·爱登堡爵士是他母亲生前最喜爱的主持人。

时下最热门的两个话题：一是导致当前事件发生的直接原因是否为地球磁层的减弱，认为"是"的占 95.2％；二是南北极要多久才会完全翻转，还要多久才能恢复地球防磁屏，对这一时间的共识是从现在起 6 个月到 5 年等。

上述话题都不是新内容。过去这些年，许多科学家一直在争论地球磁场的极性逆转以及北极和南极的磁极究竟何时会互换。然而，除非这给人们的日常生活带来显著影响，否则大多数人对此都不感兴趣。现在看来，人们终于正襟危坐，开始直视这个问题了！

至少对前天晚上在葡萄园见到的令人印象深刻的极光，马克心里已经有了答案，因为这不仅仅是巧合。太阳爆发的日冕物质抛射必定引起了令人难忘的地磁风暴，扰乱了地球磁场，而且还给北方天空带来一片绚丽。马克闷哼了一声，转身离开，不再看墙上的屏幕。他想确定自己是否应该更关注最近发生的这场危机，其实就是是否应该更加关注地球的状况，但他又觉得自己最近实在很难再花精力去关心这些事。

马克冲了个澡，喝了两杯咖啡，他的大脑开始清醒，接着他又吞了几粒止痛药。他清楚如果昨晚吞一粒解酒药完全可以避免宿醉，屋里有解酒药的。由于解酒药含有抗利尿激素、ADH和ALDH酶增强剂以及糖分控制成分，吃了肯定可以让自己神清气爽地醒来，但这样一来就违背喝酒的初衷了。如果从一开始就不想让酒精麻痹大脑，那为什么还要喝呢，是吧？有时候马克会想，宿醉过后的生气勃勃是否是对过度放纵的忏悔？

马克需要吃点东西来犒劳自己的肚子了。他赤着脚，穿着平角内裤和欧洲核子研究组织（CERN）的T恤走进厨房，印在上衣的口号"粒子物理学给了我一个强子"已经模糊，几乎看不清了。前妻夏洛特一直很讨厌他穿这件T恤。不过话说回来，走到这一步，马克身上似乎没有她不恨的地方。他可以不理会外面的世界，但在内心深处他知道，这只不过是他生病的另一个症状。他也知道，当前妻指责他是个自私的人时，她说对了一部分：在以他为中心的宇宙中，其他地方发生在其他人身上的事情自然有人去处理。如果这些事对他没什么影响，那么他更喜欢专注于

太阳坠落

自己的事务。马克摇了摇头，心想自己什么时候开始有这种漠不关心的态度的，难道真的是忧郁症的并发症状？以前的他不是这样的。过去有段时间，身为一名理想主义者和杰出的青年科学家，他认为自己可以改变这个世界。

天啊，这到底是怎么回事啊？他想这么多到底有什么用？从现在开始 24 小时内，全球媒体就会把焦点转到其他事件上去。几十年来，全世界都已经认识人为气候变化是人类的真正威胁，那么为什么来自太空的这种罕见威胁不能只是短暂地分散人们的注意力？人们本来都在关注着恐怖主义和全球网络战争。

马克从柜子里拿出一个碗，屋里一切都和父母在世时一样。三年前二老在四个月之内相继过世，他没时间也没精力去打扫。

他端着一碗麦片在早餐吧台坐下，强迫自己往更好的方面去想。昨天在船上度过了美好的一天，海风拂面，暖阳宜人。他觉得身体更轻盈了，未来似乎也不那么黑暗，于是下定决心，今天要做出更多成绩！他开始在家里做一些 DIY 项目，要做的事情可多着呢！过去两周他一直在闲逛，现在该重新出发了。

马克刚吃完早餐，手环便发出信号声，是夏洛特找他。马克在脑中快速算了一下，现在纽约时间是傍晚，她刚下班回家。想都不用想就知道夏洛特肯定会夸大其词，说她有多么多么疲惫不堪啊，说她很累很累啊。不过说实话，谁又能责怪她呢？毕竟她现在从事的是一份自己并不特别喜欢而且压力大的工作，再说了，她还要独自抚养一个十多岁的女儿，而他却在另一个半球懒散度日，沉迷于自我放纵之中。他再清楚不过，夏洛特肯定和艾维一样，也认为自己像个懦夫，到新西兰逃避一切，而不是待在纽约继续获得他所需要的专业帮助。

他轻拍手环，夏洛特的脸便出现在眼前厨房的屏幕上。

"你看起来糟透了！"

马克心不在焉地用手指抓了抓干燥的头发，想让头发平顺些。马上他就后悔自己刚才没有转到接听语音通话上。"你好呀，查莉。是什么风让你想起打电话给我？"他尽量让自己的声音听起来开心点。

夏洛特叹了口气，"说出来你可能不信，我真的很想看看离婚后你过得怎么样。"她看起来很疲惫，但在马克看来，这张脸仍然是多年前他爱上的那张脸。事实上，她现在看起来比以往任何时候都迷人，但他失去了她，把她拱手让给了别人。很久以来他一直都在试图接受这样一个事实：他谁也不怪，要怪只怪自己。

"……我从你的眼袋里看得出你没睡好觉。"

马克选择忽略她的话。他最不想要的就是和夏洛特再来一场毫无意义的争吵：不，这次我真不和你吵了。这话我之前听过一千遍了。同样的场景他们经历太多太多次了。无论如何，当他确实想把自己从争吵边缘拖回时，他真的会这么做，而他之所以这么做都是为了女儿艾维。

如果说在他最黑暗的日子里有一盏灯始终为他而亮，那么这盏灯就是他的女儿。"她还在生我的气吗？我每天都试着联系她，但她不理我。"

"马克，你到底还想怎么样？她十五岁了，她十岁开始就与同忧郁症抗战的父亲一起生活，然后看着父母的婚姻一点一点破裂，最后，在毫无预警和解释的情况下，父亲突然从她的生活中消失了！"

太阳坠落

马克没有反驳。他的情绪波动导致他和他所爱的人之间关系不合；他因为喝酒问题而被迫离岗；就在女儿习惯了与他一起度过周末时，他知道自己必须"逃离"现状。马克希望女儿能够理解他现在暂时需要让自己与过去的生活保持距离，虽然他与女儿的关系一直很亲近。有时马克觉得女儿是世上唯一能理解的人，理解他如何与内心恶魔作斗争。尽管女儿此刻正在经历青春期荷尔蒙的变化，但每当她紧紧地、毫无保留地并近乎急迫地拥抱他时，马克的心总会被融化。

他缓缓点头，"我想这一切都是我咎由自取。我从来没有幻想过被评为'年度最佳父亲'，对吧？不管怎么说，我还是想让你知道，下周在普林斯顿有一场关于暗物质物理的会议，我打算参会。强也会去，能和他叙叙旧挺好的。会议一结束，我就会去看艾维。我会住在乔治·帕尔默家。"

夏洛特扬了扬眉，挤出一丝苦笑。

"你的意思是，你一到这里就会通知我，是吗？也好，艾维会很高兴见到你，我向你保证。她只是感到受伤了，需要一点时间恢复。但是，试着多花些时间陪陪她，这有助于你们父女俩修复关系。"

马克听到夏洛特身后传来"砰"的一声门响，他留意到她的语气突然有点生硬。她转身，开口道："嗨，亲爱的，我在这里，在和马克聊天。"她的男朋友杰里米刚进门。杰里米·吉尔斯是一位成功的政治家，在很多方面与马克完全不同。好吧，这么一说，"男朋友"不再是正确的称呼，离婚协议书上的签字墨迹一干，他就搬来和查莉住。不过，短期内马克还是不想再见到他虚情假意的微笑。

幸好，夏洛特和他一样也不想再聊下去了，"那就先这样，一旦你敲定行程安排，请记得告诉我。还有，不管你信不信，我依然很高兴能见到你。"

　　"好好照顾自己。请替我跟艾维说我爱她。"

　　屏幕一闪，视频断线了。

　　也许是因为想到健康又很有男子气概的杰里米·吉尔斯将和前妻生活在一起，又或许是因为他迫切想甩掉积压已久的挫折感，马克决定出门长跑，仿佛在海边慢跑一小时就可以让生活回到正轨。对于一个四十七岁的男士而言，马克身体非常健康，至少他不像很多同龄人那样肚子发福。

　　在上楼换衣服之前，马克决定再看一看和地磁风暴有关的重要报道以及事件的起因。他想过要从美国国家航空航天局、欧洲航天局和中国国家航天局搜索信息，但他知道再也不能指望他们来还原整个事件的真相。随着月球和火星资源的争夺变得越来越激烈，20 世纪 60 年代和 70 年代的太空竞赛残留下的保密意识和竞争行为比以往任何时候都更强。马克坐在厨房的屏幕前，想着如果有人知道真相，那么这人将是里约太阳能科学研究所的团队成员。去年，曾是美国拨款资助委员会一员的他，审查了里约太阳能科学研究所的研究提案。他的结论是，这个研究所研究的是固体地球科学，在当前环境下不支持这个提案的人肯定是疯了。

　　"搜索过去 24 小时的报道，筛选日冕物质抛射、太阳能科学研究所、公开声明。"搜索结果很快就出来了：在巴西环球电视台的早间节目中，有超过 200 万个互联网网站报道了对里约太阳能科学研究所莎拉·梅特林博士的采访。马克又搜索了一下莎拉·梅特林的名字，结果显示：仅在过去 10 小时内，相关报道的点击次数达 4800 万次。梅特林本身就像是一则轰动的新闻。马克很有兴趣地想把环球电视台的采访全部看完，然后快速搜索了梅特林的科研工作。梅特林是一位三十多岁的英籍太阳物理学家，她的被引用次数最多的论文是十多年发表的，关于太阳黑子。他开始观看她的另一则采访，采访她的英国广播公司记者看起来是她的旧识。与她在环球电视台略为紧张的表现相比，这回她的一举一动较为放松，记者介绍她的时候她会微笑，而且笑得很迷人，怪不得肤浅的新闻网络都争着想报道她。不过在这个特殊情况下，她的学术成果才是主角。

尽管莎拉·梅特林表示潜在的辐射强度比以往任何时候都更具有穿透力，特别是在新西兰，这个国家位于臭氧层巨大的洞口下，马克还是决定出门跑步。事实上，正午太阳的燥热会使跑步变得不愉快，况且他是从寒冷的纽约过来的，还没适应这里的环境。好在头痛开始缓解，他便一步跨两个台阶，冲到楼上拿跑鞋。

不管梅特林博士要对世界命运发表什么高见，都先搁着吧。

❻

2月6日星期三　纽约

　　莎拉脑袋嗡嗡响，独自一人坐在出租车后面，在曼哈顿穿行。她本不想坐无人驾驶出租车，但晚上这个时间点街上的交通不会比空中的无人机交通拥堵。

　　自从她第一次在研究所发现日冕物质抛射，随后发生了太多事情，以至于她根本没时间对现状进行全面分析。她觉得自己已经在媒体面前说得口干舌燥。当然，有关太阳活动、太阳风暴、太阳耀斑、太阳黑子、太阳风和日冕物质抛射的情况，她也没什么可以再说的。经过这些天一连串的旋风式采访，媒体对她的关注终于消停了，她也已经筋疲力尽，压根儿没办法回里约太阳能科学研究所继续做自己的研究，也无法装出恢复正常的表象。

　　莎拉坐在出租车后座，闭上双眼，一阵从未有过的孤独感向她袭来。

　　　　　　　　　　　　　　　　　　　　　太阳坠落

她觉得没人能让自己感到很亲密，没人能让她卸下防备，也没有人可以和她一起放松休闲，不只在纽约是这样，在任何地方都如此。当然啦，她在世界各地有很多从事学术研究的同事，遇到同样研究领域的人，她也可以跟对方相处甚欢，但还谈不上是密友。再则，就像她母亲经常说的那样，像她这年纪的很多女人都已经找好了对象分享生活点滴，甚至开始组建新的家庭。

她自嘲地笑了笑。虽然她深爱着母亲，并且尽可能和她一起在英国快乐过日，但她早就不再听取母亲的建议了。无论如何，她喜欢与自己为伴……大多数时候吧。老天知道，她现在肯定不需要一个男人。在经历了两段失败的恋情，她还没准备好开始一段新感情。她坦然承认两次都是她的错。去年夏天，在里约，在一次大争吵中，前男友西蒙责怪她只顾着工作。西蒙说得没错，但她一点也不后悔，因为她真的很喜欢自己的研究工作，西蒙对她而言，还没重要到让她准备好在自己的生活中为他腾出空间，但西蒙却又抱有这样的期待。

但现在她的工作都暂时搁置了。最初是里约当地媒体的来电：新德里飞机坠毁得还不到 1 小时，里约当地时间仍是星期三晚上，有报道称，事故并非由飞机故障、飞行员操作失误或者极端天气引起的，而是一次严重的灾难性通信故障。一旦印度通讯社给出不同寻常的解释，将事故起因认定是来自太空的粒子摧毁了通信，当局就会找人来解释科学问题。

一切始于当地一家电台的新闻研究员打电话给她，相比这则新闻的沉重，这位研究员的声音听起来过于欢快。和世界各地的很多新闻网络公司一样，他追溯了一系列事件，发现有一则报道讲到莎拉曾警告当局有一场严重的宇宙射线风暴即将到来。环球电视台的这位新闻记者很幸运，他是第一个拥有莎拉私人联系方式的人。晚上十一点多，莎拉正准备睡觉，她接起了第一通电话。一直到凌晨一点，她共接受了各类通讯社在线访问七次。

睡了三小时，快速冲了个澡，莎拉被人匆匆带到附近的一个直升机停机坪，巴西环球电视台的新闻团队已经在那里恭候许久，直升机把她载到市里的媒体中心，准备录制早间新闻直播。

采访结束后，该电视台的一位年轻分析员激动地告诉她，这节目平时有 2000 万的国内观众，这会儿世界各地数以亿计的观众都在收看这期节目。采访的开头很顺利，莎拉非常淡定。采访她的女主播非常迷人，着装精致，和她一比，莎拉觉得自己很邋遢。不过这位女主播非常专业，对莎拉所说的话似乎真的很感兴趣。她用非专业术语非常谨慎地解释了地球逐渐减弱的磁场为什么再也无法使太空中的高能粒子偏转，而这种特殊的高能太阳物质爆发通常会被当成反常的独立事件，随着地球的防御能力越来越弱，未来世界上可能会爆发更多的这类事件。她觉得这么解释是稳妥的，而且她对科学充满信心。虽然大多数人都知道高层大气中的臭氧层空洞数量越来越多，辐射强度也越来越大，但日冕物质抛射对地球的直接撞击对于许多人来说还是新事件。事实是，这看似已经成了导致举世瞩目的人工智能 -231 坠机的直接原因。

就在莎拉以为采访即将结束的时候，这位女主播开始提问了，针对这些问题莎拉认为自己无法给出肯定的答案。她知道作为一名科学家意味着自己应该是一名什么都懂的专家，但令她恼火的是，这位女主播明

　　　　　　　　　　　　　　　　　太阳坠落

明知道这些问题会让她很不舒服，却偏偏强迫她继续回答。她问莎拉，南北极磁极预期在什么时候会互换？一旦互换了，地球磁场的力量多久能恢复？在南北极互换之前，要如何保护卫星和电网？如果事情真的发生了，要采取什么措施保护人类免受宇宙射线可能带来的直接危害？等难不成一开始她抛出莎拉所知晓的问题只是为了误导莎拉，让莎拉产生虚假的安全感吗？这次采访是个陷阱吗？录制这档特别新闻节目的电视公司或者制片人是否有政治目的？莎拉努力让自己保持冷静。

莎拉解释说，一旦南北极磁极互换且磁场恢复了力量，一切都会慢慢恢复，直到恢复正常，这一过程可能需要数十年时间，毕竟地球表面遭受的辐射强度很大。

不过，她也不愿意被人牵着鼻子来推测这些问题，嘟囔着抗议自己没有资格发表这些评论。而这一切都被软件实时翻译成 50 种配音语言，就连她沮丧的语气都模仿得惟妙惟肖。

采访结束后，莎拉感到筋疲力尽！女主播甜腻腻的微笑和夸张虚假的感谢话让她更讨厌这个女人！她一心只想回到自己的公寓。如果有机会和自己的领导菲利普·桑托斯讨论这一切，或许他应该可以给自己建议，告诉她什么该做，什么不该做。只是作为太阳能科学研究所的主管，他和莎拉一样已经被媒体的问题淹没了。不过，他还是消除了她的担忧，说自己对她充满了信心，随后便飞往巴西利亚谈政治去了。不用想也知道，他肯定会说太阳能科学研究中心在提供预警系统方可以发挥作用，该系统有助于避免未来发生类似的悲剧，然后他会顺势把研究所对日冕物质抛射的早期发现转为优势，而这一切只能通过获得更多的资金支持才得以实现。

第二天，莎拉收到了桑托斯发来的消息，告诉她，她将和与里约太阳能科学研究所实力相当的伦敦赫利俄斯研究所（Helios Institute）开一场虚拟视频会议，看看双方在日冕物质抛射早期预警系统的合作是否有好处。明知道希望渺茫，但莎拉还是开口问他自己能否亲自飞到伦敦参加会议。

如今，虚拟视频会议眼罩的便利在于人们不再需要亲自出差参加会议。莎拉很清楚，自己的虚拟人像和赫利俄斯研究所科学家的人像在已经选好的计算机模拟地点能够会面，但同时她也意识到自己已经一年没回家看望父母。所以莎拉竭力争取本人到场参会，以便与其他科学家更好地面对面讨论最新的太阳能数据。桑托斯可不傻，知道莎拉想去伦敦的真正原因，当然他也是一个通情达理的领导。

星期四傍晚，莎拉飞越大西洋回到伦敦稍做休息，心想自己甚至能有机会到父母位于英格兰南部海岸的房子里度过一个轻松的周末。

事实上，此次看望双亲恰恰突出了这次距离她上一次回家已经过了很长一段时间。在三天的旅途中，她很理智，不再尝试调整自己的生物钟，她知道自己很快会飞回大西洋彼岸。

莎拉的父母一直都关注着她在环球电视台接受的采访。"宝贝，你看起来自信极了！"她妈妈说，"你知道吗，我想这是我第一次搞懂你的工作到底是干什么的。我知道你跟我解释过很多次了，但是，嘿嘿，你也很了解妈妈，我之前听了那么多次还是没搞懂。"

父亲提议到他们以前常去的酒吧吃午餐，那里有莎拉许多美好的回忆，只是这一切感觉竟有世纪之遥。

从父母住的南部海岸沿着海岸线驾车前往目的地的车程相对较短，一路上莎拉有一搭没一搭地听着母亲絮絮叨叨那些她从未见过或者多年未见的亲朋好友的最新情况。雨水沿着车窗玻璃涓涓流下，莎拉透过车窗望着外面湿透了的世界，清晰地忆起往事，仿佛就在昨天。那时全家经常在夏天开车前往西威特灵（West Wittering）海滨度假村的沙滩，幼年的她和哥哥一路都很沮丧。因为有很多车和他们一起慢慢驶往这个热门的度假胜地，交通非常拥堵，在涨潮之前，兄妹俩可以在沙滩玩耍的宝贵时间正因为堵车一点一点缩短。但是，三十年后，在这个特殊的星期天，整条路几乎空荡荡的，噼噼啪啪落在车顶的雨点声比电动引擎发出的嗡嗡声更为嘈杂，父亲以他一贯的平淡语气告诉她，近年来这条海岸公路在夏天的旺季时已经没以前那么繁忙了。

由于海平面上升，不列颠群岛的海岸线发生了变化，西威特灵海滨和周围许多低洼沼泽地现已永远沉在水下了。

虽然天气阴沉，但这一天还是令人愉快的。在吃了很久的巴西美食之后，一餐合宜的英式星期日"配菜丰富"的烤肉宴吃起来真过瘾！位于西威特灵海滨的兰姆酒店（Lamb Inn）是家庭出游人群的最爱，他们很幸运，这么晚预定竟然还能订到一张桌子！莎拉一整天都沉浸在怀旧的情绪之中，每次回家看望爸妈都是这种美好的感觉。每每念兹在兹，她不禁问自己，当初为什么要搬到巴西？为什么要离这些充满童年回忆的地方这么远呢？

现在看来，那一天就像是在一个平行世界。时间以不同的速度在前进，是风暴眼中一个平静的临时避风港，前方还有很多意想不到的事情在等着她。晚上，莎拉收到了英国首相办公室发来的消息，还收到了会议通知，要求她星期一早上一大早到白厅参会，向英国危机应对委员会（COBRA）做简报。

莎拉很困惑，为什么这些人会觉得和她谈话是有必要的，甚至是有用的。毕竟，如果他们只是想要可靠的科学建议，伦敦赫利俄斯研究所有多位太阳能物理学家可以为他们做简报。她想，在寻求专家意见的时候，参谋助手、公务员和许多媒体人差不多懒，他们只需要稍微查一下其他人最近主要找谁谈话。

她见到了首相、几位部长及助手，这真是做梦都想不到的事。英国政府最近一直在争论是否要资助一项为期十年的中英联合项目，以开建一个新的早期预警卫星系统，但是因为太阳能构成了新威胁，因此英国政府还无法决定是否要花这数十亿英镑。事实上，首相和几位她不知担任何职的公务人员都对她很和气，不过，首相已经明显流露出一丝不安的情绪。离开英国这么久，她个人对首相的政见真没什么想法。和先前几个民粹主义政府一样，这些人看起来精明却目光短浅，他们坚持想要知道英国科学家的观点，认为这些科学家可以提供技术层面的内幕知识，从而利用这些知识来与中国达成协议。

但莎拉不知道自己到底能不能跟他们说，其实科学家们也还不知道。也许他们认为她可以提供更深刻的见解，但这其实已经超出了她的认知范围。她只不过是简单地重复最复杂的太阳能模型所具备的不确定性，这些话她已经说了无数次。为什么他们就是不能理解太空天气和地球天气一样难以预测呢?

但如果莎拉认为她现在能够回巴西并重新投身于科学研究,那么她就低估了自己一夜成名的影响力。白厅会议后的隔天,莎拉在伦敦赫利俄斯研究所的讨论会上又收到了一条意想不到的消息。这一次,联合国秘书长阿贝利本人要求她亲自去一趟纽约。她抱歉地跟赫利俄斯的科学家说自己有事得先离场,然后到周围找了个隐秘的地方打电话,最后,她谨慎地走到大楼后方的出口。尽管没人跟她说联合国的邀请是个秘密,但她仍觉得要谨慎为上,要保密。

莎拉走到空无一人的后街,傍晚寒冷的空气迎面袭来,她立马就后悔忘了把外套带出来。数以百计的无人机在空中飞呀飞,她的耳朵里充斥着嗡嗡声:送货无人机、清洗窗户无人机、监控无人机,所有无人机都各司其职。伦敦人工智能交通局设计了无人机的飞行路线,让它们可以在三维空间里每一个可能的方向迅速从彼此旁边飞过,且从不会发生碰撞,也不会在嗡嗡作响的密集机群中发生交通堵塞。

莎拉点了点手环,打电话给父亲。作为一名退休的政治新闻记者,知道联合国的邀请意味着什么。

所有对联合国办事无能的合理批评至今仍有相当大的影响力,特别是在全球力量的中心转移到东亚后更是如此。不管怎样,联合国仍然是世界舞台上唯一一个被认为比较能持中立态度的组织。

尽管莎拉可以看到父亲是在书房里和她通话,但手环里满屏都是他的笑脸。

"嗨,老爸。跟你说噢,我明天恐怕又要飞走了,没时间再回家看你和老妈了。真的很抱歉。"

"什么？这就要走啦？女儿啊，你不是才回国几天！"

"是的，我知道。很抱歉。对了，老爸，我需要你给我一些建议。"

"这时候老爸就派上用场了，是吧？"父亲看起来更严肃了，他的表情逗笑了她。有时候父亲的表现让她觉得自己是八岁，而不是三十八岁。她笑着说："是啊，你知道我昨天去唐宁街参会了吗？首相看起来很友好。不过但凡我还能吐槽，我就不会相信他说的话。"这很像是父亲会说的话，她太了解父亲对当前政府的看法了。

一如既往，父亲咕哝着对政府的不满，"啊，是啊，老爸会对你毫无保留。情况怎么样？如果你被允许跟我说这些事的话。"

"好吧，如果咱俩被抓住，可能都会因为犯下叛国罪被枪毙。"她打趣道。父亲七年前就退休了，但他还是写了一篇文章，尖锐地批评了政府那些不受欢迎的、残忍的机器人伦理与无人机监控法律。莎拉跟父亲分享了昨天那一小时的会议，"其实也没啥可说的。我就讲了普通的科学知识以及日冕物质抛射撞击英国的危险。老爸，我讲的都是他们已经知道的事情，他们真的不需要听我说什么。好啦，言归正传，我打电话是因为有更重要的事情发生了，我想请教你。"

父亲扬起了眉毛，佯装惊讶地靠在椅背上。"真的吗？有什么事可以比跟首相这样的门外汉解释基础科学更重要？还有什么更紧迫的事？"

莎拉笑了。无需多思考，她快速扫视周边一圈，确保街上仍然只有她一个人。"我受邀参加某个顶级的联合国委员会，这个委员会正在调查太阳能造成的威胁。说实话，这整件事都是胡扯。这个委员会里有很多的政府部长、大使，还有其他大人物。我是说，有很多能力很强的人。我一直在想，他们为什么突然需要我的建议，我只不过是个处于职业生涯中期的科学家，既没有科学政策方面的经验，也没有政治经验啊。"

"别妄自菲薄。你是一位优秀的太阳物理学家，他们会认真倾听你所说的话。至于这个委员会嘛，我觉得这听起来像是另一个政府间专家工作小组。你懂的，就和联合国政府间气候变化专门委员会（IPCC）一样。我是不知道这个该死的新组织想做什么啦，但是我猜是时候要采取行动了，做点啥都好。"

莎拉非常清楚，过去四十多年，多亏有了联合国政府间气候变化专门委员会的努力，才避免了气候变化带来的最坏影响。抗生素耐药性工作小组也同样发挥了应有的作用。目前备受争议的是人口流离失所问题政府间工作小组，这个小组的工作已被中断，而且很不得人心，而海平面上升仍继续导致大规模的居民迁移。

"好吧，不管怎样，我希望自己不是这个小组中唯一的科学家，希望这里面不只是有一群只顾自身利益的狂妄自大的政治家。我的意思是，我该怎么做呢？"

"我很高兴你认为我这个老头子有无穷的智慧。但你老爹我只是匹退休的无用老马，低头看着其他人努力拯救地球。但既然你都问了，我也只好说在这件事上我嗅不到一丝丝阴谋论的味道。"

莎拉想知道那些掌权的人是否真的把地球的存亡放在心上，又或者这只是一种过时且天真乐观的看法。再者，父亲是否还在继续关注世界政治？好吧，她很快就会知道答案。

"好的，老爸，我会随时告诉你最新消息。请告诉老妈我爱她。"

"好。睡个好觉，你看起来很累。"

"别担心，老爸，出发之前我会好好睡一觉。"

"好。你知道的，拯救世界可能会把人累坏。要记住，你是我们的骄傲！"

这已是 24 小时前的事了。此时，莎拉正在大西洋的另一端，坐在一辆无人驾驶的出租车上，在寒冷的夜晚穿过活力四射的曼哈顿。她仍然搞不清自己对这样突然被推到聚光灯下到底是什么感觉。

其实，她并不适合身处政治和公共关系的世界。事实上，她也没有因为各方对自己的关注而感到受宠若惊，相反，她越来越不安、烦躁焦虑，担心自己的缺点和许多知识空白迟早会暴露。她不断地告诉自己，这是典型的冒名顶替综合征。她和同一领域的其他人一样，高素质且知识渊博，她努力工作，因而获得目前的职位。但现在，她回家待一会儿意味着可以把自己藏起来几天，她希望世界把注意力转向其他热点新闻的时候，大家都忘了她。

出租车停在酒店外面，一道欢快的电子声音说："祝您今天愉快，梅特林博士。感谢您乘坐纽约自动驾驶出租车。"当她付完车费，车门自动打开了。她下榻的是一家小而舒适的酒店，地理位置极佳，就位于曼哈顿市中心第五大道和公园大道之间。酒店大堂有一股咖啡香味迎面扑来，莎拉跟一脸无精打采的接待员点头打过招呼后，给自己倒了一杯咖啡，然后走到自己的房间。

她愁眉顿展，因为在参加星期六早上联合国举行的会议之前，她终于有时间稍做休息，赶一下工作进度，也许还可以见见在纽约工作与生活的大学同窗。

走进房间，一股暖气包围了她，莎拉随口下指令要加热器把温度降低几摄氏度。转身关门的时候，她在地板上发现了一个信封。

这年头还有谁会寄纸质信件？哎呀，是谁把信封放在酒店房间门口？莎拉好奇地把信封捡起来，从中抽出一张折叠整齐的纸。这张有联合国抬头的信纸上是古雅的手写体。

尊敬的梅特林博士：

我是加布里埃尔·阿古达教授，目前是拉各斯大学的一名地质学家，但近期我主要在纽约担任联合国地球科学顾问。和您一样，我被招募到了新的联合国委员会。我得说有另一位科学家加入真是令人欣慰啊！您可以想象得到，我非常期待见到您。如果可以，您是否愿意和我共进早餐？我会试着让您快速了解我们的工作。如果您同意，那么我们就约星期六早上 7:30 在您下榻的酒店大堂见面。

如果您没回信，那我就假设您同意了。不管出于什么原因，如果我们无法在会前取得联系，那么接下来几天欢迎您随时联系我。

加布里埃尔·阿古达

敬上

这张纸条很有魅力。莎拉推测阿古达不信任网络安全系统，所以不想在网上给她留言。她眨了眨眼，激活眼前的增强现实画面，视野里满是她最喜欢的 3D 搜索引擎，酒店房间的环境呈半透明状嵌在其中。莎拉说："搜索加布里埃尔·阿古达、联合国。"

搜索结果显示，这位地质学家看起来在学术界一直都是一个强大的鼓动者和引导者，他在职业生涯早期撰写了许多关于地震预测的论文，这些论文极具影响力且被高频引用。然而，他最近似乎更像是一名政治家，而不是一名科学家，尽管他仍有部分时间是在他的祖国尼日利亚工作，并且还在美国罗切斯特大学担任兼职教授。

鉴于她目前尚无联合国盟友，那么和加布里埃尔·阿古达共进早餐听起来像是个好的开始。

7

2 月 7 日星期四　德黑兰

二十岁的计算机科学专业学生席琳·达尔维希敢肯定她母亲做的核桃石榴炖鸡（fesenjoon）是世界上最好吃的，对此她不接受任何人说不。当炖鸡的浓郁香气从紧闭的门缝下方溜进来，飘到卧室，她才感觉到自己饿坏了。

席琳虽然她人在自己的房间内——里面满满的都是电子设备，就像一个太空任务控制中心，但心思完全飘到了其他地方。在她的虚拟现实头盔中有一系列数据和机器代码，这里只有信息电子景观。相比真实的物理世界，这个电子世界总能让席琳感觉更熟悉，也更安心。

席琳已经工作了好几小时，仍不愿意离开电脑片刻：她终于要干成大事了！过去几个月，她一直在反复测试她的特洛伊木马黑客软件；有好几次，她都确定自己被执政当局盯上了，或快筋疲力尽了，不过最后还是恢复了元气。

也罢，夏末还有一场重要的期末考试，她可不想在学业上落后于人。她要充分证明自己在课外兴趣上所花的时间是值得的，因为它们与她在德黑兰大学学习的课程非常接近。尽管如此，她发现自己就连在听讲座的时候，思绪都时不时地飘到自己的秘密项目。唯一一个知道她的心思在别处的人就是她的密友马吉德，但他压根就不知道她的黑客软件。

席琳很清楚自己并不孤独，因为全世界有数百万像她这样的人，虽然很少有人像她一样聪明。这些人都沉迷于寻找方法去破解那些无法破解的密码，渗透网络最秘密的空间，或偷偷进行，或公然操作。她讨厌"网络恐怖主义"这个通用术语，执政当局把任何喜欢在暗网中匿名的人也列入其中。至少这意味着网络安全仍是全球许多年轻的计算机科学专业毕业生首选的捞金职业。虽然席琳知道有人会为意识形态问题花钱，想利用网络攻击来伤害人，但她自认为自己属于那类更善良且怀有利他主义的网络黑客，并为自己是一名网络黑客感到自豪！她还认为网络黑客的目的是揭露冠全球网络安全之名的不公正行为。不过如果被抓住，执政当局可不会这么看待她。她暗自发笑：我聪明得很，才不会被抓住呢。

席琳出生于21世纪20年代早期，并不了解量子密钥分发尚未成为保护在线数据的标准手段的那个年代。她从大学的密码学课程中了解到，一直到20世纪中期RSA加密算法这样的公共密钥密码系统保护在线数据才出现。几个月前，她到伊斯法罕和年老的姨婆皮尔薇住，那时她尝试向姨婆解释什么是加密。"姨婆，如果我请你把两个大数字相乘，比如193乘以569，你能告诉我答案吗？"

"亲爱的，我的脑袋不灵光。但在平板电脑上我轻轻松松就可以算

太阳坠落

出来。"姨婆如是回她,托起老式设备给她看。席琳被逗笑了,姨婆那一辈的人,仍不相信增强现实技术,反倒更喜欢古老的手持平板电脑。现在都还有人买２０年代早期生产的智能手机呢。

姨婆开始对设备下指令,"平板电脑,乘以 100 和……"

她还没说完,席琳就算出来了。

"……答案是 109817。"

"你是用心算算出来的吗? 如果是这样,真是太厉害了!"

"不,姨婆,实际上是我以前用过这个例子,我只不过是记住了答案。现在,如果我只要你算出两个数字,这两个数字相乘结果是 109817,你算得出来吗?"

"这不就是你刚才问的吗?"姨婆一脸困惑地看着她。

"不!"席琳说,她有点懊恼。"我第一次给你的是要把两个数字相乘算出答案,是直接算。但现在我已经给你答案了,需要你逆运算。"

"好吧,那就是 500 多乘以…… 我说啊,如果我有笔和纸啊……"

"拜托,姨婆,我的意思是,如果我一开始就要你用这个大数字……"

老太太笑了,"亲爱的,我知道,我逗你玩呢。"

"好的,我跟你解释噢。你看,第一个问题是: 将两个数字相乘,无论数字多大,都可以在任何计算器上完成。很多人甚至可以轻松地心算两个三位数相乘。但如果反过来算几乎是不可能完成的任务,这叫作求数的质因子。在你年轻的时候,这就是你的信用卡信息能被安全存储在网上的原因。"

"公钥加密,我记得很清楚。我还记得第一台量子计算机问世引起的恐慌，从此网络再无安全可言。"

"没错，量子计算机可以做其他计算机之前无法做到的事情，无论多么强大的计算机都做不到。而且量子计算机可以对大数进行质因数分解。于是，便有了量子密钥分发，网络也更安全了，因为……"

"因为，"姨婆打断她的话，"……因为……，等等，我知道，因为量子纠缠。不管你多么小心翼翼，如果你企图偷窥某样东西，那么你就会干扰到它，从而引爆量子警报。"

这回换席琳笑了，"是的，总结得非常好。'观察者效应'。"（在量子力学中，"观察者效应"是说"一个量子力学系统在某个特定状态被观察得越频繁，该系统就越可能保持原来状态"。——译者注）

与之共同成长的席琳完全沉浸在模糊逻辑的量子信息世界中，这是一个不可思议的数字现实世界，与此同时，这里面 0 或 1 的二元确定性被两者幽灵般的存在取代了。

她的世界是世界里的世界，是一个巨大的网络空间。这个空间不是物理粒子组成的宇宙，仅由信息组成，这些信息在自己的维度里流动、互相作用并不断发展。席琳的天赋当然是家族遗传的。她非常自豪的是，她的父母都是隐形互联网项目（Invisible Internet Project）早期的奇才，这个地下网络位于表层网络之下，最初用于秘密搜索和信息交换。她的父亲甚至还曾为麻省理工学院的 Tor 匿名通信软件项目效劳，后来回到伊朗参加了成立于 20 世纪 20 年代初以推翻伊斯兰政权的地下暗网运动。这意味着他比大多数人更了解网络安全、匿名通信、多层加密和所谓的洋葱路由。她的母亲则开发了使用自制量子计算机来破解公钥密码系统的技术，这些计算机运行代码，利用舒尔算法（Shor）对大数进行质因数分解。

　　但是，席琳是属于新世界秩序的孩子。这是个被代码战争控制的新世界。当计算机的使用在 20 年代早期普及的时候，她还是个孩子，那时它还有个名字：物联网，但显然它很快就不需要被赋予任何名字了。在所有事物互相联系的当今世界里，只有她祖父母那一代仍在使用"在线看"，而不是"看"这样的短语。起初是将家庭和办公设备无线连接到手持设备，但最终一切都需要联网。传感器、照相机、嵌入式纳米服务器和能量采集器无处不在，而且它们已经是现代世界基础设施的一部分，建筑物、交通、服装和家居用品无一例外。

　　最终，世界各国的政府和跨国公司醒悟了，他们都意识到了对先进网络安全系统的迫切需求，但在下列事件发生之前可不是这么回事：匿名黑客攻击国际加密货币银行导致世界市场在 2028 年崩溃了；六个月后人工智能系统遭遇了毁灭性的网络攻击，世界上首批"智慧城市"之一的伦敦沦陷了。这一猛烈攻击已导致许多控制城市交通、商业和环境基础设施的算法感染了病毒，1000 万人"重返石器时代"，过了三周没有网络的生活。

　　这些事件促使人类立刻采取行动，促进了网络哨兵、网络安全人工智能的发展，它们会不断巡逻云数据，以发现异常、病毒和泄密事件。它们成了大型人工智能（Minds）的守护者，这些人工智能的使用范围包括空中交通管制、防御系统、发电站和金融机构。尽管 2028 年伦敦遭到网络攻击，但大多数大城市现在完全由 Minds 在运转。自 21 世纪 30 年代中期以来，网络哨兵与网络恐怖组织开发的流氓式人工智能之间的激烈较量已经被送入云端进行测试。

席琳认为自己并不属于任何阵营，但代码战争真的令她很着迷。她认为自己非常有才能，远远超过了父母，这就是为什么她不跟他们提及自己的最新项目。不是因为他们不理解技术细节，而是因为席琳知道他们会警告她停止项目。无论如何，她正在做的是顶级的项目，她不仅要考虑自己的安全，而且如果执政当局跟踪她，她的父母也会处于危险。

这时有人在敲她卧室的门，"孩子，下来吃饭吧，歇会儿再学习。"

席琳戴着 VR 眼罩，她看不到她母亲，但她知道妈妈不会走进房间，因为她担心自己打扰女儿学习。

"没关系，妈妈，你可以进来，没事的。"席琳忍不住笑了。她觉得妈妈是世界上最可爱的人，虽然可能也是个很天真的成年人。和以往一样，席琳为母亲误以为她戴着眼罩在用功学习而内疚。她连续眨了眨眼，调低音乐音量。母亲所没有的品质——傲慢、自信和叛逆，席琳全都有。挂在房间墙壁上的相框里有一张母亲的老照片，照片里的母亲还是一名年轻的学生，和现在的席琳年纪相仿，那时的母亲还戴着头巾，严格的伊斯兰着装规范已经在伊朗执行了半个世纪。而现在，席琳穿着短裤和T恤，VR 头戴式耳机圈住了她鲜艳的粉色短发，全身有一半以上布满了文身。这副模样对她来说是有好处的：父母越是专注于女儿叛逆的时尚品位，就越不会注意到她的网络黑客攻击项目。当然，他们也知道她并没有把所有的时间都花在学习上，但是如果发现她真正的行为，肯定会觉得很丢脸。

席琳在自己面前优雅地晃了晃戴着触觉手套的双手，挥舞手指，在一个只有她自己能看到的 3D 虚拟现实空间中盲打，把许多窗口和应用程序最小化，然后，摘下眼罩，伸了个懒腰。她的母亲还站在门口，微笑着。母亲身姿优雅，苗条，比她高挑多了。席琳心想，三十年后自己能否和妈妈一样优雅美丽。和当时与自己同龄时的母亲相比，她现在的生活舒适多了。席琳出生至今，波斯社会的文化变迁速度简直令人震惊！在不到二十年的时间里，他们的国家已经从一个保守的宗教国家变成一个自由民主国家，充满了 21 世纪中期资本主义国家所有的暴行和腐败。许多年长的波斯人甚至还记得 70 年前沙阿王朝的情况，他们算是看到这个国家兜了一圈又回到了原点。但能够染发、穿着随性、对她的性取向持开放态度是否就意味着现在的生活真的好多了？不过话说回来，既然她没跟父母在伊朗待过，对此也就没有发言权。

　　尽管家里只有三个人，但母亲总是坚持要把餐桌摆好，像是要举行宴会似的。就连餐桌中间装米饭的大碟子也是一件艺术品：最下面一层全是白米饭，第二层是螺旋状堆放的红色谷物，最上面那层撒了点葡萄干和杏仁。然后她看到了核桃石榴炖鸡，突然再次意识到自己饿坏了！但是，和以往一样，她知道自己饭后会吃撑了，而且撑得站不起身。

　　席琳走进来的时候，父亲已经入座，他抬头看了席琳一眼，"啊，回到现实世界了？还在忙着尝试突破中国的防火墙吗？"

　　在旁人看来，雷扎·达尔维希对女儿的这一爱好所持的态度看起来可能是最不在乎的，也可能是令人感到震惊的草率。但席琳已经尽最大的努力向父母证明她只是沉迷于一项无害的消遣。

　　"尝试突破？我是不可阻挡的，爸爸。"她漫不经心地回道，一边把一大团米饭盛到盘子上。父亲脸上的微笑消失了，语气变得沉重。

"瑞妮，这是一场危险的比赛。许多过于接近秘密的黑客突然就失踪了。爸爸讨厌想到你和那群人混在一起的画面。"他叹了口气。"我早该知道的。"他又说。

席琳希望这顿饭不会在父亲精心排练的网络安全讲座中度过。有时候父亲的观点是过时的，这令她感到生气。

母亲端着一大碗沙拉走进餐厅，她听到了父女俩刚才的对话。"吃饭吧，雷扎，席琳比他们聪明多了。"她在女儿身旁坐下，深情地揉着她刺刺的头发。席琳假装生气地挥挥手，拍开了妈妈的手。

"好吧，只要你学习成绩保持领先，我想，"父亲说，声音软化了，"我只是希望你对房间以外的事情也有兴趣。你知道外面有一个充满艺术和音乐、充满文学和科学的大世界吗？"

"老爸，我的时间多着呢！"她嘴里塞满了食物，"我才二十岁，而且我相信自己肯定能在网络世界取得成功。一旦我成功了，我就会去探索现实世界。"

她的母亲笑了，把头稍稍往椅子上靠。她的笑声中有一种纯净，这让她看起来更加美丽动人。席琳盯着父亲，微微笑着。显然，从眼神就可以看出老爸依然深爱着老妈。母亲转向她，"如果是在二十年前，我们这会儿就该为你寻觅良婿了。"她开玩笑说。

尽管他们是中产阶级身份，而且是左倾的自由派世俗主义者，但他们仍然认同他们的穆斯林文化。席琳觉得这点令她感到痛苦，但也略感慰藉。波斯人一直为他们丰富的历史感到骄傲，这点有时会令人生气，但他们确实有 5000 年的历史可追溯。不管怎么说，席琳还没找到合适的时间跟他们说应该放弃有女婿的希望。有一天，当伊朗真正赶上 21 世纪的节奏，那时她父母可能会有个媳妇。

"如果你们同意，我稍后想出去一下。我要和马吉德讨论下周的课程作业。"她暗暗想着，至少和马吉德见面是事实。

"你明早第一堂课是几点？"父亲问，"如果你能改变习惯，早点睡觉是有好处的。"

"高级算法课十一点才上课。"新的磁悬浮列车意味着她每天不用 20 分钟就可以从德黑兰郊区的列伊（Ray）赶到市中心的校园。明早她可以睡个懒觉。

席琳看到父母都露出了恼怒的神情，便认定改变话题才是上策。在之后的用餐过程中，他们讨论了有关太阳带来的威胁的担忧，以及各国政府是否隐瞒了一些信息。

晚饭后，席琳帮母亲把餐具拿到厨房，跨过正朝她的方向移动要去吸走掉在餐桌卜面的米粒的清洁机器人。妈妈看出她急着想出门，挥挥手叫她走，"快去，快去。代我们向马吉德问好。"

马吉德打小就和席琳一起玩，而且他俩现在都在上同样的课程，所以他是少数几个人之一，不不，等等，划掉刚才的话，是唯一一个她完全信任的人。即便如此，席琳也觉得不能把自己的最新项目全盘跟他分享，这主要是为他的安全起见。再说了，也许他会叫她别干傻事。所以咯，她一定要小心翼翼地诱导他在不知情的情况下帮助她。马吉德不具备在暗网中浏览信息的天赋，也没有席琳在量子信息理论方面的聪明才智。

当然啦，当涉及如何探究多层加密数据的弱点时，他也缺乏席琳拥有的第六感。

席琳走出家门的时候，外面的夜晚宁静而寒冷。一想到自己即将接近真正新的突破，她就非常兴奋！她的小车停在车道上，她跳上车，说出目的地，启动车子。"马吉德家"是它唯一需要知道的信息。车子在马路上穿行的时候，她一头倒在座位上，想着自己到底可以跟马吉德透露多少信息呢！

汽车在刚入夜的德黑兰公路上静静地朝着目的地行驶，席琳望着窗外，一心只想尽快赶到马吉德的公寓，并没留意车窗外一闪而过的熟悉的城市景象和声音。不一会儿，汽车驶离高速公路，沿着绿树成荫的大道行驶。席琳在大脑中快速形成想法，想到自己应该如何告诉马吉德，既不会吓到他，又不会让他处于危险之中。她想从他那里获得的帮助并不是他的想法或建议，而是他最近刚入手的那台量子计算机，确切地说是他父亲买给他的。严格说来，她其实并不需要用量子计算机闯入量子密钥分发中继器系统，但是它周围的防火墙是坚不可摧的。无论"他们"是谁，他们无法监视到她也在监视他们。

席琳有把握在他的电脑上运行她的算法，这将会是项目的最后一个阶段，最终她就可以访问某些文件。相比她以前所接触的文件，这些被保护得更好。虽然她不知道这些文件的内容是什么，但它们的加密和隐藏方式都带有政府极度敏感机密的所有标志，这很可能是中国人干的，不过对于任何有自尊的黑客来说，这都是非常刺激的挑战！现在，经过了几个月的努力后，她正在冲刺最后阶段，哪怕她从未想过一旦获取了这些信息她接下来要做什么。

对于席琳而言，当一名黑客不仅仅是一个爱好。有时她这么说服自己：当黑客只是一项智力挑战，就像是解决一道数学难题或者完成一个艰难的拼图游戏。但事实上，她沉迷其中，渴望破解一个个无法破解的代码。这和过去撬窃保险箱的盗贼并无两样，而且被抓的危险同样是真实存在的。

席琳的思绪已经飘到抽象的编码线条上，她看着世界从眼前闪过：恋人们抱在一起御寒，在晚餐后散步；晚下班的上班族在辛苦了一天之后，急着赶回家；着装五彩缤纷的慢跑者，他们更喜欢在晚间清新的空气中慢跑，而不是在虚拟现实的跑步机上跑步。

直到车停在马吉德家门口，席琳才打电话给他，因为这样马吉德就没法找借口叫她早点来或者说他现在很忙。

"嘿，哈吉。我在你家外面。我可以到你家蹭一小时吗？我需要借用你的新电脑……你知道你的存在就是为了带给我快乐。""哈吉"是席琳对马吉德的爱称，马吉德十岁的时候和祖父一起到麦加朝圣。他讨厌这个绰号，但这恰恰是席琳喜欢这么叫他的原因。

"耶！好噢。不过我不会待太久。我明天早上有课。"席琳听到了一声无奈的叹息以及门立马打开的声音。"谢谢。我保证不会待太久，不会让你感到厌烦。"

席琳走到马吉德住的楼层，门已经打开了。她像一阵风，匆匆进了他的公寓，看到他正站在门厅。

马吉德身材瘦小，比席琳矮。他用心蓄了一撮山羊胡子，自认为这可以让自己看起来更成熟，同时弥补自己身高的缺陷，不过席琳老是拿这事寻他开心。

席琳紧紧抱了他一下，"不准再用'早上有课'这个烂借口，听到了吗？你别忘了，我知道我们的课表。"

"随便你，我反正要早点睡觉。你想干吗？别跟我说这和你的特洛伊攻击算法有关系。不管它到底是什么，因为如果是的话，我想我真的帮不上忙。"

席琳朝他眨了眨眼睛，"别担心，我现在需要的不是你超群的智慧，我需要的是你的硬件设备。"马吉德最近入手了一台量子计算机，这台计算机配备了存储速度达千兆的固态硬盘，机子差不多鞋盒大小，哑光黑色立方体，现在正放在窗边桌上一处显眼的地方，俯瞰着窗外的街景。至少从理论上说，这台电脑已经具备了人脑的处理能力，不过除非有人编写出让它具备自我思考能力的软件，否则它依然只是一台愚蠢的机器。

马吉德的公寓装修尽显富贵！新旧混搭的风格挺有意思，装有豪华高档的窗帘以及几近奢华的家具。但专家一眼可以看出，屋里处处都是含有 21 世纪中期技术的装饰品，所有的设备和水管等固定装置都嵌入了传感器和微芯片，所有物品互联互通，可以根据指令随时进行调整或采取行动。席琳经常开玩笑说，像他这种连袜子都有专有 IP 地址，袜子需要洗涤的时候会自动提醒的男生，如果世界末日来临，他活不过 5 分钟。"别指望我会帮你活下去，"她会这么说，"你知道你只会拖我后腿。"

马吉德走到书桌前，把拇指指腹放在黑色玻璃表面。键盘和一排五彩的功能键出现的时候，一阵嗡嗡声响起，光波一闪。席琳站在马吉德身后，下巴靠在他肩上，在他耳边轻声说："谢谢你，哈吉。"

太阳坠落

看来马吉德已经投降了，决定放手让她做任何她要做的事情，他默默地离开书桌，一头倒在沙发上看着她。但他刚坐下来就弹起身，"好吧，在你沉浸于代码世界之前，你想叫比萨外卖吗？"

"不了，谢谢，我吃过了，"席琳回话甚至没转身，"但你请随意。我希望这用不了我太多时间。"她敲着键盘，手指绕着光滑的表面快速飞舞，接着对手环发出指令让电脑识别她。连接上电脑的时候她很满意，她走到椅子边上，戴上带来的全息眼镜（hololens）眼罩和触觉手套，然后坐下来，像冥想的佛像那样盘着腿。

在计算机与新硬件连接时发生极短暂的几次停顿后，席琳看见了发光的显示屏，她的视网膜虚拟现实被缩小为左下角的一个小图标。她用戴着手套的双手控制显示屏，快速访问了自己的文件，几秒之内她便漂浮在暗网里那令她感到放心且熟悉的三维虚拟现实中。

"很好，就是这样。"想到自己即将要做的事情，她有了肾上腺素激增的感觉。就如她集中注意力时那样，她开始自言自语接下来需要采取的步骤，为自己的工作进行现场报道。

"你又开始喃喃自语了。"她听到马吉德这么说。

"嗯？"她真的不再关注外面的现实世界了。

"我说你又这么做了……你知道的，又在自言自语了。"

短暂停顿之后，他接着说："瑞妮，我不需要知道你正在做什么，但我是不是可以和你确认一下，不管你在做什么，都不会追踪到我这里吧？"

席琳确实从来没想过自己对马吉德提出的要求是如此过分！他的声音透露出他的紧张，她突然意识到自己不是唯一一个在冒险的人。当然，她会确保彻底删除自己在马吉德计算机里使用过的所有痕迹，但也许她的确欠他一个解释。

她无法集中注意力了，于是停下来思考自己应该做什么。她可以告诉他到什么程度？尽可能继续瞒着他，难道不是更明智也更安全的做法吗？不，那样做不公平！

席琳试图甩开自己意识到的真实动机，意识到自己为什么要向马吉德坦白自己的所作所为。如果如实相告，那么这件事更多的是与她自身有关。其实敞开心扉不过半是自夸半是坦白。

一想到将要与另一个人分享自己的想法，席琳就十分紧张，哪怕她已经猜到他会努力弄懂自己所说的内容细节。她脱下眼罩，伸展盘着的双腿，转身面向马吉德。他像只小狗一样深情地望着她。虽然席琳放肆不羁，身上还有文身，但是她很清楚自己魅力十足，因为很多人这么跟她说过。她也知道马吉德对她的感情超越了友谊，但他们之间有一种默契，他知道他的爱慕永远得不到她的回应。

"好吧，马吉德，我准备让你了解我的小项目。"席琳脱下手套，表明在接下来的几分钟里将把所有注意力放他身上。"这么多年以来，我一直在找办法破解我跟你说过的新加密协议，这事你知道吧？"

"是的，但是上周你说——"

"我知道……"席琳急着打断他，"上周我说这是不可能的，是吗？因为中国增加了保护中继站的哨兵数量。"她知道马吉德熟悉基础科学，但和自己不一样，他并不熟悉量子密钥分发。有时他会向她承认，说他大学根本就不应该选择计算机科学专业。为什么自己当初就不去选个更简单的专业呢？什么专业都好，只要不涉及量子物理中反直觉的要素。

"好吧，那是上周。我想我可能找到了一个木马后门。"席琳继续说，"最近中国政府和其他国家政府之间的网络通信量非常大，而且所有的通信系统都被超高水平的加密技术锁定了，所以我很肯定有大事要发生了，而且这些事是高度保密的。"

"大事？"马吉德几乎是大声叫出来的，"我们这是在谈论国际间谍活动吗？或者这只是你疯狂的狗血阴谋论？"他咬住上唇，双手抱住光溜溜的后脑勺。两年前，他俩在学生反贪暴乱中被捕了。幸运的是，他的父亲有足够的影响力让人撤销对他们的指控。自那之后，他们处事要更加小心。席琳试着安慰他，"别这么担心，你知道我清楚自己在做什么，对吧？"

"我知道你**认为**你知道自己在做什么。而且，是的，我是不知道有哪个黑客比你聪明。但是你怎么能这么肯定这次你没有高估自己呢？"

"因为……"席琳从椅子上跳了下来，兴奋地坐到马吉德身旁的沙发上。"因为……我想我发现了两个弱点。第一，我已经怀疑了一段时间，中继器控制系统中有个漏洞可以让我入侵；第二，这真的是个令人高兴的弱点啊，中继器里克隆算法的弱点意味着我可以在不影响真正的量子密钥接收信息的情况下制造一个量子密钥副本。"

马吉德目瞪口呆地看着她。

"我只需要把一个窗口打开几秒。那么我就可以从这个窗口进去，复制密钥然后再溜回来。"她靠在沙发上，观察马吉德的反应，然后看着他书桌上装着量子计算机的黑盒子，"这就是为什么我需要你的新计算机。"

　　然而，马吉德听完后仍心存疑虑。他倾身向前，抓住她的双肩。有那么一瞬间，席琳在想他是不是要跟她讲大道理。结果，他竟然说："但这整个量子密钥分发事件的关键是你窃取信息的时候肯定会露出马脚！瑞妮，我可能没你那么聪明，但我从量子密码学课程中了解到，这是这个系统的关键。任何试图破译密码的行为都会扰动脆弱的量子纠缠状态，并向纠缠源发送警报，然后纠缠源会立即转换成不同的加密密钥。这不就是上周讲座的主题吗？ Ekert 91 协议的有关内容（1991 年，牛津大学的 EKert 提出了基本纠缠光子信号的量子保密通信协议。简称为 EKert91 协议。——译者注）。"

　　席琳咧嘴一笑，突然为自己感到更高兴了，"我知道，你要我万无一失，对吗？你知道我和世界上的所有的黑客一样都在寻找以系统弱点为目标的新攻击策略。如果你随便问个黑客，他们会告诉你，明目张胆的中间人攻击和光子数分离攻击压根儿没用。事实上，政府和企业网站甚至都不再费心去处理这些网络警报。这就是整件事的妙处：他们太自负了，以为他们的加密技术无人能破，以为没人在监视自己。"

　　"而这恰恰就是你认为你已经做了的事，是吗？你已经找到了不会被发现但又可以获得量子加密密钥的方法……用一个物理定律无法控制的窗口？"马吉德的好奇心似乎让他不像刚才那样紧张了。他跳起来，在房间里踱步，"好吧，你是怎么做到的？"

　　"亲爱的哈吉，这就是为什么我有一天将统治这个世界，而你只能在我身边伺候我，给我藏红花冰淇淋（bastani）[2019 年 3 月，据伊朗媒体报道，伊朗藏红花冰淇淋（Iran's saffron ice cream 或 bastani）被评为世界上最美味的 50 种甜点之一。藏红花冰淇淋散发着藏红花、玫瑰水和开心果的香味，有着独特的香气和奶油般味道。按照传统，伊朗藏红花冰淇淋是波斯新年纳乌鲁兹节最受欢迎的甜点。——译者注］和法露德印度冰淇淋（faloodeh）（伊朗的法露德印度冰淇淋中搭配了冰冻的玉米细面条、玫瑰水、柠檬等美食。——译者注），直到我吃撑了，把胃炸了。你看，我已经发现系统的一个弱点，这个弱点可以让我在他们自己的量子博弈中蒙骗他们：我自己的特洛伊木马代码。它是如此安静，如此难以察觉，没有人会知道我一直在监视他们。"

"好吧，女王陛下，"他说着，把双手放在胸前向她鞠躬，"但是……当然如果——"

席琳打断了他，知道自己得多花工夫好好解释，"好吧，你听好了。量子信息理论 1 对 1 ——更准确地说是基本通信工程——说由于噪声和信号衰减等因素，所以电子通信中的错误不可能完全消除，对吗？这么说吧，早期量子加密系统允许密钥交换，其中错误率可能高达 20%。人们认为这是可以接受的，因为任何窃密者都会因为声音太大、手脚太笨拙而露出马脚。但十年前那些新的相位重新映射'拦截重发'攻击意味着人们得更严肃地对待此事。"

"好了，席琳，不要再说了！"席琳看懂了马吉德脸上不耐烦的表情，这意味着他明白她刚才所说的一切。"我知道，几年前网络攻击事件突增，这是因为窃密者变得非常优秀，他们可以拦截量子密钥交换过程中发送的一小部分信号，而且从来不会把错误率推高到 20% 的阈值，所以，他们的攻击隐藏在噪声中。可是一旦执政当局发现这一点，他们就会竭力降低这个错误率。"然后他补充说，"如果你认为我刚才说的是蠢话，请纠正。"

席琳无视马吉德的愤慨，"没错。所以现在只有低于3%的错误率才算是噪声且可以置之不理。一旦高于这个数字的错误率，就完蛋了！一直以来存在的问题是：没有人能够神不知鬼不觉地窃密，所有人的错误率都高于3%。"

她故意突然顿了一下，想让自己接下来说的话极具爆炸性效果。"是的，没人做得到，也就是说，除非用自己的算法。"她笑得合不拢嘴，"知道吗？我在防御系统中发现了一个关键的漏洞。这恰恰是量子克隆算法的弱点。要不是因为这个主题实在太酷了，我就会考虑就以它写一篇论文。但是，既然我自己可以先从中享受点乐趣，为什么我要告诉世界上其他人呢？"

但是，马吉德只是瞪着她，并没有表现出她所期待的钦佩不已。

"你怎能称说这是乐趣？！还有谁知道这件事？"

"当然只有你和我啊，笨蛋。而且我才不会告诉其他人呢。"目前是这样，她心想。说与不说取决于文件内容。

"哎，瑞妮，现在我真希望你没跟我分享过这件事。这责任太重大了！我的意思是，如果你真的做到了，那么你很可能只会把咱俩的小命都置于危险之中。"

"天啊，哈吉，别这么小题大做。办完事，我保证肯定不会在你的系统里留下任何关于数据和代码的蛛丝马迹。我不会再给你和你的头发添乱，如果你还有头发的话，哈哈哈，然后你就可以去睡美容觉了。"
她再次拉下眼罩，戴上手套，"现在，我应该只要几分钟就可以搞定。"
她编译了克隆代码，快速核对了列表，然后运行代码。

5分钟后，席琳坐直身子，发出胜利的欢呼声。她不敢相信自己成功做到了！她现在已经在暗网中的文件系统深处存储了密码，这些密码可以解锁仅有少数几个人可以看到的数据。意识到这些文件里面的所有内容都非常敏感时，她害怕了，担心万一被发现了，会有什么样的下场？现在她并不想访问这些文件，所以，接下来她花了几分钟来掩盖自己的窃密踪迹并彻底清除今晚在这台计算机上所有的使用痕迹。

最后席琳终于满意了，扯下眼罩和手套，伸展双腿。她扫了一眼马吉德，他看起来还在生气。"我有不好的预感。"他喃喃道。

她起身，突然感到筋疲力尽。"谢谢你，哈吉。明天早上见，好吗？"然后她又说，"我保证会没事的。"她趴在他身上，亲了一下他的头顶。他抬头看着她，害羞地笑了。

她走出公寓，不等他回话，关上了身后的门。

带着些许紧张和激动，席琳兴高采烈地走进深夜凛冽的空气中。回家后她就会打开文件，她只希望不管文件内容是什么，都不要阻止她睡觉。明天，她将会和往常一样去上课，就好像今晚什么都没有发生。

上了车，席琳下指令让车子载她回家，然后径自轻哼着歌。

席琳离开后没几分钟，一辆黑色面包车停在马吉德的公寓外。显然，席琳不知道最近发生的这一连串事件将会让自己和马吉德的生活天翻地覆。

❽

2 月 7 日星期四　巴哈马群岛猫岛

　　六点醒来之后，弗兰克·佩德森就不停地查看天气预报。他一直在关注大西洋正在形成的风暴的消息。风暴正朝着他的方向移动，现在外面的景色看起当然不太赏心悦目。在健身房大汗淋漓了半小时后，他吃了一大碗牛奶什锦早餐，洗了个冷水澡。这是一个非常湿热的早晨，他的 T 恤很快就被汗水浸透了，现在他就像笼中的猫，从一个房间走到另一个房间，无法平静心情，也无法不去想即将到来的风暴。

　　弗兰克·佩德森不是那种会感到焦虑的人。在生活中，他几乎总是能得到自己想要的东西，至于那些需要担心的事情，就留给别人吧。可以这样说，他的技能之一就是周围有很多可以帮他解决烦恼的朋友。多年来，人们一直在争论他的成功到底是出于偶然、才智还是顽强的毅力。事实上，他的成功正是归功于上述三点。他十九岁的时候赚到人生中第一个 100 万，二十六岁的时候赚到人生中第一个 10 亿。他不是通过残酷的手段实现这些目标，他只是通过自己的……嗯……运气、才智和勤奋。在到加利福尼亚之前，他的经商能力以及对计算机领域即将发生的重大事件的敏锐洞察力已经吸引了一些前景无限好的公司，他们都愿意给他提供报酬丰厚的工作机会。

千禧年之际，许多精通计算机的聪明的年轻人开始塑造历史进程。尽管弗兰克也渴望到硅谷参与 IT 革命，但他希望按照自己想要的方式做事，而他的确做到了。起初他真的让父母很失望，他离开奥胡斯，去了旧金山，而且一去不回头。在整个职业生涯中，弗兰克从未刻意追求得到同代人拥有的名声或明星光环，如扎克伯格、杰克·多尔西、拉里·佩奇和谢尔盖·布林，但他对自己很有信心，他只需要让一个人敬佩：那个人就是他自己。

现在的他，结过两次婚，拥有一个基本上不需要他插手的商业帝国，生活中已经没有可供他攀登的新高峰了，于是他早早退休，享受独自一人的隐居生活。他和两只德国牧羊犬一起生活在远离喧嚣的加勒比岛，住在山顶上一栋僻静的别墅里。这栋别墅原先是个教堂，第二次世界大战前一位罗马天主教牧师建的，弗兰克一眼就爱上了它。虽然他花了数百万美元将这栋旧建筑改造成 21 世纪的僻静住所，但是他不愿投资建造一条连接起几千米外的西海岸新海湾（New Bight）小镇到山上的路，因为他更喜欢人们攀爬陡峭的岩石来找他，他喜欢这种方式带来的隔离感。并不是说弗兰克认为自己是个隐士，四十五年来他一直关注着地球上的科技发展，这是他不愿被治愈的瘾症。不管怎么说，这年头有谁真的是独自一人？

　　但是今天早上弗兰克感到自己真的与世隔绝了，孤零零的。这场风暴看起来越来越可怕！说实话，这是一个很不起眼的飓风季节，热带气旋升级成飓风的个数低于常年平均值。过去二十年，地球气候变化的后果之一是把传统的秋季时的大西洋飓风季延长至十二月，甚至到翌年一月。然而，这个新的、被快速命名的"飓风杰罗姆"比以往出现的任何标准时间都来得迟。

　　不仅如此，它还跳过了此类风暴生命周期的几个阶段，这类风暴通常在几天之内由低气压形成，先是成为热带风暴，最后完全变成飓风。然而，飓风杰罗姆在短短几个小时内就从无到有直接跳为五级飓风。

　　昨晚，当他第一次听到飓风来临的新闻时，加利福尼亚州的朋友和同事建议他赶紧从别墅撤离。毕竟，他们的工作就是确保他的安全。他的直升机已经飞到岛上，就在距离别墅 6 千米外的停机坪上等候。只要给它打个电话，直升机几分钟内就可以飞到别墅，然后迅速把他送到安全地带。然而，他坚持这是一种不必要的预防措施，因此没上飞机，反而下令直升机飞回 500 千米外的佛罗里达州。他在猫岛经历了六个飓风季节，从未遇过他有必要逃离的飓风，他宁愿和往常一样在这里坚持到底。毕竟，别墅的设计可以承受大自然的一切袭击，何况他还用钢 - 石墨烯合金的十字交叉梁把墙壁加固了，所以这栋房子和这座山一样不会轻易被风吹倒！房子坐落于科莫山顶部就意味着它不同于山下的城镇，即使是最强大的海啸来袭，它依然会安全地处于高地之上。尽管如此，弗兰克今天早上开始觉得自己留下来的决定可能有点草率，而他从未做过草率的决定。

两只狗也很焦虑。可能是它们在空气中嗅到了什么，或许也可能是弗兰克不安的情绪影响到了它们。不同以往，贝丝竟然悄悄地蜷缩在客厅的桌子底下，把鼻子塞在尾巴下面，只露出一只棕色的眼睛盯着在房间里走来走去的弗兰克。希宝跟在他身后踱来踱去，它一直想得到弗兰克的关注。

弗兰克转身看着她们，双手叉腰假装生气，厉声说道："你俩别像小孩子似的。趁着现在天气还不错，到外面跑一跑。"天知道一旦暴风雨袭来，它们得被关在室内多久。

弗兰克为它俩开了门，但它们只是坐在原地，用疑虑的眼神看着他。"随便你们。"关门之前，他走到了外面。世界似乎很安静，但不是以往那样的平静。不同寻常的是，他注意到山顶上没有一丝风，更诡异的是，别墅周边的灌木丛中也没有以往的鸟叫虫鸣。头顶厚厚的乌云看似隐藏滚滚惊雷，这些云离他非常近，仿佛他轻轻一跳就可以触摸得到。空气凝重，弥漫着紧张。世界仿佛充满了压抑的能量，就像一个等待变回原形的压缩弹簧。

弗兰克回到屋内，关上门，然后走到厨房。上午十点其实不算太早，是吗？当然不是。这可能有助于缓解他愚蠢的紧张情绪。

十一年前他买下这栋别墅，花了五年时间翻新，基本已经把它从摇摇欲坠的石头薄壳建筑物改造成高科技的豪华别墅。很多年前，在他还没买下这栋别墅之前，这里只是一个旅游景点，主要是因为它位于巴哈马群岛的最高点，或者更确切地说，是位于巴哈马群岛的遗迹中，因为海平面上升把岛上近四分之三的土地淹没了。弗兰克一直很喜欢在加勒比地区度假，过去这些年，他豪爽地捐了数亿美元的个人财富给救济基金会。事实上，他决定定居的猫岛比其他岛屿高出几十米，所以不受海平面上升的影响。

弗兰克从冰箱里掏出一瓶巴哈马最著名的啤酒卡里克（Kalik），拧开啤酒盖，回去继续看天气状况。客厅中央是飓风杰罗姆的实时、高分辨率的三维全息图。弗兰克站在卫星云图的全息图面前，喝了一大口啤酒。漩涡状的云团正缓慢旋转，拖着边缘如触须般的螺旋臂。它看起来像个卑鄙的混蛋！卫星云图底部到处是闪烁的光，闪电将风暴的巨大电能释放到海里。他发现一件很有意思的事情：飓风的名字与建造教堂的牧师的名字一样。主教约翰·霍伊斯（Right Reverend Monsignor John Hawes）在岛上也被称为杰罗姆神父。

气象学家声称杰罗姆应该被定为七级飓风。刚到猫岛定居时，弗兰克对飓风等级产生了浓厚的兴趣，他意识到最近新增的六级已超过之前最高的五级，六级飓风风速高于280km/h，正如近年来越来越有规律的记录显示那样，速度极快。今天早上，跟踪杰罗姆的无人机和卫星记录显示持续风速超过每小时350千米。

他在全息显示屏上浏览了不同的网站，然后停在BBC新闻频道。显示屏上一位年轻的气象学家正非常激动地解释着这个特殊的超级飓风为何如此特别。

"一个多世纪以来，科学家已经知道银河宇宙射线——从深空来到地球的亚原子粒子——可能会对地球的天气产生不利影响，但它们大多只是人们学术上的兴趣。毕竟，地球磁场在大部分粒子离地球表面很近之前总是能成功地让它们发生偏转。"

"它们唯一干扰到的另一群人是卫星制造商，他们必须建立适合的屏蔽介质，以避免敏感电子产品被炸毁。但是现在，两件事同时发生所带来的戏剧性效果是人类从未经历过的。"

弗兰克非常清楚，他的商业帝国极度依赖通信卫星的可靠性，虽然上周袭击印度的日冕物质抛射没有影响到他的事业，但他越来越担心磁场减弱的潜在危险。与此同时，气象学家现在也正在倾其全力地解说。

"首先，目前太阳活动正处于11年周期的最低谷阶段，这意味着太阳磁场，即日光层，更弱了，因此现在可以到达地球的银河宇宙射线的数量更多了。"

"其次，地球磁场急剧减弱，最近我们已经听到很多相关报道，这意味着这些宇宙射线可以直接穿透比较低的大气层，使得空气发生电离，进而形成厚厚的巨大云层。增加的电离也会导致低层大气的电导率急剧增加，在仅有几千米的高度上形成罕见的高温和压力梯度。我们的模型预测，原本就很猛烈的暴风雨会因为这一电能而更猛烈。更糟糕的是，在过去的一周里，天文学家们观察到宇宙射线撞击地球的强度剧增，他们也正忙着寻找源头。有人说，附近星系中某颗要爆炸成强大超新星的恒星是这一切的起因，当然这不是我擅长的领域。"

弗兰克开始有点怀疑了。不得不对付更强烈的辐射，甚至是飓风，这是一回事，但是"附近星系中某颗爆炸的恒星"？拜托，不是吧？

"无论如何，至少我们可以说，这种宇宙射线强度的剧增带来了一些值得关注的天气状况。现在，在大西洋中部，大气条件的急剧变化对飓风季节产生了深远影响。逐渐变暖的海洋已经导致更严重、更频繁的风暴出现，但飓风杰罗姆似乎是第一个因为太空巨大的新能源而形成的真正的超级风暴。基本上可以说它已经接通了遥远恒星爆炸所提供的能量。正如我们所见，其威力令人震惊！"

"令人震惊"可能适合用于某个人在世界另一端安全地观看这一切，但是，当你身处飓风移动的路径上就不是这么回事了……

"总之，飓风杰罗姆正要来袭。在海平面上方数千米的高空，越来越多的暴风云正在凝聚并形成巨大的漩涡。此时，直径达 120 千米的外层风正以每小时 160 千米的速度横扫海洋，激起千层浪，与水面上极低的大气压相结合。这意味着……"

弗兰克不想再听了！他转过身，同时下指令关掉全息图。他认为所谓勇敢，一大半其实是保持理智，在恢复以往的理智和清醒后，他觉得是时候去安全的酒窖了。他在别墅里走了一圈，搜罗了在地下室足以待一两天所需的必需品：床上用品、自己的以及狗的食物和水、几盏 LED 灯、便携式全息设备、感应充电器和几个电子平板。他没把握自己的无人机在这样的风暴中还可以安然无恙，所以下令让它们回到美国本土。当然，这意味着他将无法及时联系外界，特别是他还身处几米深的岩石下。

弗兰克一直对这座别墅的坚固充满了信心，也从来不觉得需要建一个特定的风暴避难所。不管怎么说，不同于上面的石头建筑，酒窖是直接在科莫山岩石中挖成的。他也从来不觉得有必要在酒窖里储藏应急物资，因为他没想到这会派上用场。哎，这下子真的不得不用了。

他现在想念自己的助手麦茜。近来弗兰克越来越依赖她安排自己的生活，帮自己打点好所有的"小事"。在他待在别墅的漫长岁月里，麦茜每周都会过来待上一整天，确保他没有完全撒手不管生意，也确保他什么都不缺。可现在她远在数百千米之外，弗兰克不得不为自己想好一切。他确信自己拿了接下来几天所需要的一切。酒窖和其他地方一样，它真正的用途其实是一个用来打发时间的完美场所。

这里以前是教堂的地下室，是墓穴。弗兰克不知道是不是真的有人被埋在这里，也不知道如果真的埋了人，这些尸体最终成了什么。在酒窖入口上方的大块花岗岩上仍刻着这样的字眼："在主里面而死的人有福了。"要想走进酒窖，就要先走到门外，穿过庭院，走下几级粗凿台阶，沿着建造别墅的岩石露头一侧往下走。弗兰克把之前封住酒窖入口的金属门换成一堵厚厚的橡木门，因此他那些价值超过 100 万美元的葡萄酒收藏品在酒窖凉爽干燥的环境中很安全。

两只狗狗最初不愿离开安全的房子，他只好又哄又骗。当他把它俩留在酒窖里，自己返回屋内再拿点东西的时候，它们便开始号叫，明显是被即将到来的风暴吓到了。

最后，弗兰克关上酒窖门，他们安全了。从酒窖内可以听到外面已经下起了大雨，风声也变大了，狂风在头顶上方的建筑周围嘶吼。弗兰克在脑海里回想了一遍物品清单，确保自己没有落下可能需要用到的重要物品。当然，就算忘了带，现在也来不及了，他已经没法再回屋内拿了。

弗兰克觉得这会儿正好可以品尝一下自己珍藏的名酒。他漫步在光线昏暗的通道上，经过一堆从地板叠到天花板的葡萄酒瓶，激起飞扬的尘土。酒窖两侧均只有 1.5 米高，但是通道中间下陷 3 米。这个地方有一种奇怪的气味：不仅仅是一股干燥、陈旧的霉味，而且这味道很吓人。这是一股难以察觉的、淡淡的、甜甜的腐烂恶臭，就好像这个地方想要保持最初的模样，想继续作为岛上死去已久的居民腐烂尸体的休息地，而弗兰克和他珍贵的葡萄酒只是短暂的入侵者。

弗兰克选了一款口感温和的马尔贝克，用 T 恤衫下面一角把酒瓶包住，转了一圈把酒瓶擦干净，脏兮兮的灰尘黏在衣服上。然后他便走到酒窖更深处，那里的光线更好，有点听不到外面的噪声。

两只狗并排坐着，在几英尺外的地方一直盯着他。"俩小妞，你们还好吗？别这样，这很有意思。"

它俩急切地跳起来，快步跑向他，想要得到他的关注。虽然主人之前很紧张，但现在他看起来放松多了，平静了许多。弗兰克知道它们讨厌这种没办法到外面拉屎的状态，想到这里，他自己也不是特别喜欢用便桶解决问题，希望不要走到这一步。该死！忘了带卫生纸！啊，好吧，为时已晚！

风暴在外面肆虐，噪声震耳欲聋。突然间，没有任何故障警告闪烁，灯灭了。太阳能发电机肯定瘫痪了！弗兰克抬脚踩在一片漆黑的地板上，走到刚才放 LED 灯的地方，拿起离自己最近的一盏灯，打开，并把其他的灯留在自己够得着的地方，没必要用光所有的电。

现在贝丝和希宝知道自己没有被弗兰克抛下，再次平静下来，蜷缩在旧木凳下肮脏的地板上。弗兰克打开红色酒瓶，很高兴自己记得带了一只葡萄酒杯。为了让自己在板凳上坐起来更舒适点，他试图通过看书来分散自己的注意力，这是他这天第一次感觉不那么紧张。就让飓风肆意破坏吧，弗兰克·佩德森哪儿都不去。

过了几小时，暴风雨越来越猛烈。弗兰克肯定是睡过去了，因为贝丝在酒窖门口的哀号声正一点点慢慢唤醒他，它试图把门抓破，想要出去。有那么几秒钟，他迷失了方向，然后眼前的变化让他震惊不已。

弗兰克之所以能听到狗在哀号，是因为橡木门的另一边没有吵闹的噪声。对比之前外面风暴震耳欲聋的骚闹，现在感觉很诡异。他看了一下手表，已经快傍晚了。弗兰克首先想的是飓风已经走了，可以庆祝自己抵抗风暴胜利了！但这一解脱是短暂的，他在脑中快速算了一下，这是不可能的！因为在下到酒窖之前，他查过，飓风移动时速超过 1000 千米。根据气象播报员所说的移动速度，在这段时间内它不可能覆盖与整个直径相等的距离。事实上，根据他的计算，飓风现在应该只移动了一半路程，外面的安静肯定意味着风眼正在自己头顶上！

弗兰克走到门口，打开门闩。外面有东西堵住了，门推不开，他更用力地往外推，设法移动被风吹倒的树干。他还没来得及阻止，两只狗就从他身后蹦了出去。希宝在门口停了下来，嗅着空气中的味道；贝丝则走下台阶，消失在灌木丛中。弗兰克站起来盯着外面，"天啊！"

眼前的场景令人惊讶！从这个角度弗兰克看不到别墅，但可以看到对面的岛屿。微风轻抚，天空明亮，海边几千米远的场景他永生难忘：一道翻腾的黑色云墙一直延伸到他周围，直入天空。太阳透过飓风顶部的洞窥视着，让这一切看起来更梦幻。他俯瞰海岸，或者更确切地说，他俯瞰的那个地方可能是海岸。相比昨天，大海现在往内陆延伸了将近 1

千米，海岸线就挨着陆地上升的地方。新海湾小镇已经消失了，整个小镇只有教堂的尖顶浮出水面。弗兰克冒险走出门，往下走了几步，他想好好看看身后的房子。最先让他震惊的是别墅高耸的钟楼不见了！这座30 英尺（1 英尺 =0.3048 米）高的钟楼是这个旧教堂里唯一没有和其他地方一起被重新加固的部分。风暴把它击垮了，成了废墟，大砖块和石头散落在院子里。他需要赶紧到处看看，评估是否有其他损害。

弗兰克加快脚步，走上通往山顶的小路。当他看到除了钟楼之外，别墅其他部分完好无损，心里不禁感到一些安慰。幸运的是，建筑物后部看起来受到了风的冲击，但完好无缺。他在零散的砖块中攀爬着，知道自己很快就得回酒窖。他回头看了看自己刚才走过的路，两只狗在酒窖里跑来跑去。

两只狗的乐观让他松了一口气。他穿过院子往回走，突然意识到，如果飓风刚才袭击了房子的后半部分，那现在就轮到房子前半部分遭殃了。哎，好吧，如果得重建这个地方，那就重建吧。

庭院里到处是钟楼倒塌的砖块石头，他从中曲折前进，距离台阶 10 米左右的时候，他感到风力突然加大了，他疑惑地回过头，越来越近的暴风墙已经到了他的右边，他看不到自己与它的距离到底有多近。现在，显而易见的是，他的判断完全错误！他根本没判断对朝他这个方向移动的风速到底有多快！弗兰克再次感到非常紧张，于是加快了脚步，但大个石块阻碍了他前进的速度。

只需几秒，他就能走到安全的地方！而吹过科莫山的微风现在已经完全升级为飓风杰罗姆：时速超过 380 千米。弗兰克大步跑起来。

至少说他做了跑的动作，因为他突然被风从地上刮起，仿佛他只不过是秋风中的一片枯叶，随之而起的还有别墅屋顶的碎片和各种各样的树枝及灌木丛。弗兰克像个破布娃娃一样在空中翻滚，他没有时间去害怕，也没时间理清发生在自己身上的事情，一直为他效命、让他这辈子顺风顺水的理智不再发挥作用了。不过，弗兰克不但没感到惊恐，反而有一种奇怪的兴奋感，就像孩子被父母抛到空中，但他却没有孩子那般心安，孩子会回到成人强有力的怀抱里，而弗兰克得不到这样的解救。飓风杰罗姆压根就不尊重牛顿引力，肆意妄为。

　　一颗橡树飞过来猛地撞到弗兰克身上，立刻击中了他的脖子，他所感受到的焦虑和兴奋都随之消失了。

❾

2月7日星期四　西印度群岛北部大特克岛

　　在猫岛,此时还活着但烦躁紧张的弗兰克·佩德森刚要打开一瓶啤酒。雨下了一上午，越下越大。大海波浪翻滚，比暴风雨更加躁动，任何了解海洋的人都清楚地知道，眼前别无他物，只有大自然的愤怒。身处猫岛东南方 600 千米处的西印度群岛北部的大特克岛的约瑟夫·史密斯当了一辈子的渔夫，非常了解大海，很清楚接下来要发生什么，但目前他只想要用自己的小型拖网渔船快乐地慢慢捕鱼。由于最近的捕获量很低，约瑟夫知道，不管天气如何，这几天都不能不出门捕鱼。所以，他不听妻子的劝，在天亮之前带着儿子扎因悄悄离开了村庄，确保在回家之前的几小时能有可观的捕获量。约瑟夫盘算着，如果情况突变，那么他们只需要用 15 分钟收网，如果发动机一直开着，只再需要 1 小时就能回到岸边。

　　　　　　　　　　　　　　　　　　　太阳坠落

另一方面，为什么要承担任何不必要的风险呢？或许这次出海捕鱼真是蠢毙了。约瑟夫一直都很相信自己的直觉，他的直觉告诉他，今天应该到此为止，哪怕只出来一会儿就回家了。现在才早上十点三十分，他们已经出海三个多小时了。

今天没有其他像他这样的傻瓜出海。

"孩子，发动起网机，今天就这样吧。"他在甲板上朝儿子喊道。

"为什么，爸爸？天气看起来不太糟啊。"扎因脸上洋溢着青春少年的自信笑容。

"听我的就对了。你老妈现在看我很不顺眼，所以我们最好在事情变糟之前回家。"

约瑟夫回到驾驶室内找到最佳的航行方向，以防风力在接下来一小时左右突然增强。

约瑟夫确信，十六岁的扎因，肯定会很高兴能够早早回家。这小子最近深深地暗恋上邻居家的女儿艾莉亚，她比扎因小一岁，儿子打小就认识她，两人一起长大。艾莉亚去年就已经出落成一个美丽的少女。

约瑟夫盯着眼前的屏幕，突然感到很震惊，为什么实时天气图看起来这么奇怪？约瑟夫想要弄明白图上的内容，猛地感到一阵寒意袭遍全身：半小时前，也就是他最后一次查看卫星数据的时候，飓风杰罗姆的中心位于东边 720 千米处，以大约 20 节（1 节 =1.852 千米 / 时）的速度向他们移动。考虑到风力的大小，这意味大海外缘——也就是风力和雨势真的会增强的地方——大海也会变得残忍无情，但即便如此，飓风再过几小时也不会到达他们现在所处的地方，他们有足够的时间回到岸边。

但情况有变！约瑟夫的嘴突然很干，他舔了舔嘴唇。风暴的大小在 30 分钟内翻了一倍。这可真荒谬啊！约瑟夫认为是显示器读数有误。但是如果现在的数据是正确的，那么飓风的外围就比他所想的近得多了。

约瑟夫冲回甲板，他觉得哪怕是在接下来短短几分钟，天气也会恶化。现在，雨下起来了，儿子正站在船尾，双腿靠在船的杠杆上，就在收渔网的起网机旁边。

约瑟夫冲扎因大喊，但男孩压根儿听不到。约瑟夫紧紧抓住栏杆，费劲地走向船尾，抓住儿子的双肩。"扎因，"他在风暴里大叫，"我们必须剪断渔网，赶紧撤离！"

约瑟夫竭力保持平静和从容，但是扎因从父亲眼里从看到了他的紧张。"剪断渔网？为什么不直接收回渔网？"扎因大声说。

约瑟夫不想失去渔网，但他知道液压泵至少要 20 分钟才能把渔网收回来，他已经计算出他们没时间这么做了。再说了，液压泵会消耗主发动机的动能，如果要跑赢即将到来的飓风，他就要竭尽所能获得船上的所有动力。

"风暴与我们的距离比我想的近得多。我们真的没选择了！"他大叫，声音盖过风雨越来越大的咆哮声。

扎因不再对父亲提出任何质疑，而是匆匆回到驾驶室，他们在那里放了一些工具。约瑟夫试图为自己辩解，说这不是轻率的决定，尽管他们很难买得起新的渔网来代替这些即将被抛下的渔网。约瑟夫看着儿子带着大型电缆剪回来，放手让儿子处理这件事，他自己则竭尽全力逆着风雨冲回驾驶室。他们距离海岸 22 千米，在这样的天气里，开足马力的话，他们大约 40 分钟后就能返回港口。东边的飓风和他们朝着同一个方向前进，如果飓风追上他们的话，那么边缘的风将会撞到船的左舷。

约瑟夫在愤怒的大海上奋力开船，与飓风开始了一场竞赛。几分钟后，门"砰"的一声打开了，扎因跌跌撞撞地闯了进来，浑身都被咸咸的海水浸透了。他整个身子靠在门上，竭尽全力关上门。"网没了。"扎因气喘吁吁地说，伸手拿一条旧毛巾擦干脸。约瑟夫咒骂自己，今天早上就不应该出海。如果他回到家里承认自己的愚蠢行为，妻子肯定不会让他好过的。不过，这是后话，当务之急是要先回到家。

约瑟夫·史密斯了解大海，现在他依然自信满满。

渔网没了，船正在回家的路上，约瑟夫尽力了。现在，他和暴风雨之间的比赛正在进行。

雨水猛烈冲击，刮水器在挡风玻璃上来回摆动。透过雨幕，约瑟夫看不到船头之外的情况，只看得到暴风雨中的天空是一片炭灰深色。在他眼中，雷云好像一直往下延伸到大海里。

然后，一道闪电忽地照亮了外面的世界，约瑟夫僵住了。

"哦，亲爱的上帝，不！"

原来他一直盯着的黑暗天空根本不是天空，而是一堵巨大的水墙！这水墙正在逼近他的小船！

他无力地抓住方向盘，指关节都吓白了。如果那一刻他能够表达任何理性的想法，他可能会承认，人与自然再也无法公平斗争。他那小小的船只不过是一个不起眼的玩具，任滚滚万丈波涛肆意摆布。

"请原谅我，艾尔莎，"他抽泣着，想象着妻子回到家的场景。他听到了儿子在自己身后某个地方失声尖叫。

大约过了一两秒，风力减弱了，外面的世界安静了，仿佛满怀敬意地在期待什么，船翻了。

太阳坠落

⑩

2月7日星期四　波多黎各圣胡安

　　卡米拉在圣胡安安然度过了八十五个有飓风的年头，非常熟悉逃生演练。她一整个上午都在给家人和朋友打电话，要他们保证安全待在室内，并准备足够几天生活的物资，直到暴风雨过去。自从两天前听到天气预报，卡米粒就开始一直忙着烘焙和烹饪。她在围裙上擦了擦手后，从柜子里拿出几个特百惠盒子。大锅里安索帕海鲜汤（asopao）香肠和贝类的浓郁香气弥漫在公寓的整个底层。她现在已经煮了足够让一群人吃上一周的食物。她把浓汤分成几等份，并把大部分食物放在冰箱里，还打算拿一些分给住在五楼的格蕾丝·莫拉莱斯。

　　卡米拉最近接受了干细胞注射，在这之后，她的膝盖关节炎好了，感觉自己恢复了活力，并希望自己焕发出的全新的活力可以获得朋友的钦佩。此外，她还希望在五楼可以比底层看到更美的海景。

　　这周的天气异常湿热，此时天空开始下起了雨。一整个上午风越来越大,现在风力已经大到可以吹翻垃圾箱盖子,把它们吹到街上滚来滚去,被风吹起的还有秋天里各种各样的树叶、纸张、塑料和任何不牢固的东西。计算风暴造成的损失对卡米拉而言是不可逃避的现实,她确信风暴带来的后果肯定比换个垃圾箱盖子要糟糕得多。去年,她的两个儿子把她的旧窗户玻璃换成了石墨烯钢化玻璃,这种玻璃能够承受强风的威力,今天她比以往更加感激两个儿子做了这件事。

卡米拉端起汤,离开自己的公寓。她想过坐电梯,但后来决定爬五层楼梯,想看看格蕾丝看到自己爬楼梯上来会是什么表情。

格蕾丝确实很钦佩老友恢复的活力,尽管一开始她被卡米拉的气喘吁吁吓了一跳。

"亲爱的,你没必要在我面前逞强。"她责骂,"如果你的心脏停止跳动,那健康的膝盖能有什么用?"

卡米拉恢复气息时咯咯笑开了,"格蕾丝,我看得出来你很嫉妒,没必要隐藏的。拿水壶来烧水吧。"她闯进朋友的公寓。

卡米拉松了一口气,格蕾丝似乎和她一样,在即将到来的暴风雨面前处之泰然,她们可以让彼此保持心平气和。

两个老人聊了聊家庭八卦,坐在窗前,喝着咖啡,吃着蛋糕。北面的景色很美,俯瞰着拉古纳和风景如画的康达多区,康达多区绿树成荫,有酒店,有公寓楼。反过来说,这两个地方也在俯瞰大西洋。西面是一百三十年前建成的道思赫马挪斯桥(Dos Hermanos),这座桥连接着康达多与古老的圣胡安入口。

也就是说,这里本来是一幅美景,但今天不是这样的。

在之后的一小时里，两人看着外面的风暴越来越强。从所处的绝佳位置望出去，她们看到了下面的棕榈树在强风中猛烈摇曳。

随着飓风的接近，两人愈发感到不安。卡米拉一生经历过数百场暴风雨，但这场暴风雨有一种她不喜欢的异常。然而，她却无法搞清楚为什么不祥的预感越来越强烈。

如果能见度好一点，她们就可以看到第一波风暴潮正从海面上朝她们的方向涌来。事实上，卡米拉依稀可以看清潟湖的另一头。尽管电视一整个早上都在播放海啸警报，但是透过倾盆大雨，她仍可以看到个别蠢货还在马路上开车，还有几辆车试图穿越潟湖上的道思赫马挪斯大桥，想尽快到达安全的地方。

风暴潮涌来的时间约隔1秒，好像每一个都比前一个更大。

随后，飓风杰罗姆似乎玩腻了这样的小游戏，决定向卡米拉展示自己真正的威力。卡米拉呆若木鸡地坐在那里，咖啡杯从指尖滑落到地板上，她都没发觉。她睁大眼珠子一动不动地盯着前方看，先是道路消失了，随后大桥也消失在巨浪之中。卡米拉的心开始怦怦直跳，这回恐怕不是消耗体力的原因。她勉强能看到几辆从潟湖那边往她这个方向开来的汽车被海浪卷走了，这场景活脱脱像是自己少女时代看过的恐怖灾难电影。

"哦，亲爱的上帝啊。可怜的人啊！"格蕾丝失声喊道。

卡米拉几乎已经遗忘的童年记忆突然涌上心头：某个夏日，她和两个妹妹在海滩上堆了一座精致的沙堡。经过几小时的精心打造，她们雕塑了炮塔、城墙、护墙、深沟，然而最后她们却只能眼睁睁地看着潮水袭来，倏地冲毁了沙堡，浪潮退回，沙滩又是一片平坦无声。

水墙继续越过潟湖向她们袭来，来势更汹汹，她本能地伸手抓住格蕾丝的手。谢天谢地，公寓的窗户比浪潮尖稍高，当浪潮猛烈撞击，大楼被撞得一颤一颤的，她们可以在最佳地点观看这一切。卡米拉听到楼下传来的尖叫声，接着是类似玻璃炸裂的声音。也许那些新加固的窗户根本不是百万吨海啸的对手。

海浪击中大楼的时候，浪潮已经和楼下的地板一样高。现在浪潮退了，只有一二层楼被水淹没。意识到这次五楼之旅可能救了自己一命，卡米拉震惊无比。此时此刻，有多少人的生命即将走到尽头，在自己的家中被水淹没？她看着自己的老友，格蕾丝发出一声痛苦的呜咽，泪水顺着两颊流了下来。

卡米拉失去了知觉，无法开口。不到一分钟，在她还没行动之前，下一波更大的浪潮袭来了。这一次，浪潮似乎只有一个目的：不到最后一刻，绝不浪费巨大能量。它是冲着卡米拉来的。

⑪

2月9日星期六　纽约

·

　　莎拉醒来以后在酒店的房间里花了一小时观看飓风杰罗姆造成破坏的可怕新闻。伤亡人数已经超过3万，这一数字肯定还会继续上升。在两天前达到最大强度之后，目前，杰罗姆已经减弱为四级飓风，但这仍足以对人类生命构成威胁。飓风改变了方向，仍在海面上向北移动，这意味着飓风不会袭击美国东部沿海地区。正如许多评论家现在声称的那样，莎拉也一直在思索飓风杰罗姆不同寻常的风力是否确实与减弱的地球磁场有关。

　　她洗了澡，穿好衣服，下楼与加布里埃尔·阿古达见面。他正坐在酒店大堂的沙发上，微笑着，起身迎接她。阿古达身材魁梧，六十五岁左右，他的影响力显然比他近乎两米的身高更引人注目。同样让莎拉印象深刻的是阿古达穿着褪色的棕色灯芯绒夹克和花哨的彩色棉质衬衫。也许他已经进入了非常有权势的政治圈子，但他的着装仍是典型的学者风格。

"梅特林博士……莎拉，如果您允许我这么称呼。很高兴终于见到您了。"阿古达伸出一只大手。

莎拉和他握手。他身上还有别的特质，这些特质和她心目中所想的形象不一样，因为她先前在网上搜索过阿古达的个人资料和照片。她无法准确说出到底哪里不一样，"啊，您真是太客气了，还专程来见我，但我不确定——"

"希望您还没吃早餐，"阿古达打断她，"马路对面有家不错的煎饼店。在今天上午的会议开始之前咱俩有很多事要讨论。还有，叫我加布里埃尔就可以。"

两人走出酒店。冷空气刺痛了莎拉的脸，她从外套口袋里掏出羊毛帽子，迅速戴上。周围的一切迹象表明，纽约人一般都恬淡寡欢，他们神情紧张，心事重重。从她身边经过的大多数人都是常见的呆滞表情，全神贯注地盯着视网膜显示器，估计是在看飓风杰罗姆进展的相关报道。身旁阿古达突如其来的低沉声音猛地将她的注意力拉了回来。莎拉不是唯一一个受到惊吓的人，几个路人也猛地从出神遐思中惊醒过来，随后离他远远的。

"我希望你不介意我们现在就直奔主题……"他说着，从人行道走下来，直接大步穿过繁忙的街道，似乎完全没注意到自己的行为导致了十几辆无人驾驶出租车突然急刹车，害得车上的乘客颠簸了一下。莎拉赶紧跟上他。"咱俩是委员会中仅有的两位科学家，当然还有其他身份的成员，这些人还没有完全意识到地球面临的危险程度。"

在路的另一边，莎拉加快了步伐，与这位魁梧的尼日利亚人保持同步。

太阳坠落

"这些人是政治家，莎拉，"他继续说道，"他们只有在觉得有必要的时候，才会听取我们的意见，如果我们的意见符合他们的目的和野心，他们就会从这些意见中挑选最佳的证据。"

阿古达讲这些话的目的是什么？他是不是要跟自己透露一些重要的事情？是不是因为委员会里有利益冲突，所以他需要盟友？

阿古达似乎并不在乎其他人是否会听到他说的话，他铿锵有力地说着。"目前，政府正处于恐慌状态。"他大吼，"尽管警告已经发出好几个月了，说类似印度航空事件这样的事情必然会发生，但直到现在政府官员才认真对待这些警告。当然，你我都知道情况只会变得更糟。我们已经看到了飓风杰罗姆造成的破坏，你和我一样清楚，这些事件之间是有联系的。"

莎拉记住了，过后得找机会请他进一步解释这种联系。但她脑中突然蹦出一个更急的问题。

"好吧，如果各国政府现在终于要听取科学家的意见，并且已经有了应急计划，为什么还要设立这个委员会呢？"

阿古达露出了一个温厚的笑容，"你需要学习的东西还很多，莎拉。与其说有应急计划，不如说由谁来选择哪些计划，接着是谁来买单。啊，当然更重要的是，更换未来所有被最近的日冕物质抛射类似事件损坏的通信卫星由谁买单，我们必须达成国际共识。至于咱俩，嗯，我猜你和我在那边主要是为委员会增添科学的合法性。"

"别误会，我想我们还是可以发挥至关重要的作用。但是，莎拉，事实是，虽然联合国不怎么起作用，多少也受到腐败的影响，但它仍然是唯一声称能够与中国对抗的组织。如果我们，也就是你和我，不要竭力让大家明白世界当前面临危险的严重程度，那么中国就会像往常那样按照自己的利益行事。"他沮丧地咕哝了一下。

两人已经到了一个繁忙的十字路口，在拥挤的人群中等着过马路，有那么几秒莎拉没看到阿古达。她希望这顿早餐值得她所有的付出，她在想，如果直接从酒店抓点吃的直奔会议现场是否更明智。随后她又走回到阿古达身旁。

到目前为止，阿古达所说的一切都不是什么新消息。莎拉非常清楚，联合国多年来一直在努力确保自己的声音能在世界舞台上被听到。她察觉阿古达的声音中带有一种紧迫感，这表明他对她还隐瞒了一些事。莎拉感觉阿古达非常渴望获得她的支持。但如果是这样，阿古达的对手是什么？是谁？莎拉还没来得及提出问题，他们就已经来到了路边的小餐馆。

虽然这里挤得水泄不通，但里面的暖气让人短暂逃离了外面的严寒。空气中弥漫的咖啡香气和烤制糕点的香味非常诱人，人们谈话的喧嚣声很大，莎拉不得不扯开嗓子大声说话。

"好了，我的下一个问题是：为什么是我？我从没和政客打过交道，为什么你口中所说的强大委员会要招募像我这样的人？还是说这一切只是因为我在新闻网络上提到了这些事情？"她不太确定自己想要听到什么样的答案，"我希望他们不仅仅是在寻找某个人来当委员会的科学家发言人，每次发生危机都要站出来面对媒体。"她无意当政府的传声筒，政府只不过是想告诉世人一切都会好起来的。

阿古达狂笑。此时餐馆里的喊喊喳喳的谈话声碰巧消停了一下，一位从他们身旁经过的女服务员被阿古达的笑声吓坏了，以致她一直拿在手上的餐具掉了。莎拉看到有两个机器人滑过来帮女孩捡起餐具。

阿古达似乎没有注意到这一幕，只是接着刚才的话继续说下去，"亲爱的，事实刚好相反，他们已经彻底审查过你的研究员资历。相信我，你是被人极力推荐过来的。"

莎拉咬着嘴唇，不理会他话语中透露出的优越感。阿古达明显把她的疑虑误以为是不自信。她当然不需要他的认可。

阿古达继续说："我们需要有人告诉我们一些事，这个人不仅要告诉我们接下来几个月里事情可能会有多糟糕，还要告诉我们可以提前多久预测到这类地磁暴以及预测的可靠性。当然，同样重要的是，我们确实需要一个没有既得利益也没有政治抱负的人。"

阿古达的演讲——这场谈话最初带给她的感觉——被其中一个协助女服务员的机器人打断了。机器人滑向他们，用平板单调的声音通知他们现在有一张桌子。莎拉留意到最近这种模式的机器人在居家和服务行业都很受欢迎，主要是因为它具有多功能用途。新的伴侣机器人不具备处理能力和机器学习技能，如果具备这些能力，这些机器人几乎就可以和狗一样对人类的情绪做出反应。但话说回来，人们真的不需要纽约的餐馆具备什么同情心，不带感情的高效服务才是完美的。

她跟着阿古达和机器人走到靠近餐馆后方角落里的一张桌子。两人看了一会儿屏幕上的菜单，各自轻触显示屏，点了咖啡和煎饼。莎拉看了一眼视网膜上的时间，还有不到一个时，他们就要穿过小镇到联合国大楼报到。

幸好，阿古达似乎也注意到所剩的时间有限，突然变得更严肃了。他身子往前倾，向她靠近。"好吧，莎拉，请告诉我你对地磁有多了解？"她闻到他身上的薄荷味和难闻的雪茄味道。

这是在对自己进行面试吗？还是他只是在继续发表演讲之前测试一下自己的知识水平？"呃，我是一名太阳物理学家，我比较了解的是太阳磁场，不是地球磁场。所以，如果你要问的是我对地球磁场强度的减弱以及即将发生的南北极地磁翻转有多了解，那么，抱歉，这真的不是我的工作领域。"

"太棒了，因为这是我的领域。"阿古达笑了，"如果接下来我跟你说的事情对你而言太浅显易懂了，请打断我，好吗？"

"好。"莎拉点点头。现在情况完全不一样了，终于有了变化，她的内心在苦笑——过去几天她对记者们和政客们说过同样的话。

"好吧，我想你肯定知道，"阿古达开始说，"以前几个世纪以来，地磁北极一直在移动，但近年来它的移动速度一直在加快。以前它在北美洲，现在它在亚洲。"听了这话，莎拉震惊不已，她同样惊讶的是，自己以前压根儿不知道有这么回事。她知道地磁北极一直在移动，但显然她没有了解最新情况。

"当然，这本身不是个问题。"阿古达继续说，"与太阳的磁极极性不同，太阳极性约 10 年翻转一次，地球的磁场 100 万年内只会翻转几次，但每次地磁倒转都需要数千年的时间才能完成。不管怎么说，下一次的地磁极性倒转已经迟到很久了，实际上大约迟了 50 万年。"

"但长期以来有个问题，我们并不完全了解是什么导致了地磁极性倒转。我的意思是，我们知道地球熔化的内核被人类不知道的某种方式破坏了，但是——"

"——但是现在发生的事情并不是极性倒转延迟带来的影响，对吧？"

"不，地球磁场的变化速度说明了一种截然不同的物理过程。我们地质学家之前在相对较新的地质历史中见过这种过程。"

服务员为他们送来咖啡和蛋糕的时候，阿古达夸张地顿了一下，他压低声音，神秘兮兮地对她耳语。

"你有没有听过拉尚地磁漂移（Laschamp excursion）？"

"不，没有，"她答道，打开餐巾纸，拿走刀叉，马上开始吃早餐。"你跟我说说吧。"

阿古达来劲了，忘了吃自己的煎饼。"是这样的，20 世纪 60 年代，地质学家在法国中部拉尚村附近的一处古老熔岩中找到了强有力的证据，证明地球磁场曾经有过一次非常短暂的暂时性的地质学周期的倒转。这大约发生在 4 万年前。实际上，像这种地球磁极互换持续时间较短且很快就恢复原样的情况，我们称之为'漂移'，而不是'翻转'。"

莎拉再次震惊了！她之前根本没接触过这样的信息，她体内的科学家因子让她对此很感兴趣。她从餐盘中抬起头，原本夹起一块薄薄的煎饼要往嘴里塞，现在停在嘴边，"4 万年前，也就是上一个冰河时代，是吗？"

"没错。猜猜 4 万年前还有什么重大事件？"

莎拉做了一个有根据的猜测，"嗯，现代人类不也大概是在那个时期抵达欧洲的吗？"

"没错，你说对了一部分。"阿古达显然现在正满怀信心地想要发表一番见解，然而他的煎饼还是一口未动。"数万年前，在几次迁移浪潮中，智人从非洲和亚洲迁移到了欧洲。但是，也正是在 4 万年前，尼安德特人从欧洲消失了。"

"稍等。这难道不是一回事吗？智人不是取代了欧洲的尼安德特人吗？而且在两者同时出现的那段时期，他们甚至杂交了，但尼安德特人逐渐灭绝，因为他们竞争不过……"莎拉回忆起某位声誉很高的古生物学家的演讲，他在演讲中认为尼安德特人根本没有灭绝，他们只不过是在与更强大的智人杂交时迷失了自我。

阿古达笑了，"作为一位物理学家，你对古生物的了解算是挺多的。"莎拉很想知道他说这些到底想做什么。她看了一眼时间，如果他们要赶上会议开场，那么他们很快就要起身前往了，但是她仍不确定阿古达的目的到底是什么。这位地质学家依然在继续着他的"演讲"。

"当然，还有少数尼安德特人在欧洲南部晃荡了一万年，但大部分尼安德特人突然消失了——我们认为这是因为某件灾难性事件发生了。现在大多数地质学家认为这是拉尚漂移导致的。"

莎拉终于完全领悟了自己所听到的一切，一种不祥的预感越来越强烈。"且慢——你是说，现在地球磁场即将发生的事情和 4 万年前一样——而且这一次更可怕，因为它会导致全人类几乎灭绝？该死！这一切都是因为地球磁场的减弱？！"

"我说的就是这个意思。地质数据表明，在那几百年内，地磁磁极只是短暂逆转，它的强度只是正常强度的十分之一。"

"所以，那时的地球磁场比现在要弱得多。"

阿古达点点头，"但这还不是最值得关注的事情。在事情真正发生那几个月的过渡期里，当地球磁场正在翻转的时候，磁场几乎消失了。所以，你可以想象一下那意味着什么。大气层中臭氧层潜在的破洞问题会导致致命辐射从太空射出，也会导致地球气候突然出现严重混乱。"

现在莎拉胃口全没了。她想到飓风杰罗姆就在距离她 1000 千米远的海上，所到之处留下一连串的死亡与毁灭。也许这只是她的想象，但现在这家餐馆显得更加安静了——也许她自己的视觉和听觉自动屏蔽了周围的所见所闻，因为她现在正专注于消化刚接收到的新消息。她回过神看着阿古达，"我猜飓风杰罗姆之所以这么强大，也许是因为超高能宇宙射线严重破坏了大气层……"

阿古达帮她说完了她接下来的推测，"……辐射强度之所以这么大是为什么？因为减弱的地球磁场无法屏蔽它。因此，已经穿过大气层的宇宙射线能量被飓风吸收了，并且转化成致命的超级飓风。"

过去两周莎拉一直担心地磁风暴会摧毁电信系统，但刚刚得知的这一信息则更令人恐惧！

她用手指梳理头发，试图理清头绪，她忘了那份已经吃了一半的煎饼，她需要保持理智。是的，也许这一切都有点荒诞。"但这个拉尚漂移时间……你说的是导致某个物种灭绝的气候……如果真的这么严重，为什么不会同时导致地球上的其他物种也发生大规模灭绝呢？"

"你可得记好了，冰河时代北欧的气候已经够恶劣了。所以，对尼安德特人和其他许多动植物来说，任何进一步的破坏都会打破原有的平衡状态，把平衡状态从不利的状态变成无法忍受的状态。"

"好……好吧，这个我信。"莎拉回道，但还是没完全被说服。"但是为什么受到影响是尼安德特人而不是智人呢？我还以为尼安德特人是耐寒的物种。"

阿古达往后靠在椅背上，虽然嘴里塞满了煎饼，但他还是继续说话——世界末日似乎没影响到他的胃口。"莎拉，这是简单的地理知识。你越往北走，气候就越恶劣，如果情况越发糟糕，你就会感觉越不舒服。因此，大多数现代人类定居的南欧和非洲，那时的生活条件并不是很差。再说了，尼安德特人大多皮肤白皙、红头发，这表明，在几乎完全没有臭氧层的情况下，他们特别容易受到紫外线 B 波段的伤害。"

嗯，这听起来相当有道理，莎拉心想。全球好几个地区上空的臭氧层已经急剧耗尽，而且随着地球磁场的进一步减弱，臭氧层可能会成为太阳能粒子袭击地球时的"首位伤员"。又或者，加布里埃尔·阿古达提出的是一个备受争议的理论，也就是说这个理论尚未被科学界的其他人接受，这只是一个建立在对不充足数据资料进行过度戏剧性解释基础上的理论？对上一个冰河时代发生的事件进行推测是一回事，但是认为这样的事情可能会再次发生完全是另外一回事。

阿古达肯定感觉到了莎拉的质疑，他换了个动作，再次往前倾，靠近她。"我们拥有的所有证据都指向一点：引人注目的宇宙射线活动穿过电离层，由此产生的长寿命宇宙同位素浓度增加，比如大气中的 $^{-10}$ 铍和 $^{-36}$ 氯，突然变化的天气模式。我们只是希望地磁磁极翻转的过渡期短一些，这样一来，地球磁场就可以在几个月内重新获得力量。"

"那与此同时呢？"

"与此同时，我们必须竭尽所能尽量减少这带来的影响。毕竟，我们肯定比那些可怜的尼安德特人更有能力保护自己，是吧？"

沙拉对此不太确定。她担心的并不是来自深空宇宙射线的连续轰击，也不是太阳突然爆发的不可预测活动。联合国委员不会喜欢她告诉他们未来任何大规模日冕物质抛射带来的潜在影响。当然，这很大程度上取决于地球磁场变弱的程度。但有些事情让她很烦恼，而且突然她意识到自己到底在烦恼什么。"那好，请你告诉我，你怎么能如此肯定过渡期很快会结束，地球磁场可以恢复力量？我以为地质学家只专注于数百万年的时间段。当然，哪怕是拉尚漂移发生之后的 4 万年，这对你们来说就像是一眨眼的事。"

阿古达沉默了几秒钟，好像是在理清回答的思路。"是的，从某种意义上说，你说对了。但是地球磁场变化情况的计算机模拟是非常复杂的。地磁磁极倒转不像大约旋转 180° 的行星般大小的条形磁条。但是，当旋转得一团糟的时候，人类会经历一个短暂的混乱阶段，这种感觉就像是行星液体中心里面有很多个磁铁都在朝不同的方向移动。然后，这些不同的磁场可能会合为一体，地磁磁场北极最后翻转到现在南极洲附近的南极点。"

"事实上，目前正在绘制磁场强度的卫星已经在太平洋和南美洲地区发现了磁场变强的地区。使用这些数据进行的所有计算机模拟均预测在今年年底之前地磁磁极倒转会结束，到时地球磁场力量应该很快就会恢复。"

餐馆的顾客越来越少，阿古达注意到莎拉放下了刀叉，而且她并不打算把剩下的煎饼吃完。他轻敲手环，切换成交互式桌面显示器，结账。

"但在那之前，情况会变得更糟，对吗？未来几个月将会很难熬。"莎拉努力压抑心中那股强烈的绝望感。

阿古达点点头，"莎拉，这就是我们需要你的地方。我们需要知道如果地球磁场强度继续下降，情况会有多糟糕 ——也许会下降到其最大强度的几个百分点？如果日冕物质抛射再次直接撞击地球的话，情况会怎样？"

"那要是我们挺过来了呢？"

"一旦地磁磁极倒转结束，情况就会迅速恢复，一切都将照常运转。当然，对于指南针制造商来说，这将是巨大的福音，因为到那时所有指南针的指向都是错的！"

莎拉勉强挤出一丝微笑。她陷入沉思，起身，伸手去拿挂在椅背上的衣服。她环视了餐馆一圈，尽管来自太空的威胁越来越大，但周围的纽约人依然在尽情享受生活。她想，人类太不重视生物圈这一薄层了，以至于忘了它是如此脆弱，而人类自己，真的也非常脆弱。

太阳坠落

⑫

2月9日星期六　纽约

莎拉跟着阿古达穿过内置生物识别扫描仪的巨大旋转玻璃门，走进联合国大楼的宽敞大厅。她的视网膜显示器上的时间是08:45。当两人站在接待处等候时，这位尼日利亚地质学家的身高比她高出一大截。和其他许多人一样，她经常想为什么联合国还保留着旧名称。现在很多跨国公司在里面也有席位，这个名称几乎没啥意义。然而，尽管大家都知道联合国办事无能，但它仍在展示自己作为全球组织的一面：积极维护世界和平与安全。她抬头，仔细打量一块巨大的黑色花岗岩。联合国会徽是一个从北极看上去的世界地图图案，周围环以一个橄榄枝，上面刻了两行字：

没有自由的安全即压迫。

没有安全的自由即妄想。

十一年前，也就是 2030 年，联合国在签署《日内瓦隐私公约》之后不久就用了这一铭词，是为了对付网络恐怖主义、网络间谍活动和代码武器化。莎拉仔细思索了一下 20 世纪的"冷战"是如何变成 21 世纪的"代码战争"的。

接待机器人把他们引到大厅尽头的安检门。在那里，她跟着阿古达通过一个复杂的视网膜扫描仪。莎拉刚通过扫描，一个不见人影的声音就立马要求她伸出双臂，站着不动。一个配有椭圆形黑色平板的机器手臂伸展开来，扫描她全身。这个过程差不多有几秒钟。

扫描结束后，她转向阿古达，"这样就好了吗？我们不会收到电子通行证吗？"

阿古达莞尔一笑，"呀，我们已经拿到了。刚才的视网膜扫描不仅是识别身份，还有其他功能。你正常的 AR 功能已被暂停使用，已被替换成内部 AR，它可以让你识别委员会成员并访问文档。你还被贴上了视网膜 ID 代码，这不但可以让你访问你有许可权的限制区域，还可以随时跟踪你在这栋大楼里的活动情况。"

"那身体扫描仪呢？"

"啊，这是最近新增的。它是一个全身的 B 鼠标扫描仪 (B-Mouse scanner)——不好意思，应该说这是一个内含超声换能器的布拉米克便携式磁共振成像扫描仪（Blümich portable MRI scanner）。基本上没有东西可以逃过它的扫描。"

阿古达肯定看到了她茫然的表情，笑着说："这个标准操作流程已经在这里执行好几个月了。我很诧异你之前竟然没遇到过。"

莎拉耸了耸肩，"我想我从来没近距离接触真正的政治权力和这么高级别的安全问题。"

"好吧，联合国现在已经拥有你详细的人体解剖三维扫描图，就连你的医生也会羡慕这样的三维图。如果你碰巧携带了或者体内植入了任何电子或化学设备，哪怕是纳米级别的，它也能扫描出来。"莎拉想知道，对于一个能力超群且毅力十足的人，要花多长的时间才能研发出这种技术。

一位二十五岁左右、衣着光鲜的男子来到他们身边，陪同他们穿过一条宽敞平坦的走廊，坐上电梯直达十五楼。走出电梯，莎拉发现这里的走廊更明亮，整层楼都是低沉嘈杂的谈话声。他们走到一扇磨砂玻璃门前，门上写着 HCR1（Holographic Chamber Room One，第一全息室）。

"先生、女士，我们到了，这里是第一全息室。"年轻的向导如是说，"参议员和委员会的其他成员都在等二位。"莎拉猜测，整栋大楼的传感器打从他们通过安检的那一刻起就一直在跟踪他们，不断地重新确认他们的身份，因为当他们一走近，坚固的铝氮氧化物门"唰"一下就开了。她注意到了房间里的单向透视玻璃窗：外面看不到里面，里面却可以清楚地看到外面，也就是说会议室里所有人都已经看到他们来了。

会议室比她预想的还小，中间摆放着一张巨大的白色椭圆形桌子，桌上有交互式展示玻璃。整个会议室大约能容下 20 人。但现在只有一半的人到场。除了两把空椅子是留给莎拉和阿古达的，其他座位上放的不是椅子，而是光滑的黑色全息显像管，管高约 2 米。圆柱体的外表面布满了数千个纳米器件，每个纳米器件都有一个微小的固态激光器。一经激活，显像管就会往所有方向发出光线，然后就会出现高分辨率的全息实时图像，这些图像是那些身在远方无法亲自出席会议的委员会成员。这样的画面真是令人印象深刻，如此逼真的幻象很容易让人忘记那些与会人员其实并没有出现在会议室里。目前，八根显像管均处于休眠状态。

他俩走进会议室的时候，一名身着昂贵西装的浅棕色头发的男士马上起身。他身材高大，看起来经常健身，不过在高大的尼日利亚地质学家面前还是矮了一截。"嗨，加布里埃尔·梅特林博士。两位早上好。"他朝他俩走近，伸出手。

"莎拉，"阿古达为她介绍，"这是参议员霍根，也是我们的委员会主席。"男子非常用力地与她握手，黑色的眼眸紧盯着她，仿佛比任何视网膜扫描设备更能看透她的灵魂，这令她感到很不安。"很高兴见到您，参议员先生。"莎拉努力让自己的声音保持平稳，迎上他的目光。

"我们都非常高兴你能加入我们。"男子笑容可掬，洁白的牙齿让她联想到大白鲨。莎拉对这位来自印第安纳州的参议员知之甚少，仅有的了解也是网上看来的：他是一位能力超强、雄心勃勃的政治家，也是国会山最年轻的政治家之一。来的路上，阿古达已经在出租车上跟她简单说了一些霍根以及其他个别委员会成员的相关情况，弥补了她这方面的知识空白。

莎拉看到自己的名字在桌上一个棱柱形 LED 显示屏上发着光，旁边是一个空座位。她走到自己的位置，阿古达就坐在她左边。她右边是一个年轻人，她认出了他是世界上最大的企业——沙特阿美太阳能公司（AramcoSo）——的总裁。他的名字是贾西姆·奥斯曼（Jassim Othman），一位有名的花花公子。众所周知，阿美太阳能公司是他父亲创立的。之前那些非常富裕的海湾国家，它们的经济被气候变化和人类放弃使用化石燃料这双重灾难摧毁，但阿美太阳能公司却在这场灾难性的金融危机的余烬中涅槃重生。沙特阿美太阳能公司早就预见了经济崩溃，并且在确认了钙钛矿晶体是廉价的高效光伏电池首选材料之后，便重金投资晶体钙钛矿太阳能电池技术。与此同时，这家公司已经不像以前那样对沙特阿拉伯王国非常忠诚。贾西姆·奥斯曼看到莎拉已经认出了自己，对她露出了自认为最吸引人的笑容。

莎拉突然察觉到桌子周围全息显像管传来低沉的嗡嗡声。几秒钟后，黑色坚固的管子逐渐消失了，取而代之的是未到场的委员会成员的全尺寸全息图。所有人都显形之后，会场出现了短暂的交流声，这些远程参会的委员和在场的人愉快地寒暄。莎拉注意到，这些人好像都互相认识，而且有些人之间的交流似乎比其他人更热络。她依次打量了桌子旁边的每个人，迅速浏览了 AR 提供的基本信息。这些人当中有好几个不是政治家，而是跨国公司的首席执行官。她回顾了一下自己出生后世界政局是如何变化的。在本世纪 30 年代，在海平面上升迫使大规模人群移民之前，国家边界已经越来越模糊。现在世界区域划分更多的是从经济角度而不是根据地理界线，而且主要是由操作云数据和彼此间加密货币移动的跨国公司所设立的在线防火墙来划分，这些防火墙就好比是之前的国家界线。

霍根，打断了与会者的谈话宣布会议开始。"欢迎各位来参会，"他一边说一边扫视与会人员。"在座的大多数基本都互相认识，所以我们就直接跳过自我介绍。但是，当然，我想特别欢迎一下我们的新成员，莎拉·梅特林博士，我相信她的专业知识对我们来说将非常重要。"有些人看了看她，点点头。"不管怎样，"霍根继续说，"你们都可以在AR上看到彼此的个人信息。很抱歉这些只是比较基本的信息，但你们当中有些人似乎仍不相信这里的安全措施，而且说话有所保留。"他看了一眼自己对面的一个全息图像，微微一笑。莎拉的AR告诉她，那人是中国驻美国大使徐福荣，他正在自己的华盛顿办公室里发言。

莎拉万能的翻译植入片把徐大使的广东话翻译成英语，还模仿了他低沉的声音、浑厚的声调。徐大使严肃地回道："这有待观察。希望这位年轻的英国科学家可以带给我们一些鼓舞人心的消息。"

这个大使在会议室里出现的形象栩栩如生，他说话的时候仿佛真的是直视莎拉。

"的确如此。"霍根说，"好吧，你们很快会发现，我们今天的主要内容是关于梅特林博士先前提及的近期的太阳活动。"霍根转向莎拉。

"所以，'年轻的英国科学家'——"他显然是想让自己的声音听起来轻松愉快点，但在莎拉听来却很傲慢。她忽略他的话，几乎可以肯定自己不喜欢霍根。"——让我简要总结一下我们委员会存在的原因。你可能认出了桌旁的一两个人，但你认不出其他人。我们有各种不同的背景，我相信你也意识到了。近年来地缘政治风险一直在上升。尽管流离失所的人口流动进一步模糊了国家边界，但随着世界经历了对空间和资源的新一轮竞争，这也让政府权力有所加强。而且还有很多跨国公司——"他看了贾西姆·奥斯曼一眼，冲他微笑，贾西姆点了点头。"——比最富裕的国家更大、更强。"

"这种，嗯，这种受欢迎的国际合作意愿意味着人类仍然需要一个像联合国这样能够为全球决策提供论坛的伞式组织。现在，你可能会反驳，说联合国早就像一头没了尖锐牙齿的野兽，但是这回它再次被要求作为人类事务的仲裁者和监督者。这就是为什么你会看到自己身边坐着这么多大型企业的代表，当然，这些企业有权像任何国家那样发表意见。"

莎拉试图让大家觉得她对这堂会前辅导很感激。霍根是不是认为她刚从长达十年的假死中醒来？庆幸的是，听起来他好像终于要开始切入主题了。

"你很快就会发现你被邀请加入我们这个委员会是因为你对这些太阳活动的了解无人能比，而且你还知道如何建模以及预测太阳活动。有人告诉我们，你在巴西太阳能科学研究所最新的模拟模型是迄今为止最先进的模型。"

"是的，我们的确也这么认为。"莎拉毫不掩饰对自己工作的自豪感，尽管如此，不过如果要她实话实说，其实这主要是由一个强大的人工智能完成的，太阳的计算机模拟不再出现于人类程序员编写的数千行代码中。和当今世界中几乎所有的事情一样，这些事情都需要分析和处理大量数据、进行模式识别并预测这些模式如何与时俱进，实际上它是深层神经网络的工作，而不是人类的工作。莎拉突然意识到霍根和其他委员会成员都满怀期待地看着自己，等着自己多说点什么。

霍根打破了短暂的沉默，"是这样的……我们需要知道它告诉我们未来任意事件的可预测性及其带来的影响，例如最近导致地磁风暴引起飞机坠落的这类事件。在我看来，更重要的是，地磁风暴炸毁了印度洋上空四分之一的通信卫星。我们还需要知道它可能对我们的气象系统产生什么影响，以及日后是否还会出现类似飓风杰罗姆这样的极端事件。"

令莎拉感到惊讶的是，霍根更关心全球通信系统受到的损害，而不是人命损失，她很想知道这个委员会成立的政治原因到底是什么。她认定尽快露出自己的底牌才是最安全的行动，于是她打断了霍根。"我想说清楚一点，作为一名太阳物理学家，我的专业知识并不涉及地磁暴及其对气候的影响。"

霍根瞥了莎拉一眼，表明他不习惯被打断，但他的表情瞬间就变柔和了，仿佛有个控制表情的开关被开启了。"我完全理解。因此，为了不耽误在座各位委员宝贵的时间，也不耽误您自己的时间，或许您可以跟我们说说您工作的最新进展，当然，请您用门外汉听得懂的通俗语言。"他笑了起来，看了周围一圈。其他几个人也笑了。

真是一群傲慢的傻瓜！莎拉心想。虽然她不能想当然地认为他们对自己的研究知之甚多，但她也不天真地认为他们的科学顾问之前没对他们进行全面的简单说明。

"谢谢您，参议员，"她说，"是的，当然，我会尽量，啊，简单说明。"她把左手放在桌子上，右手轻敲手环，把前一天准备的全息演示转到会议室里的系统，然后深吸一口气，她开始说了，"听到您不需要我针对宇宙射线是否与飓风杰罗姆有关发表看法，我松了一口气——除非我们对此有进一步分析。虽然我接下来要讲的内容你们可能会难以接受，但我认为我们还有一个更大的问题需要担心。"她已经在脑海中多次排练这部分演说词，再次感到满满的自信。

"正如在座的大多数人可能已经知道的那样，日冕物质抛射——即从太阳表面抛出的巨大的、携带磁力线的泡沫状气体——平均每天都会发生几次。由于它们可以以三维方向朝任何角度抛射，因此直接撞击地球的概率很低，通常每两周撞击一次。"莎拉边说边激活演示内容。太阳系的全息动画出现在会议桌中间上方，与参会人员的头部在同一高度。动画里的太阳是一个足球大小、炽热的、不断变化的橙色球体，细节逼真，地球和内行星围绕太阳慢慢旋转。太阳时不时地喷出微小的火球，这些火球往外移动，在移动的过程中一边扩散一边缓慢变得暗淡。

"一般来说，日冕物质抛射携带的总能量是巨大的小行星撞击所产生的能量的 100 倍，6500 万年前，这种撞击导致恐龙灭绝了。"

当莎拉对这些统计数据进行说明的时候，有几个人怀疑地盯着她。

"那么，在太阳的这种撞击下，人类为何能够生存这么久？好吧，就算在整个历史中，地球一直用磁场来缓冲日冕物质抛射带来的影响——就把这想成是行星大小的气泡膜。但是……如果地球磁场严重减弱，那么……这下好了……这下好了……这下人真的知道到底会有什么样的影响。"

一位坐莎拉正对面的白发男子打断了她的话，这位先生穿着得体，胡子修得很整齐。"啊，现在就说说吧，梅特林博士，请不要给我们上课。"莎拉意识到，他是用英语在跟自己说话。她的 AR 告诉她，此人是埃及内政部长阿什拉夫·阿尔－马格里比。他的声音清晰又自信，似乎已经习惯了被倾听。"关于日冕物质抛射，我们该知道的都知道了，我们也知道它的形成方式和原因。我们要你加入这个委员会并不是想要了解你刚才所说的那些。"

莎拉觉得自己一时之间喘不过气来，面对这种突如其来的敌意，她不太清楚该怎么回应。坐在马格里比旁边的一位女士转头警告他。女士看起来大约和莎拉同龄，但哪怕是中间隔着长桌，莎拉也可以看出她满脸都是细胞组织工程和皮肤纳米植入物。而且，她的声音暴露出了是整容让她看起来年轻了几十岁。"马格里比先生，没必要用这种无礼的语气说话。既然我们已经邀请梅特林博士加入我们的委员会，请你至少做到不要打断她说话，要礼貌倾听。"虽然她的声音很柔和，却立即赢得了尊重，阿尔-马格里比皱了皱鼻子，轻轻抚摸胡须，尽量表现出一副他刚才说话很礼貌的样子。

莎拉的 AR 告诉她，刚才这位女士是菲洛梅娜·克雷斯波，三星集团的副总裁，一个非常厉害的巴西人，她代表的是一家跨国公司而不是一个民族国家，莎拉想知道这是否意味着她不再受政治影响，因此可能更富有同情心。或许她只是认为有必要为一位女同胞辩护——毕竟，当克雷斯波女士开始自己职业生涯的时候，女性仍需加倍努力工作证明自己的价值，从而达到职业生涯的最高峰。不管是什么原因，莎拉对她都心怀感激。

莎拉心想，一个代表着 1.2 亿人口的埃及人肯定会特别急于想得到一些安慰。毕竟，埃及是海平面上升最早的受灾区之一，自从十年前尼罗河三角洲大部分地区消失以来，埃及的农业基础设施已经瘫痪，这给本来就千疮百孔的经济带来了无法忍受的压力。

莎拉继续发言，"当然，并非所有和地球有关的日冕物质抛射都是危险的。我们认为其中有五分之一需要引起特别关注。问题是大家可能都找错方向了。"

现在他们开始全神贯注地听她说话。就是这样！这一刻起我要开始粉碎他们的骄傲自负！"看，你们一直在担心日冕物质抛射对地球磁场本身的影响，担心它会引发地磁暴。"

"你还是没跟我们说新内容，梅特林博士。"中国大使冷冷地说。

莎拉感觉脸火辣辣的，体内再次燃起了熊熊怒火。

靠！又不是我自己要求加入这个见鬼的委员会。如果我就这样起身走出门，他们会怎么做？莎拉深吸了一口气，然后努力让自己冷静下来。"大使，我的重点是，地磁风暴不一定是我们现在应该关注的问题。上周导致人工智能 -231 坠机的通信卫星故障是受到日冕物质抛射本身的高能粒子的直接影响，不是大家想的那样是地磁暴引起的。"

"尽管它们可能是灾难性的，但现在我们关注的重点不应该放在那些更容易预测的问题上，比如过去在地磁暴期间不得不担心的电网中断和无线电信号干扰等，我们应该担心的是日冕物质抛射释放的电磁辐射直接撞击地球带来的威胁。"

莎拉轻轻弹出下一张全息图像，跳出的是地球及其周围磁场的动画，地球两极发出通量线，且通量线在更大的环路中做曲线运动。这个在地球向阳侧的磁场模型被压缩到大约十个地球半径的间距。"地球磁层的一侧——地球磁场——面向太阳那侧之所以被压扁是因为受到太阳风的压力。但是在地球的夜晚的那侧，你们可以看到磁场线是如何往外伸的，这样一来，磁层伸展的样子就好比是我们身后长了尾巴。"

"但是……这就是磁层在强度最大的时候应该有的样子。现在，我们一起来看看日冕物质抛射直接击中地球会怎么样。"莎拉说道，动画显示的是正在接近地球的日冕物质抛射，这些物质是一大团彩色等离子云，比地球大多了。当它猛烈撞击磁层，磁场线会发生扭曲和拉伸，被全面撞击的那侧压缩得更厉害了。"日冕物质抛射里的高能粒子被地球磁场偏移了方向，就像快速移动的水流被挡在中间的岩石分流那样。"

"即使这当中的大多数粒子没有直击人体，但日冕物质抛射释放的高电荷等离子体也会引发地磁风暴——磁层中的扰动会导致强大的电磁流在地球周围流动。"

"那么，你们可能会这么想，较弱的地球磁场就意味着猛烈的地磁暴会更少。这么想是对的。但是……"莎拉又播放了动画，这一回地球周围的磁场线更少了。"……较弱的磁场同样意味着地球无法有效阻止亚原子粒子的高能轰击。因此，它们不但无法被地球磁层偏移方向转到地球周围，它们反而会直接穿过磁层。"

莎拉暂停了一下，看看在座各位委员们的反应。很好！现在他们都在全神贯注地听她说话。

她接着说："也许这是新内容，还是说大家都已经知道了？如果是这样，我真的不知道自己今天是来干吗的。"

她意识到自己的说话声可能大了很多，但那又怎样？他们想要真相，那就告诉他们，单刀直入。

会议室里突然爆发出一连串的问题，大多是直接抛给她的，参议员霍根要求大家有序发问，"女士们、先生们，我认为梅特林博士的观点至关重要，可能会被视为令人鼓舞的消息。"

"令人鼓舞？它哪方面令人鼓舞？还是我完全听错了梅特林博士的发言？"一位身材苗条、满头白发的芬兰代表说，她就坐在莎拉左边。

霍根笑了笑，"我们邀请梅特林博士加入委员会是因为她可以告诉我们她和她的团队如何准确预测日冕物质抛射抵达地球的时间，这样人类就可以采取必要的预防措施。因此，如果主要威胁是来自日冕物质抛射最初的影响，那么我猜想这比预测它可能引发的地磁暴可靠多了。我说得对吗，梅特林博士？"

莎拉有一种不妙的感觉。好吧，既来之则安之。显然，她已经让委员会的大多数成员不喜欢她了，他们肯定也不会喜欢自己接下来要告诉他们的事情。

莎拉决定尽可能冷静地向他们讲述事实。她深吸了一口气，"锁定地球为目标的日冕物质抛射被称为'晕事件'，之所以这么命名是因为在我们眼中这画面就像是晕状物。随着逐渐接近地球的抛射物质云团越来越大，看起来它好像围住了太阳，在太阳周围形成一个光环。不同于那些与太阳和地球之间的直线呈直角的撞击，这意味着我们很难预测它的速度，因为我们无法从侧面看到它在移动。有些东西将直击我们，但我们却无法预测撞击的时间。"

这回是阿古达打断了她，"但是，我们不是有太阳轨道卫星吗？它们不是能够让我们从侧面看到这一切吗？这些卫星就在撞击的路径之外——在火线外——因此不会被炸毁。这些卫星可以跟踪弹物质抛射，并为我们提供准确的接近速度。"为了佐证这一观点，他伸出双臂，同时用两根食指指向正前方的一个点，然后让两根食指相碰。

就在这时，莎拉点击下一张图片，图片显示地球正绕太阳运行，两颗卫星位于同一轨道上，一颗位于地球之前，另一颗位于地球后面。"你说的没错，"她说，"我们有日地关系观测台2可以提供这个视图，但是当日冕物质抛射距离它够近可以让它发挥作用的时候，已经来不及了，因为抛射出来的物质几乎就要击中我们了。"

虽然莎拉不得不传递这则令人不快的消息，但她现在更加坚定信念，科学是值得她为之努力一生的事业。

"所以，我们反而必须根据模拟进行预测。这些模拟把人工智能可以学习的和日冕物质抛射有关的一切都考虑进来，从太阳磁场到太阳风、到抛射本身的规模和强度。这所有的一切只是为了我们最后可以得到一个数字：抛射到达时间。"

中国大使再次打断了她，"当然，梅特林博士，我们都想从你那边获得的是一个不同的数字，而且这个数字要基于这一预测的准确性。到达时间的窗口有多宽？我们能提前多久得到预警？"

莎拉深吸一口气，"由于日冕物质抛射的速度范围很广——从几百到几千千米每秒——我们的最佳估计，基于计算机预测和卫星数据……是一个8小时的窗口。"

所有人都盯着莎拉。阿尔-马格里比打破了沉默，"你的意思是，我们能够知道我们将会被击中，但无法知道什么时候被击中？这意味着日冕物质抛射可能会到达任何地方？"

"是的，我很害怕。但我们必须正视这样一个事实，也就是说如果要避免潜在的致命辐射剂量，那么陆地上所有人都必须待在室内。更不用说动植物生命受到的危害了。任何一个国家都不会知道自己是否会被击中，等知道了，要采取行动为时已晚。而且一旦出现，这在未来几个月内可能会一次又一次地发生。"所有人再次叽叽喳喳地讨论开了。莎拉的强硬显然出乎了他们的意料，而且不受他们的欢迎。

"我还是不明白，"芬兰代表大声打断，"这 8 小时的不确定性是什么导致的？"

莎拉把手指放在她前面桌子上方的感应部分，回放她所展示的第一张全息图像，图像里地球慢慢围绕着地轴旋转。"地球需要 24 小时才能完成自转，对吧？也就是说，在 8 小时的时间内，地球表面三分之一的地方可能会被撞击。"

桌子周围传来一阵焦虑紧张的谈话声。——是时候给他们最后一击了。

"而且我害怕的还有一件事。"莎拉不得不提高声音让大家听到，"在日冕物质抛射到达地球之前，我们将受到高能质子流的猛烈冲击，这是脉冲型太阳高能粒子的先锋。因为这些粒子将以接近光速的速度前进，所以它们将在日冕物质抛射被太阳抛射出来之后 10 分钟左右到达地球。通常情况下，它们会被地球磁层偏转，但在磁场弱化的状态下，有些粒子会穿过磁层并给地球带来严重的辐射危险。"

这一番话让所有人都惊呆了！过了几秒钟，霍根第一个开口了，"这些都没有真正地改变什么。我们已经知道，如果发生直接撞击，那么我们必须制定各种紧急战略和紧急程序。所有这一切意味着，相比我们所想的，还要有更多没加入联合国的国家也必须这么做。"

"即使日冕物质抛射很可能不会撞击地球，我们也必须采取行动。"阿古达接话。桌旁有些人勉强点头。

"但是，"霍根继续说，"我们还是需要撰写报告，并就一个联合行动计划达成一致。"

莎拉如释重负，终于一吐为快了！世界处于危险之中，但至少不再只有她一个人在为这件事感到担忧。

第二部分

Sunfall

日冕物质抛射

⑬

2月9日星期六　新泽西州普林斯顿

　　李强早早就到了普林斯顿大学的麦考什大厅，这里正在召开一场暗物质会议。他为自己能够如期来参加会议松了一口气，因为担心飓风杰罗姆带来的影响，很多飞往纽约的航班被取消了。现在似乎所有人都在讨论这场超级风暴，当然这也是所有 AR 新闻的唯一话题。

　　他的铭牌上写着"李强教授（IHEP）"，为此他不由得笑开了。北京高能物理研究所（Institute for High Energy Physics in Beijing, IHEP）现在已经拥有了很高的国际声誉，所以它不同寻常的首字母缩写足以显示佩戴者的身份地位。登记完之后，李强带着会议文件袋转身离开登记台，他看了看文件袋里的材料，因为过去有段时间会议文件袋里总是塞满各种没用的纸张：地图、镇上最好的比萨餐厅名单小册子和"在普林斯顿必做的事"光滑面小册子，大部分材料是大甩卖、艺术展览和社区业余

　　　　　　　　　　　　　　　　　　　　　　太阳坠落

戏剧活动的宣传单。相比之下，他手上的这个袋子几乎是空的，他很高兴看到里面只有一个折叠式塑料制电子平板，平板上有项目情况和接下来的会议信息，还有一本笔记本和一支笔。现在几乎没有代表还用纸写字，但是李强喜欢一边听会议内容，一边在纸上涂涂写写或进行难懂的代数推导。

李强漫步到大楼外面，他想知道他的老友和合作伙伴马克·布鲁克纳近况如何。听说马克的婚姻破裂了，还与哥伦比亚大学物理系几个同事撕破了脸，最后为了逃避现实，跑到已故父母在新西兰的避暑别墅寻求急需的康复服务。昨晚和马克聊完之后，李强认为马克的气色和说话声音都比他所想象的好太多了。是马克只在他面前这么表现？抑郁症患者有这么快恢复吗？他对此表示怀疑。也许马克的状态这么好主要是因为会议结束后可以见到女儿艾维。

两人简短的在线对话让他回忆起二十年代末那些热血飞扬的日子，当时两人取得了自希格斯玻色子发现之后粒子物理研究方面最大的突破，他们发现暗物质会自相互作用，在高能量爆发中产生正常的物质能源。

李强看见马克迈着坚定的步伐穿过草地朝自己走来，冲马克挥挥手。马克也朝他挥了挥手，笑得很开心。马克刚走近，李强立马伸出手，但马克拉住他，给了他一个熊抱。

李强笑了笑，觉得有点尴尬。"很高兴见到你。我很高兴你能参加这次会议。咱哥俩要好好叙叙旧。"

这两个人早就不想在科学会议上听大家发言，因为他们可以随时随地了解其他人的研究。不，他们认为会议主要是和熟人叙旧，讨论学术界的政治，当然还有在酒吧里碰撞出新想法。李强想知道马克的酒量是不是依然比大伙儿好。

两人走进大楼，里面已经有 30 多个代表围在一起，互相打招呼。当大家注意到马克的出现，原本嘈杂的谈话声突然降低了。马克似乎并不在乎这一切，李强松了一口气，不过换作他自己是当事人，面对这种情况，他肯定会崩溃的！也许马克只是擅长隐藏自己的感受。

两人端起咖啡，走进阶梯教室，找位置坐下——不能太靠近前排，也不能太靠近后排，但一定要在侧边，以备听到无聊的发言内容时方便提前离场。

一坐下，马克就转头问李强，"对了，秋最近怎么样？孩子们呢……他们现在肯定都到了上学的年龄了吧？"

"是的，两个儿子都上学了，表现不错。秋很好。虽然我认为她还是很想念纽约。"

"什么？疯了吗？纽约有什么好想念的？"

"马克，你上一次来北京是什么时候？"李强责备他，"秋说她想念你身上清新的曼哈顿空气和异国气息。"两人都笑了起来。

"你呢？当你说你搬回新西兰时，我还以为你想成为一个隐士，与世隔离。"

马克叹了口气，"是的，我确实想过要孤独过日子，全心全意自怜自哀……"他的眼神看起来很茫然，然后他耸了耸肩，笑了笑。"但是，你知道吗？去他的。生活只不过和眼前的镜片一样黯淡，对吧？不说这个了，你知道下周是艾维十六岁生日吗？"

"哇，可爱的小艾维？我记得她和我家两个小鬼头现在一样大的时候，我还照顾过她呢。"李强回想起那段时光，那时马克和夏洛特拥有完美的婚姻，他们和女儿小艾维过着幸福美满的家庭生活。他细细打量自己的老朋友。

察觉到李强的打量，马克笑了笑。"我的朋友，时光流逝啊，"他说，"我看到你现在有了几丝白发。"

李强耸了耸肩，"你看到的是中国官僚主义，也是没完没了的项目资金申请书导致的。不像你是因为最近过度操心那些问题。"话一出口，他立马就后悔了，赶紧向马克道歉。马克让他赶紧打住，别道歉了。

"嘿，别傻了。你说的是实话，但我不介意。不管怎么说，我还没决定接下来该做什么。我还没完全排除回归学术界的可能性。"

此时，其他代表已陆陆续续走进大厅。"强，那你呢，你近况如何？圣诞节前我读了你最新发表的一篇论文。你现在在忙什么？"

李强无法掩饰自己的不自在，马克显然也注意到了。没有必要继续把自己知道的事情当成秘密了，因此李强低声说："这就是为什么当你告诉我你会来参会我如释重负的原因。如果你没来，我就会飞到新西兰告诉你。"

他想知道马克对自己的疯狂念头有何看法。

14

2月9日星期六　新泽西州普林斯顿

马克很困惑，对李强来说这样坦白自己的情绪是一件非常不容易的事。他低头看了看今天早上的会议议程，内心暗暗吐槽。"你看，"马克说，"早上的会议基本上是欢迎词和会议情况介绍，都是些我们已经知道的内容。走吧。"他起身，把李强带到过道，走到阶梯教室侧边的台阶上。

两人走出大楼，刚好迎面遇上从玻璃门走进来的一大群代表。一回到清晨的阳光下，马克就说："好吧，看来我对暗物质学术界的旧情复燃并没有持续多久。但是话说回来，我真的还没做好准备从头到尾坐在会场里听那些蠢话，特别不想听戈德斯坦那个老家伙用 45 分钟的时间告诉大家，我们对暗物质所了解的一切都是他的功劳。再说了，要听肯定也不是在你有重要事情告诉我的节骨眼上。那么，说吧，向我坦白吧。"

李强摇摇头，一言不发地看着几个晚到的代表匆匆从身旁经过，大家互相点头问候。马克双手插进外套口袋，在寒冷的空气中抖了抖肩膀，等着李强开口。最终，当外面只有他俩，马克转向李强，很好奇到底是什么秘密，"嗯哼？"

李强拉高衣领抵御寒气，这使他看起来更神秘兮兮的，像个老派的间谍。马克强忍住笑。

"好，但首先你要答应我，我跟你所说的一切你都要保密。"

马克耸耸肩，皱了皱眉头。到底是什么事有这么重要？"当然，但你为什么还要问我这个问题？你怎么会担心我会在你发表论文之前跟别人谈论你的想法呢？"

"我要跟你讲的不是会发表的东西。"李强紧张地环顾四周，好似担心被别人看到。"几周前，我和一群科学家，大多是地质学家，受邀到了上海，但我仍了解到了惊人的专业知识。总之，我们与政府一些高层官员开了几次会。显然，那些官员希望我们集思广益，齐心协力解决磁场变弱带来的影响。"

马克扬了扬眉，"什么！哦……我明白了。也就是说，当你的政府要求你解决一个你无法解决的问题，你觉得自己和我家的水管工相差无几，你知道自己在科学界里真的出名了。"他咯咯笑，李强皱眉。无论马克发生了什么事，自己显然把他的事都当成自己的事在关心，马克怎么能用这样的态度对自己呢！马克抓住李强的胳膊，看着自己的朋友。

"对不起，强，我不是故意这么说的——好吧，你听好了，这对我来说听起来不太具有危险性。我的意思是，每个人都在谈论地磁磁极倒转以及它什么时候会发生。今年下半年大家会一直说这事。在这场可怕的飓风之后，什么可能会或可能不会与减弱的地球磁场有关，更不用说导致印度航空公司坠机的日冕物质抛射了……好吧，我想，这事不可能很快发生。"

同时，马克在李强的眼中看到了令自己感到不安的东西。他的眼里有一种与他并不相称的狂野兴奋。李强突然变得很有活力，步伐更轻快了。"这就是问题所在。"他几乎是喊出来的，然后，像是想起自己现在正冒着很大的风险，他突然再次低语，"我从这些会议中了解到的是，他们认为地球磁极倒转可能不会如我们预期的那么快发生。"

"你这话什么意思？有新数据吗？"

"没有人这么说，但是……好吧，我只想说，我们所有人都发过誓要保密，发誓没人告诉我们这一切。"

马克克制住不耐烦的情绪，"好，你听着，我知道中国政府对保密的重视程度，我也可以理解你冒着很大的风险在跟我讲这些事情，哪怕是在和一个你可以完全信任的人讲这些话，你也会像现在这样。不过我想，你之所以想和我倾吐这个秘密，肯定也是有充分的理由。所以，你就直说吧，你他妈的到底想跟我说什么？"

李强深深地吸了一口早晨寒冷的空气，肩膀垮了下来，一脸无奈。"好吧，我不知道他们的信息来源是什么，但他们一直在考虑制定计划应对三到五年内大幅减弱的地球磁场强度。"

马克突然停下脚步，"不好意思，你刚才是不是说了三到五年？"他怀疑地盯着李强。

李强肯定地点点头，"我知道。这与官方说法有极大的冲突，官方说是在地磁磁极倒转完成以及磁场恢复力量之前，我们只需要挺过几个月，而不是几年。"

马克用手慢慢抚摸长满胡茬的脸颊。如果真的需要数年时间，为什么政府要告诉世人，情况会在几个月内恢复正常？如果地球磁场继续减弱，会导致更大程度的伤害吗？地球生命会被宇宙辐射炸毁吗？臭氧层会消失吗？他直挺挺地站着，出神地望着整个校园，思考李强所说的事带来的难以预料的后果。

李强没有放慢脚步，继续往前走，马克赶紧从后面跟上，在李强再次开口的时候赶上他，和他同步。"他们鼓励我们提出各种建议，范围涉及轨道保护屏障和挖掘巨大的地下掩体。我真的想不出什么建议，尽管一回到北京我就开始思考这个问题。但是，权且假设，如果我们必须对磁场本身做点什么呢？如果我们根本没办法等地球自行恢复，怎么办？"

前方有一对年轻的情侣正朝着他们这个方向慢跑过来，两人可能沉浸在只有他们自己听得到的音乐里。但是李强一直在等着，等他们经过，等到他们跑到远离自己的安全距离之外。

"我一直在仔细研究科学文献。你知不知道，大概是十年前，由于中微子成像技术大有进展，我们才能正确理解地球的磁场是如何产生的？"

他没等马克回答，"嗯，地球的液态金属核心基本可以说是一个巨大的发电机。它旋转的时候会产生电流和磁场，从而推动周围更多的导电液体金属产生更强的电流，甚至产生更强的磁场，诸如此类。这是一个巨大的反馈环路。"

尽管这个话题非常严肃，但马克甚至有点开心。李强具备非常深厚的粒子物理专业知识，他在学术界很受欢迎，不过尽管他是一位杰出的科学家，但他现在才探索基本的高中地磁学。他欢快地挥动双臂，摆动手指模拟各种圆周运动。他的热情让马克想起早些年李强每天一大早做的第一件事就是带着新想法出现在哥伦比亚大学的办公室，然后在白板上开始画费因曼图，自己则在一旁拼命想跟上他的思维。但现在的这个主题远比对暗物质结构理论层面的求知欲重要多了。

"但是，"李强继续说，"如果这个液体核心受到干扰，地球磁场就会变弱。而现在，我们脚下数千千米处的湍流漩涡正在扰乱磁场平稳的环形流动。"

"所以，我的问题是：如果我们真的不得不这样做，有没有办法再次激活地核？我们怎样才能在正确的时间点往正确的位置供应大量的能量，从而将液态金属往正确的方向推动？"

马克对此很有兴趣，"我想这有点像是把手指插进排水孔上方堵住排水孔，阻止洗澡水流走，在水流完之前，搅动水流恢复稳定的圆形旋涡。"

"没错，"李强笑着说道，"只不过把一根巨大的手指伸进地球并不容易。所以，问题是如何提供这种激活地核的能量。在以前的好莱坞电影中，有部电影演的是人类到地球核心探险，在那里，某种载人的地下飞行器会用激光束把能量射到地核。当然这是一个很有意思的想法，但我们都知道这是非常不现实的。我的意思是，即使在今天，地壳中最深的狭洞也不超过 20 千米。与地核中心的 6500 千米相比，这几乎就只是个小针孔。”

他们离开了学术大楼，路过一栋又一栋的学生公寓。他们经过星巴克，大学教职工和学生正在里面忙着打包早餐，准备带去办公室、实验室或教室。

李强再次停下脚步，环顾四周，仿佛这才注意到他们已经走了多远。他转身面向马克，伸出一只手意味深长地搭在马克的胳膊上。“也许我们应该往回走了。”马克耸了耸肩，他们沿着来时的路往回走。李强继续说，“所以，如果你想把能量输送到地球核心并保证它们不会在途中丢失，你会用什么办法？”

“你的意思是就像质子束疗法治疗肿瘤那样吗？”

“没错。在不受阻碍的情况下将能量输送到活组织里，然后准确无误地把它倾倒在身内某一精确位置，也就是需要它的位置。试想一下，如果你打交道的不是人类病人，而是整颗地球呢？”

马克很困惑，显然他遗漏了一些显而易见的事情，“好吧，就算我们已经使用中微子束对地球内部进行成像，但这在这个案例里不起作用。很难做到几乎没有任何能量损失。这些光束中的大多数粒子会直接穿过。”

马克感觉得到李强正在耐心等他恍然大悟。就像是被一个重磅炸弹击中，马克突然明白了。“当然！”他大叫，“见鬼了，强……”

一个女人在路的另一边遛狗，她停下来看着这两个男人。李强友好地朝她挥了挥手。

马克没有注意到这个女人，因为他终于意识到李强想表达什么。当然，有一种方法可以达到地球的核心！但这会涉及一束比中微子重几十亿倍的粒子，而且它比中微子更难以捉摸。更重要的是，这是他俩投入毕生精力在研究的粒子。

"中性微子！"

李强抬头盯着马克，两眼放光。他知道自己不再需要再多说什么了。

在过去的二十年里，这两位物理学家一直致力于研究暗物质——更具体地说，他们在观察当中性微子这一暗物质粒子发生高能碰撞时会产生什么后果。和它们的"表亲"中微子一样，这些中性微子几乎不与正常物质相互作用，因此会不受阻碍地穿过地球。但是，让两束中性微子交叉在一起……马克还是喜欢引用老电影《捉鬼敢死队》中厄格·斯班格纳博士的话："不要过河。"[①]

他的大脑转得飞快。如果将多束中性微子从地球周围的不同位置瞄准地面，所有中性微子都在地球核心深处的某一点聚集会怎么样？每一束都会穿过地球，像是完全透明的，但是如果它们聚在一起……他在脑海中进行计算，想确定这会造成多大的影响。能量是否大到可以再次激活地核？他无法判断这个想法是否可行，他对地球物理学知之甚少。但这当然是一个大胆的想法。不，这么说不对。实际上这是一个疯狂的想法！即使这个想法能发挥作用，也要花费数年时间才能付诸实践。

马克意识到李强依然在盯着自己，等着自己说些什么。他大呼一口气。

"我想你还没跟别人分享这个荒谬的建议。"

---

① 原台词"Don't cross the streams"，此处作者想表达的意思应该是"不要让两束中性微子交叉在一起，否则情况会变得很糟糕"。

"当然没有。但是，如果我们别无选择，只能试试看呢！"

马克感到既害怕又兴奋，关于回新西兰的所有念头这下都消失了。

⑮

2月11日星期一　德黑兰

　　席琳已经逃了三天。萨瓦克，这个最近重新启用的令人恐惧的伊朗国家安全情报组织，一直在追捕她，而且离她越来越近！她没花太多精力去监视监控摄像机，监控自己所经城市的位置，也没精力去观察他们笨拙地追踪她故意留下的线索，毕竟那些线索只是为了甩开他们。到目前为止，这些线索都发挥了作用，她已经设法在他们追上自己之前迈出了关键的一步。不过，除非一切按计划进行，否则他们抓到自己只是时间早晚的问题。而她自己也知道计划如期进行的希望渺茫，更何况她还没拟出具体的计划。

　　星期五早上，也就是她在马吉德的公寓里成功地完成黑客攻击后的那个早上，马吉德没来上课，她的世界就开始崩溃了！直到中午，两人在暗网上一位共同的好友告诉她，星期四晚上萨瓦克到马吉德家里把他抓走了。这样说来，那天她是不是也差一点就被抓了？他们肯定是非常迅速地通过安全漏洞追溯他的计算机。可怜的、无辜的马吉德！她很难受，是她让马吉德陷入这样一片混乱之中，同时她也被当局的行动速度吓坏了。显然，她不如自己所想的那样谨慎。

马吉德肯定是为她掩护了，否则那晚她肯定也会被捕，他已经为她争取了宝贵的几小时——足以让她在几位可以信任的暗网黑客的帮助下制订一个粗略的行动计划。到了周五晚上，她还没打开看自己拿到的文件，这些文件现在深藏在暗网的小角落里，即使是最尖端的人工智能也找不到它们。或者说，她是这么希望的。毕竟，她曾成功找到了它们，不是吗？但她不允许自己的妄想症占上风。暗网的优势之一是它庞大的规模——一层又一层，一个又一个的世界，就像同一个网络空间中共存的、从未互动过的多元现实。暗网可以让数百万人隐藏秘密，远离人们窥探的眼睛。

周五那天席琳没回家。她很肯定萨瓦克特工会在家里等她。当然，她的父母一定会担心得要命，但就目前的情况，他们知道的越少越好。因此，席琳去了一个她能想到的最安全的地方：一个名为"九夜"的网吧，这个名称是极客们对"一千零一夜"故事的典型恶搞，只不过他们是用二进制解释了"1001"（一千零一）。这家网吧备受欢迎，是德黑兰黑客们常来的地方，由一位名叫哈什米的退休编码员开的，哈什米年轻时曾是席琳父亲的同事。

哈什米是一位瘦高的男子，蓄着灰白色的胡须，以前他到席琳家的时候，他的胡须就吓坏过这位年幼的女孩。他的胡须让他看起来比实际年龄大了许多，现在亦然。她猜他现在是六十岁左右，但他善良的目光闪耀着令她心安的睿智。几年前，哈什米因为他参与的秘密暗网活动和她爸爸闹翻了，如果爸爸知道自己来找哈什米寻求帮助而不是向他坦白，爸爸肯定会失望，她不愿去想这样的画面。

现在她别无选择，只能相信哈什米。就在哈什米要关闭咖啡馆的时候，席琳出现了，哈什米很高兴见到她。但是当他看到席琳的眼神，他的高兴马上变成了担忧。哈什米把席琳带进咖啡馆里面，锁上咖啡馆，让她坐下。席琳跟他说了这些文件的事情，但没有详细地告诉哈什米她是如何获得的。

起初哈什米并不愿意卷入其中，但很明显他很钦佩席琳的行为，而且对文件里的内容显然也很感兴趣。不过，席琳还是使出浑身解数才说服了他，请他不要联系她父亲。哈什米带着席琳穿过昏暗的走廊，走到咖啡馆后面的一扇门，进这扇门需要进行生物识别。门后的房间看起来像是垃圾场与美国国家航空航天局任务控制中心的混合体。这里面有很多台电脑，这些电脑配的还是老式的物理显示屏，满地都是电缆。席琳敢肯定地说，大部分电脑硬件看起来比她还年长。然而，熟悉的电子嗡嗡声和发光的 LED 让她认定这里是办公的地方。房间里到处塞满了电子设备、空食品纸盒、啤酒瓶和咖啡杯。有一面墙堆满了一大堆没用的的硬件，可能都是哈什米难以割舍的。房间的另一头是一张还没铺好的床和一个小水槽。 席琳想，在什么样的情况下，哈什米可能得在这个满是电子设备的房间里过夜，毕竟他自己的公寓就在楼上。

哈什米留下她独自一人阅读文件内容，席琳对此非常感激。但是哈什米坚持，如果她需要他的帮助，一定要去找他。

席琳大约花了一小时访问并浏览了所有文件。文件内容包括高分辨率卫星镜头、磁场数据、各类图表和表格、未定稿的科学论文，电子邮件、内部备忘录和机密报告。最后，她彻底明白了自己拿到手的到底是什么。她也没有花很长时间去研究食物链最顶层的那些人为什么不希望这些信息泄露出去。

事实很简单。文件里有确凿的证据表明，极有权势的个人，甚至可能是整个政府，都在隐瞒地球磁场变弱的真相：地球磁场磁极不是会倒转，而是会慢慢消失，这种消失可能是永久性的。政府给公众的官方说法似乎正好相反：南半球的磁场力量正在迅速恢复，危机将在年底结束。这些文件讲述了一个非常不同的故事，这个故事让席琳感到害怕。她愣了很久，努力理清头绪，让自己冷静。她并不了解这里涉及的所有的科学知识，但是她很快就拼凑出这背后的含义：没有磁层，地球上所有生命终将灭亡。

席琳生存的这个世界一直在努力应对气候变化带来的严重挑战，而且人类终于赢得了这场战斗，扭转了局面。现在人类是否将面临更大的生存挑战？她无法找到隐藏这一消息的源头：是谁下的命令？为什么要这么做？

她必须制定一个合理的行动计划了，但她没有太多时间。有那么几分钟，席琳甚至认真考虑过要去自首并交出文件。她束手无策了，至于自己是否真的可以不受惩罚，而只会被斥责，席琳是持怀疑态度的。毕竟，她现在不能假装不知道文件内容，当局也不能确定她尚未在暗网上发布这些内容。不，这不是个好选择。

唯一的选择是将这些文件公之于众，并希望出现这样一位执政者：此人不受这个秘密的控制，也能保护她。

接下来会发生什么，席琳不知道，但世界需要知道。那天晚上，席琳向哈什米坦白一切并给他看了文件的内容。哈什米认为如果只是通过在线发布文件来公开这些内容，那么这是幼稚的行为。因为他们发布的内容将立刻被认为是诽谤，并且会被标记为欺诈——这只是网络恐怖分子的另一次攻击行为，目的是联合其他数百万的阴谋理论、虚假"泄密"和精心制作的恶作剧使全球秩序陷入困境，上述种种行为均是当今网络世界的重要组成部分。再说了，在暗网上传播这些内容本来就是一件很简单的事，但这是一个更糟糕的想法。因为没有人会认真对待这些内容，这些内容会在网络噪声中沦为迷失。不，唯一的办法是由最可靠的人来透露这个秘密，这个人必须位居高位而且无懈可击。

找到合适的人不是最困难的，最困难的是这些文件必须亲自送达。她不能只是冒险给他们发电子邮件，并希望这些邮件会被认真对待。此外，这将涉及在暗网的安全深度里检索文件并将它们发送到明网，在它们到达目的地之前肯定会被监视器智能系统跟踪和拦截。

席琳不敢冒险与父母联系，所以她拜托哈什米尽可能私下联系他们，让他们知道她没事，并警告他们在黑夜中离开家。席琳十分清楚萨瓦克会非常密切地关注他们，但她非常肯定的是，自己的父母有本事可以离开网络销声匿迹几天，有办法摆脱萨瓦克的监视，然后前往城市北部的山区，在那里他们有可靠的朋友，能帮他们躲避追踪。席琳恳求哈什米只透露大致的消息给他们，足以让他们认真对待此事就好。知道得越少，他们就越安全。

经过一番调查，哈什米告诉席琳马吉德已经被释放了，这让她松了一口气，但是也让她再次感到很内疚。可怜的马吉德！萨瓦克很快就能从他那里获得真相，或者获取他知道的点滴内容。萨瓦克不需要使用武力，只要用一种化学松弛剂就可以影响马吉德的高级认知功能，然后进行功能性磁共振成像扫描，这样一来马吉德的想法就像是一本打开的书随他们任意阅读。这不是心灵感应，他们所要做的只是看看马吉德的大脑有哪些部分在回答是或否的问题的时候是亮着的，很快就能了解到马吉德只是一个无辜的帮凶，他对秘密文件的内容一无所知。席琳只能祈祷马吉德能免受严厉的惩罚。

现在，她只需要担心自己。几乎任何人都会在一小时内被其他人找到：连接网络到云端办事，哪怕是买张公交车票或买个三明治这种小事，就会立刻暴露自己的位置。离线也没有多大帮助，隐藏在整个城市基础设施中的数千个微型摄像机可以在几秒钟内找到任何人。

但席琳可不属于随随便便就能被找到的任何人。

她需要继续前进，还要把自己藏起来，逃过摄像头的监视。简单的伪装不足以让她隐藏自己，因为运行 Grover 算法的模式识别软件将从一个拥有 2000 万人行为的 CCTV 数据库筛选出符合搜索条件的人。这一数据库囊括了这些人在整座城市的日常活动，单凭走路的方式就能找到对应的人。

不，她需要一个信号干扰器，这是一种非法的电子设备，能干扰任何摄像头的视频输入信号，当这些摄像头与行人距离足够近的时候，能够通过生物识别来识别出具备某一生物特征的人。哈什米就当作是在帮席琳的父亲，加上知道她手里的信息对万恶的萨瓦克来说极具杀伤力，所以他把自己的干扰器给了她。但是他警告席琳，哪怕人一直在移动也是有风险的——信号干扰很快就会被反跟踪和推断出来。要谨慎使用干扰器！

哈什米在后面的房间为席琳铺了床，说服她先睡一觉，然后给她做了一顿晚饭。

隔天早上是萨瓦克距离席琳最近的时刻。凌晨五点，席琳被很大的声音惊醒了。这个时间点咖啡馆不可能开门营业，这只能是萨瓦克已经找到了她。席琳没时间停下来思考他们是怎么找到她的，立马从床上爬起来，站在房间的中央，周围堆满了纸板箱，她试图听清外面的谈话。眼睛快速扫视一遍房间，找出一条逃生路线，抓起鞋子和背包，包里装有干扰器和几件私人物品，往后面的小窗跑去。窗户看起来没有锁，但还是打不开。席琳想打碎窗户玻璃，可多年的锈迹和多层的油漆导致窗户紧紧关闭着，最终她还是设法撬开了窗户，把两扇窗往外推开了。黑暗中席琳什么都看不清，只知道这扇窗会把自己带到一条狭窄的小巷里。

外面的说话声越来越近，越来越大！突然，房间的门被打开了！席琳跳上窗台，纤细的身体挤过狭窄的窗户，笨手笨脚地跳进小巷，走入寒冷的清晨。

席琳脚一落地，就开始狂跑，磕磕绊绊撞到了几个垃圾袋。她努力稳住脚步，一边跑，一边疯狂地甩动双臂努力保持平衡。周边的环境看起来很梦幻，但这并不是逼真的 VR 游戏，这是真实发生的事情！人类的动物本能占了上风，席琳一直跑啊跑，恐慌使她的胸部紧绷，相比跑步消耗的体力，恐惧的心理更令她感到呼吸困难。她跑过了好几个街区，便停下来穿上鞋子，拉开背上的包，把手伸进去轻轻开启干扰器。

然后，席琳踩着轻快的步伐继续前进，她需要尽可能地拉开与追捕者之间的距离。

哈什米昨晚做的最后一件事就是给席琳提供了一个联系人，他说此人可能会愿意帮助她离开这个城市。席琳走到当地的一个公园，找了一张隐藏在高灌木丛中的长凳，坐下来仔细思考。她再也不能使用自己的手环和人工智能系统，因为这太冒险了！会立即暴露她的实时位置。所以，她必须用老旧的办法联系这个人。她拿出了哈什米送给她的平板电脑，激活。她知道自己的位置无法隐藏很久，所以干脆就一直换位置。这只不过是个老把戏，一个简单的电子设备小把戏：表明她正在几千米外的地方访问云端。现在，她最好离他们远远的，让他们猜猜自己下一步的行动。

那是星期六早上的事。

现在，距离星期六才过了 48 小时，但席琳感觉就像过了一辈子那么久。

虽然从那时起席琳几乎就没睡过觉，饥寒交迫，亟须洗个澡，但至少目前她已经在萨瓦克的追捕范围之外了。席琳终于要去见哈什米推荐的那个人。谢天谢地！这人是暗网上的一个传奇她愿意帮忙。尽管精疲力竭，但席琳还是很激动可以见到她。大家只知道这人被尊称为"母上"，她从不在一个地方久待，而且她已经逃脱当局的追捕，逃了十多年，所以席琳也不清楚到时能不能见到她。星期六上午她们已经联系上了，但是彼此交换的信息很少。尽管席琳还没跟母上说文件的事情，但是她很讶异，母上对这件事的了解比自己透露给她的还多。她只告诉母上自己需要离开这个国家，要去美国，但她没告诉母上自己为什么要离开。

席琳仔细地选择自己的目标，她已经用哈什米送给她的平板电脑搜索了世界各地的潜在候选人。这个人必须是可以让她托付这份重要文件的人，同时还必须达到其他标准。接受过科学培训是至关重要的一个标准，否则他或她根本就无法了解卫星数据的含义。当然，首先这个人也不能是保密行动小组的一员，必须有一半的概率能被她说服，愿意相信文件内容是真实的，这样这个人就是一个值得信任、会做正确事情的人，最重要的是，全世界媒体都愿意倾听这个人发言。

如果这是一个全球性的保密行动小组，那么席琳不能去寻找任何一个政府帮忙，因为她不知道哪位政府官员也参与其中。不，她必须找联合国。席琳发现联合国成立了一个新的联合委员会，旨在解决地球磁场弱化的危机，但这个委员会里只有两名科学家，其余成员都是政治家。她花了很长时间才选中这两个比较合适的人：一位名叫莎拉·梅特林的英国太阳物理学家。直到两周前，此人还是一名默默无闻的学者，在巴西的一家研究机构工作，主要工作是模拟日冕物质抛射，然而，在印度航空公司飞机失事后，她突然成了媒体关注的焦点，现在似乎被招募到那个正在研究未来威胁的联合国委员会。

另一位科学家，则是一个名叫阿古达的地质学家，他似乎拥有更多相关的证书，但他好像已经在联合国工作了很多年，这意味着他也很可能是保密工作小组的一员。无论如何，不管何时，比起男人，席琳更相信女人。如果她有更多的时间，她相信自己肯定可以提出一个更稳妥的计划，而不是草草地把一切都寄托于一个素未谋面的女人身上，但在时间和资源都受限的情况下这已经是她的最佳表现了。

现在，自从上次与母上联系上已经过了两天，似乎全球网络有一半的黑客对席琳都非常了解。消息传得很快，暗网上到处都是关于这位伊朗年轻人的故事，她实现了人们认为不可能实现的目标：破解了高安全性的量子加密网站并获取了秘密文件，关于文件内容的猜测和谣言越来越五花八门。

席琳对母上知之甚少，她只知道那个女人是土耳其人，目前在德黑兰，这些是哈什米知道的信息。其余信息则是神话、谣言和阴谋论各占一部分。

母上已经同意在一个秘密地点见她，就在这广阔的大都市的另一头，但是席琳努力用双脚走到那里，她在公园长椅上过夜，与城市的无家可归者混在一起，她总是拉起衣服帽子遮住脸，从而避开摄像头的窥探。

席琳在黎明前到达了约定的地点。这是一栋旧公寓，位于两条安静的道路交界的拐角处。她在公寓最下面的那级台阶停了一会儿，扫了一眼周围的环境，没看到任何人。窄门的油漆已经剥落了，大的黄铜门环曾经辉煌一时。正当她犹豫是否要敲门时，门嗡嗡作响，接着便听到咔嗒一声，席琳推开门，紧张地进门开始自己的冒险。

走廊有些昏暗，席琳眯起眼打量着周围。突然，一个男人从阴影中走出来，席琳吓了一大跳。

来者身材高大瘦削，留着浓密的胡须，剃了个光头。在昏暗的走廊里，他看起来快三十岁了。他说话的声音柔和，"是席琳吗？"

她点点头。"请跟我来。我们不能让母上久等。"

男子没有等她，径直走上满是碎屑的大理石楼梯，一步跨三个阶梯，他的脚步声在安静的走廊里回荡。爬了两层楼，男子在阴暗的走廊尽头停了下来，打开一扇破旧的门。

席琳跟着他走进一间公寓，里面没几件家具，也没有窗帘，房间里唯一的光源是窗外的一盏路灯。房间中央有一张看起来快要散架的桌子，桌上满是电子设备。男子示意席琳坐到桌旁的椅子上，"请坐下，请戴上眼罩。"席琳看到了 VR 头盔，突然明白这意味着什么。当然，她不可能亲眼见到母上本尊，自己真是太天真了，竟然还想见到本人。这位黑客可能在世界上任何一个地方。想到这，席琳虽然失望，但也松了一口气。

然后这名男子一言不发就转身离开房间，轻轻关上了门。

席琳拿起眼罩，坐在椅子边上，小心翼翼地将头盔戴上。头盔瞬间变成了契合她脸部的形状，挡住外面的光线，她陷入一片黑暗之中。席琳激活了左耳下方的开关，眼前突然一亮。起初，席琳只能看清万花筒般的色彩，但它们很快就变形了，虚拟世界清晰明了。她注意到周围景观的基本细节，这看起来就像是暗网和明网里成千上万其他常见的虚拟现实世界，这样的熟悉感让席琳感到安心和欣慰。

事实上，相比大多数场景，眼前的是基础场景：这是一个阳光明媚的日子，席琳站在一个空旷的庭院中间，四周是毫无特色随处都可能看得到的雄伟的灰色建筑。

位于席琳右手边的那栋建筑物的门开了，一个女人从门那端步履轻盈地朝她走来。女子穿着一袭色彩艳丽的长袍，尽显传统土耳其风情，衣服的腰部到衣领之间点缀着金色纽扣，腰部以下是同样的图案、同样鲜亮的长裙，盖住了脚上的靴子。席琳不会笨到不知道这是把人像投影成现实生活中的角色，但是眼前的这位女人高挑、优雅、美丽，完全符合席琳所想象的"母上"形象。

女子笑了，用悦耳的波斯语向席琳问好。不管女子实际上说的是什么语言，这个软件都能完美地翻译出来。"你好，席琳，我是埃夫伦·欧根。你真棒，能走到今天这一步。但你距离走出困境还有很长一段路。"不用她说，席琳自己也知道，但至少席琳现在还有一线希望可以完成自己的任务。

"谢谢您愿意帮助我。母上，真的很荣幸能见到您……呃……我是说，埃夫伦。"

埃夫伦的头像微微后仰，她笑了，"嗯，席琳，我相信你足够聪明，你肯定知道我不是完全无私地帮你。你已经做到了世界上许多绝顶聪明的黑客没做到的事情，找到办法破解了最难破解的量子加密安全。虽然我本人也很好奇文件内容是什么，但我知道如果一切都按计划进行，我和世界上其他人很快就会知道了。所以，目前我更感兴趣的是你是如何做到的。"

席琳早就猜到想要得到母上的帮助，代价就是与她分享特洛伊木马软件的细节。这也没错。在当局发现席琳暴露的系统弱点并且把信息通道永远关闭之前，母上当然希望可以多多运用这一量子黑客技术。但如果当局要关闭信息通道，前提是得抓住席琳。这就是为什么席琳希望母上值得她信任，不会出卖她。帮助席琳，尽可能让她晚点被抓到对母上来说是有好处的。

埃夫伦继续说："你得知道我们没什么时间。毕竟，你应该担心的不只是萨瓦克或是国际刑警组织。此外，还有许多其他有特殊利益的小组和网络小组都在全力追踪你。坊间传言传得很快，说你有办法破解加密的秘密，每个人都希望掌握这个办法。所以，事情是这样的，如果告诉我代码，我会把你弄出国并安全把你送达美国。但你必须现在就做决定。"

埃夫伦突然凛然的声音让席琳浑身一阵惊颤。如果她跟埃夫伦说了自己所知道的一切，然后被埃夫伦囚禁在这个房间里，肯定也能确保自己不会被抓住，但她现在别无选择，只能相信眼前这个资深黑客。她还能有什么其他选择吗？

一个巨大的透明显示屏出现了，就在两个人像之间。"那么，告诉我你的选择吧。"埃夫伦说。

席琳只需要用几分钟就可以在虚拟世界的虚拟屏幕上访问她的特洛伊木马软件。她一边自豪地说明自己做了什么，一边在屏幕上往下滚动一行又一行的代码。席琳说完，这位年长的女士沉默了一会儿。当埃夫伦终于开口，席琳察觉到她的声音不仅仅透露出对自己的钦佩，而且还激动不已。

"太惊人了！你放心。我们肯定会好好利用它，这对我们的事业将大有帮助！现在世界上有太多的秘密被封锁了。"

席琳想知道如果母上知道她所发现的文件内容，母上会说什么，毕竟这才是秘密中最大的秘密。

埃夫伦的声音突然变柔和了，"你知道，你真的是一位非常了不起的年轻女孩，我很抱歉你陷入这一困境。如果你成功获取了文件的内容，也许，未来某天我们有可能会一起工作。现在，我必须要走了，因为我还有很多事要做。"

"别走！我现在该怎么办？！"

与埃夫伦达成协议的目的是要得到她的帮助前往纽约与莎拉·梅特林见面，埃夫伦现在不能就这样丢下她。

这位资深黑客仿佛看透了她的想法，说："别担心。那个在门外等你的年轻人叫兰布罗斯，他会送你一份小礼物，帮助你离开这个国家。你可以信任他。"

埃夫伦没有再多做解释，转身就走，随她旋转而起的长袍比现实世界中更令人惊艳！席琳看着那个女人离开，突然满心怀疑，感觉自己的生命从未如此孤独。她拿下 VR 眼罩，给双眼几秒重新适应这个昏暗的房间。

席琳走到门口，有点希望门被锁上了。然而，并没有。

兰布罗斯就站在门外，向她点点头。在席琳有机会开口之前，他说："她很有本事，对吧？"他的声音中充满了对母上的敬畏。"现在伸出你的手环。"

他需要手环做什么？相信这些人是不是犯大错了？！一股新的恐惧

席卷了她。兰布罗斯肯定是看到了她脸上的表情，因为他笑得很开心，"你的确很想要去美国的机票，是吗？"

席琳惊呆了。刚才她与埃夫伦的 VR 会面，他一定也在场。但是，他肯定不可能这么快就把一切安排妥当吧？

"你怎么知道……"

"……知道你要去纽约吗？见莎拉·梅特林博士？我们早就知道了。打从你一开始研究梅特林博士的背景，我们就一直在监视哈什米平板电脑上的所有活动。结果证明，我们猜对了，她就是你要联系的那个人，你会带着你的新发现联系她。"

"哦，别担心，"当席琳惊恐地往后退，他又说，"萨瓦克不知道你的计划。据我们了解，国际刑警组织也不知道。他们无法在我们活动的暗网上访问我们这个团体的活动。他们也没有像哈什米那样忠诚的朋友。如果他们有这样的朋友，我们肯定活不了太久。"

席琳不情愿地伸出手臂，他把自己的手环放在席琳的手环上面，放了几秒钟。

"给，你的新身份证和飞往纽约的机票。好了，还有些东西要给你，需要的时候可以派上用场。"

他的拇指和食指之间捏着一颗小小的胶囊，他伸出手把胶囊给她。席琳兴奋不已，小心翼翼地从他手上拿走胶囊，跟着他的动作，席琳扭开胶囊顶部，一个比豌豆还小的灰色球体露了出来，她轻轻地把它放入掌心。

席琳听到过这种电子胶囊的传闻，它们的闪存卡存储容量为 0.5 泽

太阳坠落

字节（泽字节，计算机存储容量单位，英文 ZettaByte，简称 ZB，是 EB 的 1024 倍。——译者注），这相当于是三十年前整个互联网的容量。这是她第一次看到电子胶囊，所以，这是母上给她的奖励，目的是用纳米技术帮助她传输文件。看来埃夫伦早就有把握席琳会告诉她自己想要知道的一切。

"你现在必须把它吞下。"兰布罗斯说，"胶囊上有个微型钩，当它撞到你的胃壁并固定在里面的时候就会被激活。之后它就会在那里，持续 48 小时从你身体的热量中吸取力量，最后自行脱落。"

"如你所知，无论你身在何处，生物识别扫描仪都一直在运作：面部识别、虹膜识别、步态，一切的一切。这颗胶囊会检测到扫描仪并向它们发送虚假信息。这项技术将会比你一直在用的信号干扰器更有效。"

席琳忽略他说的话。她的背包里还放着哈什米给的信号干扰器，她希望自己还可以留着它。席琳盯着自己手上的微型设备，"你是说它基本上可以让我在扫描仪面前成为隐形人？"

"并非完全如此。当然，如果你得接受 DNA 基因组扫描，那么它就没法帮助你，你就祈祷不要摊上这事儿吧。"席琳非常清楚人体 DNA 样本是不可能被伪造的，如果她必须在机场接受 DNA 扫描，那么一切就完蛋了！

"当然，通过机场安检意味着我必须要通过扫描仪。胶囊本身不会被检测到吗？"席琳心想胶囊的研发者会想到这一点，但其实她对答案并没有抱任何期待。

"别担心，胶囊本身不会被检测到。"

席琳难以置信地摇摇头，"但是……使用超声波扫描仪的目的就是要检测出这类物品。哪怕是一粒沙子的大小，也会被监测到。它的——"

兰布罗斯抬手，打断她，"胶囊表面是超材料包层。"

席琳听说过超材料，这是一种可以被用作隐形装置的新型智能材料。它们的光学特性意味着它们可以弯曲周围的光且不被看见。"但是……我在机场要通过的扫描仪不是电磁式的。胶囊对光也许不可见，但对高频超声则是可见的。"

兰布罗斯咧嘴一笑，他的白牙在昏暗的走廊里闪闪发光。"你的问题太多了。胶囊上涂有可调节的阴影，这会对声波而不是光线做出反应。一旦检测到发射过来的高频信号，它的性质就会变化，而且不到一微秒它就可以改变性质并对波长做出反应。然后……好吧，不管出于什么意图和目的，它都会消失不见。"

"你的航班将在4小时后起飞，但是电子胶囊还要再过一两个时才会激活，恐怕你还是需用到那古怪的信号干扰器护送你到机场。"

席琳一边在大脑中快速处理这些信息，一边盯着他。两人依然站在门外，谁都没挪动脚步。兰布罗斯心怀期待地低头看着她。当她再也想不到任何拖延时间的理由，就把胶囊放舌头上，然后吞下去。

16

2月11日星期一　德黑兰

　　席琳先前发现的两个萨瓦克特工，一男一女，又出现在那里了！他们离她越来越近，这让她很不舒服。幸好，他们还没有真正见到她本人，她希望他们只是沿着她用干扰器干扰闭路电视的踪迹一路跟来这座繁忙的购物中心的。席琳拉起衣服帽子把头盖上，遮住脸，鼓起勇气继续快步走，走出购物中心，穿过街道，沿着磁悬浮站的标志前进。她几乎没注意到已经下雨了。

　　到了车站，席琳松了一口气，因为她没看到生物识别扫描仪，她还是把脸藏在帽子下面，用新身份证买了一张票。登上磁悬浮列车后，她找到一个靠近车门的座位，以备紧急时刻随时冲出去。席琳擦了擦眼睛上的雨，拿下背包，虽已疲惫不堪，但她感到身体的每一根神经都处于高度戒备状态。只有当列车门关上并开始移动时，她这才放松下来。列车加快速度在繁忙的德黑兰街道上畅通无阻地滑行，席琳闭上双眼，回想过去几天发生的事。

她希望萨瓦克没有料到她会离开这个国家，希望他们认为她够聪明，不会去做这么荒谬的事情。她再次环顾磁悬浮列车车厢，不得不一直快速地换座位，因为任何摄像机，只要被干扰超过一两分钟就会发出警报。幸好，50千米的机场路程花不了太长时间。她转头望向窗外，磁悬浮列车沿着单轨铁路以每小时300千米的速度无声地飞速掠过，雨水顺着车窗横向流泻。

当她身后传来一阵刺耳的叫声，这道声音划过车厢里的喧哗声，席琳被唤回现实。"席琳·达尔维希，站起来！慢慢转身！"

席琳慢慢转过身，看到萨瓦克女特工就站在几米开外，拿着眩晕枪对准自己。他妈的！她真傻，干嘛乖乖听话转过身子。她慢慢抬起手臂，起身面对女特工。

她听到自己身后有个女人在惊声尖叫，也注意到视线范围内有好几名乘客慢慢起身无声地离开座位，移到车厢遥远的另一头坐着。突然，她的内心涌起一股意想不到的平静，大脑的理智部分马上开始对这一切进行理性化分析。如果就这样完蛋了，是否也很令人欣慰呢？还是这只是自己处理极端压力的方式？不管怎么说，这看起来太荒谬了，不像是真的。没错，肯定是这样。席琳并没有感到眼前这一切是真实发生的。实际上，当她沉迷于VR游戏模拟的时候，她在许多场合遇过这样的场景。

席琳注视着那把瞄准她胸部的眩晕枪，在大脑中匆匆想了一遍自己所拥有的选择。如果这真的是电脑游戏，自己会怎么做？脑海中一个迫

太阳坠落

切的声音告诉她，唯一明智的选择是投降，然后这整场看不到希望的冒险就此结束了。

席琳决定忽视这个声音，她对自己的这个想法感到很惊讶。她努力走到这一步，难道只是为了现在就这样放弃吗？但备选选项是什么呢？也许是在突然进攻之前假装温顺服从？不，太荒唐了！这可是现实世界，她只是一个计算机书呆子，不是一个训练有素且拥有特殊能力或隐藏武器的刺客！眼前的女特工身材瘦小，不比席琳高多少，但是哪怕她没有拿着枪瞄准自己，席琳也不敢去想自己在这场战斗中的获胜概率。

然而，对她来说这是最佳选择。列车在靠近车站的时候突然减速，席琳抓住座位一侧稳住自己，那个用双臂握住眩晕枪的女特工身体失去了平衡，向前跌倒。这正是席琳需要的，她的动物本能苏醒了！席琳弯身，向前猛攻，用左肩撞上女特工的下巴，嘎吱作响。女特工倒吸一口气，往后跌了几步，一头撞在车厢中间的扶手上，随后倒地，席琳趁势压在她身上。

席琳挺起身，跨坐在发晕的女特工的腹部上，环顾四周。列车这会儿停下来了，车门滑开，大多数乘客争先恐后地离开。站台上准备上车的几个人看到车厢里的场景，犹豫了一下。然而，还是有一小撮人决定一起上车，观赏作战，他们盯着地板上的两个女人，通过凝视，每个人都用视网膜记录了这一场景，毫无疑问，这一幕马上就可以上传到社交媒体上。很幸运的是，没人上前阻止她们打斗。

席琳发现了特工的枪，就在 1 米开外的地板上，她在心里暗笑。她浪费了无数个小时玩"赶尽杀绝"这个电子游戏，并认为自己是所有类型枪支的专家，不管是合法的标准枪支还是非法枪支，她都认识。这是一把莱顿泰瑟枪，只要发射两根小飞针，就会产生令人痛苦的电击，被射中的人马上会昏迷几分钟。

车门关上了，列车再次前进。女特工发出一声呻吟，把手抬到头上。当女特工睁开眼睛坐起身时，席琳从她身上滚下来，伸手去拿枪。不做多想，瞄准女特工，扣下扳机。眩晕枪嘶嘶作响，飞针射进了女特工脖子。

电磁脉冲穿过女特工体内，她浑身一颤，拱起身子，然后很快就陷入昏迷状态。席琳站起来，转身面对其他乘客。她束手无策了！虽然枪支已经没有子弹，需要重新上弹了，但她仍然握住它，伸着双臂，转了一圈。大多数乘客往后退了一步，但有一对情侣就是不为所动。席琳知道自己无法马上阻止他们上传视频，因为每个人都想成为最先报道这件事的人，希望能一炮而红。她没有多少时间去做那些她必须做的事情。她的大脑飞速运转：只要再过拉哈汉广场中央火车站这一站就可以到机场了，城际列车的南部是库姆市、伊斯帕罕市和设拉子市，东部是马什哈德，西部是大不里士。自己还能从这里脱身吗？只能试试看了。"你们都看到发生了什么事。我不是罪犯，但我需要离开这里去证明自己是无辜的。请不要阻止我在拉哈汉车站下车，我得赶上出城的列车。"

令席琳惊讶的是，有几个人开始鼓掌，其他人也点头赞同。当然了，这里的人讨厌萨瓦克。关于萨瓦克，她的祖父母那一辈有很多可讲的故事，就连他们也都承认萨瓦克已经背负了更多恶名，因为这个机构仿佛想要弥补失去的四十五年伊斯兰国家统治，在那期间它被解散了。人们退后为席琳让出一条路，席琳一直举着枪。慢慢走向车门。毕竟，她还没看

太阳坠落

到另一个男特工，他现在肯定知道发生了什么。

距离下一站还有两分钟，这是她生命中最长的一段时间。拉哈汉车站的警察现在肯定收到警告了，车站站台会不会已经有一群人在等着她？至少列车上看起来没人有兴趣想制服她，他们是一群吃瓜群众，只渴望看到事件的进展。

就在列车速度开始变慢的时候，席琳脑海中突然有了一个疯狂的想法。这个想法可以扭转乾坤，可能会起作用。席琳很快转身回到失去意识的女特工身旁，这个女人比她想象的要重得多。席琳铆足力气，慢慢把女特工拉到座位上，让她坐着，且坐在那里的角度足以让她清楚地看到磁悬浮门。而且，席琳需要女特工恢复意识，这样一来她才能回答自己的问题。席琳扇了女特工一巴掌，没有反应；又扇了一掌，这回扇得更用力，女特工的眼皮微颤，慢慢睁开眼睛。席琳把希望寄托在目前这个没法快速活动的女人身上。与此同时，女特工也正在从电击中恢复过来，席琳希望她恢复的意识足以激活她的 AR 并记录接下来几秒钟将要发生的事。

席琳从座位上抓起帆布背包，当滑动门再次打开的时候，她冲向门口。片刻之前，她已经感到筋疲力尽；现在，她的头嗡嗡作响。她没回头看，只顾着从一群蜂拥而上的乘客中间挤出去。谢天谢地，站台上没有警察。一踩上站台，席琳便挤过人群走向出口，无视他们的诅咒和愤怒的叫喊声。回头看了一眼，在她还没把自己隐藏起来之前，突然看到萨瓦克女特工从车厢内跌跌撞撞地走出来。席琳已经没有时间了。如果女特工想方设法让列车停靠在这个车站，那她就完蛋了！听到列车鸣笛声逐渐远去，席琳感到一阵欣慰。在最后一刻，当列车滑动门正要关上的时候，她从最后一列车厢的门潜入列车。列车再次开动了，席琳转过身，不让站台上的人看到自己。

她这样做就够了吗？女特工已经看到她下了车，乘客们也会作证说她打算去赶另一班列车离开德黑兰。如果一切按计划进行，那么当局会把广阔的中央火车站里里外外搜个遍，这样一来，她就为自己争取了足够多的时间去搭飞机。席琳选择了车厢尾部的座位，这是她在短短几分钟内第二次疲惫不堪地瘫倒在地，她很感激其他乘客无视自己此刻不雅的行为。

静噪干扰器还是有办法干扰机场安检的摄像头，但席琳现在担心的是埃夫伦提供给她的新身份。机场的安检级别肯定会更高，但是如果她的电子胶囊成功发挥作用，那么运行监控软件的任何摄像机和扫描仪都会记录她的假身份证信息。席琳在心里叹了口气：这是一个大问号！她只是希望机场没萨瓦克特工，因为他们不用生物识别软件就可以认出她。

抵达机场后，席琳一路畅行无阻通过机场航站楼，不情愿地把干扰器扔进垃圾箱。多亏了它，才能到达这么远的地方，但她不能因为它在安检的时候被抓到。下一个障碍：登机门。正如她预料的那样，在前面等着她的是超声波扫描仪。关键时刻到了！电子胶囊现在应该已经被激活，扫描仪能检测到它吗？席琳别无选择了，只能继续前进，走进了安检舱。她按照图片说明把双臂抬高到头顶，她身后的钢化玻璃屏幕自动关闭了。时间停止了！扫描只需几秒钟，但席琳觉得这好像是永无止境！她放下手臂，转身等待出口的门自动滑开。然而，头顶上传来一道没有人影的声音："扫描无效。请转身，请再次将双脚放在标记处，然后将双臂举过头顶。"

席琳又做了一遍这个动作，心怦怦直跳。保持冷静！保持冷静！

最后，门打开了，她通过了安检！先前的恐慌立马被轻松愉快的感觉取代了。终于，这颗机灵的小胶囊挺过来了！

当席琳到达大门的时候，她的航班已经开始登机了。她加入到队伍的后面，与其他乘客慢慢往前挪动，大部分是看起来像商人的乘客，所有人似乎都在全神贯注地看着视网膜上的新闻。她想知道为什么登机速度这么慢。

直到席琳到达距离大门几米远的地方，她才明白了登机速度慢的原因：一名安保人员拿着 DNA 基因组扫描仪，从每个乘客手臂上取下微小的皮肤样本。

天哪！

距离成功登机已经近在咫尺，却又如此遥远！席琳感到十分绝望，眼泪差点就掉下来了。基因组扫描仪是不是最近新增的项目？是为了抓自己吗？席琳打算冒险，于是故作轻松地转身，沿着来时的路往回走。她只需要一些时间思考，让自己恢复冷静。努力了这么久，可不是为了在这节骨眼上功亏一篑！

席琳已经走到队列末尾，几乎又要回到刚才那个人员稀少的出发区域，这时她的肩膀被人紧紧抓住了。

"打扰了，女士，您能跟我走一趟吗？"这个身材魁梧的警卫比席琳高出很多。他三十出头，身上的制服看起来小了好几码。帽子盖住了他那头不羁的长发，也遮住了他的眼睛。

席琳惊慌失措，猛地推开他，挣扎着扭动身子想要逃开，但是肩膀上的那只手如钢铁般收缩，他的手指紧紧掐住她的肉，痛死了！"如果我是你，我不会挣扎，"他嘶声道，"你走不了太远。"好几名乘客转过头盯着他俩。席琳抬头看着安保人员，轻轻点头。他的手依然牢牢地抓住她的肩膀，带着她离开了登机门。

他一边走，一边轻声说："你是席琳·达尔维希，对吗？"

席琳一言不发地看着他。这下真的完蛋了。

"基因扫描会暴露你的身份，所以你害怕了，对吗？"

显然你被选中来当警卫，是因为你惊人的洞察力。席琳不再像以往那般有兴致去挑衅他，"我看起来像是有罪的人吗？"

警卫咧嘴一笑，"不，我知道你长什么样，是因为黑客母上向我描述了。我一直在等你来。"他的手从她肩膀上移开。

席琳震惊地往后退。埃夫伦怎么能背叛自己？！她为什么要背叛自己呢？为什么还让自己走这么远？这完全没有意义啊！

警卫看到她脸上震惊的表情，笑得更欢了，露出了几颗牙齿。"嘿，别再害怕了。我的工作是确保你安全登机，让你坐上这个航班，也就是避开基因组扫描。说实话，我们也没预料到会有这么高级别的安检，但你肯定是惹了什么事情。"然后他有点羞怯地补充说，"你知道吗，我很崇拜你的所作所为，我们黑客团体里的所有人都很崇拜你呢！"

席琳彻底被他弄糊涂了，嘴巴一张一合，但她想不出要说什么。警卫显然并不期待席琳有所回应，因为他已经转过身去，正在环顾四周检查当前环境是否安全。"来吧。在其他人起疑之前，让我送你上飞机吧。"

当席琳终于想到说点什么，她只能说："谢谢你。"

警卫带领她穿过一扇相邻的大门，用员工安全通行证走进去，然后沿着一条没人的走廊走上登机廊桥。一分钟后，她已经坐在飞往纽约的航班上。

席琳坐着不动，几乎不敢呼吸。她知道电子胶囊一直在发挥作用，她可以继续当路人甲。48 小时的飞行之后会发生什么，她不知道。她只希望到了那时，自己能够实现既定的目标。这些天以来，她第一回想知道：爸妈过得好吗？他们还在躲着萨瓦克吗？她也想知道现在还有谁也在找她。也许自己已经被国际刑警列为最想抓到的人物名单之一。我想我现在已经正式成为一名国际网络恐怖分子。妈妈和爸爸会为我感到骄傲吧。

叹了口气，当飞机滑向跑道，席琳转身望向窗外。她竟然有点希望看到萨瓦克特工在停机坪上跑着冲向她，拼命想阻止飞机起飞。当飞机加速滑行时，她突然被迫往后仰。飞机起飞是多么令人欣慰的事啊！席琳终于放声大哭。没人在看，所以她让泪水肆意流淌。然后，在没有任何征兆的情况下，她终是不堪疲惫，陷入了无梦的熟睡中。

⑰

2 月 10 日星期日　纽约

马克非常期待与女儿共度星期天下午的时光，为此他已经盼望了很久，但这次见面一开始却糟糕透了！他怎么会自我欺骗，以为女儿艾维一见到他，就会完全原谅他的所作所为，满怀欢喜扑进他的怀抱？中午的时候，马克到小区接她，这个小区的房子一排排坐落整齐，几个月前，这里还是他住了七年的家。然而，女儿只给了他一个敷衍的短暂拥抱。

不过，马克下定决心要让女儿的心情好起来，一扫她对父亲压抑、疏远的怨恨，至少他要看到活泼、热情洋溢的艾维，他知道女儿拥有这样的一面。

"我以为我们会在布莱恩特公园度过这个下午。你以前很喜欢我们在那里度过的周日午后时光。"

"那都是我五岁时的事了，爸爸。也许你没有注意到，我已经不是小孩子了。"

他拼命地回想他们一家人上一次真正在一起欢度时光是什么时候，然后他意识到自己压根儿想不起来。他只好说："嗯，但你永远是我的小——"

"——不，爸爸。请别这么说。"艾维用恳求的语气说道。马克叹了口气。之后几分钟，父女俩一路无言。

走到交叉路口时，马克不得不克制本能，不去牵着艾维的手过马路。

见鬼！她说得对。我还把她当成小姑娘。马克决定努力解决两人之间存在的问题，这可是个大障碍啊！

"嘿，爸爸知道自己肯定让你很失望，知道你需要时间才能彻底原谅我。但是，当你了解其实我不是这么个混账东西，你肯定会原谅爸爸的。"

"爸，老实说，你没让我失望。关于抑郁症以及它如何操控患者，我知道的比你以为的还要多。但是……好吧，难道你不明白离开我们——确切地说是离开我——就像是懦夫的逃避行为吗？你逃避问题，问题也不会消失，你的健康也不会因此突然恢复。"

她说得没错，而且对极了！他的小女孩现在已经是一个成熟的年轻女子，拥有属于自己的成长智慧。马克感到既羞愧又自豪，因为艾维一语中的，但他又以这个与自己并肩而行的女孩为傲！马克忍住想搂住她的冲动，同时努力营造轻松愉悦的氛围，"好吧，如果你真的想让我感觉好受点，就让我给你买比萨当午餐，然后让我和我最喜欢的人在这个星球上度过一个下午。"

艾维终于笑了，"哦，也就是说你原本计划自己一个人度过这个下午，是吗？"

"是啊，是啊。走吧。"

吃完比萨，父女俩到布莱恩特公园散步。虽然那天早上天气有望好转——自从飓风杰罗姆席卷而起的残余物漂回大西洋以来，这是第一次出现蓝天——但是现在情况又开始恶化了。风变大了，天空变灰了。马克希望雨持续下几小时。至少艾维的心情变好了。

"你知道吗？怀赫科岛现在是晴好的夏季。我在爷爷奶奶的房子和船上花了不少工夫。如果你愿意来看看，那真是再好不过了！"

"爸，你知道我上学了，对吧？我放暑假的时候，你那里就变冷了。虽然地理不是我最擅长的科目，但我懂很多的地理知识。"

马克耸了耸肩，"不过，你会爱上那里的。我敢说你肯定不太记得你唯一一次的新西兰之旅。你曾经去过……呃……"

"那时我七岁。爸，你忘了吗？我们在爷爷奶奶家庆祝我七岁生日。他们给我办了一个派对，那里没有和我同龄的孩子，你喝醉了，还跟爷爷大吵一架，而且——"

"——好吧，没错，我想起来了。抱歉。"

"你知道的，我也想念奶奶和爷爷。虽然我不怎么见到他们。"

"嗯，我也是。"他轻声说。

该换个话题了。"好吧，不说这些了。你最近和杰里米那家伙相处得怎么样？"

这话惹得艾维咯咯直笑，"老爸，说实话，他人很好，虽然他有时候可能有点专横，但大多数时候他都挺好的。老妈看起来似乎很开心。她很累，但是……"

马克看着女儿，想听听她不愿说出口的话的是什么，"但是什么？"

艾维低头看着自己的脚，"好吧，最近家里安静了许多，就这样。"

啊，是啊，当然。在他从家搬出去之前的那几个月，他和查莉一直大吵大闹。那时他已经完全把自己关在黑暗的世界里，无暇顾及两人的争吵对艾维会有什么影响。事实上，当他得知艾维和查莉现在过得更开心，他心里也舒服多了。

布莱恩特公园仍然是马克在曼哈顿最喜欢的地方，因为那里有他们一家人一起欢度的许多快乐时光。夏日他们会在那里的草地上野餐。喂完鸽子后，查莉会带着艾维去坐旋转木马，而他则是去排队买冰淇淋。这一切恍如昨日，马克突然很伤感，因为他想起最近这几个月自己和艾维的生活有了很大变化。通常他尽量不去想这些事。

今天，公园看起来很不一样。虽然公园里还是有很多慢跑者和遛狗的人，但整座公园在浅灰色的天空下显得很凄凉。寒风呼啸而过，吹动了公园外围高大树木光秃秃的树枝。

夏季，这些高大的树木挡住了周围的摩天大楼，但是透过它们无叶的枝干，人们可以看到后方嵌着玻璃的混凝土建筑物。他们在公园里漫步了两圈，艾维说的话越来越多。

当他们回到公寓，天空又明亮了，不会下雨了。

"你想进来待一会儿吗？跟妈妈打个招呼？杰里米不在家。"

"艾维，这可能不太合适。"

"嗯，不是很合适。"她拥抱了他，这一回抱的时间久了点。他并没有再自欺欺人地认为父女俩之间一切都很好，但今天的确是个好的开始。艾维转过身，跑到前门的台阶上。

"如果可以，下周二我会再来找你，"他在她身后喊道，"我希望你知道自己想要什么生日礼物。"他心里想着要问问查莉打算送女儿什么礼物。

艾维挥挥手，没回头。过了一会儿，她走进家里，关上了门。

马克刚才肯定也感受到了街道和房子带来的熟悉感，他还和女儿度过了一段近乎正常的亲子时光。这会儿他在自己曾经住过的房子外站了几分钟，却感觉索然无味。看起来这个会嘲笑他说的笑话的女孩，每次都兴高采烈地说"你太奇怪了，爸爸"（这句话几乎是艾维对他所说或所做的任何事情的默认反应）的女孩，正在成长为一个不再需要他的独立的年轻女子。他想着要不要走上台阶敲门，他要说什么？难不成再次道歉，要求一切回到原来的样子吗？太迟了！

马克叹了口气，思考要怎么度过接下来的 24 小时。他决定推掉一位老友的邀请，不去他家住，而是住酒店。这会儿他开始非常担心李强邀他参与的项目。这位比他年轻的同事受邀前去参加中国大使明晚举行的招待会，而马克的出现可以给李强加分。真是没完没了啊！都是些政治家和外交官的陈词滥调。马克不由得想知道政府对地磁磁极早期倾斜这样的事件到底达成了什么协议。

尽管如此，李强能在政治圈子发展的确是件很棒的事情。他参与了中国对地球磁场的调查，这显然让他能够快速与权力中心接轨。如果马克可以以任何方式帮到他，这是自己作为好友该尽的绵薄之力。他也非常渴望与李强进一步讨论自己对于中性微子束的想法。当然，这个想法真是太疯狂了！很难让人认真去对待，但这确实是一个值得考虑的有趣的假设性问题。

18

2月11日星期一　纽约

　　莎拉在联合国开完会到现在仅过了48小时，她的日程表里已经排了几场高级别会议，这些会议主要都与应对各种可怕情景的应急计划有关。令她愤怒的是，与她交谈的政客们更担心的依然是日冕物质抛射直击地球后产生的地磁暴对全球电子网络和通信卫星的影响，而不是担心全人类可能会因为接触辐射而产生的灾难性后果。不过，至少他们意识到了像飓风和海啸这种继发性灾难事件真的很危险，而且有这么多其他领域的科学家被招募进来也让她松了口气。

　　莎拉还没做好准备去面对的是自己的隐私问题。虽然她警告过大家日冕物质抛射直击地球的危险程度增加，权力中心包括联合国和其他国家也都很认真地对待她说的这件事，但无论是在公共场所还是在整个网络中，政治家们却在积极淡化这一威胁。这似乎并没有很大的影响力，因为大多数人要么对在 AR 上阅读或听到的东西免疫，要么对政治家所说的一切都持怀疑态度，他们宁愿这样自顾自地继续过自己的生活。

莎拉能够认同这一类行为。此时此刻，她只想窝在酒店房间里，读一本好书，品一杯葡萄酒，假装这一切只是一场不美好的梦，但今晚这是不可能的了。因为徐大使在最后一刻邀请了她参加招待会，这意味着她必须到市中心去一趟。她花了一下午去采购一些服装准备参加今晚的鸡尾酒派对，这会儿才刚采购回来，这是她目前唯一有兴致做的事了，因为这一切看起来都很不现实。虽然收到邀请时莎拉有点惊讶，但是想到这也许是阿古达的意思。毕竟，到目前为止，这位中国大使不怎么喜欢她。她只希望阿古达以及她在联合国见过的其他一两位科学家也会出席。

莎拉住的酒店已经被升级到第五大道的广场酒店，因此她在纽约这段令人感到极其沮丧的延长停留期好歹稍稍舒适了点。她预估自己还要两周的时间才能拿得出委员会要求她完成的报告。莎拉每天都和身处里约的年轻研究员同事米格尔一起核对数据，迫切渴望回到里约做自己的研究。越早脱离联合国的政治阴谋，越好。

莎拉拍了拍手环，查看 AR 上的邀请内容。中国大使馆七点钟会派车来接她，所以她只剩不到一个小时的时间可以消磨了。

突然，她的手环收到了一条短信。真是奇怪！这条短信发到了她的私人账号，而这个账号只有她的父母知道。一定是父亲！莎拉祈祷家里一切安好。她很快把目光集中在视野右上方的 AR 显示屏，消息并不是父母发来的。

这条信息很短，好像发得很匆忙。

我叫席琳·达尔维希。我不是要来伤害你的。我知道你七点钟会离开酒店。6:50请在楼下酒店大厅旁的女厕见我。你一定要看我手里的信息。

求你了。我没有其他人可以求助了。

莎拉闭上双眼,深吸一口气。惊恐和焦虑很快变成了好奇心,她再次看了看这条消息。好的,想一想。有人掌握了你的私人联系方式。很好,有很多聪明的黑客做得到。但这一切听起来很像是秘密行动。

当然,莎拉无法抗拒这个邀请。不管怎么说,酒店的女厕有那么多人一直进进出出,能有什么糟糕的事情发生呢?她花了几分钟想在网上了解一些与这个席琳·达尔维希相关的资料,但是搜索结果一片空白。这真是太奇怪了!竟然有人没在网上留下一丝痕迹,这可是闻所未闻啊!

6:45,莎拉抓起外套和包,走出房间。

酒店大堂忙碌而嘈杂,许多新住客刚抵达酒店,他们办理入住手续的时候,一堆行李箱堆积在前台,其他客人正要走出酒店感受纽约的傍晚。莎拉停下脚步看了周围一眼,她没看到任何可疑的人,也没看到有谁可能在看她。她看了一眼时间: 6:50。她尽可能自然地转身走到标有"女厕"的卫生间门口。

一位着装得体的中年妇女在莎拉进去的时候走了出来。

走进卫生间,等门关上,莎拉环顾四周,看不到任何人,但有两个小间的门是关着的。她低声说:"你好?女士 ……达尔维希女士?你在这儿吗?"

没人回答。

莎拉一头雾水,等了几秒没人回,于是走回厕所门口。

突然，莎拉听到锁的咔嗒声，远处隔间的门慢慢打开。一个身材矮小的女孩，看起来二十岁上下，极其小心地走了出来。她一头不羁的亮粉色头发，还戴着几个鼻环。莎拉的第一印象是，她看起来精疲力竭，而且非常非常害怕。莎拉谨慎地看着她，一边确保自己在必要的时候能跑出去。

"别这样。我们没有太多时间。"这个女孩用完美的英语柔声说道，莎拉觉得她说话带有一点土耳其语或波斯语口音。

女孩的声音和表情都很不安，双眼紧张地环顾四周，并迅速趴在地上看了一眼唯一一个关着的隔间门。她看起来很满意，因为那个隔间里空无一人，整个女厕只有她俩。女孩示意莎拉走近她，"我是席琳·达尔维希，是一名来自德黑兰的计算机科学专业的学生。你必须相信我接下来要告诉你的事情。"

莎拉仍一动不动。

女孩朝她迈了一步，开始飞快地说话，好像在背诵已经准备好的演讲稿。"我手里有我已经获得访问权限的高度机密文件。我没有时间解释我是怎么弄到手的，但你必须看看这些文件。在文件内容被彻底清除之前，全世界需要看到它们。"

莎拉一脸狐疑，但女孩接下来说的话更荒谬。

"我知道这在你看来肯定很荒谬，但如果我跟你说我不是疯子，请一定要相信我！人类的命运有可能就取决于你，你要把这些消息公布于世，用你的声誉来保证它们的真实性。"

没错，听起来就是这样：疯子。好像人类遇到的麻烦还不够多。但

　　　　　　　　　　　　　　太阳坠落

这个女孩好像有些不一样：她的眼中充满绝望与焦虑不安。她可能神志不清，精神不稳定，但莎拉想赌一把，愿意相信这个女孩所说的话。莎拉盯着这位女孩，AR上根本没有她的个人信息，显然她非常小心翼翼地保护自己的身份。

莎拉深吸一口气，她从未有过如此强烈的好奇心。"好吧。先告诉我，你为谁工作？"

"不为谁工作。我说过了，我是德黑兰大学的学生。"

莎拉意识到自己没问清楚，"不，我的意思是还有谁参与其中？"

"就我自己。"

莎拉惊讶地僵住了，"你的意思是，在没有帮助的情况下你可以获得这些高度敏感的信息？"

席琳沉默地看着她，棕色的大眼睛露出不羁的神情。

"哎，拜托，我又不是三岁小孩。如果这些信息像你说的那样是高度机密，那么它们的防火墙肯定是坚不可摧的，哪怕谷歌和索尼英特尔也很难破解，所以实话告诉我吧，你的幕后指使者到底是谁？"莎拉想知道是什么样的组织可以在背后操控这么高风险的行动。这个小姑娘是否效劳于全球众多的网络恐怖主义组织之一，还是她真的天赋异禀，是个可以单独行动的黑客？无论如何，当她带着这些机密，在当今这个电子监控无处不在的世界中，在逃人员几乎不可能不被抓住，而且她还横跨了大半个世界。所以，要么是有权势的人相助，要么她拥有超能力。不管是哪一种情况……

就在这时，女厕的门被打开了，两位老年妇女走了进来。一个走进了小隔间，另一个微笑着看着莎拉，然后走向一面大镜子检查自己的妆容。莎拉走到厕所远处的角落里，开始洗手。年轻的伊朗姑娘跟在她身后，打开旁边的水龙头。

当莎拉确保其他人听不到她俩的对话，她低声说道："你明明可以直接在伊朗联系我。在这种情况下，你真的期待我会相信你走了几千千米，冒着这么大的风险亲自来见我吗？"

席琳马上回答，好像她一直在等着莎拉问这个问题，"如果我的头像出现在你的 AR 视野，你会相信我吗？嗨，我是席琳，我是一个有秘密要和你分享的网络黑客？"莎拉没有说话。席琳继续说，"你难道不明白吗？任何人都可以做到这一点。你会认为这是假的，而且不会理我。而且我不能冒险，就这样发文件给你，因为它们很可能会被拦截。我必须亲自来，将文件交给你。而且，是的，既然你都提到了，我的确是冒着生命危险来到这里的。"

"但为什么是我呢？如果你非常渴望公布这些信息，为什么你自己不直接发布呢？"

"那好，如果我真这么做了，你认为可能有什么后果？这些文件内容可能会被疯传，而且数十亿人都看到了，但结果不会有什么不同。因为这些文件背后的人有足够大的权力，足以让它变成假消息，然后用一个天衣无缝的弥天大谎将真相取而代之。所以，我需要一个世人愿意相信的人，一个不会保持沉默的人，一个和我一样关心真相的人。"

"但你甚至都不认识我，"莎拉压低声音，但还是有点大声，她意识到别人可能会听到自己说的话，于是猛地抬头看了周围一圈。镜子面前的那位老年妇女现在已经离开了，另一位仍在小隔间里。"你怎么敢大胆设想我愿意帮你的动机，并且想让我卷入其中。"

第二位老年妇女从小隔间出来，走过来洗手。莎拉静静等着，直到她离开，现在厕所里只剩下她们两个，莎拉转身面对席琳，叹了口气，"好吧，继续跟我说下去吧。这些文件里头有什么？"

席琳接着刚才没说完的开始噼里啪啦，继续她精心排练的演讲。"我关注了新闻，知道地球磁场弱化带来的威胁。我知道你是一个很厉害的联合国委员会委员，这个委员会正在研究这个问题。但据我所知，你不是一个政治家，而且你不涉及任何政治利益。所以，你是我唯一信任的可以公布这些信息的人。我发给你的数据表明，最近地球磁场的测量结果已被篡改。我不知道是谁在背后操纵的，但肯定是有个保密行动小组。"

莎拉盯着她。见鬼了，到底是什么意思？"如果这是一种荒谬的阴谋理论废话——"

席琳拍了拍自己的手环，"你需要看到文件。拜托，梅特林博士。我在这里有——"

"等一下，"莎拉感到一阵恐慌，"在你把我卷入这件事之前，这件事……不管是什么事，我再问一遍。你提到了我所在的联合国委员会，但那里有很多人比我更有权力也更适合来公开你手里的内容。加布里埃尔·阿古达博士就是其中之一，毕竟他是一名地质学家，他对磁场测量非常了解。你为什么选我？"

席琳用力点头，好像已经预料到了莎拉的反应。"这是直觉和逻辑综合的结果。我需要一个不可能参与保密行动小组的人。我并不是说阿古达是保密行动小组中的一员——怎么说呢，就是，你才刚加入那个委员会，所以我知道你肯定是，嗯，清白的。"她犹豫了一下接着说，"而且，我觉得我可以信任……另一个女人。"莎拉不确定该做何反应。但是席琳还没说完，"这些文件只能通过我的生物识别才可以访问，但现在我会把它们复制到你的云空间。我不得不这样做，只有亲自见到你我才能把它们交给你。任何其他传输路径都有被拦截的风险。拜托，求求你，看一眼吧。看完之后你就会明白为什么要尽快把它们发布给所有你能够想到的组织、媒体渠道和科学家。我不知道在为时已晚或我被封口之前，我们还剩多少时间。"

莎拉拍了拍自己的手环，发现里面已经下载了几个文件夹。每个文件夹看起来都有很多子文件。

她知道席琳正紧紧地盯着她看，但她现在根本没时间看这些文件。她快速看了一下时间，"好了，我得走了。但我怎样才能联系得上你呢？"

"你联系不上我。不过，也许你可以帮助我获释。一旦这些信息被公开，一下子就暴露了我人在纽约。"然后她又以一种几乎只有莎拉听得到的声音低语，"我太累了，跑不动了。"一分钟之前这个女孩表现出来的极度紧张现在已经消失了，仿佛她眼里激情闪耀的火花已经灭了。相比席琳告诉她的一切事情，这更让莎拉感到害怕，这个女孩很清楚自己会因此被捕，但她还是冒这么大的风险来委托自己发布信息。

莎拉不知道还能说些什么。她朝席琳点了点头，快速转身走了出去。

来接她的车正在酒店门口等着。她一边往外走，一边回想这次奇怪的遭遇。这个年轻的女黑客明显历尽了千辛万苦，只为把这些文件传给她。

席琳很可能是一个彻头彻尾的阴谋理论家骗子，她只不过是想说服自己去相信世界上有另一个荒谬的全球保密工作小组，但莎拉意识到席琳身上有这样一种特质：这个女孩眼中闪烁的灵性和不羁让她想起了年轻时的自己。

一旦莎拉独自一人坐进车里，车子驶离路边，她立马打开文件并开始浏览。席琳传给她三个单独的文件夹，每个文件夹包含数百份文档。这些文档里有些是数据文件，有些是图形，有些是地球周围磁场强度的彩色编码图，还有一些是中英文报告。但只有6份左右的文档被标记了，席琳把它们整合在一起并标上"优先阅读"。当她从头到尾把这些文档看完，她受到的冲击越来越大，并试图尽快消化这些信息。

她一边消化，一边在脑中快速想一遍自己的选择。当然，这些文件可能全都是捏造的。用虚假的数据和虚构的报告来编造这样一个故事是一件简单的事情，任何想造成破坏的网络团队轻而易举就可以做到。

但如果这一切是真的，那该怎么办？

不，她相信自己所看到的这一切是真的：这些原始卫星数据可以追溯到过去两年，这与一周前阿古达在餐馆里告诉她的消息相悖。同样令她感到震惊的是，这里面有报告清楚地说明数据应该如何改，以便正式公布的统计数据可以给出相反的结果：南半球的磁场测量显示了磁场强度正在增加而非削弱的区域，准备进行磁极极性倒转，可能在今年晚些时候，而文件内容表明上述的情况不会发生。

好吧，无论是谁在背后操纵这一切，她猜他们的权力肯定非常大，而且对方向阿古达和世界其他人撒了谎。

该死！阿古达，还是你也参与其中了？哦，见鬼了，我把自己卷进什么鸟事了？

莎拉从车窗外望去，看清自己现在所处的位置，她刚经过左手边的中央公园。外面开始下雪了，但她想得太专注都没注意到。

她再次看了一遍"事实"。卫星数据已被篡改，这看起来明朗多了。实际上，这些文件中包含的原始测量结果看起来清楚地显示了地球磁场越来越弱……到处都是这样。但那真是太疯狂了。如果地球的磁场消失了……不，这太可怕了！她想都不敢去想。

作为一名科学家，而且现在还是极具影响力的联合国委员会里的一名成员，莎拉知道，如果不先仔细核实文件内容的有效性，那么公开这些信息就是一种完全不负责任的行为，更别说此举非常危险！当然，就其本身而言，这些数据对普通人来说意义不大。但里面还有其他文件和电子邮件，由匿名发件人发给同样匿名的收件人，坚持要求把原始数据隐藏起来。

莎拉知道自己必须做点什么——去相信别人。阿古达无疑是她的人选。她希望他知道该做什么，也知道还有谁是她可以信任的。

她给阿古达发了一条简短的语音信息，并且把一些文件作为附件一起发给他，简要说明了自己与席琳的会面。她这么做无疑是冒着巨大的风险，而且她也无法确保阿古达是个可信赖的人，也无法确定文件在发送过程中不会被拦截。席琳历尽万难才把文件传给她……但她还能做什么呢？她还可以向谁求助呢？莎拉瘫坐在后座，等着阿古达的回复。她这么做的时候，思绪飘远了。她一生中只有两次有过这种不祥的预感。一次是九年前，当时她的母亲被诊断出患有晚期霍奇金淋巴瘤；另一次是十四岁的时候，她被叫到校长办公室，校长告诉她，弟弟马特发生了交通事故。不过那两次，她的焦虑最终消除了，妈妈和弟弟都平安无事。但不知道为什么，她不相信这次会有幸福的结局。

一千个问题在她脑海中滚来滚去。这个阴谋涉及的范围有多广？有谁知道呢？有多少国家为了让这些信息不外漏早就串通好了？而且，最重要的是，为什么要这么做？隐藏真相有什么好处？当局在处理这一危机时，是否只是为了避免引起大规模恐慌？我必须理智地思考这个问题。我现在是权力机构的一员，而不是一些试图击垮腐败全球大国的、幻想破灭的网络无政府主义者。该死！

汽车无声地滑行。莎拉把头靠在窗玻璃上，享受了一会儿玻璃带给太阳穴的一丝清凉。她的心怦怦直跳，胃在翻滚。她想要浏览网页获取更多信息，但转眼便认为此举是浪费时间。

就在这时，她的手环响了，阿古达出现在她的 AR 显示屏上。他身着燕尾服，一开始莎拉几乎认不出他。阿古达也去了招待会？或者说他很可能已经在那里了？莎拉从没见过他露出这么严肃的表情。她轻拍手环与他连线，车内的摄像头马上拍到了莎拉的脸，并与她的 AR 推送器连接。

"你好，莎拉。从你周围的环境我看得出你正在前往招待会的路上，在你到达之前请不要做任何事情。到时我会和你碰面，咱俩可以私下讨论这个问题。"

"不，请先告诉我，你知道这件事吗？"

阿古达沉默了几秒钟，好像在权衡不同的选择，然后他说："嗯，莎拉，我的确知道。我很抱歉，当我告诉你磁场正在恢复力量时，我骗了你。但是，能不能先缓一缓，等你到我这里的时候我可以更仔细地跟你解释一下？"

莎拉想吐，"该死的，加布里埃尔，如果你也参与其中，那么现在，在我到你那边，在你告诉我真相之前，到底有什么事可以阻止我对外公布这些消息，或者，或者天杀的知道是什么事？我的意思是，除了我之外，委员会中的其他成员是不是都知道真相——地球的磁场该死地正在逐渐消失，我们压根儿就没有在为磁极倒转做准备？"

"不，莎拉，不是每个人都知道。请尽量保持冷静，不要做任何你会后悔的事情。"

但是莎拉控制不住自己，时间一秒一秒地过去，每一秒她都越来越愤怒，"你怎么能刻意对我隐瞒这件事？！我们在报告中提出的一切都是要采取临时措施来应对磁场弱化的后果，就应付几个月。不是应对这个——不是应付他妈的世界末日！"

阿古达点点头，表示理解，"听着，我知道你现在在想什么。但请你不要做任何鲁莽的事，好吗？"

莎拉深吸一口气。10分钟后她会到达招待会现场。也许权衡轻重是明智的。再说了，"他们"能拿她怎么样？

她没有注意到有两辆黑色面包车经过她的车子，反向飞驰。

莎拉还是很愤怒，她不知道自己还可以跟阿古达说什么，所以她切断了通话。在她看来，中国政府作为全球舞台上的主导者肯定也参与其中。这个世界上仅存的超级大国如果不是这次保密行动小组的核心，那还真是不可思议。在这种情况下，她还是不畏困难勇敢地走进招待会现场。

19

2 月 11 日 星期一　纽约

席琳筋疲力尽，仿佛过去几天里支撑着她的最后一丝力量和毅力终于耗尽了。她体内的电子胶囊还可以撑一天，但她几乎已经不在乎了。她不再担心自己现在是否会被抓到——她的命运在别人手中。她只祈祷莎拉会做正确的事。

席琳想了想接下来要做什么后，便决定在酒店大堂找一个安静的角落浏览一下新闻频道。如果莎拉已经发布了这些文件，那么只要几分钟，就会有人报道这则新闻并为此做专题报告。

她在酒店气派的楼梯旁找到了一张放在隐秘角落里的大沙发，这张沙发就在几盆大型盆栽后面。她一屁股坐下，点击自己的 AR 推送器，然后开始浏览各种各样的网站。为了让自己更舒服，她把头放在柔软的靠垫上，很快就迷迷糊糊地睡着了。她实在抵抗不了瞌睡虫。

几乎是同一时间，几声大叫把她从瞌睡中猛地拉回现实。她唰地站起身，面对四名全副武装的联邦调查局特工。莎拉这才离开不到 10 分钟，因此，她要么是马上就把文件公开了，要么就是背叛了自己。但是席琳的脑袋太凌乱了，无法好好思考。她被动地看着眼前的男人，一片茫然。

"站在那里，不许动！"其中一名特工冲着她大喊，握着一把眩晕枪对准她的胸口。席琳本来就不打算移动，所以她死死盯着那个男人。另外两个特工走近她，粗鲁地让她双脚跪地。虽然她的双臂被猛地反转到背后，引得她一阵疼痛，她的手腕也被铐住了，但她没有做任何抵抗。

事实上，她这么快就被找到意味着以下两件事中有一件肯定发生了：要么是莎拉·梅特林确实把文件公开了，所以她才会被追踪到酒店，这里的摄像头识别出了席琳……要么是莎拉背叛她了，莎拉只不过是通知了当局。不过席琳还是希望自己的直觉是正确的，选择莎拉是明智之举。

当然，还有第三种可能，莎拉天真地被人阻止了，不去公开那些文件；更糟糕的是，莎拉相信了阻止她公开文件的人。不管发生了什么，现在担心这些事为时已晚，而且席琳很快就会知道这是怎么一回事。她在想是否要启用自己的备选计划，如果用了，会有效吗？席琳让特工带着自己穿过酒店大堂，走到外面，上了一辆正在等候的黑色面包车。

　　　　　　　　　　　　　　　　太阳坠落

⑳

2 月 11 日星期一　纽约

　　车窗外的天色越来越黑，雪现在下得有点大，车子正缓慢前行。莎拉望着窗外曼哈顿傍晚的灯光陷入沉思，成千上万片飘落的雪花或折射或反射着闪闪发亮的万花筒般的色彩，突然，她看到一架小小的无人机穿过飘落的雪帘。这架飞机不知道是从哪里飞来的，现在正盘旋在距离车窗约一米的地方，与她的视线齐高，且与汽车缓慢前行的速度保持一致。她刚认出这是一架媒体无人机，很快其他无人机也加入其中，在汽车边上盘旋，所有无人机都用微型摄像头对准她。莎拉一脸困惑，触摸了车窗，已变成不透明状，从而把自己藏起来，不让无人机窥探的摄像头拍到。

　　这些无人机跟着她到底要做什么？她查了一下 AR，眼前的消息令她十分惊讶。她口干舌燥，呼吸困难，眼前披露的可怕事实单刀直入！几分钟前她和阿古达的谈话正在网上传开，像野火一样疯狂蔓延。席琳·达尔维希一直以来非常渴望公之于世的信息现在也全部公开了，不管结果是好是坏，全世界正在对这则消息做出反应。但是，在官方和社交媒体网络上以指数级的速度传播开来是莎拉的脸和姓名，而不是席琳。

毫无疑问，智能系统很快就能对这些镜头进行分析，并确认这真的是为联合国工作的两位科学家之间的谈话。

她被陷害了！莎拉第一反应是席琳干的。难道那位年轻女黑客从头到尾的真正目的就是这个吗？但是，她怎么会知道莎拉会告诉别人这个秘密而不是直接发布呢？不过，这对于席琳这样一个天赋异禀的人来说，把间谍软件代码复制到文件中当然不会有困难——只要莎拉一联系人，软件就会被激活，然后把镜头发到一个链接全世界主要集线器中心的网址。关于如何处理文件内容的决定权已经不在莎拉的手上。但是目前没人手上有这些文件，除非席琳已经把它们公开了，但是我冲阿古达发怒以及阿古达的亲口承认都证实了这些文件的真实性。不。等等。席琳什么都不用做。如果我们的对话已经被泄露了，那么那些文件也很可能通过我的账号公开出去了。噢，这真是他妈的好极了！

莎拉坐回去，闭上双眼。该死！现在做什么都太迟了。也许世界确实需要知道真相。毕竟，如果患者被诊断患有绝症，那么医生无权不让患者知情。

当然，媒体花不了多少时间就可以找到她的位置。莎拉查看了自己的AR推送器，已经有很多人发消息给她，要求她对此做出回应，发表声明。

想到自己即将面临的一切，相比之下，过去两周她受到的关注没劲多了。

在交通不繁忙的情况下，莎拉的无人驾驶轿车突然加速，沿着第一大道向北行驶到曼哈顿上东区的招待会现场。

㉑

2 月 11 日星期一　纽约

　　参议员彼得·霍根站在全身镜前，调了调自己的领结。他喜欢眼前所看到的一切，不由得笑了。这些天他充满力量，内心安宁，他知道他的命运完全掌握在自己手上。他轻轻弹开了晚礼服闪亮丝绸翻领上的一抹灰尘。

　　回想起来，他不得不承认自己的确是官运亨通。他聪明能干又雄心勃勃，而且他很好地利用了这两个特性，逐步稳固了自己的权力基础。但是，虽然外表风光，他依然是一个孤独的人。他唯一的挚友是三只狗，这些动物了解他。除了要给它们提供食物和住所外，它们对他一无所求。相反，它们对他顺从和忠诚，这给了他满足感。人类就不同了。太多人在生活中遭遇失败，因为他们让情绪左右了判断力。于他而言，怜悯和同情他人这样的性格特点对于物种生存根本没有意义。当然，在其他许

　　　　　　　　　　　　　　　　　　　　　太阳坠落

多生物身上也可以找到利他主义的影子，比如蜜蜂和白蚁，但这只是亲缘选择：通过帮助离自己最近的个体确保个体基因的传播，从而让自己的基因延续下去。但是人类文明把动物的这种想法夸得飞天了，这总有一天会站不住脚的，无私情怀被高估了。

　　无论如何，他的政治生涯一帆风顺，他升迁得很快。自 2026 年从圣母大学毕业后，他就开始在印第安纳州选举委员会任职，之后成了一名执业律师，主要负责处理印第安纳州余下的燃煤电力工厂关闭的环境案件，最后一家燃煤电力工厂是在 2034 年关闭的。2037 年，他因为打反腐败牌而成功竞选美国参议院民主党议员，并在 32 岁那年成为国会最年轻的议员。

　　虽然现在每个政客看起来都认为自己是环保主义者，但他们有不同的表现方式。多年以来印第安纳州与西弗吉尼亚一直处于美国绿色联盟名单（Green League Table of America）倒数的位置，在这些州从政，作为环境的支持者参选是一个很好的政治行为。彼得·霍根很聪明，他知道不可以暴露自己的真实感受。有热情去保护生物圈免受人类进一步破坏是一回事，但表明自己对人类的蔑视本身就不是一个特别明智的举动。相反，他得确保自己的绿色环保倾向正是政府所寻求的，国会迫切需要这样的盟友——在围墙项目（The Walls Project）失败后能帮助国家摆脱困境的人。当然他打一开始就反对这个项目。这个为了保护国家的沿海城市，斥资 2 万亿美元来建造 5 米高的海堤的项目在启动之前注定会失败。当其他政客把这个项目视为唯一的解决方案时，霍根就曾大声反对。当然，现在路易斯安那州和密西西比州等南部各州都破产了，没有钱资助庞大的人口增长计划，以应对新奥尔良和格尔夫波特等海岸线已经消失的沿海城市里流离失所的居民的安置问题。

从未见过霍根的人认为霍根很有魅力，聪明、有抱负，讨喜又亲切。那些认识他的人会同意前三个是霍根拥有的品质，但后面两个只能勉强地用在他身上。参议员彼得·霍根几乎说不上是个讨喜或亲切的人。

最近几个月，霍根觉得自己的生活特别棒。事实上，现在他更容易散发出自己的魅力，因为人类命运悬而未决。对于公众来说，知道磁场逐渐消失这一真相肯定不具备任何意义。引发数十亿人的恐慌能有什么意义？毕竟，人类现在针对这个问题并不能够采取什么措施。如果全世界仍处于愚蠢的无知状态，那么情况对每个人来说都好多了，我们一如既往地希望事情会有最好的结局。

好吧，阿门！

霍根离开卧室，走到楼下，一边走一边看时间：7:15。该走了！他虽不喜欢太晚到场，但他一直都喜欢隆重出场。走进厨房的时候，他下了一道命令，落地窗无声地打开了。三只一直坐在露台上的狗跑了进来，它们饿坏了。

霍根走出豪华公寓的前门，从这里步行到徐大使的宅邸只需10分钟。他的手环嗡嗡作响，是加布里埃尔·阿古达，那个男人看起来很焦虑。

22

2 月 11 日星期一　纽约

虽然天气寒冷，但当马克跟着李强踏上大使官邸的台阶时，衣领紧扣的礼服衬衫让他感到一股不舒服的燥热。马克难以在短时间内找到一件礼服，最后只好找以前在哥伦比亚大学的同事借了一套。这会儿他倒希望自己穿上从奥克兰带回来的那套放在行李箱里的旧灰色西装。毕竟，今晚他也没打算要给任何人留下深刻的印象。

尽管李强今晚戴了一个帅气的鲜红领结，但他和这种场合也格格不入，他看起来有点窘迫。这位中国物理学家肯定已经看到了马克脸上被逗乐的表情。

"我真的更喜欢我们所熟悉的传统科学会议晚宴，你懂的，我只需要穿上夹克，戴上领带——"

"——对，最好还放一张科学主题的图像，比如费因曼图或周期表。"

马克笑着说。

李强佯装严肃,点了点头,"这就是那种领带的好处,它们太神奇了,很百搭,与你白天穿的任何衬衫都能搭得很好看。"

两人加入了抵达招待会的人群,这些人的穿着都很讲究,所有人举手投足之间似乎都散发着同样的自信和气场,这两者一直以来都是权贵的象征。

中国大使的官邸是一栋新式法国文艺复兴风格的联排别墅,建筑风格令人印象深刻。一位美国亿万富翁于1911年建成,十年前富翁的家人把它卖给了中国政府。如今美国大部分的房地产都归东方人所有,这栋房子只是其中一个案例。宏伟台阶的尽头是主入口,主入口处是两扇气势恢宏的门,门的上方是石拱。建筑物屋顶上的聚光灯让一切都沐浴在一片毫无生气的蓝色调之中。

马克和李强走到了门口,两位肌肉大汉对他俩进行了视网膜扫描,之后他们还得通过安检扫描仪。一走进装饰华丽的宽敞走廊,六个随身携带饮料托盘的机器人便立马向他们靠过来。马克拿起一杯香槟,环视四周,周围都是财富和权力的象征。最先吸引他眼球的是绝美的彩色地板,地板上铺满了图案美丽而复杂的马赛克瓷砖。官邸里也不乏中国古董艺术品:清朝颜色鲜艳的画作、明代的花瓶、釉面陶瓷制成的马背上的中国古代勇士。所有这些用于摆阔的物品让马克很愤怒,虽然他自己也搞不清怒火从何而来。

他看着李强已经开始和其他几位客人聊天了。马克知道这种场合的规矩,他应该在自己的视网膜 AR 中使用面部识别软件找到一个人,然后向这个人做自我介绍。他看了周围一圈，大多数人的确都这么做，这可乐坏了他。马克心里涌起一丝怀旧情绪，他回想起那个时代，也不是很多年前啦，那时你可以在聚会上直接走向一位陌生人，与对方交谈，问问他怎么会认识主人啊，职业是什么啊，诸如此类。更妙的是，如果与会代表穿戴名牌，那么你可以偷偷看一眼，不需要与对方有眼神的接触，特别是在觉得自己应该知道对方是何人的情况下。尽管不太情愿，但是马克对年轻一代怀有一种难以言说的钦佩之情，因为这些人可以一边用 AR 扫描眼前的人，一边看似非常投入地与对方交谈，一举一动都那么自然。

李强一定是注意到了马克正在看着自己，便走到他身边。马克把手放在李强的肩膀上，"没关系，我没事。你去吧，去和人家进行必要的闲聊。只是不要让我整晚都一个人待着，我没必要在这场晚宴上展现我的社交礼仪，但是别忘咯，我才是你今晚的约会对象。"李强向他咧着嘴笑，然后走到大多数客人聚集的接待室。

马克在走廊里徘徊，注意到墙壁上的一副画，走近细看，画里有一个中国男子坐在树干上，倚着弯曲的树枝。他猜这是真品，可能值得一大笔钱。他的思绪飘回到与艾维一起共度的午后，在想到底需要多长时间才能修复父女俩的关系。他还是感到很乏味，在人群中悠悠走着。不管走到哪，他都听到惯有的阿谀奉承、令人作呕的强迫式问候以及强颜欢笑的交流——这些都是在这种场合建立社会秩序所必需的。但是，除了一些不认识自己或者不想与他聊天的客人偶尔对他礼貌地点头或微笑之外，他基本上就是个隐形人。马克脸上挂着一丝淡淡的笑容，希望这样可以给人一种从容自若的感觉，而且让人以为他经常出席这样的场合。

但他厌恶自己这么做！

现在有一两个客人说话的时候提高了音量，谈话氛围更热烈了，还有很多客人站着不动，全神贯注地看着 AR 推送器。有什么爆炸性新闻吗？

马克觉得自己现在没什么兴趣去看新闻，所以走到室外呼吸新鲜空气。当他站在台阶最上面那级台阶时，一辆豪华轿车载来了一位贵宾：一位身穿及膝黑色鸡尾酒礼服、打扮优雅的女士从车里走了出来。她把外套挂在手臂上，显然还没感觉到车子外面的寒意。金色的齐肩长发在聚光灯下闪着银光。一群小型无人机盘旋在她头上，机械蜻蜓记录着她的一举一动，大概是要把获取到的信息传到新闻网络上。马克看到几名安保人员迅速上前为她带路，领着她往自己所站的位置一步步走上台阶。她看起来很眼熟，但他想不起是谁。她是网络明星吗？一个政客？但是，她的肢体语言和挑衅的表情却不太像。她身上散发出一种不那么妄自尊大的冷漠，还有一种不安的毅然决然。

当她到达台阶最上一级，她从离他不到一米远的地方经过。他看到她的姿势有点僵硬，她把头高高抬起，一直看着前方，没说话，也没微笑，但就在那一瞬间，他们的目光相遇了。马克觉得这尴尬的对视好像有一辈子那么久，但实际上他们的目光交汇不到一秒钟。她面无表情，这说明她人在这里，心思早就飘远了。

她通过扫描走进大厅，马克跟着她回到了室内，看到她被领着走上华丽的楼梯，就在几分钟前这个楼梯还是围着的，禁止通行。他身边的许多客人正在兴奋地交谈，马克轻拍了一个男人的肩膀，那人转过身来，显然他的大部分注意力还在 AR 推送器上。

"打扰了，您能告诉我发生了什么事吗？这个女人是谁？"

"朋友，看看你的 AR 推送器。她是莎拉·梅特林，身陷丑闻的科学家之一。"

起初马克对这个名字没什么印象，然后就想起来了。当然！她就是几周前曾在新闻中谈论过地磁风暴的那个英国女科学家。但她来中国驻美大使举行的招待会上做什么？为什么她是这个晚宴上的美女？她在媒体的露面并没有为她赢得一线明星的地位？这些都无所谓，但他妈的到底是什么丑闻？

马克走进主要接待室，李强与一对老年夫妇正在房间的另一头谈话。当马克走近时，李强停住了，并向马克介绍这对夫妇，他们是葡萄牙大使及其丈夫。两人向马克点点头，明显没有闲聊的兴致。

李强的说话声听起来激动不安。他已经摘掉领结，好像现在正在疯传的这则新闻胜过了这场正式宴会所有的伪装。"马克，你有没有关注这则新闻？如果新闻是真的，那可就出大事了！"

"什么？你是说就在我刚和你说完话的这几分钟内吗？不，该死的！我当然没关注。我一直在想为什么我是全场唯一一个看起来对这则新闻一无所知的傻子。"

马克看着李强拿出一个塑料制电子平板，打开，用自己的手环把平板激活。李强的手指在上面移动，拉出一条直播新闻，然后递给马克看。在屏幕底部，是"爆炸性新闻"，并配有滚动标题：

秘密文件揭秘惊人的保密行动

地球磁场正在消失？

是否有阴谋想隐瞒真相？

神经网络揭示两位丑闻科学家的权威性

视频里莎拉·梅特林和一名男子正在视频聊天，两人在争论如何处理关于地球磁场的新发现。马克注意到莎拉身上的衣服是他刚才看到的那套，所以这段视频一定是关于傍晚那会儿发生的事。

接下来是一位记者站在曼哈顿中心区广场酒店外面的现场镜头，这位记者在非常激动地报道一则关于一个网络恐怖组织，这个组织获取了内含高度敏感信息的绝密文件的消息。记者声称这个恐怖组织的阴谋已经被挫败，而且黑客也被逮捕了。

一方面，这种事情并不罕见。网络上的阴谋故事和极具破坏性的网络威胁层出不穷，但这回似乎有所不同，人们好像可以感觉到这回是事实。马克快速地把电子平板上的新闻都看了一遍，他可以看出，莎拉·梅特林那时看起来也在广场酒店，但他不清楚她与这个酒店有什么联系。马克最先看到的那位记者称莎拉是个告密者，是个英雄；但接着他又看到其他报道说她其实是网络恐怖分子组织的一员。马克认为所有的这些猜测都是垃圾新闻，因为每当有爆炸性新闻被报道出来的时候，新闻网络公司都会这么做，目的是不顾一切疯狂地在新闻报道中抢占领先地位，从而获得数十亿的广告收入。在这种非常时刻，网络制作人可能正在激烈地与老板谈话，而他们的老板正在和自己的律师讨论公司应该站什么立场。毕竟，新闻中的人要么得是英雄，要么得是恶棍。不管是什么角色都不重要，重要的是角色定位的选择要快。

马克意识到，随着越来越多的人像僵尸一样在阅读推送，周围谈话的声音越来越小。

他和李强交换了一下眼神。如果新闻是真的，地球磁场的确正在消失，那么被掩盖的真相肯定比他俩两天前在普林斯顿大学那场谈话所密切关注的地磁磁极倒转的单纯推迟还糟糕。马克转向刚结束通话的葡萄牙大使，他急迫地低声问："大使，您能跟我们多说点什么吗？这则新闻现在看起来令人难辨是非。"

"很抱歉，布鲁克纳教授，我们都很困惑。事实上，我现在需要即刻回到华盛顿办公。"她转身跟丈夫说话，夫妻俩先行告辞了。由于政客和政要都被召回到各自的岗位来应对这场不可避免的风暴，招待会上的人慢慢减少了。也许自己和李强应该更加认真地对待他们的想法。也许，尽管将暗物质束发射到地球核心这一想法听起来像天方夜谭，但这可能是拯救地球的唯一方法。

㉓

2月11日星期一　纽约

一身蓝色利落西装的年轻女子在大使官邸入口处遇见了莎拉，坚持要莎拉立即随她到楼上的私人会议室。她说，考虑到"当前形势的敏感性"，这么做是为了莎拉的安全。莎拉的第一直觉是转身逃走，但她能逃去哪呢？她能转身求助谁？或者从谁身上获得精神支持？她想过要让自己的律师在场，但随后又想，就兵来将挡水来土掩吧。说穿了，他们能把她怎么样？她又没有做错什么事！

莎拉被带到官邸二楼空荡荡的会议室。年轻女子走在她前面，没再开口，浑身散发出冷漠和干练。她是大使馆工作人员，还是为联邦调查局、国土安全部或更邪恶的组织效命？莎拉走进去的这个房间宽敞昏暗，感觉和这么气派的官邸有点格格不入。这间会议室散发着权力和深谋远虑的气息，少了一点传统会议室的味道，更像是高科技指挥中心，就像

　　　　　　　　　　　　　　　　　　　　太阳坠落

是她第一次见到霍根及其委员会的那间联合国会议室，只不过眼前这间会议室似乎更大，而且墙上挂着很多重要人物的肖像，这些人物的身体姿势都象征与代表了权力。交互式会议桌占了会议室一半以上的空间。她猜这里通常会被一排视频显示器、电子文档和叠加的彩色图形照亮，但它的石墨烯涂层现在是黑色的。女人拉出一把椅子，示意她坐下，"梅特林博士，您想要喝点什么吗？"

"请给我一杯水。"莎拉希望自己的声音没有透露出她的紧张。这种感觉就像回到了学生时代被叫到校长办公室受训一样。那个女人走到餐具柜旁，莎拉随即听到冰块倒进玻璃杯里的声音，不一会儿，对方悄无声息地给她拿了杯水。"谢谢。"莎拉说。

"请稍等。很快就会有人来了。"

说完，那个女人便转身快步走出房间，轻轻关上了莎拉身后的门。

嗯，这身新的鸡尾酒礼服太隆重了。这场招待会真是越来越有意思了。这下子就算穿着小丑服装出席葬礼，莎拉都觉得很合宜。她看了一眼时间：7:30，过去的这段时间足以让全世界的媒体因卫星数据泄露而崩溃。也许不会。不管一开始是谁在背后指使对公众隐瞒这些消息，这些人肯定也有能力扭转乾坤，甚至说这是诽谤。莎拉深吸了一口气，让自己冷静下来，想知道自己会见到谁。这是否将是一场平等的讨论会，还是他们会责怪她泄密？

莎拉独自在里面思考了几分钟，然后鼓起勇气查看新闻推送。果然，整个网络上都在讨论这件事。一些评论家称，这是自 2029 年梵蒂冈丑闻以来国际上最大的隐瞒真相事件，而莎拉·梅特林博士是这场丑闻的主角。

真他妈的好极了!

仿佛过了一整个世纪,终于有人推开了会议室大门,两名男子走了进来——参议员霍根和晚宴主人徐大使。阿古达没来。无论发生了什么,记者和政客显然都不知道有这么一场会议。

那么,接下来会发生什么?汇报还是询问?

霍根站了一会儿,然后才坐下来,看着对面的莎拉。

"晚上好,莎拉。"他的凝视,让莎拉感觉像是爬行动物在自己的皮肤上爬行,她需要铆足全力迎上他的注视,决不能被他吓倒。霍根的说话声平淡无情,他紧绷的笑容看起来更像是张开嘴巴而已,不是微笑。"看来我们遇到了一些危机。"

莎拉下定决心暂不开口。让我看看你们想玩什么把戏。霍根看起来当然不像是一个刚刚才发现世界末日即将到来的人。徐福荣也是,他面无表情。和霍根一样,他的眼睛从未离开过莎拉。如果他们是故意要恐吓她,那么这简直是浪费时间。

三人僵持了一会儿,徐大使打破了沉默。他用一口完美的英语说:"我们暂且相信你几分钟前与加布里埃尔的视频对话不是故意录下的,也不是故意上传这段视频。"

莎拉皱眉,突然意识到这也可能是媒体众多解读中的一个版本,"你那该死的假设当然是对的。如果我想要泄密我会自己来。我之所以选择先和阿古达对话是因为……好吧,因为在其他人这么做之前我需要确认文件内容的真实性。"

霍根向大使举手示意,笑了笑。

"得了，福荣，我们非常清楚这件事不是梅特林博士做的。再说了，我们很容易就能发现文件里有没有下载黑客放的间谍软件。"他转过身来又冲着莎拉笑，"这么天大的，这么，啊，骇人听闻的——这个黑客不可能冒着被你背叛的风险，所以看来是她设计了你。而且我不得不说加布里埃尔也因此惹了一身腥。"

大使板着一张脸，盯着莎拉。

霍根继续说："尽管如此，作为追求真理和客观现实的科学家，梅特林博士并没有像我们这些人被政治世界的谎言和诡计毒害——您必定会因这一结果而悄悄松了口气。毕竟，秘密已经公布于世，您可能认为自己扮演的是一个无辜且无可指责的参与者，甚至是个英雄。"

他讽刺的语气真是令人作呕，莎拉瞪了他一眼。所以就这样，是吗？霍根的语气表明，他肯定不认为她是一个无辜且无可指责的参与者。他坐回椅子上。他这是激将法吗？

莎拉咬牙切齿，努力让自己的声音保持稳定。"参议员先生，您这是在指责我做错了，是吗？！当初您邀请我加入委员会，让我提供科学专业知识，目的何在？这整件事从一开始就是一个骗局。在场的只有我才是需要知道答案的人，而不是你俩！还有，阿古达到底在哪里？！"

"加布里埃尔很快就会过来，他正在其他地方忙着呢。事实上，"霍根补充道，"你可以想象，我们今晚都会很忙。当然，我们也希望可以指望你。"

"什么鬼？您希望我和你们合作来缓和局面？可恶！我们一直在讨论给世界各国政府提供的建议，建议大家如何应对潜在的日冕物质抛射直到地球磁场恢复，但看起来您知道这整件事就是瞎忙活！告诉我，我哪里做错了？"她的内心燃起熊熊怒火，整个人都快要气炸了。

在他俩回答之前，莎拉又说："不管怎么说，我们都很清楚，这事绝对和我无关。您说得对极了！我没有做错任何事。可是您……我的意思是，您吃了熊心豹子胆吗？怎么敢伪造科学数据欺骗世人？这个谎撒得多大？您还隐瞒了什么？！"

"嘿，放松点，莎拉，"霍根说，她的勃然大怒娱乐了他。"我相信你的能力绝对不止于此。没错！首先，我们当然知道这件事。但是，你现在玩的是成人世界里的游戏，所以，省省你那感人的道德愤怒吧，把它留给你可悲的自由的学术圈子。"

莎拉内心涌起一股冲动，想伸手揍他那张自负、傲慢的脸！她坐回椅子上，闭上双眼。她会有机会揍他的，一定有！

霍根压低声音，轻声说："莎拉，你给我仔细听好。你要帮我们收拾这个混乱局面。你很聪明，所以我敢肯定你明白我在说什么。世界各地都有这样的人，这些人有权有势，他们为世界各国政府甚至更高层机关工作，他们一直在努力确保90亿人不会爆发群众性歇斯底里。告诉我，你期待发生什么？有些事情毫无疑问正在发生，比如这90亿人发现他们被隐瞒了惊人的真相。难道你想看到，在本世纪中叶之前，地球将见证人类出现40亿年以来速度最快、最惊人的大规模物种灭绝？麻烦你，请告诉我，你期望他们做什么？此时此刻，我估计可能有数百个极端主义团体和邪教组织涌现出来宣传他们自己的版本，告诉世人如何避免这场大动乱，或者如何惩罚引发了这场灾难的当局。"

徐福荣补充道："更不用说净化者（Purifiers）会怎么对待这则新闻。如果他们相信太阳会代替他们处理这一切，那他们可能就失去了存在的理由；另一方面，这可能会使他们的群体更加壮大，事情可能会变得更糟。"

和大多数人一样，莎拉很熟悉这个被通称为"净化者"的恐怖组织，虽然很多人提到他们的时候还是用原来的阿拉伯名字"阿尔穆塔西伦（Almutahirun）"。在这些人的意识形态中，他们与许多其他激进团体以及文明社会里一直存在的末日邪教并没有什么不同，因为他们的核心信息非常简单：人类正在摧毁地球，世界的审判日和复活日即将来临。世界上许多宗教都认为，上帝会对人类进行最终评价，这将始于所有生命的毁灭，接着是复活和审判。但净化者可没这个耐性，他们认为自己的任务是采取任何必要的手段加快审判日的到来。地球磁场真相的揭示只会给他们的事业带来力量。莎拉心想这是否会给他们带来新动力。他们想找办法让审判日提早到来吗？毕竟，他们的宿命论哲学是基于放弃今生所有的希望，期待精彩的来世在等着信徒。

霍根冰冷的声音打断了她的思绪，"所以，我想现在我们需要知道，我们还能指望你吗？"

"指望我？"莎拉大叫，"做什么，说清楚！"

莎拉内心正在挣扎是否可以相信霍根给出的任何答案，霍根靠着桌子往前倾，十指交叉托住下巴。"当然，为了收拾这个烂摊子，你已经上当了。天啊，莎拉，你真的这么幼稚吗？"他转向徐福荣，迅速看了他一眼，表达一种无可奈何的愤怒。他叹了口气，然后说："好吧，莎拉，你问我们真相是什么。喏，这就是事实。没错，我们当然有一个拯救地球的计划。"

莎拉注意到霍根现在变得十分诚恳，就像父母在向一个犯错的孩子提出重要建议，他在竞选参议员的时候肯定也这么干过。"莎拉，我们依然希望你是这个计划的一员。"

他又凝视了她几秒，便不再用他那快把人催眠的眼神盯着她。他重新坐回椅子上，换了一副样子。这一回，他的声音又变回先前那样冷冷的，"作为回报，你得帮我们收拾这个烂摊子。听着，这事只有我们知道，我们要开展魅力攻势，努力让全世界的人冷静下来。毫无疑问，骚乱肯定还是会有的。我们可以说，有些没做好准备的政府将会被推翻。没错，会有人死掉。我们现在的工作是向媒体抛出一个更漂亮、更乐观的未来，让众人冷静下来，降低伤害。全球各地的人们都需要时间来消化这个消息，他们会期待我们这些负责人跟他们说一切都会好起来的。我们会精心准备一份声明。"

他停下来，让莎拉想清楚。接着他说："当然，由你发言自然更有说服力。你将会看到我们现在制订的是一个雄心勃勃的救援计划，一个可以从你作为太阳物理学家提供的专业知识中受益的计划。毫无疑问，我们不需要你同意这一说法。所以，我们会给你一两分钟的时间来考虑这件事。"

莎拉知道自己并没有仔细考虑的机会，也不能睡一觉第二天再做决定或者"给朋友打电话"，就像她母亲平时喜欢挂在嘴边说的那样。最后，她冷静的理性主义和生存本能占了上风，也许在联合国内部工作可以让自己发挥更大作用。霍根几乎十分肯定当前揭示的这些真相会造成群体

太阳坠落

性歇斯底里。在盲目的政治野心的驱使下,他可能是一个冷酷无情的混蛋,但他肯定不蠢。最终,为她做出决定的不是这些道德问题,而是她身为一名科学家的强烈好奇心,她很好奇霍根所提议的计划是什么,但她不能承认这一点。因为这样一来,就好像她刚才动摇了,已向这两个恶霸投降,而她刚才还在为他俩的傲慢感到火冒三丈。突然,她看到了一丝微弱的救赎光芒,像一个溺水的人绝望地抓住救生圈那般,她紧紧抓住这道光,"好!但我有一个条件。"

霍根哼了一声,"愿上帝保佑你。你当真以为你可以跟我做交易?"

徐福荣举起一只手,"稍等,参议员。我很好奇是什么条件。梅特林博士,请您往下继续说。"

莎拉挺直身子,盯着霍根,希望自己听起来比看上去更勇敢,"年轻的黑客席琳——她只做她认为正确的事情——而且,就这件事本身的价值而言,我仍认为这是正确的事。我想要保释她,并且撤销所有对她的指控。"

霍根的笑声让人感觉像是一个有生以来从未遇到过趣事的人的嘴里发出来的。他那冷漠又令人不安的尖笑,就像是狐狸在叫。

"我明白为什么那会让你感到愧疚,你还是没有把这整件事想清楚。这名黑客将会被誉为英雄,不管怎么说,她不会被关太久的。所以,是的,这听起来像一个合理的要求,特别是如果你觉得这是你的救赎……"他又笑了,然后坐回去,脚一蹬,把椅子从桌子旁踢开。

"好了,我们还有活要干,不是吗?"他把拇指和食指捏在一起,用指甲激活纳米麦克风,"加布里埃尔,你可以进来了。"

几秒钟后，阿古达走进房间，跟在他后面的是莎拉先前见过的那名年轻女子和其他一些在外面等候的助手。

　　莎拉和这位尼日利亚地质学家对视了一下。她不知道该说什么，只知道自己再也不能相信这个男人了。

　　　　　　　　　　　　　　　　　　　　　　　　　　　太阳坠落

2月16日星期六　纽约

当美国联邦调查局的电动喷气飞机准备在肯尼迪国际机场着陆的时候，莎拉正望着窗外。过道对面的席琳在飞机从华盛顿起飞后的这一个小时的飞行中一直睡得很香。几分钟前，当飞机开始下降倾斜飞行，莎拉还得拉下百叶窗挡住上午十时左右刺眼的阳光。但是，现在飞机已经穿过厚厚的灰色云层，窗外的景色和她的心情一样，突然更压抑了。她望向远处，那里本来可以看到曼哈顿的天际线，但是，窗外的鹅毛大雪却大大降低了能见度。

莎拉意识到自己极度渴望回到研究所做自己的研究，这会儿她很想知道里约的天气怎么样。

才过了一个星期，她的生活已经天翻地覆：得知人类命运处于危急之中后，世人非常不满，她不得不让阿古达陪同自己发表公开声明，想让世界各地数十亿人冷静下来。许多国家的政府已经下令要军队进入高度警戒状态，但此举无法阻止不可避免的动乱和大范围的骚乱。据报道，内罗毕和伊斯坦布尔已有很多人死亡，大多数的大城市都在举行大规模的示威活动。公众要求了解政府现在在采取什么避难措施。

莎拉认为自己应该对此负责。也许霍根是对的，如果世人对人类命运仍毫不知情，这样是不是会好多了？她打量着这个熟睡的伊朗少女。你也认为自己做的是对的，不是吗？就这样吧，是好是坏，反正都已经公开了。

莎拉没有责怪席琳把她与阿古达的谈话发送给全世界，她知道这个女孩的动机。但是，席琳并不是那个受到死亡威胁的人。周一晚上，距发表公开声明不到两个小时，莎拉就收到了人生中第一个死亡威胁，她震惊极了！有人设法破解了她的安全防火墙，发给她一条精彩刺激的私信，告诉她他们将要对她做什么。虽然她立即要求提高防火墙的安全性，但在接下来的几天里，她还是收到了几次烦人的威胁。谢天谢地！这些人现在看起来终于消停了。

世界各国领导人就是否应该继续否认事实进行了疯狂的辩论。实际上，一些国家的官方新闻网仍在报道这整件事都是捏造的。但是，就她从阿古达和霍根那里所了解到的，以及自己收听到的更深入详尽的新闻广播，莎拉知道大多数政府现在都知道情况已经无法扭转了。南美洲和澳大利亚的研究人员正在分析南太平洋上独立卫星的数据，证实地球磁场在持续减弱。

但是过去几天，莎拉脑袋里想的问题比泄露的文件和自己的安全问题要大多了。她的思绪飘到自己现在所参与的"救援"计划中。既然全世界都知道地球磁场即将消失，那么当局就没有理由继续向世界隐瞒这一任务。确实，现在至关重要的是，公众要有一些希望可以依托，支撑自己坚持下去。

这是一个大胆的冒险计划。正如阿古达第一次向她解释的那样，这个雄心勃勃的计划就是要完善一个巨型磁脉冲装置设计，这个装置可以产生强大的磁场冲力，强大到可以屏蔽日冕物质抛射。阿古达还给她看了 MPD 报告，甚至要她对此发表评论。

第二天，莎拉在联合国办公室与阿古达会面。她本以为自己走进他办公室的时候气氛会很僵，但是她被阿古达友好的态度吓到了。

"啊，莎拉，早上好啊。请进请进。"

莎拉试图甩开脑中四处乱窜的各种情绪：因睡眠不足导致的疲惫不堪、对自己打开潘多拉盒子的担忧、对阿古达把自己蒙在鼓里的愤怒，此外还有对世界命运强烈的不祥预感。尽管如此，她还是努力表现出自己的专业和公正。阿古达一直坐在桌子后面，这画面真是令人印象深刻，因为这样坐着，他这么个魁梧大汉显得很小。

"加布里埃尔，我知道我来晚了，但是我已经阅读了这份报告，唔，我看不出这是怎么做到的。"

阿古达一脸正经地点头。他是不是还在演戏，还是自己终于可以相信他了？"我知道这看起来很荒谬，但我为我们迄今为止所取得的进展感到自豪。而且我想，当你看到更多与之有关的情况，你也会为它感到骄傲。正如你在报告中所看到的那样，该设施在几个方面的工作都取得了进展。"

"你说了'几个方面'，我想你说的是建造地址吧。"

"是的，这仍是最关键的问题。目前以下两项内容还没达成一致：建在地球还是太空，建一个设施还是建许多分散在全球各地的设施。"

"这是技术问题还是经济问题？"她问道，想确认没有人想用金钱来衡量这个拯救人类的唯一希望。

"哦，事实证明这绝对是工程技术的问题。你看，虽然我个人反对，但是发挥作用的 MPD 领跑者还是要建在太空中。"

"但报告里没有提及要如何把这么大型的结构组件送到外……"

"……在距离月球 4 倍远的地方，然后在那里进行组装和测试，所有工作都在一年内完成。就这样。"

阿古达屁股往后坐，好像很高兴自己有了一个盟友。"当然，这在技术上是可行的，"他继续说，"最好的建议似乎是分多趟把组件送到月球，然后在中国的月球基地安装其中大部分组件。为了采矿作业，中国的基地已经有了必要的建筑设备和重工业。"

这个计划的庞大规模让莎拉感到很震惊，"那么，为什么不直接在地球上建一个这样的设施呢？"

"哦，相信我，有些国家正在推动这事儿。现在的问题是，瞄准太空的磁脉冲会摧毁任何从上面飞过的卫星。"

莎拉知道自己目前对技术参数知之甚少，所以无法对此发表评论，但是，"你能确定，撞毁几颗卫星是我们遇到的最小问题？"

阿古达没说话。

莎拉对整个计划最大的疑虑就是这一点。没有人比她更清楚日冕物质抛射的冲击力有多大。难道他们天真地认为这是可以阻止的吗？

"我知道你也不指望我对工程技术遇到的挑战发表评论。但我只是不相信这里面所涉及的基本物理。"

"哎，莎拉，这是我们需要你出力的地方。到目前为止，已经进行的计算机模拟表明，如果地磁脉冲足够强大且时间恰好，那么它就可以瞄准撞击地球的日冕物质抛射，这样一来抛射可能就会减速，甚至消失。"

莎拉沮丧地摇了摇头，"但这不是问题所在。只有当太阳物质抛射从太阳直线抛射出来的时候，你描绘的场景才起作用，但是如果就像它能做到那样，它是从一个微小的角度螺旋进入，那么你的地磁脉冲效果将会小很多。"

莎拉内心深处觉得这整个计划虽雄心勃勃，却都是在做无用功。用地磁脉冲对抗真的非常强大的日冕物质抛射，这无异于在暴风雨中撑着一把鸡尾酒装饰小伞而不想让衣服被雨淋湿。

日冕物质抛射引发了 1859 年的太阳大风暴和 2012 年地球幸运躲过的太阳大风暴冲击。但是如果 2012 年那次太阳风暴早 9 天发生，那么地球将遭受严重打击；如果今天太阳大风暴再次撞击地球，那么世界上的电子设备将被炸毁，人类文明将停滞。两者都会带来灾难性的后果。由于地球磁层目前正处于一个令人沮丧的状态，地球上的文明岌岌可危。

但似乎没有人愿意听她的。随后几天，莎拉努力表明自己的观点，但看起来没有哪个政客愿意认真对待她的警告，而经手这个项目的科学家和工程师们则忙于解决他们遇到的多如牛毛的技术问题。没人想要从一开始就接受这个计划注定会失败的事实。

没人愿意承认的是，抵抗日冕物质抛射还只是开始。即使可以避开这种特殊的威胁，也无法阻止来自深空各个方向的宇宙射线粒子对大气层缓慢但持续的轰击，这将无情地逐渐毁坏大气层，直到地球最终变得像它的姐妹星球火星：死了！死气沉沉！没了大气层，就连海洋也会迅速蒸发。显然，这是日后需要长期担心的一个问题。

莎拉的思绪被打断了，这时席琳刚好被惊醒，她猛地睁开双眼。席琳看起来有点尴尬，意识到了自己整个飞行过程中都在睡觉。虽然她们只见过三次面，但是两人之间已经建立了连接彼此的纽带，这纽带源于一种"我们与世界对抗"的意识。这位年轻黑客的坚韧性格、不屈不挠与坚定意志的仍让莎拉印象深刻，这使她对自己在霍根和徐福荣面前表现出来的顺从感到更难受！

过去几天，席琳被关在华盛顿特区外的一个军用场地，这个地方由联邦调查局的国家安全部门管理。起初，他们问她与特洛伊木马代码有关的事情，这样一来他们就可以在网络黑客发现更难对付的真相之前加强安全维护，堵住漏洞。莎拉说服席琳，全盘托出是获释的条件，然而席琳不需要被说服。她似乎对自己所取得的成就感到非常自豪，现在她主要关注的似乎是确保双亲在伊朗的安全。在某种程度上，席琳看起来甚至还很享受审讯者对她的钦佩，其中有一位是书呆子式的计算机科学家，他毫不掩饰自己对她的佩服。

听到席琳被释放而且没有被指控，莎拉松了一口气。虽然席琳现在还不能飞回德黑兰，但她至少可以随意在街上出行。席琳还提出了要求：自己被释放后要由莎拉暂时监管。

席琳对莎拉咧嘴一笑，莎拉回以微微一笑，虽然她现在不怎么笑得出来。

2 月 16 日星期六　慕尼黑

　　法兰克·埃格霍夫疲惫不堪，他的大脑还在嗡嗡作响。夜深了，如果不是他的模拟还没完成，他肯定收工下班了。即使是绕着慕尼黑环线开车，从马克斯·普朗克计算机和数据机构中心回到家至少也要一个多小时。值得欣慰的是，周六晚上路上的车相对较少。

　　过去七周法兰克一直在研究的地磁脉冲设备的计算机模拟终于稳定运行了，模拟结果看起来很有说服力。他是马克斯·普朗克计算机和数据机构中心参与 MPD 项目的众多科学家之一，但他的模拟受到的保密程度高于其他同事，这种情况令他筋疲力尽。他甚至不能和妻子蕾切尔谈论这件事，这一点让他甚是讨厌！但他能够理解这么做的必要性，因为他的工作是要确认放在太空的设施在理论上是否可行，而且据他所知，许多政客的职业生涯、科学家的声誉和投资者的财富都取决于他的模拟成果。法兰克摘下眼镜，站起来揉了揉眼睛。他只有在伏案工作时才戴眼镜，而且觉得没必要对眼睛进行常规手术。再者，他对眼睛手术态度很谨慎。

法兰克轻拍离子屏幕，让它变黑屏，然后走出办公室，他用拇指触摸门把上的按钮，在听到令人安心的锁门声后，便沿着过道往下走到洗手间。

虽然周末这里很少会有人来，特别是在这样的深夜，但还是要谨慎为上。

几天来，法兰克一直希望结果不是他内心深处怀疑的那样，但他知道这个项目最后注定要失败。从一开始他就有这个疑虑，只是不便说出而已，现在他看开了。当然，给他发工资的人可能还是不想听到他要跟他们说的内容，但他能做什么呢？他的模拟绝对没有出错。此刻，他需要比以往任何时候更谨慎。情况已经够糟了，全世界都知道磁场正在消失，但如果人们被告知两个大肆宣传的避难计划有一个无法起作用，那会糟到什么地步呢？他只是祈祷地球上的 MPD 项目仍可以替代他手里头正在研究的这个项目。

这个项目所涉及的基本物理学非常简单，最初在纸面上的时候，法兰克也觉得它看起来具有可行性：太空中巨大的环形超导磁体会发出强大的电磁脉冲，在特定时刻迎上任何正要撞击地球的日冕物质抛射，并使抛射发生偏转，正如地球磁场过去数十亿年做的那样。把设施建在太空中的优势很明显，而且把它建在第一个拉格朗日点（L1 点）优势更明显。

L1 点距离地球 100 万英里，位于地球和太阳之间的直线，具有非常特殊的几何属性。通常情况下，任何更靠近太阳而不是地球的物体在 L1 点都会更快地运行——基本的牛顿动力学——但这忽略了地球自身引力的影响。如果物体直接放在地球和太阳之间，那么地球反方向的引力会削弱太阳对物体的引力，从而减慢物体的轨道速度。在 L1 点，物体的轨道周期与地球的轨道周期完全匹配，所以它能始终位于地球和太阳之间的直线上，位于整个轨道。

将 MPD 放置在 L1 点意味着它将会提供永久性保护屏障应对太阳抛射出来的任何日冕物质抛射。与建在地球的 MPD 相比，它还具有其他优势，也就是它的磁脉冲始终在地球之外，因此不会损坏任何地球轨道卫星。

法兰克的计算机模型旨在显示宇宙辐射轰击对超导磁体陶瓷材料的影响，但模拟结果看起来不太乐观。这是一个可笑的第二十二条军规局面：在没有实质屏蔽的情况下，磁体在太阳风的恶劣环境下无法撑很久；而必要的保护屏障本身会导致磁脉冲力量不足，无法阻止即将撞击地球的日冕物质抛射。因此从根本上说，这个设施无法在太空中运行，事实就是这样。

法兰克匆匆走下楼梯，迫不及待地想回家。等他回到办公室，他还必须给领导发送一封安全系数高的邮件，附上这些最新结果，然后对所有代码和输出的数据文件进行加密，最后才能回家。从事 MPD 模拟工作的有 20 名计算机科学家，他是这个团队中的一员，但现在看来只有他一个人在星期六晚上九点之后还在这栋大楼里工作。他在想自己到家之后蕾切尔睡了没。过去几周，他工作的时间越来越长，但蕾切尔都毫无怨言，待在家里等他。法兰克推开厕所的门，感应灯亮起，他走进去。厕所里有股浓浓的消毒剂味道，这里被打扫得闪闪发光。晚上值班的机器人肯定刚刚才做完保洁。

尽管大楼里很安静，但法兰克还是没听到有个男人尾随在自己身后跟进了厕所，等他发现已经来不及了。法兰克站在小便池旁，解开裤子纽扣，当他开始放松的时候，突然听到身后传来一阵脚步声！法兰克十分惊讶，回头一看，飞来的子弹刚好射穿他的右脸颊，从脸部前方飞出，原本是鼻子和下巴的地方现已血肉模糊。法兰克的身子往后倾，倒在小便池上，血一直从喉部涌出来。接着第二颗子弹穿过左眼直入他的大脑，他的痛苦很快就停止了。法兰克倒在地上的时候，第三颗子弹又射穿他的大脑，这一枪纯属多此一举。法兰克瘫倒在一片尿液和血泊中。没有人听到他短暂的尖叫声和三声被消音的枪声。

当晚晚些时候，安保人员在巡逻时发现法兰克·埃格霍夫遇害了，杀手在他身上留了一张字条，字条是用英语和德语简单潦草写就的一条消息。

Delaying the inevitable is pointless.

Die Welt wird der Menschheit gereinigt werden.

The Purifiers.

[Delaying the inevitable is pointless. The world will be
cleansed of the human disease.]

[推迟注定发生的事情毫无意义。世界将无人类疾病。]

一个令人悲伤的讽刺是，只要这名刺客再等 24 小时，他自己的消息来源就会告诉他，根本不需要执行这个任务来暗中破坏人类最后的生存机会——因为既不是法兰克·埃格霍夫，也不是 MPD 项目对他们构成了威胁，威胁他们让自然步入正轨的梦想。

第二天的新闻没有报道一名受人尊敬的德国计算机科学家被谋杀。此外，对于那些位居上层的人来说，更有趣的是在法兰克·埃格霍夫计算机上发现的令人沮丧的真相，但这些消息都被当成秘密封锁起来了。

26

2月18日星期一　纽约

马克现在在酒店房间里，他把椅子推回桌旁，站起来伸展双臂，打了个哈欠，他迫切需要睡个好觉了。星期五艾维的庆生活动受到了许多人的欢迎，因为他们借机释放了各自最近的焦虑和压力。虽然明眼人一眼就能看出来，这些人都在演戏，假装没有压力，假装生活一切正常。那个下午起初看起来有点梦幻，对马克来说更是如此。刚开始的时候，他感到有点不可思议，自己好像只是另一个客人——在场的有艾维的20位朋友、家人的一些朋友，以及前妻夏洛特年迈的双亲——就在这个他多年来一直称之为"家"的地方。幸好，查莉对他非常亲切友好，他甚至还跟她的伴侣——狡猾的政客杰里米，进行了礼貌的交谈。

最重要的是，艾维似乎真的很高兴见到他，虽然他走进去的时候看到了艾维脸上微微惊讶的表情，好像没想到他真的会遵守诺言出席自己的生日会。但至少马克买的生日礼物深得她的喜爱，他送给她的是一条优雅的吊坠项链，上面悬着一个小盒子，可以用于珍藏亲人的小照片等。

"啊，老爸，这太漂亮了！"

"我不会冒险送你任何高科技产品，或者VR相关产品，因为我知道我可能会送错礼物。这还得感谢你老妈给了详细的建议。"

"是啊，你肯定会搞砸。但这条项链真可爱，老爸你可真老派啊！"

"我很高兴你喜欢，而不是说终于松了一口气。"

那天下午马克几乎没有其他机会可以和艾维聊天，当他最后一个离开时，最重要的事发生了：艾维给了他一个紧紧的拥抱，告诉他，她爱他。他双脚充满活力，整整走了二十个街区回到酒店，他感觉已经好几个月没有这样的活力了。简而言之，世界似乎更光明了！但当马克回房间的时候，他又开始担忧了，思绪不可避免地飘到他和李强正在制定的计划上。

第二天早上李强早早就到了，两人开始了拯救世界的小型研究项目。

现在，48个小时过去了，马克看了周围一圈，酒店房间看起来一片混乱：占据一面墙的大型娱乐屏幕已经变成了一个交互式显示屏，显示屏上满是图解、曲线图、层层叠加的彩色图表；他那张特大号床上则撒满了一堆纸，他用难以辨认的字迹在纸上写满了代数符号。他更倾向于用传统方式进行计算：手写方程式，这当然意味着他得先找到一家有纸卖的商店。

李强戴着他的VR眼罩和触觉手套，坐在地板中间，沉浸在自己的计算中，灵巧的手指在半空中操纵着虚拟屏幕。这两位物理学家已经重新回到了他们原有的研究路线，讨论各种各样的想法，各自提出假设或数学论证让另一个人推翻——只不过这一次他们这么做不仅仅是因为知识分子的好奇心驱使，而且是因为地球命运受到了威胁。他们用整个周末来完成他们的方程式和计算机代码，出门也只是为了吃的和呼吸新鲜空气。

马克感到宽慰的是，不用给李强做太多思想工作他就同意了，两人达成一致：最起码要确认这个想法从科学角度来讲是可行的，否则一切都是秘密。但他也知道他们正在与时间赛跑，而且两人在经历了生命中最激烈和最持久的努力后，他们大胆的计划终于合二为一了，这个计划可能真的具备可操作性。虽然这件事把人整得筋疲力尽，但能在这上面运用自己所积累的知识却让马克感到精力充沛。他没有对李强完全坦白，但内疚地意识到自己体会到了多年来从未有过的精神放松以及新的使命感，哪怕这个计划规模庞大，而且一旦计划失败，后果将不堪设想。

马克把"请勿打扰"的标识挂在房门外，他希望在数字最终确认无误之前不要有人来动这些写满了方程式的纸张。昨晚，李强大约在半夜十二点离开酒店，他则睡在沙发上没有沾床。

肯定有人向酒店报告这个"请勿打扰"的标识已经挂了三天，因为今天早些时候酒店经理来房间拜访了。马克不得不让经理走进房间，告诉经理自己并没有从事任何违法行为，并承诺隔天早上会让人进来保洁。

马克由于跪着，双膝僵硬，对着旁边 AR 中的李强，叹了口气，"你那边情况怎么样？我不知道你想不想吃东西，但我想喝咖啡。"

李强只想沉浸在自己的世界里，他挥手和马克告别，"我保证，我这边就快结束了。我只是重新编译了这个流体动力学代码。其中一个子程序一直返回浮点错误，不过我想我已经把它修复了。"

马克站起来，他得出去走走，呼吸呼吸新鲜空气，甚至需要跑个步。最重要的是，他需要喝杯咖啡。经过上一周的示威和骚乱之后，纽约街头终于平静下来了，这座城市正逐渐恢复到正常状态。

马克在墙上的交互式屏幕前徘徊，他很确定之前从来没人像他这样使用这个屏幕。他盯着密密麻麻的图形和方程组合，思绪万千：他们准备好向世界公布他们的计划了吗？他希望他们不必再次激烈争论昨晚的话题，争论首先要告诉谁。

"马克，我们要从实际出发。你为什么还是对中国人有偏见，为什么不想和他们接触？"李强想知道。

"强，别提了。你知道的，这两件事没关系。"

"但我在上海的联系人招募我来就是要研究这种计划。他们不太可能撒手不管。"

"我明白，强。但是，别急，慢慢来。我们要先看看大家对这种令人不可思议的计划是否感兴趣。在我们和政治家打交道之前，我们需要与其他科学家谈一谈。"

"你确信非要那个莎拉·梅特林不可吗？为什么？咱俩都没见过她。你怎么知道我们可以信任她？"

"我也不知道她值不值得信任。但是，不管怎么说，现在还有谁真的可以让我们信任？作为一名物理学家，她肯定能理解这个计划的优点和实现这一计划的紧迫性。当然，更重要的是，她现在是为联合国工作，她知道该跟谁说这件事。"

"你看，你也同意时机至关重要，对吗？因此，我认为咱俩没有精力应付这件事，我们无法逐一和各个级别的官僚机构打交道，这意味着计划可能要过好几个月才能启动。不，我们需要一条捷径，需要找到一个能够快速做出决定的人。"

"为什么我们不先和她碰个面谈一谈呢？如果她觉得无法通过联合国委员会加快执行计划的速度，那么我们就找你的上海男孩们。"

李强疲惫不堪，不想继续争论下去。他叹了口气，"好吧，马克，但前提是她人还在纽约，我们需要面对面交流。在这个节骨眼上，其他的交流方式都太冒险了。"

很好，就这么定了！

马克想听听莎拉对MPD计划的看法，这可是人人都在讨论的计划呢。据他所知，即使成功了，MPD计划顶多也只是个临时的解决方案——偏转日冕物质抛射并不能永久解决磁层消失的问题。太阳风将继续慢慢破坏地球的大气层。随着时间的推移，整个生物圈将会窒息死亡。不！人类唯一的希望就是再次激活地球核心，让磁层起死回生。

就在这时，李强发出胜利的欢呼声，把马克从遐想中唤回现实。李强的眼睛离开屏幕，转过身。"很好，我对这些数字很满意，"李强说道，手指灵巧地轻触头部浮动的虚拟现实器，把屏幕滑到一侧，然后摘下眼罩和手套，起身，双臂抱头，转身面向马克，"就像你预测的那样，结果无误。不需要纠正地核能量脉冲的相对运动学。"

马克冲着他咧嘴一笑，摘下眼罩之后的李强头发蓬乱，即使他的审美标准很高，也觉得李强这个发型还是很帅气的。"我知道了！"马克握紧拳头，在空中挥舞。"那我们就都准备好了吧？如果不进行全面模拟，我们就无法再进一步推动。而且我们需要这方面的帮助。"李强笑了笑，满怀热情地点点头。他看起来很疲惫，因为睡眠不足有黑眼袋，但他的双眼闪耀着希望的火花。

马克揉了揉下巴，摸到三天没刮的胡子。"我想你没精力跑腿去买咖啡了，对吧？"他问李强，"我需要先刮个胡须洗个澡再做其他事情。"

李强笑了笑，"不，我这就去买咖啡。"他走向门口。

"轻点关门。上次有点用力了，风吹走了床上的几页纸。"

李强咧嘴笑，轻轻点头。他离开后，马克盯着满床的纸张，想集中力量去浴室。尽管筋疲力尽，但这是一种有意义的持续性长的创造活动，就和过去一样，一旦投身于某个大项目，就没有什么能阻挡他做研究。虽然马克努力不让自己过于相信他们的计划可能真的会发挥作用，但是现在他又忍不住想起了艾维，也许这会让她拥有原本可能不会存在的未来。

但如果马克真的能诚实地面对自己，他不得不承认，过去这三天他并不是真的要拯救世界或者拯救自己的女儿，他有更自私的动机。这就是一直令他最开心的事情：沉浸在数学之中。一旦他"进入状态"，外面的世界就消失了，只剩下他和方程式。他身处一个迷人的抽象世界，那里满是符号和美妙的逻辑。他在这种时候所拥有的创造力与雕塑家、诗人或音乐家的创造力并没有什么两样，他的成就感不亚于探险家或登山者。

马克开始轻手轻脚地收拾这些纸张。我得给它们编页码，否则我会后悔的。他想到了自己和李强所取得的成就，奇怪的是，他最了解的粒子物理竟然是整个计划里最容易的事情。棘手的是要如何安排：要有一套暗物质加速器，它们都可以产生中性微子束，并在全球不同的地方直接把这些中性微子射进地面。数学方面的问题有两个：至少需要多少中性微子束？它们应该位于何处？

当然，不管答案是什么，项目造价都非常昂贵。必须从头开始构建几个新的粒子加速器，而且速度要快。计划的大胆与创新使它听起来也很疯狂。

他知道物理学会在这当中起作用，知道过不了多久其他科学家就会相信它的可行性。更紧迫的问题是，是否有政府愿意这么做，并且能够在几个月内完成整个项目。

不知为何，马克在脑中想起了企业号星舰开启挡板的时刻，他年幼时代痴迷的星际迷航画面便随之浮现出来了。如果挡板力量减弱了，企业号星舰就会受到克林贡人的攻击。现在，地球就像是已经收起挡板的企业号星舰，而太阳就是随时要突袭地球的克林贡人。

马克把一沓纸整齐地堆放在桌上，然后走向浴室。他照着镜子，突然想到他们需要一个合适的首字母缩略词，一个政治家和媒体可以接受的词。毕竟，每个伟大的科学项目、太空任务、望远镜或粒子加速器都必须有一个名字，但是现在他太累，已经没有创造力了。马克刮完胡须，站在莲蓬头下冲澡，享受热水滑过肌肤的感觉，热水冲走了所有的疼痛和疲惫，他只有一半的心思在为他们的项目想名字。

李强已经计算出这个项目需要用到8个遍布全球、不同的中性微子加速器，所有的加速器都会把中性微子束射入地球核心，从而提供足够的能量引发地震冲击波，然后激活地球熔化的内核的流动。然而，马克想到目前只有三家实验室可以展开这项工作，它们分别是瑞士欧洲核子研究组织（CERN）、美国费米国家加速器实验室（Fermilab）和日本质子加速器研究综合体（J-PARC）。这三家实验室的地理位置极佳，但是想要在一年之内建造五个新的加速器几乎令人难以置信！更令人难以置信的是，人类不愿意一起试试这个计划。

走出淋浴间，马克突然想到一个名字。他衣服都没穿，浑身光溜溜地跑到桌边，找出一支笔和一张纸。没错，这个项目就叫"奥丁项目"（Odin Project）。

马克读过很多日耳曼和挪威神话，他最喜欢的神一直是奥丁，他的手杖和宽大的帽子让马克想起《指环王》中的甘道夫。奥丁是死者之王、智慧之神、治愈之神，对这项实验来说，"奥丁"是个完美贴切的名字。这项实验将通过物理知识让地球不再一片混乱，并把地球从死亡的边缘拉回来。

他潦草地写下了以这四个字母开头的相关词语，列出一张单词表，并快速想出了一个获胜组：O.D.I.N 项目即"八向发射中性微子"（Octangular Directional Ignition with Neutralinos）。太完美了！

马克跑回浴室，擦干身子。他可不想让自己光溜溜的身子吓到比自己年轻的李强。

马克私底下想过一件事，他猜李强也应该想过，那就是项目继续推进，但还是失败了——因为这是唯一一次的机会。例如，如果 8 个中性微子束中的任何一束发生错误或错过了地球核心内数千千米深的中心碰撞点，哪怕只是一毫米误差，那会发生什么事？八道光束必须从不同的方向汇聚在一起，还要同一时间在同一地点相遇，继而产生一束没有杂质的能量，这些能量将被引到熔化的地核周围。但是如果组合冲力没有精准平衡，冲击波就会被发射到地球表面，这就像往玻璃屋顶发射子弹，地球的地壳会被破坏。比起逐渐消失的磁场，这一行为更容易导致地球上大多数生物灭绝。

问题是，我们是否能够说服世人这是必须承担的风险。

马克穿上衣服，觉得自己恢复点人样了，决定在等李强回来的这段时间里联系莎拉·梅特林。他坐在床上激活自己的 AR，花了几秒钟找到她，然后给她发了一条短信。

> 梅特林博士，我叫马克·布鲁克纳，是一名粒子物理学家。很抱歉冒昧联系您，希望您不要把我当成疯子。您可以搜索一下我的学术信用。我对 MPD 项目持强烈的保留意见，当然，虽然我没有任何依据，但我猜您可能也这么想。不过，可能还有另一种解决方案。我想您现在和我一样也在纽约，我想问问，您是否愿意参加一场简短的会议。烦请尽快联系我，让我跟您多分享一些信息。
>
> 祝好
>
> 马克·布鲁克纳教授

发完信息，马克立刻往床上一躺，闭上双眼。

他的手环滴滴响，把他从睡梦中唤醒。他轻拍一下手环，莎拉·梅特林的脸出现了。他坐直身子，迷迷糊糊地揉了揉眼睛。他睡了多久？李强在哪里？

"布鲁克纳教授，您好。您想和我聊聊，是吗？"莎拉一口英国口音。他注意到她已经屏蔽了周围的环境，确保他只能看到她的脸但却看不到她人在哪里。她看起来心烦意乱，一脸阴郁。

"啊，梅特林博士。谢谢您回复我。我很感激我们生活在这个通 wy 发达的时代，虽然有点不同寻常，但毕竟还是很有意思。"

莎拉没有答话，马克意识到现在不是打趣或闲聊的时候。他事先还没想好要说什么，而且意识到了自己要谨言慎行，他可不想把她吓跑，因为他不知道她身边可能会有谁在听他们的对话。

"我和我的同事李强教授想向您提议一个科学计划。我们认为您的研究领域、公众形象以及您在联合国的地位都意味着您是推动这个计划的理想人选。"

"我知道。不过，首先，布鲁克纳教授，我知道您是做什么的。尽管您最近遭遇了那么多个人问题，但是我很高兴能感受到您的诚意。"

显然，她已经搜索过他，马克不用再小心翼翼了。接着她的声音轻柔了些，"实际上，十五年前，我在剑桥大学读研时就听了您关于暗物质的演讲。"

很好，这话让我感觉自己已经是个老家伙了。"哇，好吧，所以——"他想要回想起到底是什么场合的演讲，不过他想不起来，只好放弃了。

"莎拉，我可以这么称呼你吗？我现在不想再多说什么。请问我们是否可以当面讨论这件事？而且，没错，我知道这个要求听起来很唐突。"

莎拉沉默了一会儿，然后说："好，但请您先跟我略说一二。"

"是这样的，我们，就是我和李强，我们认为——"其实当他在脑中搜索要用什么词语比较合适的时候，他自己也意识到这一切很荒谬。"听着，我真的觉得如果你能当面听我俩说一说细节，这样会更好。"

然后他又说，"这么说吧，不听我俩的计划你会后悔的。"

马克心想，莎拉会说，哦，但我敢肯定自己不会后悔布鲁克纳教授，但她没这么说。也许是他声音里的某些东西触动了她，或者也许她只是感觉到了他的绝望，她的脸越来越大，因为她抬起手环，靠近它，同时开口说话——这是一个有趣的动作，表明她认为自己接下来要和马克说的话是秘密，当然，如果确实有人在她身边听他们的对话，那么这个手势就毫无意义。她说："麦迪逊和东二十七区相交的角落有一家小餐馆。他们家的煎饼很好吃，生意非常好，可以保证安全和隐私。明早八点见，如何？"

"听起来很完美。明天见……谢谢你。"马克克制住自己不再多说什么。

她的脸从屏幕上消失了。

两分钟后，有人在敲门，马克打开门，让李强进来，李强手上拿着两大纸杯咖啡。

"啊，流浪者回来了，"他说，"你很优哉吗。"

"不好意思，我找不到任何开门营业的店家。看起来过去几天的骚乱导致了很多商店还没有重新营业。"

马克从李强手上拿过一杯咖啡，啜了一大口。咖啡已经不热了，温温的，但味道还是很香。他在想莎拉建议碰面的那家餐馆是不是也还没重新营业。想到这，他才意识到必须把这个消息告诉李强，不过因为事先没有咨询李强就擅自联系莎拉并安排了这场会面，他决定拖延一会儿再说。

"嘿，就叫'奥丁'项目。你觉得如何？"

李强一脸疑惑地看着他。

"就是我们给这个项目取的名称。"马克说，又喝了一口咖啡，然后躺回床上。"对了，我们明早要和莎拉·梅特林一起吃早餐，讨论一下这个项目。"

27

2 月 19 日星期二　纽约

　　相比马克，李强对和莎拉公开谈论这件事显得没那么热情，也许他只是天性害羞。起初，她认为这可能是因为李强对这个大胆的计划有所保留，但很快她就意识到李强只是对于信任她感到不安。是啊，凭什么要他相信她呢？这些天她自己不也被迫学会不要去相信任何人吗？

　　不过，马克·布鲁克纳坦诚多了。"我知道这个项目听起来很荒谬，"点完早餐，他说道，"这听起来就像好莱坞老灾难电影中一个愚蠢的阴谋，但我们认为它真的可以发挥作用。"

　　"首先，请告诉我，为什么选上我？"莎拉问道。回忆起过去几周，她已经问了这个问题无数次：世界媒体痴迷于听她发表的观点，她问了；英国政府，她问了；被招募到联合国委员会，阿古达找上她，她问了；席琳单独挑选她公布正在消失的磁场真相，她也问了……这真是令人愉

　　　　　　　　　　　　　　　　　　　　太阳坠落

快啊，可不是吗？看起来人们似乎都很容易被她吸引啊。"为什么不直接联系上层人士，找那些真的有能力让事情发生的掌权人呢？"

李强嘟哝了一声，但马克清楚他在想什么。"你看，你也是一名物理学家，所以我们觉得——"他快速斜瞥了李强一眼，"——我觉得至少你会发现它在原则上是可行的。当然啦，还有就是，我们认为磁脉冲计划没用。即使成功了，也只不过是一种临时措施，我们不能只是干坐着，等着地球死亡。如果我们什么都不做，地球将变成一颗和火星一样的星球。不过，嘿，我想我说的这些事你也都很清楚。"

莎拉没回答。她思索着自己如何在这么短的一段时间里从一名单纯青涩的女性变为世界政治中有影响力的人物。人们在她身上看到了什么，让她成为这种被关注和信任的对象？

虽然他们现在坐的这张桌子距离自己十天前和阿古达坐的那张离得不远，但是今天早上餐馆里安静多了。事实上，她注意到这几天街上的人少了很多；卫星数据真相的公布引发了民众动乱，而纽约的情况更是糟糕，而且随之而来的政治不确定性和动荡导致了动乱加剧，这意味着很多人要么担心走出家门不安全，要么就是太沮丧了不想去上班。在她与阿古达的谈话被曝光以及两人随后在电视网上发表声明之后，纽约就爆发了严重骚乱，到处都很糟，政府不得不出动国民警卫队。

马克现在开始滔滔不绝、自信满满地跟莎拉解释这个项目，他看起来坦荡荡，高歌遍布全球的加速器产生的高能量暗物质粒子、$E = mc^2$、地震波和地球液态金属核心。

莎拉认真地听他们描述奥丁项目。世界上没有人比布鲁克纳和李强更了解暗物质——见鬼了，他俩还在争取诺贝尔奖——但是向地球核心发射高能粒子束的想法使 MPD 提案听起来几乎是合理的。这个计划简直疯狂至极！有能力进行世界一流的研究难道就可以排除他们日后提出疯狂理论的可能性吗？不！有很多天才的例子……

在得知马克破碎的婚姻以及他长期与抑郁症作斗争后，他散发出来的魅力和坦率让莎拉感到非常惊讶。但很明显，在他云淡风轻的表面背后是一个谨慎封闭起来的复杂角色。然而，他的眼神给她一种说不出口的感觉，让她想要相信他——一种他表现出来的真诚的熊熊热情。他长得很帅，不修边幅的那种痞帅，不过他好像也无所谓要不要在外表上花点心思。她想弄清楚他到底多少岁，可能四十五岁左右吧。她还知道他有一个十多岁的女儿，想知道这个女孩在他制订这个计划的过程中起了什么作用。

最终说服她认真对待他们的想法并不是这个项目的科学性——这是其他人要评估的——而是实际上她比马克更清楚 MPD 项目真的起不了什么作用。她已经看到了被谋杀的德国计算机科学家基于太空的 MPD 模拟得出的结果，结果显示 MPD 计划无效。

所以莎拉答应他俩，她会向彼得·霍根和联合国委员会提议他们的计划，并为那些值得被看重的建议背书，希望他们同意马克和李强在联合国更正式地介绍奥丁项目。

"但请你们不要抱有太大希望。他们可能会因为这个项目太古怪，风险太大，太昂贵，而不假思索地予以否决。"

李强向前倾身，用拳头砸桌子，"但他们怎能不听听我们的建议？

如果世界末日即将到来，担心费用还有什么意义？"马克把手放在李强的肩膀上让他平静下来，莎拉理解他的沮丧。

"你听好了，我并不是说他们不听，只是你必须做好失望的准备。"

"我们还有其他选择，"李强说，"也许中国政府比你的联合国委员会更愿意接受。"

莎拉耸了耸肩，"可能吧。但请记住，不管是建在太空还是地球，目前国际上仍一致认为 MPD 项目是唯一的官方解决方案。"

但她心里却想，这个国际立场能坚持多久呢？会不会哪天 MPD 项目就被搁置了，而马克和李强的奥丁项目会被认真考虑？

3 月 13 日星期三　里约热内卢

　　莎拉被她的两只猫吵醒了。卧室的门是开着的，一只猫在门口搔痒，知道自己这么做最终会引起她的注意，另一只猫在她的耳朵旁大声呼噜，因为它就蜷缩在她的头部和墙壁之间的枕头上。

　　不，太早了，你们两个小流氓！别吵我！

　　莎拉把猫从床上推下来，盯着天花板，把视线聚焦在一起。距离她第一次与马克和李强在纽约见面，已经过了三个多星期，但计划仍没进展，她还是没让合适的人听到他们的计划。真是令人沮丧啊！虽然其他科学家承认这个计划在理论上是可行的，但大多数政府根本没有兴趣从 MPD 计划转向奥丁计划，彼得·霍根认为奥丁计划是科幻小说里才有的情节。

　　她向马克承诺，她会继续推动这个计划，但她要回里约热内卢监测并收集最新的、异常频繁的太阳活动数据。莎拉留下席琳，让她一个人待在纽约的公寓里。联邦调查局仍在密切关注这位年轻的伊朗女孩，但看起来莎拉没必要全天候 24 小时担任她的监护人。现在，莎拉回到了自己位于里约的公寓。在经历了过去几周非常规的生活，至少她有了一种回归原有生活的熟悉感，虽然她内心深处的恐惧感和即将发生的灾难一直都在。现在的情况甚至更糟糕，这些事在许多个夜晚都会潜入她的梦境。有好几次，她都大汗淋漓地从噩梦中惊醒，梦中是一个反乌托邦的末日后世界，而她却无能为力，无法拯救人类。最近，莎拉和父母的聊天也更频繁，大家都隐藏着自己的焦虑，假装一切依然正常。

即使她没理由对拯救世界肩负起个人责任，但她还是对自己的无能为力感到很沮丧。她所能做的就是完成别人对她的要求，也就是提供潜在的日冕物质抛射信息，把这些信息反馈给联合国小组中负责磁脉冲设施的工作小组。

莎拉爬下床，拖着步子慢慢走向浴室。卧室大窗户的光伏玻璃已经对她的动作做出反应，从不透明变为透明，清晨的阳光倾泻进来，她想现在应该已经六点半了。"来杯咖啡。最新的太阳能数据。"她声音嘶哑。令人欣慰的是，她的家用人工智能依然能够识别出她的声音，并且欢快地回应她：早上好，莎拉，紧接着她就听到厨房里传来咖啡机运转的声音，真是令人心安啊。即使她坐在马桶上，两只猫让她不得安宁，在她的双腿间走来走去，绕进绕出。是我活该，离开这么久。这种烦人的时刻它们应该习惯了邻居阿泽维多夫人的喂食。这提醒了她，她得留意检查升级过的家用机器人是否可以收拾家里，虽然她不得不承认自己也享受从前做家务的乐趣，远离媒体聚光灯和受污染的联合国政治生态真是开心极了！

她轻拍浴室里的大镜子，交互式屏幕马上出现了，屏幕上是几张最新的太阳活动照片。欧洲航天局的太阳轨道卫星是最接近太阳的人造天体，上面显示耀斑活动比昨天更频繁，这意味着日冕物质抛射的风险增大了。更令人担忧的是，过去几天有几团日冕物质抛射从靠近太阳中心圆平面的区域被射出，并被喷射到内行星轨道的平面上，尽管到目前为止还没有朝地球方向抛射。她在给霍根的报告中强调，很少有日冕物质抛射会直击地球，极具破坏性和危险性的情况平均每个世纪发生一次。

莎拉再次轻拍了镜子上的交互式屏幕，屏幕消失，随后她在这个含有高科技的显示器上看到了自己半睡半醒头发凌乱的样子，便转身走向淋浴间。这将又是湿热的一天，她享受着令人神清气爽的冷水澡，然后，穿上旧牛仔裤和 T 恤——穿回破旧的衣服也是一种解脱——走进厨房拿一杯咖啡。她会到研究所吃早餐。

5 分钟后，她准备离开家门。早上这个时间段的交通不会太糟糕，而且她可以骑着自己的摩托车在汽车车流中穿梭自如。此外，最近路上安静多了。里约的骚乱是出了名的暴力十足：车辆被人为纵火、商店打劫。很多人仍然害怕出门。她从充电感应垫上拿起防撞头盔和两颗锂空气电池。"离开公寓。今晚回来。"她匆匆说道。她的人工智能系统贴心地回应：谢谢告知，莎拉。祝您愉快。她匆匆走下两段楼梯，用拇指激活门，走到小型的地下停车场。此时是 7∶15。

在地下停车场，莎拉走到一个昏暗的角落，她的摩托车还停在那里。这辆 100 马力的雅马哈是她的骄傲和喜悦，也许是她在美国时最想念的物品。

就在这时，她听到了身后传来熟悉的声音。"嗨，莎拉，你什么时候回来的？"

莎拉转过身，是奥地利记者卢卡·奥曼，他和他的小女儿刚从一楼走下来。"啊，早上好……卢卡。是的，我前几天就回来了。"她对小女孩微笑，刚好及时想起她的名字，"劳拉，你好啊。哇，阿姨喜欢你的发型。"

劳拉羞涩地笑了，两只手各抓着一条金色的发辫。"是爸爸帮我绑的。"她柔声说。莎拉想起来了，这个女孩有一半的时间和父亲住，另一半时间大概是和母亲住在其他地方。

莎拉转过头直视卢卡的眼睛，瞬间不知道要说什么，卢卡·奥曼总是让她觉得自己像是一个笨拙的少女。她突然意识到，自己的穿着在他昂贵的夹克和开领衬衫面前显得邋遢极了。在这么湿热的天气里，他怎么还能保持这么潇洒，这么冷静？

然后，莎拉突然意识到自己一言不发地盯着他，脸颊不由得开始发烫，但卢卡终止了她的不自在，"嗯，很高兴能再见到你。劳拉和我要去公园喂鸭子，然后再去上学，对吗，劳拉？"小女孩点点头，给莎拉看了手里拿着的纸袋。"好了，莎拉，既然你回来了，你也该找个时间下楼和我们共进晚餐。"

"谢谢，那真是太好了！请代我向鸭鸭问好呀，劳拉。"莎拉跟小女孩挥了挥手，走向自己的摩托车。当她听到卢卡的轿车车门关上时，她刚好把电池放进摩托车。莎拉戴上头盔，跨上摩托车，启动发动机，车子一下子就启动了，这让她松了一口气。她在车上坐了一会儿，享受化石燃料内燃机的隆隆声，然后迅速掉转车头，骑上坡道，到达马路上，没入早高峰车流。

插曲

3月13日星期三——日地关系观测台2（STEREO-2）[①]

世界标准时间10:28——里约热内卢时间7:28——日地关系观测台两个航天器在分离的日心轨道上移动，一个远在地球前面，另一个在地球后面，记录了几分钟前有一团巨大的日冕物质抛射刚被太阳抛射出来，随后它在太空中前进时立即加速。两个航天器的综合数据显示，这团日冕物质抛射前进的轨迹表明，它几乎会准确无误地撞击地球。

大约在日地关系观测台2首次探测到这团日冕物质抛射的同一时间，它刚离开太阳表面8分多钟，高能光子（包括紫外线和X射线）撞击了地球的高层大气，使高层大气气体发生电离。就其本身而言，这对生物圈没有造成任何伤害，但电离程度非常严重，导致地球一半以上的无线电通信暂时性崩溃，扰乱了许多卫星的信息流。现在全球大部分互联网连接采用的是双激光无线电技术，也就是在20千米的高空中布满数千架无人机，这些无人机相互之间会发送并接送数据，但是对无线电信号的

---

① 译者注：STEREO卫星计划是美国航空航天局（NASA）的"日地探测计划"（STP）中的第3项，主要任务是探索日冕物质抛射的成因、演变及其在星际空间的地位。"日地关系观测台"是天文学专有名词。

破坏足以使大部分互联网瘫痪。

这意味着，当日地关系观测台 2 的两个航天器发出警告信号，显示一团日冕物质抛射将在 30 秒后到达近地卫星，那么这就证明它要直击地球了。

因此，没人知道就在那之后的 11 分钟，日冕物质抛射的高能粒子先锋——质子以接近光速的速度在移动——将会袭击地球。这当中有许多质子会与高层大气中的气体分子发生碰撞，导致一些新的粒子（如 μ 介子）如阵雨般落到地表。但是，由于地球大大减弱的磁场无法使它们发生偏转，所以太阳抛射出来的许多原始质子也会自行撞击地面。它们的破坏性非常强！

多年来，人类已经制定一些对策应对日冕物质抛射引发的地磁风暴。根据地球弱化的磁场，人们审查并修订了这些计划。后来，在印度航空发生坠机事件之后，霍根的委员会又推荐了其他计划，包括关闭所有不必要的通信以及把大型电网切换成局域电网。因为无人机与无人机之间、无人机与地球无线电之间的信号传输，都将受到大规模地磁干扰的严重影响，所以云通信和数据传输也将从激光和无线电的组合式传输转换为只由激光传输。因为没有人知道这种非同寻常的日冕物质抛射即将撞击地球，所以人类没有将上述任何计划付诸行动。等人类知道，想要采取行动，已经来不及了！

㉙

3月13日星期三　里约热内卢

莎拉加入由人工智能控制的井然有序的车流，几乎可以说是十分享受骑摩托车这种一切尽在自己掌控之中的自由。当她专注骑车的时候，她关掉了 AR 推送，因为在这半小时的车程中太阳活动出现异常的可能性似乎很小。与大多数大城市一样，里约热内卢的整个交通系统由人工智能 Mind 管理，它把控了路上所有机动车、交通信号灯的情况并进行协调。对于有人类驾驶员的车辆来说，这些交通信号灯依然是必要的存在。就算莎拉想超速或者闯红灯，Mind 也不允许她这么做：它会控制摩托车内置的计算机，命令它激活制动器并减速。

莎拉沿着桑塔纳街向北行驶时，路上车很少。路边废弃和被烧毁的车辆总让人想起过去几周这座城市爆发的骚乱。当她骑到城市西边的瓦尔加斯总统大道，马上就遇到了上班早高峰。在十字路口的时候，她松开摩托车油门，期待 Mind 自动控制她的刹车。这种混合式手动控制和远程控制摩托车还是让她不适应，她更喜欢远离人工智能控制的开阔的乡间道路，在那里，如有必要，她可以自己手动调节制动器。

事情不对劲！第一个迹象是，当她骑往繁忙的十字路口准备上高速公路的时候，自动刹车功能无法启动。真是奇怪了！以往 Mind 总是会让她在这里停下来，哪怕只停几秒钟。莎拉降低档速，小心翼翼地往前骑。道路东边的四条车道都很堵，她必须穿过这条路，可车流现在完全不动了。她已经很久很久没有见过这种以前才会有的交通堵塞——大城市早就不会堵车了。她想起就在几年前，如果遇到大塞车，驾驶员会从窗户探出头来对骂，伴随着刺耳的内燃机嗡鸣声和不耐烦的喇叭声。然而，今天早上，一切都非常安静。人们很快就习惯了依赖汽车上的电脑来驾驶，而他们自己则在凉爽的空调里舒适地坐着。

莎拉小心翼翼地绕过这些挡住她的静止不动的汽车，她注意到司机困惑的表情，这表明无论是什么原因导致了交通阻塞，都是才刚发生的事情。向西行驶的汽车也都没有移动，所以可以肯定是城市人工智能系统出了问题。但是，在全世界超大城市运行的 Minds 是不可能轻易发生故障的。永远不会！莎拉越来越不安。她把车骑到路边停下来，然后下车，眨了眨眼睛，想启动 AR。没有反应！

嘿，姑娘，现在没有理由害怕——只不过是整个网络都崩溃了！

她稳住呼吸。理智为上，别慌！毕竟过去这几天她可是一直都在关注太阳的异常活动，虽然这并不意味着这次网络崩溃与此有任何关系。

冷静，想一想。如果太阳风暴真的摧毁了无线电波连接，那么也许我还可以使用我的手环。就和她公寓里的计算机一样，她的手环有激光通信可以直接连接日地关系观测台2，不必通过任何地球轨道的通信卫星。莎拉迅速创建了一条链路来浏览最新的太阳活动。

见鬼了！

她查看了眼前的数据流，倒吸了一口气。即将撞击地球的日冕物质抛射是个庞大怪物！它的尺寸、速度和能量密度都打破了纪录。这会是个错误吗？不，日地关系观测台2之间的统计数据是相互关联的。她的心怦怦直跳，一边快速地心算，一边努力抑制不断加剧的恐惧感。几分钟前，航天器首次探测到了日冕物质抛射并开始向地球发出警报，电磁脉冲肯定也是在那个时候摧毁网络的。

噢，该死！这真的真的非常糟糕！这意味着在质子爆炸前我们顶多剩10—15分钟的时间。她知道里约太阳能科学研究所的成员和其他可以直接连接日地关系观测台2的人也会知道日冕物质抛射即将撞击地球，但他们没有多少时间去做太多的事。

在正常情况下，如果磁层强大有力，那么在日冕物质抛射到来之前的质子阵雨不会令人担忧。但是在地球磁场弱化的状态下，磁层无法提供强大的保护屏障。她估计这可能比热核爆炸产生的辐射更糟糕，而这一般会在最大的日冕抛射物质撞击地球之前一两天发生。最糟糕的是，网络崩溃了，她没法警告世人。这真是一场噩梦啊！

莎拉在高速公路上环视了一下周围的情况。到处都有人下车。他们不知道即将发生什么。他们不能待在外面被辐射。哪怕是待在车上，他们也是最容易受到攻击的目标。这就好比躲在射击场的纸板箱里面。

莎拉跑到离自己最近的六个穿着考究的商人和女士那边，因为翻译软件用不了，这次她不是用英语而是用她那蹩脚的葡萄牙语磕磕巴巴地尽可能向对方解释她是一名科学家，说她知道网络崩溃的原因，情况将变得非常糟糕，他们需要找到避难所——任何可以保护他们不会受到宇宙辐射的地方。

他们只是盯着她看，好像把她当成了疯子。莎拉换用英语告诉他们，希望他们当中个别人能够直接听懂或通过他们的 UT 翻译器来理解，并传达她说的话。

"请相信我！我在里约太阳能科学研究所工作。我们即将被太阳抛射出来的危险辐射袭击，只剩几分钟了。大家都要从这条路撤离！"

一个年轻人转向他旁边的女人，不知道说了什么，那个女人听了之后用一只手捂住嘴，不让自己笑得太大声。在早晨温暖的阳光下，一个微胖中年男子已经大汗淋漓，他不耐烦地用葡萄牙语咒骂莎拉，莎拉听懂了他骂的每句话，但她选择了忽视。她肯定也知道自己说的话很不中听，最近到处都有人在散播世界末日的谣言，说末日即将到来，一个比一个疯狂。但这些人必须听她的话。莎拉紧紧地抓住一位衣着光鲜的中年妇女，尽可能地说清楚，"请您听我说。互联网崩溃是因为太阳。情况会变得更糟……如果您接触到太阳抛射出的辐射，您可能会死！快逃吧……求你们了。所有人都需要找到避难所。立刻！"

她意识到自己正在咆哮，女人脸上的表情说明莎拉这时看起来肯定像个疯婆娘！

莎拉感到有只手握住自己的肩膀想拉开自己，她只好放开了这个女人，向后跌跌撞撞，身体失去平衡，摔倒了，倒在地上的时候她的双手擦伤了。

越来越多的人聚集在一起，看是什么骚乱。一些知道她讲了什么话的人正在激烈地讨论。一位母亲把两个年幼的孩子从车上拉下来，紧紧拉住孩子们的手，穿过人群走到路边。莎拉惶惑地坐在地上，有些人在她旁边站成一个圈，盯着她看，另一些人则失去了兴趣，回到开着空调的车上，还有一些人仰望天空，遮住双眼，挡住太阳刺眼的光芒。

一对面露难色的年轻夫妇帮助她，把她扶起来。莎拉觉得自己很丢脸，也很愤怒，不过她开始向他们解释，"拜托，你们必须听——"但他们尴尬地对她笑了笑，退回到路上。

时间不多了。她还应该做些什么？

突然，一种原始的生存本能涌起，扼杀了所有的道德感。好吧，那你们都去死吧。在外面待着，尽情享受日光浴！莎拉拿起头盔跑回摩托车旁边，她知道自己要去哪里。

她跨坐在摩托车上，启动摩托车点火装置并加快车速，忽略了右手受伤带来的疼痛，调转车头，发狂地寻找一条可以穿越多条车道的路线。她得回到先前走的那条路，回到圣巴巴拉隧道，但到目前为止，桑塔纳街的两个方向都堵车了，几分钟前这里的车流量还相对比较小。

人们三三两两地站在她前面的那条路上，当她在静止不动的汽车之间加速前进时，路人意识到她丝毫没有放慢速度的意思，于是当她的车子逼近的时候，纷纷给她让道。她身后留下一长串咒骂声。够难听的。无所谓，反正也没有时间欢呼了。

突然,前方一辆车毫无预警地打开车门,她不得不踩下刹车并急转弯,但摩托车后轮还是狠狠地撞上了车门。车上的年轻人赶紧下车,看了她一秒,好像要帮她,想把她从摩托车上拉下来。莎拉没有理他,继续往前骑,在车流中穿进穿出。

她前面的几辆车也想转弯,但都没有成功,导致路上彻底一片混乱。原本的谈话声变成了吵架声,第一个拳头挥出去了。法治崩溃的速度非常快——目前公众情绪非常不稳定。这条路完全被堵死了。莎拉发出一声沮丧的尖叫。

她知道自己必须离开这条高速公路。圣特雷莎区的狭窄小道就位于她的上方,不用 10 分钟,她就可以到达安全的地方。莎拉把摩托车骑到人行道上,开上陡峭的草坡,穿过几个花坛,突然就到了一条安静的住宅区道路上。

这时,一只乌鸦飞过,莎拉距离隧道已不到 1 千米,但是否有足够的时间沿着圣特雷莎山上蜿蜒曲折的道路往上骑,就只能试着看了。她再次燃起斗志,重启发动机,加速前进。

莎拉拼命想稳稳地骑过这条蜿蜒的道路,但是摩托车还是打滑了两次。此时此刻她的肾上腺素狂飙,什么都不去想,一心一意只想到达隧道。在逼近一个 U 形急转弯口的时候,莎拉猛地刹车,在还没稳住身子之前,她已经用右手大力转动油门手把,再次加速。太迟了!等她反应过来,她已经看到了那群在路中间踢足球的少年。莎拉只好用力踩刹车。太难了!摩托车左右摆动,车轮发出尖锐刺耳的摩擦声!车子依然高速前进,但是她失去了平衡,什么都做不了,最后狠狠摔倒在地上,摩托车重重地压在她身上。

摩托车沿着路边继续滑行，她的腿被困在车子下面，牛仔裤被撕破了，大腿也受伤了。不可思议的是，在莎拉和摩托车朝那群男孩扫过去的时候，他们不知怎的在一瞬间就跳开了。她用手臂推挡那块被男孩们作为临时球门柱的砖头，手肘传来剧烈的疼痛。最后，莎拉和摩托车在路边的一条浅沟停下来了。她一阵眩晕，模糊地意识到那群男孩围到她身边，有一两个冲着她大喊，问她还好吗，但有好几个都在笑她。莎拉抬头，把鲜血直流的腿从摩托车下面拖出来，使出浑身力气让自己站起来。抬起摩托车的时候，她的左臂一阵剧痛，她很肯定，自己的肘部骨折了！

莎拉转身看着那些男孩，她想冲他们大叫，叫他们赶快回家，寻找避难所，但他们已经又开始踢足球了。她不管手臂和腿部传来的剧烈疼痛，把摩托车扶起来，再次跨坐上去。发动机还在运转，她转动油门把手，挂挡，沿着这条路继续骑。

她还剩几分钟？现在没时间去确认，继续骑就是了。

突然，她的左眼闪过一道光，右眼又连续闪了两次。老天！别这样！现在还不行！

过去七十五年以来，宇航员一直在报告这些光：来自太空的高能粒子穿过眼球并击中视网膜背面。就是这道光吗？——太阳最早抛射出来的速度最快的粒子即将到达地球，这就像是倾盆大雨来临之前的几滴雨。

莎拉拐过一道弯，看到下面那条路上的隧道入口时，大大松了一口气。闪光更频繁了。她再次猛踩油门，骑到距离隧道入口仅100米的那条路上。交通阻塞的车辆长队现在一直延伸到隧道中。车还没完全停好，她就从车上跳下来，又摔了一跤，沿着路缘翻滚了一圈。莎拉挣扎着站起来，扯下头盔，无视腿部的灼热疼痛，跑一下，跛一下，沿着路边尽可能跑快些，同时一路推开那些挡住自己去路、下车站在路上的上班族。许多人正在揉眼睛，有些人则转过身来盯着这个激动的女人，她的牛仔裤被撕裂了，血迹斑斑，头发一团乱，眼里充满了恐惧。

莎拉浑身疼痛，非常沮丧。她大口地喘气，筋疲力尽，但还是继续跑。她边跑边冲着人们喊，叫他们跟着她跑到隧道里避难，没人理会她。一周、两周，可能更久之后，如果特别不幸，那么他们当中有很多人将会因为接触辐射而死。

莎拉看到隧道入口越来越大了。快到了！斑点在眼中出现的速度加快，而且越来越多。

终于，莎拉跑到隧道里了！她跑进这凉爽的黑暗中，继续向隧道深处前进，直到她确定头顶上的岩石足以提供防辐射屏障，瘫倒靠在隧道的墙上，大口喘着粗气。她想知道这些因车子被堵在隧道里的人发现自己竟然如此幸运，他们会有何感想？

那天晚上，莎拉与好几百号人一起躺在医院里。不过他们与她不一样，他们因为辐射一脸病态，而她则是时醒时睡。她梦到那些在街上踢足球的年轻巴西男孩，以及他们不久之后可能也会因为受到辐射痛苦且难看地死去。他们嘲笑她，她才不管他们的死活！

她还梦到了事情变得更糟了！！

插曲

日冕物质抛射已经往地球方向前进了 21 小时。当它经过距离地球 100 万英里的第一个拉格朗日点时，它撞毁了中国的夸父卫星。之前，夸父卫星一直在那里尽职尽责地执行任务，将日冕物质抛射数据发回，发给几乎耳聋的人类。在距离日冕物质抛射到达地球仅剩 1 分钟不到，它开始受到磁层的影响，但它根本没有放慢速度。相反，它压缩了前方的磁层，好像磁层是一个空气不足的汽车安全气囊。

日冕物质抛射猛地通过地球表面上方数万千米处变弱的范艾伦辐射带外围，摧毁了它。带电的宇宙射线粒子 ——质子和电子——被这个辐射壳层中的磁层困住了数千年，现在它们自由了，迅速散落到太空中，就像是被暴风雨卷起的秋叶。

因为在日冕物质抛射前面的磁场已经被压缩得非常薄，所以轨道上的数千颗卫星有很多直接被日冕物质抛射全力撞击，卫星的电子电路即刻就被炸毁了。

虽然构成日冕物质抛射的粒子能量低于前一天到达地球的首轮质子波，但它们的强度意味着它们同样极具破坏性。如果在首轮质子袭击之后人们没有及时得到警告，那么会有更多人死亡，而且没有什么能够阻止世界上许多地方的作物和牲口被毁灭。

因为事件发生的位置离春分点非常近，赤道周围的地区最能感受到冲击波的强烈影响。南美洲最终的死亡人数达 20 万，大部分人位于巴西东部，彼时恰逢早高峰，其中很多人是因为忽视警告而死的。幸运的是，对于那些位处更西边的人来说，天还很早，很多人都没走出家门，房子保护绝大部分人不被辐射。但对撒哈拉以南和南部非洲来说就不是这么回事了，那里的辐射爆炸发生在当天中午。据估计，40 个国家共有 700 万人接触了致命的辐射，这些人或在事件发生后立即死于致命的辐射中毒，或在随后几个月内因电离辐射引起的癌症而死亡，这是世界有史以来最严重的自然灾害。

但，这还只是开头而已。

第三部分

Sunfall

奥丁项目

30

6 月 17 日星期一　日内瓦欧洲核子研究组织

马克在欧洲核子研究组织（Conseil européen pour la recherche nucléaire，简称 CERN）的大型实验室建筑群中穿过一栋又一栋熟悉的大楼——他早期的职业生涯有一大部分时间是在这里度过的，他想到了在刚刚过去的这三个月里自己的生活所发生的巨变。实际上，他自己都十分震惊，因为他现在自我感觉颇好，部分原因是他在为奥丁项目工作，还有部分原因是他对莎拉日益增长的感情以及自己在女儿艾维眼里的形象正逐渐恢复，艾维似乎很满意父亲新获得的好名声。

在 3 月 13 日和 14 日事件发生后的几天里，情况迅速发展。全世界都为这次大规模的死亡感到震惊。谣言迅速蔓延。这并不是一个怪异事件，除非磁层恢复，否则地球肯定还会遭受更多的破坏。世界各地的人都感到不安，而且越来越强烈。新的动乱爆发了，到处都在抢劫，许多政府已经无力阻止，而且很少有人愿意再相信官方发布的消息，人们不相信三月份的日冕物质抛射真的只是百年一遇的事件。

人们很快也明白了，仍在进行的磁脉冲装置无法提供保护以应对日后来自太阳的同样规模的任何威胁。一个建在地球的设施充其量只能提供一个临时的预防措施——一个只能保护少数幸运者的局部屏障——但它从来不是一个永久的全球性解决方案。

有个陶醉在这种混乱中的群体是"净化者"。这个群体所信奉的世界末日预言即将成真，为此他们欢天喜地。但这丝毫没有减弱他们为大自然助纣为虐的热情。他们的野心膨胀，攻击次数增加，不断破坏政府设施与研究实验室，这些实验室主要致力于提出潜在解决方案，拯救即将消失的磁场。他们的精神领袖马克索布一直在唆使和哄骗他们。人们对这个阴暗人物知之甚少，而这个男人在他日益增多的追随者中点燃了扭曲的热情。他费心费力地从世界各地招募追随者，主要对象是贫困地区那些心怀不满、对生活不抱幻想的人，曾经是富有石油的中东国家的那些百姓、数百万亚洲南部沿海因为海平面上升淹没了家园而流离失所的人。

"大事件"发生后的几个星期（人们现在都用"大事件"一词来指那次事件），莎拉一直留在里约，部分原因是为了养伤——她的肘部骨折，脚踝扭伤，腿部有很深的伤口——但是，正如马克看望她时发现的那样，她很内疚，认为自己在那个灾难性的早上做得还不够，她没有成功地警告人们逃离来自宇宙的致命辐射。

尽管莎拉要求出院，但她还是被留在医院接受了一周的观察，以确保没有受到任何辐射影响。在"大事件"发生后的几天里，人们的出行处于一片混乱状态，马克不知道用什么法子坐上了飞往里约的航班，一方面是因为他打心里想见见莎拉，看看她的伤势；另一方面希望可以和她讨论奥丁项目被重新考虑的可能性。

马克看着坐在床上的莎拉，几分钟后，他就知道她身体上的伤口很快就会愈合，但她的精神状态就不是这么回事了。之前几周，他在纽约见过几次的那个莎拉拥有令他欣赏的热情和毅力，相比之下，现在的莎拉沉默寡言又孤僻。她好像筑起了一道坚不可摧的墙，阻挡了外面的世界，而她自己则在与内心的恶魔作战。

没有人比马克·布鲁克纳更清楚，试图与抑郁症患者交谈是没有用的，但他还是这么做了。

"换做是任何人，他们也会和你一样这么做。你怎么可能在几分钟内就说服人们撤离街头呢？而且，为什么你要冒着被辐射的致命危险？"

莎拉没有回答。相反，那天她哭得很凶。

在抵达里约的第二天，马克接到了李强的电话。

"我们被要求参加明天的简报会。看起来我们的想法被重新考虑了！"

"谁说的？"

"我听……好吧，我不知道是谁的决定。我所知道的是，他们现在已经做好准备认真听我们做报告了。"

马克不确定自己现在的感受，"啊，是啊，我想绝望的情况需要绝望的解决方案，对吧？"

李强沉默了一秒钟，然后说："你知道吗，他们说的和你一模一样！"

马克答应莎拉，他会尽快再去看她。

"大事件"发生一周后，拯救世界的新计划这一消息已经传播开来。短短几天，每个人都在谈论暗物质将如何拯救人类。奥丁项目就这样诞生了。很快，这个项目的科学可行性就经过了核查并得到证实。官方的观点是，至少这个项目在理论上是能够起作用的。这就够了！它以一种前所未有的方式将各国政府联合在一起，马克对政府间达成共识的速度之快感到十分惊讶。自第二次世界大战以来，就没再出现过这么多国家如此快地将如此多的时间与资源投入同一个目标的情况——这一回所有国家都是同一战线的。这项任务的规模让20世纪中期诸如曼哈顿计划这样的技术成就和太空竞赛看起来像是业余的消遣。

这是日内瓦六月一个温暖的早晨，虽然处于成败关头，但马克还是很兴奋！他不敢相信奥丁项目进展竟如此迅速，已经从中性微子束发射到地球核心这一疯狂的猜测进展为严肃的讨论：如何实现这个目标，要在哪里建设施以及设计并进行第一次可行性试验？今天，他和李强的计划的第一次真正试验结果就要揭晓了！

马克走向前排，人们已经在观众席就座了。他一下子就看到李强正在与加布里埃尔·阿古达进行激烈的讨论，他注意到这两个人的身材对比真是鲜明。阿古达一直在发表自己对奥丁项目的保留意见。他声称MPD至少给了世界缓冲的时间，坚决认为奥丁项目花费太昂贵、极具不确定性以及难以及时实现，最重要的是，奥丁项目把人们的注意力从更"可靠"的MPD项目移开了。马克发现自己很难搞懂阿古达到底在想什么。

马克扫视了一圈大厅，想看看莎拉到了没，很快他就发现她坐在远处的中间过道。她用嘴型说："祝你们好运。"

马克穿过站在过道上的众多代表，走向舞台。真是讽刺啊！他的运气和情绪有所好转，竟然是在让其他人陷入和自己一样的悲观和焦虑之中的结果。

李强承认自己对奥丁项目也有同样的使命感，认为马克对此信心满满是对的。"毕竟，"他说，"如果我们对科学没有信心，那么我们就输了。"虽然马克不买这种心理战术的账，但他明白李强的良苦用心。毕竟，他们引领着世界上最雄心勃勃、最重要的科学事业，这项事业将决定地球的未来，不管怎么说，这真是太棒了！不说别的，就说他因此已经能正确看待自己内心的恶魔，这就够了。

奥丁项目一启动，高能物理学家国际学术界重新接受马克的速度非常快，这让他有点惊讶。

科研人员的声誉是很脆弱的，就像人的童贞一样，只有一次，丢了就没有了。当然，他一度失去了自己的声誉。但是此时，他又回到了欧洲核子研究组织，他在这里度过了研究生涯的前十五年，此刻他再次成为世界顶尖科学家们的关注焦点，他意识到自己还是喜欢这种被关注的感觉。马克边走边微调领带，这可能是他第一次穿夹克和领带跟大家谈物理，但他觉得这个场合值得自己穿正式的服装出席。

当然，这种乐观和激情是源于一个黑暗的背景。马克比谁都更清楚奥丁项目雄心勃勃的目标多么惊人！未知数太多！挑战太大！几乎没有犯错的余地！

很明显，现在安全问题比科学问题更严重。奥丁项目一经宣布，净化者就发布了一份声明，粗略地表明他们要破坏它！因此，他们开始锁定正在建设的新设施以及从事该项目的科学家和工程师。仅在过去一周，巴黎就有两名加速器物理学家被谋杀，东京外围的一个研究实验室被严重炸毁，最糟糕的是得克萨斯州建到一半的暗物质设施遭受了毁灭性的破坏，科学家本来很期待这个设施在奥丁项目中发挥核心作用。这个巨大的地下实验室被大爆炸摧毁了，净化者声称这是他们干的。这次爆炸还导致 300 名工人和技术人员被埋在里面，这个地下设施的深度意味着所有的救援都是徒劳的，即使在没有任何幸存者的情况下。

现在，全球安全问题已经上升到荒谬至极的状态，安全维稳费用几乎是奥丁项目成本的两倍。政府已经出动军队，所有的旅游活动都受到限制。虽然财政负担的分配尚未解决，但政府也明白此事刻不容缓！

马克坐在观众席前排，就在李强旁边，他扫了一眼"预留座位 布鲁克纳教授"字样的纸条。大厅里弥漫着非常浓厚的期待气氛，马克知道，大厅外的世界，人们也都集体屏住呼吸，数十亿人正在观看这场演讲直播。

马克转头看着他的朋友，"早上好，强。你准备好了吗？"

李强只是紧张地点点头，但是他邻座的阿古达说："马克，这对你俩来说当然没问题啦，你们要向世人承诺拯救世界。而我的作用只不过是当你俩出了问题，尽力确保没人发现这个灾难性的后果。"

"嗯，目前情况还不错，不是吗？"马克对南极洲最新测试的结果不只是感到激动，更重要的是松了一口气！

李强转向他，"不过其实也没有什么问题，对吧？测试的时候我们不怕出错，但是当我们真正在执行任务的时候……"

马克一言不发。李强说得没错，他们只有一次机会。他转头观察自己身后的观众，现在 400 个座位都坐满了人，还有人流继续涌进，过道和观众席后面都挤满了人。大多数是欧洲核子研究组织科学家和工程师，这些人都参与了奥丁项目，不过也有代表各个政府和媒体的团体。在昨天的晚宴上马克已经见过很多有权势的人——包括美国代表团团长参议员霍根，这是马克第一次见到霍根。他就坐在他们后面两排的位置，这会儿正和欧洲核子研究组织的总干事在深入交谈。莎拉说得没错，霍根待人的态度令人很尴尬，马克觉得他身上有一种让人不安的冷漠。他第一眼就不喜欢这个男人。

会议即将如期开始，噪声渐无。

李强一紧张就会坐立不安，就会开始掰指关节。他今天的任务简单明了：向大家报告第一次成功的测试，其中目前仅有的 3 个正在运行的暗物质加速器实验室——日内瓦的欧洲核子研究组织、芝加哥附近的费米国家加速器实验室和东京以北的质子加速器研究综合体——都成功地将肉眼看不见的光束往下射往地核。一切都毫无偏差地按计划进行，3 道同步发射的中性微子束，每一束都不受阻碍，穿过直径 10000 千米的固体行星，然后在到达南极冰面以下 100 米处某一点之前汇聚。

马克和李强已经飞到南极洲亲眼见证了这次实验。这是马克一生中最紧张的时刻。如果这个测试失败了，奥丁项目很可能也就此结束了。

暗物质束聚集所选的地点位于女王莫德兰挪威附属地卡若尔山脉以南，这是一个够偏远的地方，不过该地距离 80 千米外的英国哈雷研究站足够近，所以可以在安全的距离内被密切关注。

由于质子加速器研究综合体出现安全漏洞，这次测试推迟了24小时。之后，这三个实验室将各自的暗物质射向地面，当脉冲波相遇，一眨眼的工夫，它们已经在数千千米之外产生了一股巨大的能量，大到足以蒸发余下的南极冰块，留下一片宽3千米、深200米的热水湖，但湖水迅速冷却了。正常情况下，这种破坏肯定会让环保主义者忍无可忍，但现在是非常时期。马克想知道，在一个世纪前，当奥本海默、费米以及曼哈顿计划中的其他成员在凝视着新墨西哥州沙漠中第一个蘑菇云的时候，在这样放肆的纯能量面前是否有过同样的敬畏和恐惧。现在这项测试与曼哈顿计划的不同之处在于：这项测试的目的是拯救人类而非进行核爆炸。

然而，马克不得不提醒自己，这次测试只涉及3道暗物质束参与，而不是他和李强提出的8束，更不用说它们的操作强度只是整个计划里的一小部分，最终时机成熟的时候8束都得上。

灯光变暗，马克的思绪被打断了，他听到PA系统传来一道熟悉的声音。尽管这一事件具有重要意义，但和过去几年欧洲核子研究组织的所有会议议程一样：会议开始时，来自实验室的Mind会致欢迎辞。相比之下，代表人工智能控制大型实验室综合楼方方面面的全息人类化身简单而低调。程序员最初把它设计成一个庄严的女性形象：把一头白发在脑后扎起一个干练的花苞头。没使用翻译软件的人会听到她用略带意大利口音的英语在柔声发言。据说这是程序员在向实验室第一位女主任法比奥拉·吉亚诺蒂（Fabiola Gianotti）致敬，甚至以她的名字给它命名。真正的吉亚诺蒂博士几年前就退休了，但她仍会定期来实验室。马克曾经问过她对自己的形象化身有什么看法。"我很受宠若惊，"她回答道，"要是我当主任那会儿就有了它的存在，那该多好啊！这样一来，我就可以有更长的假期，由它负责这里的事情。它可厉害啦！比我更懂得如何处理欧洲核子研究组织的事。"

和大厅里其他人一样，马克现在看到了 Mind 在增强现实中的化身，大家都在认真听她发言，就像是在听法比奥拉对实验室进行简单介绍。

"你们当中很多人都知道，20 世纪 40 年代后期，欧洲核子研究组织被认为是许多国家共享的实验室，因为当时对任何一个想独立开展粒子物理学研究的国家来说，这项研究都太昂贵了。因此，今天它很适合担任一个新型实验的操作中心，这一实验涉及遍布全球的 8 个实验室之间真正的合作。你们大多也都知道，我们已经建立了这样一种科学连接，也就是我们最大的无线电远程连接在一起，成功地作为一个地球大小的望远镜，可以更深入地探索太空，但是人类从来没有尝试过像奥丁项目这样雄心勃勃的计划！"

随后，Mind 继续介绍李强，并邀请他上台介绍最新的测试结果。马克的注意力又飘远了，过去伟大的人类科技成就，例如 20 世纪 50 年代开始的月球探索计划和 20 世纪 60 年代开始的火星探索计划，只不过都是由民族自豪感和经济霸权所驱动的；目前这个与时间赛跑的项目和它们不一样。这个项目绝不能失败！

马克坐在那里，心不在焉地听李强讲述南极的测试结果，突然感到一阵恐慌。这整个项目真的太疯狂了！他回忆起那个周末在纽约酒店房间里的狂热活动，想起那时所经历的自信和兴奋，当时他俩已经构想了这个计划。但是，尽管他们的计算得到了其他数百名科学家的检查和证实，现在他突然感到前所未有的紧张。

不过，世界还能有什么选择呢？有时他难免偷偷地希望别人能提出一个更好的计划，一个成功概率更高的计划，就算失败了，也不代表世界末日会来临。这样一来，如果实际操作的时候有束中性微子出现问题，错过了地球熔化核心深处预期的会合点，他就不会太自责，责怪自己摧毁了地球。

热烈的掌声把马克的注意力拉回到会议现场。李强已经发表完简短的演讲并回到了他的座位上。——轮到自己上场了。马克起身，站了一两分钟，试着让自己平静下来，理清思绪。当他走向舞台，意识到有数百双眼睛在背后盯着自己的后脑勺看，像是想看透里面装了什么。马克在讲台旁顿了一下，拿起全息控制垫，转身面对观众微微一笑。

"女士们，先生们，"他开始发言了，"我知道你们当中有很多人不是科学家，所以无法领会暗物质物理、粒子衰变路径和超导弯曲磁铁作用的微小细节。不管怎么说，你们手里头的文件所展现的细节都比我现在说的还清楚。"

观众席上爆发出一阵掌声和赞许声，主要来自非科学家的观众。

"如你们所知，奥丁项目英文全称指的是'八向发射中性微子'。这意味着 8 束中性微子这一暗物质粒子将从地球表面不同的位置射进地球核心。但正如李强教授刚才所讲的那样，目前我们只有 3 个加速器实验室能够产生这种能量够高、强度够大的粒子。"

他思考自己接下来要怎么表述才能被观众接受。在得克萨斯州的悲剧发生之后，他们需要提出修订计划。观众席上的许多人现在将首次听到新的细节。

他点了一下手中的平板，一个巨大的三维地球悬浮在他眼前，缓缓旋转着。这个地球由舞台周围的几个全息投影仪投射而成，球体的底部距地 1 米高，但顶部快够到舞台上方 7 米处的礼堂屋顶。

马克从讲台前走过，站在地球投影的中间，这样南极影像刚好穿过他腹部。因为他的视线与南部的海洋重叠，所以当地球旋转时，马克刚好透过蓝色的半透明墙望向观众席。他意识到自己的行为看起来可能太过夸张，但他有个实实在在的理由让自己置身于全息图里面。只要轻点手中的平板，就可以在地球表面相称的位置点起 3 盏明亮的灯，这三道灯光显示的位置是仅有的能够产生暗物质束的 3 个实验室所在地。

马克接着说："我们面临的挑战是如何将 3 道中性微子束变成 8 道中性微子束，而且每束要从不同的位置瞄准地球的核心。"

"现在我们已经确定了另外 5 个地点，选择它们的原因主要有两个。第一，当然是因为它们位处地球表面的战略位置。第二，它们都已经拥有所需的大部分基础设施。你们也清楚，我们没时间去建造 5 个全新的暗物质加速器。我们要利用已有的 3 道中性微子束，只不过我们会把它们分成多道。"

他一边说，一边点击平板，地球上亮起了 5 盏新的灯。

"我们所需要的 ……"他停下来让观众体会这五个字的嘲讽意味。这一次，笑声是其他物理学家发出的，因为他们非常了解任务的艰巨。

"……我们所需要的……巨型超导磁铁将把 3 个主要实验室发射的粒子

束向下弯曲到地面。"

台下的观众靠近彼此，指着地球低声讨论，礼堂内传来一阵低沉的嗡嗡声。马克见状，讲得更起劲了。

"打个比方，这里，在欧洲核子研究组织产生的中性微子束将被分成三束：第一束射向北极圈的挪威北海岸……"一条红线亮了起来，把日内瓦的灯连接到远处北方的另一盏灯上。它描绘了一条通过地表下方完美的直线路径，而不是跟随地表的曲线。"……第二束射往安曼郊外的约旦沙漠，第三束射往南非开普敦的沙漠。"另外两条红线出现了，都是从欧洲核子研究组织辐射出去的。

有一些人拼命鼓掌，然后，突然意识到自己太激动了，便停了下来。

"在美国，费米国家加速器实验室射出的中性微子束将被分成两束：一束直接射到实验室正下方的核心，另一束则往南移射到秘鲁的安第斯高原。"

"最后，日本的中性微子束也将被分成3束，一束直接向下射，另外两束将射往夏威夷大岛和新西兰南部达尼丁的设施。"

"一旦这三个实验室射出的中性微子束到达6个偏远地区，强大的磁性就会把它们向下弯曲，瞄准地核。"

说完这句话，他身边就出现了几条新的红线，从各个位置呈辐射状往里射，然后在他头顶上方的全息图中心汇聚到一个点上。

现在，马克从全息图里退了出来。"正如你们所看到的，刚好是8道中性微子束，"他指着球体内的红色光线，"2道来自现有设施，另外6道来自新地点，都在地球核心某个点汇聚。"

马克停下来与观众一起欣赏这幅画面，"我可以就此打住，请在座的各位祝我们好运。但是，你们这么捧场，我觉得有必要和大伙儿分享一些非常非常精彩的内容。"

他扫视礼堂一圈，眼前一片人海，观众脸上的表情或是钦佩或是全神贯注。他先前对奥丁项目的焦虑和悲观情绪已经消失，现在传教士般的狂热让他充满信心，他很有把握这个项目可能真的会起作用！马克·布鲁克纳成年后的生活都是在测试和推动自然法则中度过的，现在终于有机会把自己多年的学习和研究成果用于这次终极测试！

他看到阿古达坐在前排。这位地质学家的面无表情与周围的人的激动之情形成鲜明对比。

哎，好吧，不可能取悦所有人。不知为何，他的目光飘到了彼得·霍根身上，但他发现自己无法读懂这个男人的空白表情，这令他感到有点不安。为了甩开不安的情绪，马克迅速看了一眼莎拉，莎拉朝他点点头，给予他安慰和勇气。他深吸了一口气。

"女士们，先生们，你们都清楚，中性微子束从原先的轨迹发射出来之后会因为磁性弯曲了前进方向，前提是这些粒子需要知道磁铁就在那里并受磁铁影响，对吗？"

"是的，这听起来显然就是这么一回事。但是，正如我现在希望你们都已经知道的那样，暗物质感受不到正常物质的存在，我的意思是它不会受电磁力的影响。因此，当暗物质通过正常物质的时候，正常物质对它们而言仿佛不存在，无论这些磁体有多强大，暗物质都将无视它们。"

观众中有许多人突然明白这个计划中有一个很大的缺陷，台下又是一阵窃窃私语。

马克在舞台往前走了几步，"因此，我们的计划是这样的：最开始的时候，我们并不制造中性微子束，它们通常是暗物质粒子，但是我们要制造比中性微子束更重的物质。这些物质被称为，哈哈，我想这个名字有点缺乏想象力，被称为'重中性微子'，就把它们想成是正常中性微子的表亲吧。这个表亲超重，但寿命短。我们将在 3 个加速器中制造这些重粒子束，如果能量足够强大，它们的寿命也只能刚好撑到抵达 6 个磁体的那一刻。"

"然后，当它们到达磁体时，就像午夜时分灰姑娘的马车一样，所有的重中性微子都变成了另一种叫作带电微子（chargino）的粒子。"

听到这，观众轻声笑了出来。对此，马克表现得落落大方，"是的，我知道，我说的这些乍听起来好像是我捏造出来的，但我保证这些都不是我命名的。"

"重要的是，"等观众情绪稳定后，他继续说道，"正如它们的名字所体现的那样，这些带电微子具有电荷，这意味着它们也会受磁力吸引，向下弯曲，但是它们的寿命非常短，所以它们几乎是立即发生转变——我们称为衰变——变成我们想要的轻中性微子。这是关键环节！"

马克知道他现在解释得越清楚，随后的新闻发布会就越好应对。所以，他继续努力解释，"关键在于，坚实的地面对带电微子来说就是那样：坚实！如果它们没有及时转变为中性微子，那么它们就会在轨道上突然停止。这是因为它们的电荷与构成行星物质的原子相互作用。对我们来说幸运的是，这些带电微子很快就变成了中性微子。一旦它们转变成功，地球就像是突然又变得透明了，于是它们将畅通无阻地继续前进，但这次它们有个新的前进方向，也就是地球核心。"

"8束中性微子向下运动直到相遇，'砰'地发生有史以来能量最大的撞击。这场撞击在地球的液体核心中产生的能量将比融化南极洲大部分地区的能量高出一亿倍。我们计算过，我的意思是，李教授和我计算过……"马克对李强点点头，"……这足以产生地震脉冲去启动地球内部发电机，让磁层重新发挥作用。"

说完，他夸张地挥动双手，补充道："这就是我们拯救世界的方式。"

语音刚落就连那些对科学十分了解的同事，也热烈地鼓掌。有几个人站起来鼓掌，莎拉也站起来了。

他耐心等待掌声停下来。当礼堂恢复安静，他问："好了，还有没有人要提问？"

"布鲁克纳教授，您好。"坐在第二排的一名男子倾身靠近座位上的麦克风，马克认出他是瑞士《时报》的记者，几年前曾采访过自己。"您能用比较直白易懂的话跟我们这些普通人解释一下吗？您怎么能准确地知道这些特殊的粒子在什么时候会从一种类型转变为另一种类型？从我对量子物理学的基本了解来看，这不是您能控制的。"

马克朝他点点头，不由自主地想起了一句名言。他有印象这句话出于自库尔特·冯内古特（Kurt Vonnegut）的小说，但他不记得小说里的角色或内容了。这句话是这样的：任何无法向一个八岁孩子解释他在做什么的科学家都是骗子。

"当然，你说得没错，根据量子力学的规律，粒子会衰减，这说明这是在一个不确定的时刻发生的。这并不是说量子力学是一种不精确的理论，而是大自然本身不确定这种个别的量子事件何时会发生。"

这位记者若有所思，点点头，表明他还在听马克说话，或者说至少假装在听马克说话，所以马克继续讲下去，"量子力学告诉我们，亚原子粒子的世界具有模糊的概率和不确定性。因此，虽然我们无法控制或预测任何特定的粒子何时会衰变，但是当我们拥有大量粒子时，我们确实能够知道它们的平均寿命。因此，我们把大量的重中性微子汇成紧紧的一束，这样一来，所有中性微子都会以合适的速度行进，而且其中的大多数中性微子在到达磁体之前就会衰变。当然，有些不会衰变，直到为时已晚，到了那时它们会绕过磁体。那些越过磁体的中性微子都消失了。其他的则很快会衰变，甚至无法到达磁体，因为它们会与地面或空气中的其他原子相互作用，从而停止运动。但大多数中性微子都能成功地及时到达磁体，让磁体弯曲它们。"

"它们作为穿过空气的暗物质粒子脉冲进入这些设施，然后逐渐变成高真空下的密封束管。只有被单独密封的时候，它们才会转变成被磁铁弯曲的带电微子，然后顺着密封的弯曲束管里面的弧线行进，最后被带到地面。"

"而且因为我们已经知道这些带电微子的运动速度和寿命，所以我们可以计算出它们在转变回中性微子之前平均的行进范围，但我们必须确保中性微子束管和周围的磁体距离地面够高。我们已经计算出把它们提高大约 100 米就足以让大多数的带电微子有机会进行衰变。只有这样它们才能再次衰变回暗物质，然后脉冲就像幽灵一般穿过束管的另一端，继续向下进入地核。"

他停下来让观众消化这些信息。

这位记者突然问道:"但这不是一项非常艰难的工程挑战吗?"

马克笑了,"整个项目本身就是一项工程挑战。"许多人也跟着笑了。"但你说得没错。因此,我们还想了一个更容易操作的替代计划,也就是把磁体放在地面,但是这样的话,我们得往地下钻一条垂直的隧道,借此引导带电微子向下行进,给它们额外的休息时间。还是一样,一些长寿的带电微子无法及时衰变,它们会撞到中性微子束管的密封端,然后消失了。"

马克希望自己可以只和物理学家进行更传统的研讨会,这样他就不必仔细选择用语,也不需要跳过那么多有趣的技术细节。例如,他没跟大家提到这样一个事实,即重中性微子束会衰变成除了带电微子之外的其他粒子,比如 W 和 Z 玻色子,这两种玻色子会快速衰变成其他我们更熟悉的粒子,如夸克和电子,这些粒子都会以令人难以置信的能量撞击磁体。希望它们在磁体完成使命之前不要破坏电子设备。

随后 15 分钟里观众们提出的其他所有问题都更容易回答,主要是因为他无法给出明确的答案。他无法说出奥丁项目的成功概率,何时完成,何时能真的发射中性微子束,或者他是否知道其他可以把能量传递到地球核心的方式。他详细回答了其他几个常见的问题:是的,他相信奥丁项目能得到安全保护;不,磁体地点的选择没有受到任何政治压力影响——这个决定完全是出于科学方面的考量。他还强调使用中性微子束这一想法最初是李强提出来的,不是他。

不过马克害怕被问到的问题没有出现，所以会议结束时他松了一口气。他故意遗漏的一个主要细节是：如果出现任何问题，那么会发生什么？如果8束中性微子万一有1束出了差错，或者错过了中心碰撞点，那么其他7束所产生的能量脉冲将会失效……好吧，他试着不去想这个问题。

㉛

6月17日星期一　日内瓦欧洲核子研究组织

观众从讲座礼堂陆续离场，马克向那些从观众席走下来跟他说话的人告辞。李强正全神贯注地与几位欧洲核子研究组织的物理学家进行激烈的技术讨论，于是他只好在人们聚集的大厅里溜达，走向远处的长咖啡桌。服务机器人从桌子的另一边滑向他。

"布鲁克纳教授，您想喝点什么？"机器人语调平板。

这个机器人只不过是一个白色塑料立方体，和人差不多一样大，有手臂。它让马克想起了无头的班德（Bender），美国动画片《飞出个未来》里的机器人，这是他青少年时期很喜欢看的一部动画。这些天，他已经习惯在世界各地的酒吧和商店柜台看到各种工作用途的人形机器人，以致忘记欧洲核子研究组织不怎么在服务型机器人拟人化上面花心思，而是选择了极简主义和实用性的机器人。

"请给我来杯黑咖啡。"他对立方体机器人说道。

啜了一口浓浓的咖啡，马克四处走动寻找莎拉，很快就看到她正在和一群年轻人交谈，他认出了那群人是当地的欧洲核子研究组织的科学家。莎拉双手捧着咖啡杯，其中一个人说的话把她逗笑了。马克感受到了她由内而外发出的自信，这让他放心多了。现在的她与先前"大事件"发生后那几周的莎拉形成了鲜明对比，那时的她无助，感觉自己没有价值。当他走近她，他还注意到了她尽管今天穿得很朴素：一件浅蓝色的上衣、舒适的黑色长裤和平底鞋、头发扎成马尾辫，但她看起来漂亮极了！

就在马克要加入谈话人群的时候，一个神色匆匆的年轻人拦住了他，他抓住马克的手，热情地握住。"布鲁克纳教授，您的演讲精彩极了！您真的认为奥丁项目能成功吗？我的意思是，如果中性微子在行进中需要两次衰变，那么我们是否能获得必要的光度？"

"你的意思是，中性微子在遇到磁体之前和之后会有所损失，我们是否确定余下的数量够用吗？"

这位年轻的科学家认真地点了点头。

"在每个阶段都不可避免地会有一些损失，所以一开始在产生中性微子的时候，我们要多制造一些。但是至于你的第一个问题，答案是，是的，我相信奥丁项目会成功。所有的模拟都表明这是可行的……也许吧。不管怎么说，它得成功。我们还有其他选择吗？"

马克礼貌地和这位年轻男子点头告别，在被问更多问题之前撤退了。他加入莎拉他们的聊天，注意到这些人当中有三个人脸上是他所熟悉的表情，他们全神贯注地看着视网膜 AR 推送。然后，几乎是在同一时间，好几个人都掏出随身携带的平板，并在平板上面点了几个指令。马克看着莎拉，但她正满脸期待地看着那群物理学家。

"不好意思我们得离开了……"有位男子开口，马克认出这个人是欧洲核子研究组织的高级技术员，名叫卡洛，"……看起来中性微子束今天很快就要进行测试了，我们需要回到威尼斯（VENICE）控制室。"

莎拉一脸困惑，"威尼斯？"

"不好意思，"卡洛苦笑着说，"威尼斯是我们的暗物质探测器的名字。它的全称是'超高能中微子－离子对撞机实验（Very Energetic Neutralino-Ion Collider Experiment，简称 VENICE）'，这是一个巨大的地下摄像机，大小和一栋 15 层楼建筑差不多。"他看到莎拉脸上被逗乐的表情，接着说，"是的，我知道。有时我们花了很多时间为我们的实验和设备想首字母缩略词，花费的心思和我们所开展的科学实验一样多。"

"嗯，这没什么，"莎拉说，"有一些太空任务的名字也是这么来的。"

马克转向她，"超高能中微子－离子对撞机实验是指让暗物质束碰撞到铁靶上，然后在互碰之际分析那些非常罕见的碰撞。"

"这与奥丁项目有什么关系？"她问道。

"是这样的，我们依然需要了解不稳定、较重的暗物质颗粒是如何衰变的，所以这种常规实验是该项目的重要组成部分。"

卡洛点头叫他们过去，"你们为什么不一起过来？你们可以亲眼看看。"

"好，"马克回答，"我先跟强打声招呼，让他知道我要离开一会儿。"

室外耀眼的阳光与演讲厅内昏暗的灯光有着强烈的对比，马克智能隐形眼镜上的起偏器几秒内就发挥作用了。

"威尼斯大楼离这里1千米左右，我们开四驱吉普过去。"卡洛边说边带着马克和莎拉穿过方院，走到欧洲核子研究组织几辆车子停放的地方。他们仨上了第一部车，卡洛在仪表板上的小显示屏点击了目的地，汽车无声地开动了。

车子驶入欧洲核子研究组织的外围道路，卡洛指着远处一个大型的灰色建筑，那里看起来更像是飞机库，而不是科学实验室，"威尼斯综合体就在那栋建筑里面。"

"我们可能看不到太多的探测器，"莎拉说，"毕竟所有行动都在地下深处。"

卡洛点点头，"恐怕你说得没错。你们得在控制室里凑合着看。我们绝对不建议大家下到加速器的内部看，因为这毕竟是暗物质的危险形态，它们会衰变成危险的物质，对活体组织会造成极大伤害。"

随后短短的车程没人再开口说话。马克看着莎拉，她正看着窗外陷入沉思。马克沿着她的视线看去——路边一排彩色的百合花——他想知道她在想什么。他之前也希望自己能够有更多的时间陪她、了解她，但他俩最近都非常忙。

到达威尼斯大楼了，他俩跟着卡洛进去。马克喜欢告诉访客，飞机棚大的建筑只是冰山一角——威尼斯综合体在地面上，所有重要的控制室都在里面。而卡洛要带他们去的正是这些控制室，他们的脚步声在整栋大楼里回荡。一走进这个装有空调的房间，卡洛就先告辞了，然后走过去和几位科学家交谈，这些科学家正盯着两个大屏幕，屏幕上显示着无数的滚动数字、曲线图和彩色平面图，这些都是实验的状态。马克和莎拉站在那里看着20位左右的科学家在电脑屏幕前忙碌。几个人转过身来向马克点点头，然后迅速回头继续专心致志地工作。

"这就是官方协议。"马克对莎拉低声说道，"因为一切尽在欧洲核子研究组织 Mind 法比奥拉的掌控之下，一如既往。"

莎拉点点头，"这真的不足为奇。一个接上电源并与数百万个电子元件联网的人工智能本身就可以更好地解决任何技术问题，不需要依赖我们这些有缺陷的人类。"

马克一时冲动，抓起了莎拉的手，"跟我来。我想给你看一些东西。"莎拉看起来一脸困惑，很淘气，但没有甩开他的手。马克护送她回到控制室外，沿着一个坡道穿过大楼，经过一个满是起重机和其他重型起重设备的区域。他知道有个可以近距离观看威尼斯探测器的最佳位置。再说了，在控制室里他们只会妨碍别人工作。沿着这条路，最终得穿过一条弯曲的金属通道，他们不得不小心翼翼地踩着地上数百根的粗缆，从通道下小心钻过去。

两人走路的时候，马克谈到了欧洲核子研究组织 Mind，"正如你可能猜到的那样，法比奥拉没有与云联网，因此网络恐怖分子或黑客入侵她的系统概率很小。"

"我觉得法比奥拉非常优秀，"莎拉说，"她散发出一种让人安心的自信与管理能力。"

马克咧嘴一笑。"当然，这就是她诞生的初衷，"他说，"人形化的外观和声音的目的在于充分证明她完全能够胜任。说实话，有时我也认为她真的很不可思议，她是万能的！"

他们爬上一段金属楼梯，走到一条穿过建筑物中心巨大混凝土裂缝的人行道上。走了几米，人行道的一头是观景台。他们到达了分散在实验室周围的 20 个全息站之一。"看这个，"马克边说边触摸墙上的显示屏，两台投影仪开始嗡嗡作响。欧洲核子研究组织 Mind 突然出现了，就好像幽灵突然在他俩中间显形，她的全息投影和人一样大，莎拉吓了一跳，跌跌撞撞往后退了一步。

"你好，马克。你好，莎拉。我能为两位做些什么？"法比奥拉温柔地说道，带着明显的意大利口音。

这种类似在聚会上耍的花招看起来让莎拉很高兴，"我知道我不应该感到惊讶。Mind 管理整个欧洲核子研究组织综合楼，因此可以识别在场的每个人，但这种感觉真的很棒。法比奥拉，您好。"法比奥拉笑了。她总是这样看着马克，好像真的法比奥拉那样在看着他，像是他非常熟悉的法比奥拉本人，有时他不得不提醒自己正在与计算机交谈而不是与人类交谈。但对于那些从未见过真正的法比奥拉·吉亚诺蒂的人来说，这个化身看起来像是从童话故事里走出来的善良阿姨。

他问全息影像，"法比奥拉，你能告诉我们今天这里发生了什么吗？"

"当然，马克。我们正在进行常规实验。10 分钟后，我将发射一束中性微子，光度为 10，每个脉冲里有 11 个粒子，并且把它对准铁原子目标，这个目标位于我们脚下的威尼斯探测器中心。"

"谢谢你，法比奥拉。那样的话，我们就不打扰你了，因为我们知道你非常忙。"

"这倒未必，马克，如果你愿意，我很乐意与你继续讨论这个问题。我与人类不同，我可以同时做很多件事情。"

马克对莎拉眨眨眼，"我知道，法比奥拉。我刚才是跟你开玩笑的。"

就在这时，他们听到一声响亮的金属声，好像有东西掉了下来，掉落声在巨型建筑周围回响。马克迅速把全息图拍没了，两人都靠在人行道的栏杆上，仔细看着脚下20米处的大型混凝土凹洞。

"是暗物质光束击中铁靶吗？"莎拉开玩笑说。

"啊，好极了。你们太阳物理学家可真逗。"马克笑着说，继续全神贯注地看着下面深处的地面。虽然他从来没有去过那里，但他知道那里是巨型粒子探测器上方的屏蔽物顶部。他可以看到几个检修孔，从那里可以进入地下深处的巨大仪器内部。呃……这可能没什么。但奇怪的是，现在怎么会有人在那里？就在这时，他刚好瞥见了远处的动静。有人！看起来像个男人！那人消失在地板上的一个空洞里。

见鬼了？！……谁会这么疯狂……不，这么傻……在测试即将开始的时候跑下去？如果中性微子束现在已经发射了，那么这无疑是自杀行为。

他感到莎拉在轻抚他的肩膀，"嘿，你还好吗？你看起来像是见到鬼了。"

他摇摇头，"不，不是鬼，是一个真正的活人白痴爬进探测器。"他一直盯着那个男人消失的开放式检修孔，希望他能回来。

他还是盯着检修孔看，脑中突然冒出了另一个想法，这个想法就像一列轰隆隆驶来的货运火车狠狠地击中了他。

法比奥拉曾说过，中性微子束的亮度为10，相当于光度11。对于普通人来说，这仅仅是有很多零的数字，但对于马克·布鲁克纳来说，这是一个数学符号、碰撞粒子、热和光的世界。这么高的光度是很多暗物质集中在一个起的暗物质地狱，实际上，这比应有的"冲击"多了100万倍。这一定是个错误！然而这是法比奥拉说的，而法比奥拉是一个强大的人工智能，她不会犯这样的错误。见鬼了！到底发生了什么事？

他转身看着莎拉，"我知道他肯定不应该去那里。但我认为其他事情也错得离谱。我有一种很糟糕的感觉，咱俩也不应该在这里。"

莎拉盯着他，"怎么了？"

马克深吸了一口气，"中性微子束的强度太高了！甚至高于我们在南极测试中所使用的，它们会引发大爆炸。法比奥拉给我们的信息是错的！"

他转身靠回墙上，轻拍电脑重新启动全息图。当欧洲核子研究组织Mind的化身再次出现，他问："法比奥拉，为什么中性微子束强度这么高？"

这位银发的化身再次微笑，"这种光度是实现当前测试最佳结果所需要的。"

"该死的最佳结果是什么？"马克大喊，他开始慌了。"你确实知道10到11的光度会产生什么样的能量，对吧？"

"是的，马克。当第一个脉冲击中目标时，它释放的能量相当于2.3万吨TNT，也就是一个小型热核弹头的威力。我估计这有99.97%的发生概率。我们不需要其他脉冲。"

他突然感到口干舌燥，嘴还有点酸。是他疯了吗？这位欧洲核子研究组织 Mind 是否说了她即将产生破坏整个欧洲核子研究组织的暗物质束？有那么一刻，他慌得说不出话来。然后，他说：“你最好保证你这个电脑混蛋不会产生更多的脉冲。因为欧洲核子研究组织就快被毁灭了！法比奥拉，我命令你，终止任务！立刻！马上！”

“很抱歉，马克，你没有这个权限。”全息图冲他甜甜地微笑，就像一位母亲在告诉她的小孩，他不能再多吃一块饼干。

他看着正盯着全息图的莎拉，她转向他，“我们应该回到控制室警告所有人。”

“这快多了。”他说道，尽可能保持声音稳定。他对 Mind 说道：“法比奥拉，把我投影到控制室。”

控制室的画面立即出现在全息图后面墙上的屏幕上，他马上就知道自己无法告诉他们这件事。控制室里一团乱，科学家们大喊大叫。有些人正在传输数据，有些人在咆哮，还有一两个人无助地盯着不再受他们控制的电脑屏幕。卡洛的脸部特写突然出现，他的声音听起来又抓狂又害怕，“马克，对不起，现在不是说话的时候。我们陷入了危机。”

“我知道，卡洛。一些混蛋刚刚攻击了法比奥拉！听好了，我现在离探测器最近，我会看看我能做些什么。”

“挺住，”卡洛回答，“我们正努力回到系统中，但法比奥拉好像已经把我们封锁了。标准越权控制协议似乎都起不了作用。我们派了一支队伍在过来的路上。你们应该留在原地。”

“那群卑鄙的家伙！卡洛，已经有人到地下了。你知道，对吗？你只要告诉我，在中性微子束到达之前我们还有多长时间？”

"不到 8 分钟。马克，如果我们不能进入系统并在接下来的两三分钟内停止运行，我们就不得不撤离。"

"撤到哪里？！"马克惊呼，"如果这是净化者干的好事，那他们肯定会摧毁欧洲核子研究组织，这样一来，奥丁项目和全人类就都完蛋了！"

他转身回到莎拉身边，"我打算试试手动关掉中性微子束。你得快速撤离！"马克想知道刚才看到的那个男子是否已经知道即将要发生的事情，是否领先了一步。或者，那个人本身就是这整件事的一部分？

"见鬼了，我不走！你可能需要我的帮助，"莎拉说，"而且，如果真的有人在暗中搞破坏，你认为我还有地方可去吗？"

马克没有和她争辩，点点头，说："对不起，莎拉！很抱歉让你陷入这样的危险处境。好吧，跟我下来。"

他打开栏杆上的一扇门，转过身，开始顺着一个用螺栓固定在墙上的金属梯子往下爬。通过脚步声，他能判断莎拉的脚就在自己上面。他的双手出汗，几乎快握不住梯子了。他也在颤抖，但这没有丝毫帮助。即使在心情极好的时候，他也不喜欢这样的高度，但他尽力不去想如果滑倒了，会摔多远。

他跳下最后五级梯级，笨手笨脚地踩到地上，马上站起来，跑着穿过一大片外表看起来平淡无奇的混凝土地板，直奔检修孔。他没有回头看，但他听得到莎拉跟在自己身后奔跑，他们的脚步声在房间的墙壁上回荡。马克跑到那个男人消失的检修口，跪下来费力地看着里面黑漆漆的一片。

"你好？是谁在里面？"

没有回应。天杀的！他们不得不走进探测器，现在已经无法回头了，而且就要开始倒计时。马克转过身，放下右腿，用脚够着梯子。一够到梯子，整个人便没入一片黑暗，他慢慢往下爬，没时间扮演勇敢的绅士等莎拉下来。

马克往下爬了3米，碰到地面，花了几秒适应黑暗。房间里满是闪着彩色指示器灯的设备，这些光照强度最小的灯光给一切罩上了奇异的光芒。他听到了十几种不同的声音：真空泵的嘶嘶声、磁体的嗡嗡声以及探测器、传感器和警报器的哔哔声，诸如此类。房间里似乎到处都是设备，无一空隙。当莎拉来到他身边，他正在克服自己的幽闭恐惧症。

很快他们就跟着指示牌走到电梯口，到达宽大的金属电梯门，马克按下按钮，可以听到远处发动机的嗡嗡声。他们感觉电梯好像根本就到达不了，但最终门滑开了，他们走进了宽敞的电梯里。这个设计显然是为了可以同时承载很多人或运输大件设备，这与他们刚才通过的屋顶的狭窄入口形成强烈的反差。

"电梯会带我们去哪儿？"电梯开始下降时，莎拉问道。

"往下六层，到探测器核心。暗物质束还没有产生，但是在主环周围盘旋的质子能量正在增加。当暗物质束发射，警笛会响起，如果到时我们还在这里，那么——我不知道我们还有多长时间，甚至不知道我们能做什么，但我们得都试试！"

"好吧，基于法比奥拉跟我们说的那些事，我认为不管我们是在这里还是在控制室里，都不重要了。无论如何，我们都会被汽化。"莎拉冷静地说。

电梯门隆隆地开了，映入眼帘的是一个巨大的地下洞穴。如果是在其他场合，这画面肯定会让他们惊呆了，但是现在马克没有心情去欣赏眼前的高尖技术。这里电子设备的嗡嗡声甚至比刚才在上面听到的还要大！他扫视了房间一眼，突然看到房间另一边有动静。看起来有两个人，一男一女，两人都背对着他。这两人蹲在一台设备前面，并没有听到电梯到达的背景噪声。马克的最初反应是得救了！因为已经有人来这里处理危机。

"嘿，"他喊道，快步走向他们，"情况如何？你们可以从这里越权控制吗？"但他们似乎还是听不到他的声音。

"嘿！"这次他喊得更大声了。

两人扭过头，似乎被他的打扰吓了一跳。马克现在可以清楚地看到他们一直在研究的是木凳上的一台老式笔记本电脑。

那个男人——身材结实，稀疏的黑发下一脸苍白，看起来可能是任何其他普通的加速器科学家——突然跳起来面对马克，他发出一声怒吼，随手抄起脚边的一根金属棒，像是野生动物在保护自己的领地，疯狂地冲向马克。

"搞什么鬼——？"马克看着他，像是被催眠了。他太震惊了，以致无法动弹。

那个男人冲向马克，曲折前进，双手举起金属棒，就像一个挥舞着长剑的中世纪骑士。当马克醒悟过来，已经太晚了，攻击者就快靠近他了！

这个男人的错误在于在即将靠近马克的时候并没有放慢脚步。当他开始把沉重的金属棒朝马克头上挥去的时候，他的速度不够快。金属棒并没有快速被挥起。这个缓冲时间正是莎拉所需要的。她从侧面撞上他，两个人都倒在地上，金属棒在地上滚动，嘎嘎直响。

马克捡起地上的金属棒，毫不犹豫地朝他俩跑过去。"好极了！告诉我你他妈的在……"

但那个男人已经爬起来，冲向依然开着的电梯门。马克想过要追他，但他有一个更紧迫的问题得处理。他转向莎拉，她正揉着头站起来。

"谢谢你！你还好吗？"

"我很好。看，那个女人也走了。"她指着几米外被抛下的笔记本电脑。

他们跑过去，盯着屏幕上仍然打开的命令窗口。

马克的心怦怦跳，他试图理清思绪。他现在不能慌！他们只剩一点点时间了。"是的，我们必须假设他们所做的一切都与黑客入侵法比奥拉有关。但我不明白，这一切的背后竟然是这么低级的技术。为什么资深的网络恐怖分子会用数十年前的技术……为什么他们明明知道如果成功了，自己也会被炸死，他们为什么还愿意亲自下来这里？"

"我想我可以猜到原因，"莎拉还没喘过气来，"法比奥拉无法从外部被访问，因此破解她的唯一方法是从内部进入她的基本机器代码。"

马克点头，"他们想当然地认为在这里搞破坏不会受到干扰。"他跪在笔记本电脑旁，盯着满屏幕的代码行。

"啊，糟糕。我们到底该怎么办？我们现在在地下，这里全部都被屏蔽了，我们没有网络访问权限，所以无法求助。"马克大脑快速转动。不过，也许他还是有办法可以关闭法比奥拉。他们唯一的希望是眼前的这台笔记本电脑已经深入了她的指令级别。

他开始打字并执行各种 Unix 指令，但他所做的一切似乎都没有起作用。

在他身后的莎拉突然起身，喊道："我在这里对你没有帮助，所以我要回到上面让控制室里的人知道你在哪里。我们需要他们的帮助。"不等马克回应，她转身走向电梯。那一瞬间，马克想要阻止她。如果她碰到恐怖分子怎么办？如果她及时回到控制室，又有什么用呢？无论如何，他们还剩几分钟，也许只剩几秒？他摇摇头，撇开这些思绪，把注意力转回屏幕。

突然，他听到法比奥拉的声音在嘈杂的背景里大声回响。她的声音与以往一样温和、几乎令人感到安心，但此时此刻却更令人不寒而栗！

"你正在访问禁用代码，马克。请立刻停止！"

棒极了，马克心想，我惹它生气了。

法比奥拉的声音越来越紧张，她的反复警告在房间里回响。马克试图忽略这些警告。他知道自己只需要找到正确的重启命令。他一边飞快敲着键盘，一边努力回想他几乎已经遗忘的编程技巧。

然后，就像她刚才开始讲话时那样突然，人工智能突然没了声音，电脑屏幕完全一片空白。马克的手指停在键盘上方，等待着。他成功了吗？他真的重启了人工智能 Mind 吗？突然，屏幕左上角出现两个单词，他认出这是计算机科学中最著名的两个词，代表了任何人都可以写得出来的最基本的程序输出——这两个词在他出生之前的几十年就很出名了，但这对于任何了解编码知识的人来说仍然了解十分重要的意义。这两个词很简单。

你好，世界。

马克盯着屏幕看了几秒钟。当然，即使像法比奥拉这样高精尖的人工智能也会运用强化学习从根本上掌握深度神经网络架构。重新启动真的就是在清除她的记忆。

他的双手无法控制地颤抖着，汗珠顺着太阳穴流下来。震耳欲聋的噪声已经停止，好像有很多机器已经关了。肯定是科学家回到控制室了。他们可以手动控制并停止了测试运行。马克欣喜若狂，站起身，这才意识到自己的膝关节僵硬了。但他没走多远，脑后突然传来一阵难以忍耐的疼痛，眼前一黑。

马克已经醒来几秒了，搞不清自己身在何处。他只知道自己头痛欲裂，头顶上的明亮灯光根本没什么帮助。他仔细打量周边，看到好多担心的面孔。他认出了卡洛，想坐起身和他说说话，但是一阵眩晕袭来，他只她躺回床上。"马克，别起身，"卡洛说，"别急，总有一天你会成为大英雄的，你说是吧？你已经昏迷一小时了。"

马克试图回想发生了什么事情：他一直在威尼斯探测器的内部，他关闭了欧洲核子研究组织 Mind。

"中性微子束停止发射了吗？"他嘶哑地问，"一切都顺利吗？"

"是的。谢谢你！那时我们只剩不到 50 秒的时间可以操作，差点就全部蒸发了。"

他全部想起来了。"那两个企图破坏实验的人怎么样？他们是净化者吗？我记得他们当中有个人袭击了我。"

"我们不知道。目前还没有他们的下落。但实验室安保人员和日内瓦警方正在对实验室进行全面搜查。事实上，他们希望尽快与你交谈以确定那两个人的身份。”

马克努力再次坐起来，不过这次放慢了速度，“莎拉在哪里？她还好吗？”

他看到她走上前，“我在这里，马克。我很好。这些家伙及时出现了，只不过那时你已经被那两个人当中的一个击中了头部。”

马克咕哝，“因为我们破坏了他们的派对，所以他们要泄恨！”他松了一口气，因为莎拉很安全。噢，不！他松了一口气，因为欧洲核子研究组织安全了。那些审判日疯子们似乎热衷于破坏任何拯救人类的计划。如果这是净化者的把戏，那么也许他们还没有意识到有一个备选项肯定能够快准狠地结束人类命运，也就是等到最后阶段，待奥丁项目准备就绪之际，然后一举击溃。也许他们没有大家所想的那么聪明。用一台古董级的笔记本电脑非法闯入 Mind，打人的后脑勺——可能是用那根该死的铁棒 ——听起来就不像是手法高明的网络恐怖分子会干的事。但他们差一点就成功了！就差那么一点点！

试图摧毁三个能够产生暗物质束的实验室当中的一个，显然净化者还是希望从一开始就阻止奥丁项目顺利启动。但是，对于他们以及世界其他国家而言，大伙儿不用多久就会意识到整个冒险行动面临着什么样的风险。

32

7月3日星期三　秘鲁胡利亚卡

尽管欧洲核子研究组织在遭受攻击后采取了更严密的安全措施，不过奥丁项目仍在继续快速发展。现在距离计划中的点火时间只剩两个月，但是要做的事情还有非常多！莎拉松了一口气，因为她不用再直接参与运营性事务，也不用卷入混乱的政治世界。然而，她发现自己已经不可避免地与马克、李强一起成为奥丁项目全球的护身符代表之一。她还是很厌恶这种情况带来的所有媒体关注，但是她也知道自己别无选择。不管怎么说，马克和李强都是很好的工作伙伴。虽然她继续拼命抵抗马克的魅力，但她对他的好感却越来越强烈，内心深处她知道这种感觉与肤浅的外表吸引力无关。尽管如此，她还是把自己对马克的好感埋藏在心里——现在不是谈恋爱的时候，特别是在两人一起共事的特殊情况下。

在欧洲核子研究组织被袭失败后，他们应付了世界媒体，现在他们的注意力集中在秘鲁南部安第斯高原正在建设的 4 号磁体（Mag-4）上，这是世界上 6 个设施中的一个，这些设施将容纳巨型磁体，而巨型磁体则会弯曲中性微子束的前进方向，从而让它们射往地核。这三位物理学家来到秘鲁亲眼见证测试，想看看重中性微子脉冲是否真的会像马克和李强所设想的那样：粒子会在合适的时刻衰变，然后被磁体弯曲。他们的官方简报就是要鼓舞人心，与当地人讨论科学，在遭到持续、大范围但可理解的公众抵抗时，对媒体进行至关重要的魅力攻势。与南美洲太平洋沿岸的其他国家一样，秘鲁在三月份的日冕物质抛射袭击期间受损较小。当地时间早上六点左右发生了第一次破坏性辐射袭击，不过大多数人还在床上睡觉，还没外出。

飞机在胡利亚卡机场着陆。一走出机舱，莎拉就感觉到大气比较稀薄。尽管熙熙攘攘的航站楼内部凉爽，但一旦走到强烈的阳光下，她马上就感受到了阳光洒在身上的温暖。已经有人提醒过他们，在海拔 4000 米高的地区人可能会感觉很不舒服，除非他们适应了这里的环境，否则刚到的前几天不要拼命工作。所以，莎拉很感激前面有几个机器人可以帮他们拿行李，在拥挤的人潮中穿梭自如地进出航站楼。

她不觉得累。从日内瓦到利马长 1 小时、距离 1 万千米的飞行旅途平安顺利，不过的确是有直升机可以在更短的时间内飞到胡利亚卡。

位于秘鲁南部普诺地区的胡利亚卡市就在喀喀湖西北部。这个大都市拥有 100 多万居民、蓬勃发展的贸易中心、四通八达的交通网，是连接秘鲁三大城市利马、阿雷基帕、库斯科与玻利维亚边境拉巴斯的枢纽。

走出航站楼，马路对面一个戴深色太阳眼镜的男子正朝着他们伫挥手。莎拉注意到，与他们三位的休闲装相比，他穿着三件套的灰色西装，密不透风的上衣紧紧裹住他的腰身，衣服是闪光面料，在耀眼的阳光下闪闪发亮。她猜这人肯定是东道主——4号磁体总工程师阿尔瑙·迪亚兹 - 托雷斯博士。他们朝他走近的时候，他满脸笑容，浑身闪闪发亮，浓密整齐的胡子里有几根白胡子。

"欢迎你们！欢迎来到秘鲁！"他用浓厚的西班牙口音说道，并向莎拉伸出一只手，"梅特林博士，很高兴见到您！最近几个月我收看了大量新闻，因此感觉自己好像认识你很久了。"他又转向马克和李强，"当然，你们两位是我心目中的物理学家英雄。你们是真正的科学巨人！"

"很高兴来到这里，"莎拉回他，"我没想到利马会这么温暖，因为这里现在是冬季，而且我们还在海拔这么高的地方。"

"噢，话别说得太早哟！太阳下山后，白天和黑夜的温差比任何沙漠里的还大。"

在旁边等待的轿车自动滑开车门，但里面有一位司机！莎拉有点惊讶。迪亚兹 - 托雷斯看到了她脸上的表情，"因为项目的安全系数提高了，所以我们认为人类驾驶员是更为稳妥的选择。人类不太可能被黑客入侵。"他笑了，"特别是在我们有三位重要访客的时候。当然也会有一支军队护送我们。"

莎拉这才注意到汽车两侧分别停了两辆吉普车，每辆吉普车上都有几名全副武装的士兵。不过，他们也只是让她稍稍感到放心而已。尽管她得到了全天候的保护，但短期内她没法真正地感到安全。如果净化者想要攻击她，他们肯定会有办法的。自从摧毁欧洲核子研究组织的行动失败以来，他们一直没动静，但没人相信他们会就此放弃！然而，当局也没法进一步地打压他们。

当车子开始行驶，迪亚兹－托雷斯说："你们将待在安全级别高的4号磁体综合区。但是如果你们不介意，我们就直接去现场，我可以跟你们说说在秘鲁我们是如何推进奥丁项目的。"

莎拉从迪亚兹的语气里感受到满满的自豪感。他把手伸进旁边座位上的书包，取出各种物品，分发给他们，"我为你们准备了防晒帽和防晒霜。现在这一海拔高度的紫外线辐射危害比以往高多了！"

莎拉接受了这些防晒物品并向这位秘鲁人道谢，但当他把注意力转向李强时，她与马克迅速交换了一下眼神。他们不忍心告诉他，其实他们已经在自己的包里备好了所需要的一切物品。不过，他的行为还是很贴心啊。

车子离开机场，沿着环绕市中心的繁忙道路行驶。莎拉盯着防弹玻璃窗，心不在焉地听迪亚兹－托雷斯说话，他说过去几周胡利亚卡的生活是如何发生变化的，"这个城市的人口暴增了数千人。来的不只是科学家、工程师、技术人员和4000名4号磁体建筑工人。每天都有大量的游客来访，还有许多来自周边地区的商人。"

在莎拉看来，秘鲁已经出动了很多军队。每个街角都站着一群全副武装的士兵，军车在主要街道上隆隆地行进。

大约20分钟后，他们来到了城市北部蜿蜒的高速公路。莎拉参观过位于阿塔卡马沙漠高处的智利天文观测台，但在这条高速公路上看到的景色更加壮观。阿尔蒂普拉诺高原，或"高地平原"，它更为世人所知的名字是安第斯高原，这里有 7000 千米长的安第斯山脉。在公路两边，除了平坦地面上鼓起的平凡无奇的荒凉小山之外，还有令人印象深刻的山峰：在她的左边，绵延且雄伟的火山就像是一排巨大的鲨鱼牙齿；在她的右边，安第斯山脉高高隆起在引人注目的、锯齿状的、白雪皑皑的瑰丽景色中。再往远处望，高原草是她所能看到的唯一植被。迪亚兹－托雷斯解释说，这是艾楚（ichu），是骆驼和羊驼主要的植物性食物。

车子途经一湾风景如画的湖泊，湖泊周围的沼泽地上几乎挤满了一大群粉红色的火烈鸟，这样的景色令莎拉十分着迷！

毫无预警地，这一切就这样出现在眼前。转过下一个弯道，迎面扑来的景色更夺人心魄：宽阔平坦的平原三面环绕着险峻的山脉。起初，莎拉很难对这一景色的范围做出准确的判断，但她估计这高 5 ~ 6 千米、宽 3 千米。在整条公路周边竖起了一道高大的围栏，把这里与外界隔离开来。

当司机开着车顺利穿过拥堵的车流和综合区里密集的人群，车子减速了。整个小镇的人如雨后春笋般涌现在街上，莎拉的感官充斥着五光十色、人声鼎沸以及五花八门的活动。这些人看起来像是游客、祈福的人、好奇的旁观者、示威者、宗教狂热分子，还有一群穿着灰色长袍把头剃光的世界末日预言者。这些人混在当地人中间，士兵们在围栏外密切关注着他们的一举一动，所有人似乎都很好奇，想见证远处的工程奇迹，这可是拯救世界计划的一部分啊！

莎拉看着街头商贩卖力地吸引近处的客人，向他们兜售五颜六色的传统秘鲁帽子、披风和排管乐器，以及制作粗糙的巨型磁体的微型模型和其他奥丁项目相关纪念品，所有这些物品都被放在临时搭建的桌子上。这里的旅游业似乎正在繁荣发展，这让她对人类有了一种奇怪的信心。她甚至注意到有游客付钱请当地人帮他们与温顺可爱的骆驼拍合照。即使在这种充满不确定的时期，有些事情还是不会改变的。

李强笑了，"这看起来就像是马戏团进城了。"

"这是我见过的南美最大的马戏团，"迪亚兹－托雷斯对李强的用词表示赞同，"那里才是主要景点。"

莎拉顺着他的视线超越人群和高度安全的围栏，望着远处巨大的灰色圆顶，那里面正在建造4号磁体。

"如果这是一个马戏团，那么那里就是马戏团演出用的大帐篷，是吗？"迪亚兹－托雷斯说，"你们知道当地人已经给4号磁体取名了吗？"

"在我们当地的艾马拉语和克丘亚语中，他们将这个地方称为乌库帕查哇咔（Ukhupacha waka），意思是'地球内部的神殿'。"

莎拉看到李强低声重复了这个词，然后，他转向迪亚兹－托雷斯，说："我想我唯一知道的克丘亚语是 Macchu Picchu（马丘比丘）。"

托雷斯笑了，"至今我们仍为印加的文化遗产感到骄傲。当地人非常尊崇女神帕查玛玛，也称为大地母亲，我们国家有许多人认为地球磁场的消失是因为人类滥用自然资源，这是对大地母亲的侮辱。"

"他们不是唯一这么想的人。"莎拉同意他说的话，"你看到的每个地方，新旧宗教都在招募追随者。我们踩躏并掠夺了我们的星球；我们改变了气候；我们摧毁了非常多的东西。你会以为人们将失去信念。"片刻犹豫之后，她补充说，"考虑到我们现在所面临的威胁，我认为这是人们的本性。人们想要相信科学，但如果有机会让更强大的力量伸出援助之手……"她转过头望向车窗外。

车子穿过几个门，安全级别越来越高，用到了生物识别安全检查和嗅探机器人，最终他们开进了宽阔的综合区，一条宽阔的新柏油路可以直接通往4号磁体设施。从这个距离来看，它的大规模是一种假象，因为与它背后的山脉相比，它实在相形见绌，但莎拉意识到它肯定在更远的地方，所以实际上会大得多。托雷斯好像看穿了她在想什么，于是说："它之所以得建这么大，是因为屏蔽的关系。"

莎拉点点头，"冒着听起来很天真的风险，这可能是为了屏蔽带电粒子被磁体弯曲时产生的同步辐射，对吗？"

"确切地说，"迪亚兹－托雷斯雀跃地说，"这基本上是世界上最大的X光机，只不过它不用于成像。当带电微子被迫改变方向时，X射线是不可避免的附带结果，但我们仍需阻止这种辐射在其路径上摧毁所有东西。"

车子在圆顶建筑前停下。莎拉下车，走进明媚的阳光里，快速地拿出口袋里的太阳镜戴上。她回头看着他们来时的路，看外围的围栏和外面的人群。太远了，她听不到他们的声音，只能听到风拂过圆屋顶的声音以及内部机械的嗡嗡声。莎拉仰头看着头顶的建筑结构，尽管戴着太阳眼镜，还是得眯着眼睛。这建筑可真大呀！

她转过身，看到马克和李强已经跟着迪亚兹－托雷斯走向入口，于是赶紧跟上他们。在门口的时候，有位年轻人把安全帽递给他们。

摘下太阳眼镜，莎拉戴上安全帽。"你戴安全帽很好看，"马克一边调整自己的带子，一边冲着她笑，"你看起来一脸严肃。"

"布鲁克纳，我一直都是一脸严肃。你可别忘了。"

他们跟着迪亚兹-托雷斯走了进去。外面非常明亮，莎拉原本以为进去之后会一片昏暗，但情况却完全相反，这个巨大的房间中央被四面八方的 LED 泛光灯照得非常亮，几乎形成了不可思议的明亮氛围。

"哦，天啊……"她低声惊叹。马克和李强也突然停下脚步，惊讶得说不出话。

100 种不同的声音充斥在他们的耳朵里。圆屋顶中心那个巨大的钻井平台发出的声音最大，还混有背景声：其他机器的嗡嗡声、滋滋的电流声、工人的叫喊声、不绝于耳的设备报警声，范围从低频的扬声器声音到高频刺耳的电子仪器尖音信号。

莎拉意识到迪亚兹-托雷斯正看着他们，笑得很开心，显然他对他们的反应很满意。他必须提高声音才能盖过周围嘈杂声。"这个半球形建筑物的屋顶和一幢 30 层楼的大厦一样高，"他扯开嗓子说，"高 100 多米。如你们所见，混凝土屏蔽物还没到位，但你们现在可以看到磁体。共有 12 个偶极磁体，每个磁体长 41 米，直径 5 米。"

置身于这座宽敞无比的科学大教堂里面，莎拉感觉这差不多像是一种精神体验。高悬在他们头顶上方的磁体就像是沿着三条独立的弧线排列的黑色导弹，一个在另一个之上，每个弧都是由四个磁体组成，而且全部用高强度碳纳米管脚手架固定住。

莎拉靠到马克耳边，大声说："看起来像是一些疯狂的艺术品。"

马克咧嘴笑了笑。

"正如你们所看到的那样，"迪亚兹－托雷斯继续自豪地带领他们走向磁体，"从芝加哥费米国家加速器实验室射到这里的中性微子束会从那边进来。"他轻轻挥手继续走。

莎拉和马克跟着他，李强依然站在入口附近的地方不动，凝视着圆顶，好像被这个构造催眠了一样。

迪亚兹－托雷斯滔滔不绝，继续他的演讲，"中性微子束射进来之后有三次弯曲的机会。迅速衰变成带电微子的中性微子将被第一组的四个磁体依次弯曲，每个磁体依次将粒子偏转 30 度，直到它们向下行进到地球核心。对于那些衰变较晚且直接穿过第一组磁体的中性微子，第二组和第三组磁体还有机会可以拦住它们并将它们弯曲。这样一来……"

莎拉打断了他，"对不起，我以为你说的每个磁体都会将中性微子束弯曲 30°，"她大声说，"有 4 个磁体，4 乘以 30，是 120°。但不是只需要弯曲一个直角 90° 就可以吗？那么明明 3 个磁体就够用了，为什么还要用到 4 个呢？"

"您说得没错，梅特林博士，但请不要忘记地球曲率。来自芝加哥费米国家加速器实验室的中性微子束实际上是沿着最短的路径行进到这里，这是一条完美的直线，因为它不必跟随地球表面曲率，可以直接穿过地面。这意味着它是以与水平方向成 30° 角以下的角度从地面下射到我们这里的。因此，它被磁体向后弯曲的角度必须大于直角，事实上，弯曲 120° 会使我们的工作难上加难！"

这一即兴的几何研讨会结束之后，莎拉就走开了，她在圆顶正中心磁体的正下方的巨型钻机边徘徊。一道圆形的屏障阻止她离得太近，但她还是可以看到巨型钻机正在往地里钻的洞。这个洞看起来直径大约1米。也就是说，这里是三组磁体的中性微子束聚焦和组合的位置，然后它们便开始垂直行进。她回想起最新的项目计划：先前人们认为一个100米深的钻孔这个想法太保守了。除非带电微子迅衰变为中性微子，否则一旦它们遇到固体物质，它们就无法行进太远。因此，为了安全起见，他们决定在8个设施都钻500米深的竖井，用于容纳中性微子管，这些管道将和宇宙空间那样处于真空状态，这样一来中性微子束就不会受到干扰。然后，一旦带电微子衰变回中性微子，世界对它们而言将再次突然隐形。莎拉觉得自己已经掌握了这些暗物质的概念。

她听到马克、李强和迪亚兹－托雷斯走到了她身后。迪亚兹－托雷斯还在自豪地向马克和李强说明该设施的运作情况。他说话的声音不得不比钻孔的噪声还大，"所有屏蔽物和汇聚磁体的四极管会在下周都就位，一旦校准完毕，我们就可以开始进行第一次测试。"

"最终，当我们必须与其他7束中性微子同步时，我们要非常小心地控制脉冲能量。你知道这里距离地球核心比距离挪威5号磁体还远20千米吗？"

莎拉看着马克，他假装自己不知道。他们当然知道！马克和李强肯定对这些设施的地理位置想了上千遍，他只是不想伤害迪亚兹－托雷斯，真贴心啊。"啊，对噢，没错，我们正处于赤道的山脉，"马克大声喊道，一脸严肃地点头。

"而且我们还在海拔这么高的地方，"迪亚兹－托雷斯说，"这意味着我们射进地球的中性微子束必须行进更远的路程，所以我们必须给它更多的能量，确保它可以和其他脉冲波同时到达零点（Point Zero）。"

然后他手舞足蹈地补充说，"事实上，我们甚至把月球引力引起的潮汐力也算进去了。"

他站在后面，双手叉腰，看起来他为克服了这么多困难感到十分自豪！

莎拉很想了解测试的下一阶段是什么。

作为一名太阳物理学家，莎拉曾经研究太阳产生并射往地球的任何物质，她不习惯设计这种实验，也不习惯被提醒克服了很多困难是一件吸引人的事。她走近迪亚兹－托雷斯，以便他能听到她说话，"第一次测试的目的是什么？"

"啊，"托雷斯热情地回答说，"如果一切按计划进行，费米国家加速器实验室发射的重中性微子脉冲将被发射到这里，看看磁体是否可以完成任务。当然，只有一束中性微子，它应该直接穿过地球到达另一端，然后从南海射出来。"

李强用力点头，"当然。暗物质实验室 (Darklab) 将会在那里等着！"他喊道。莎拉现在想起来他这么兴奋的原因了。过去五年，他在中国的研究所一直在开发一种名叫"暗物质实验室"的迷你暗物质加速器，而且他非常积极地在寻求资金赞助。现在这个加速器似乎将在奥丁项目的最新测试中发挥作用，它会被放在一艘船上，这艘船将漂浮在中性微子束出现的地方，即地球另一端。暗物质实验室本身会产生少量的暗物质并将其射入海中以迎接 4 号磁体脉冲。然后，船只的探测器会探测到由此产生的微小能量。

莎拉转向李强，"但如果仅仅是为了看看两个相撞的暗物质光束是否能在地球内部产生能量，上个月在南极试验中这不是已经得到证实了吗？"

她刚说完，就想到答案了，便举起手，向李强示意无需回答。

当然，这个测试有两个目的：第一，确保磁体正在弯曲中性微子束以及中性微子的确正在产生；第二，检查它们准确无误地朝地球对的方向发射。

突然，整个奥丁项目的庞大规模、极其复杂和彻头彻尾的幻想让她浑身一震，心神恍惚。人类真的能够成功吗？如果认为我们可以在地球上扮演上帝，那么我们也许是在开玩笑？她从没想过自己会这么想！一直以来，她都是个不可知论者和无神论者，而且一直认为"扮演上帝"这个词是无稽之谈。但是，然而……一直以来，这个项目只是马克·布鲁克纳和李强的头脑中的一个想法，只是一套方程式和计算机模拟，她也一直觉得这挺好的，但现在这个想法具体化了，她却突然感到很不安。整个项目里可能有十亿件事情会出错：某个小部件出现故障、一个低级的计算错误、一行代码中的错误等，任何错误都会导致这个世界落幕。莎拉抬头看着高高悬在她头顶上方的巨型磁体网。见鬼了，我们到底在想什么？

33

9月10日星期二　英国白金汉郡布莱奇利公园

　　微风轻轻拂过自行车道旁的树木，天空是清澈的蓝。——这又将是一个炎热的日子。今年夏天西欧的气温破了纪录，英国连续三年气温高于40℃。现在，大英帝国正处于初秋的热浪中。席琳周而复始地忙于自己的新工作，她想知道如果马吉德现在看到她正在世界顶级的网络安全组织之一里工作，会说些什么。她的老朋友马吉德被释放后就回到大学里继续读书。两人经常聊天，但现在他们所有的聊天内容都被密切监控，她无法跟他透露任何细节，也不能告诉他，她在哪里以及从事什么工作。

　　虽然席琳不会说她很高兴这样的话——最近从来没有人谈到"快乐"的字眼——但她的生活越来越有趣。当然，她还是非常想念家乡，而且夏季的时候她甚至被批准回家看望了父母。尽管萨瓦克特工全程跟着她，但这简直是棒极了！就连她的父母也不知道她到底在做什么！虽然他们很高兴女儿身上所有的指控都被撤销了，但这整件事还是让他们很困惑。她所能做的就是向他们保证一切都很好。

官方的说法是，她只是在帮助联合国开展一个网络安全项目。

席琳不介意暂时把自己的大学学业放于次要位置，最近对大多数人来说都是一样的：目前所有的计划、希望和梦想都暂缓了，就好像是 90 亿人正在集体屏住呼吸，等着看人类是否还有未来。

世人不用再等很久。因为奥丁项目即将完工，暗物质束真正被发射的那一刻，即点火，即将到来。现在只剩一个星期了，没有人可以预见在那之后会发生什么事。

就席琳个人而言，目前几乎没有取得任何重要进展。时间不多了！不管净化者是哪些人，这个组织看起来运转有序且资金雄厚，迄今为止，她尚未在暗网上成功攻击他们的通信网络。

在欧洲核子研究组织袭击事件发生后，席琳成了网络专家小组的一员，负责找出这件事幕后的神秘人。净化者没说这是他们干的，但还有什么组织会干出这么愚蠢的事！随着点火时刻的临近，安全问题上升到白热化状态。在布莱奇利公园的工作也不例外。这份工作很适合席琳，即使她的一举一动都受到监控和密切观察，但对她来说，只要能够相对自由地进出就很好了。至少她能屏蔽他们入侵她的增强现实推送，保留了一些隐私。

席琳骑到了几个慢跑者前面，这里距离她的公寓骑车只要 15 分钟，但她已经热得浑身很不舒服。她想知道如果其他黑客知道自己过去这几个月都在做什么，那么他们会怎么想：为"敌人"消除网络恐怖主义——

偷猎者变成了猎物看守人，游戏规则发生了变化。

在网络恐怖主义情报中心（Centre for Intelligence on Cyberterrorism, CICT），席琳几乎是无拘无束的。

网络恐怖主义情报中心位于伦敦北部米尔顿·凯恩斯新城外一个戒备森严的大院，席琳是里面的一名队员，这个团队里有一群聪明绝顶的年轻编码员、数学家和网络间谍专家。当然，没有人用过该组织令人讨厌的首字母缩略词，而且这个地方以其更受欢迎的名字"布莱奇利"闻名于当地。

据她所知，这里每个人做的事情都和一百年前差不多。一百年前，阿兰·图灵带领一群同样年轻出色的英国密码分析师和密码破译者在这里工作，这里是他们的家园。今天，布莱奇利是极客的联合国，他们共同监管全球网络恐怖主义活动。

大多数人似乎都很友好。比如邻桌的日本数学神童浩二，他和自己同龄，而且这个人很有意思。但席琳似乎没有多少时间去社交。

到达前门后，席琳跳下自行车，推着车通过生物识别扫描仪，然后把车锁在院子里，那里还有数十辆自行车。随后她走进大楼，大楼里开着空调，凉爽极了。席琳点头向一位老者问好，这位老先生刚才就走在她前面。她对他所有的了解都是她来这里的第一天浩二在员工食堂跟她说的，这位老者是第一代人工智能哨兵背后的麻省理工学院团队成员之一。

六月的前几周，在联合国招募席琳来保护奥丁项目工作之后，她就成了名人。所有人似乎都听说过她的特洛伊木马代码，每个人都有完善这个代码的想法。

但在布莱奇利，她只是另一个网络天才。布莱奇利科学家的职责范围很明确。实际上，席琳已经靠自己完全搞懂他们存在的必要性：虽然人工智能在全世界范围内运行并保护了社会基础设施，包括运输、金融系统、防御与安全，但它们多数都受到哨兵的充分保护，而且依然需要人类的聪明才智与它们并肩作战。

当然，大多数时候，人工智能哨兵在维护网络安全方面做得比人类强多了，因为它们能够较快地执行数十亿甚至数万亿次的任务，而且彼此之间能够一直保持沟通，不用1纳秒就可以交换整个图书馆的信息内容。

席琳想起自己十三岁时和父亲一起在阿尔伯兹山脉徒步旅行。她回忆起那时候虽然又冷又累，但风景令人心魄！他们花了好几小时讨论人工智能和世界变化的方式。父亲向她解释，当机器可以完成人类所能做的一切，大众的人工智能概念会要求它们要有感知力，要发展出自我意识，否则，它们就只是非常聪明的僵尸，无法真正理解自己在做什么。在这种情况下，人类可以始终领先一步。他说，真正的机器意识——她回想起来这是自己第一次听到"奇点"这个词——需要几十年才可能实现。

自七年前的那次远足之后，人工智能与人类智能之间的界限越来越模糊。通过图灵测试并不意味着计算机现在已经有了感知力，但这强调了大多数人所认为的意识不再那么界限分明。当然，人工智能现在的情绪状态很不成熟，这些状态大多是编程输入的而不是自己习得的。最强大的 Mind 充其量像是善良但极端的精神病患者（那些在野兔精神病清单中得分最接近满分 40 的人），因为它们缺乏感受基本情绪的能力，比如同情心；它们也无法和人类的情感状态产生共鸣。

但是席琳的工作不是保护或监控人工智能，她被赋予了一项非常具体的任务：渗透净化者的网络。她知道她不是布莱奇利里唯一一个负责这件事的人，但她不能与别人讨论任何事情，这让她有点沮丧。集思广益不是更有效率吗？但是她也明白，当她游荡在广阔的暗网中，凭着自己的直觉单独做这件事可能更安全。

当天上午晚些时候，正当席琳想要小憩一下，她的暗网账号收到了一条通知。这个账号她很少使用，也很少有人访问。

是莎拉发来的消息。席琳建议过莎拉，如果想私下说些什么就发消息到这个账号。这是莎拉第一次联系她。

她盯着屏幕，心脏跳得越来越快。莎拉的消息简短却难以理解。

席琳，我们今天必须见面。考文特花园三点
保密。

席琳甚至不知道莎拉在伦敦，多亏了先前逃避无人机和传感器监视的经验，她立刻明白莎拉选择考文特花园的用意。考文特花园是伦敦最繁忙的地方之一，如果不想轻易被发现，这是理想的见面地点。还有哪里可以比这里更具备保密性呢？她很快回复了。

好。我到时见。发生了什么事？

席琳等了几分钟，没有等到任何回信。搞什么？ 莎拉手里头拥有与奥丁项目相关的各种细节的敏感信息，但此时她想要联系席琳唯一的原因可能是她对净化者及其计划有所了解。

对席琳来说，如果她不打算在引起怀疑的情况下前往考文特花园，那么最好的做法是让休息理由尽可能简单且接近事实。布莱奇利所有人员每天 24 小时待命，而且随着点火时间越来越近，他们已经不分昼夜连续工作了几个星期。据传，虽然大家对奥丁项目的结果仍持积极态度，但是为了以防万一，也有很多人想请短期探亲假，回家和深爱的人告别，这也是人之常情。因此，出于同情，每个人每周都可以休息几个小时。席琳有一位阿姨住在苏活区，走路到考文特花园只要几分钟，过去几个星期她一直想去看望阿姨。这是个完美的请假理由！

半小时后，席琳坐上了从米尔顿凯·恩斯新城到伦敦市中心的高速列车。她盯着窗外，完全陷入沉思，没有注意到眼前飞逝而过的郊区。如果有必要，那么她会进入休眠状态——消失几个小时，这样就不会被追踪到——但目前并没有事情显示她有必要这么做。不知道莎拉想要做什么，这让席琳很沮丧。不管了，现在就让他们跟踪吧。毫无疑问，已经有人查看了她的休息理由，但一切尽在掌握中。当她打电话给阿姨说她要去串门，阿姨非常高兴。

列车在接近尤斯顿火车站的时候开始减速，席琳看了一下时间：正午。在她不得不离开阿姨家去见莎拉之前，她有几个小时的时间可以在阿姨家聊聊家常。这会儿她感觉在阿姨家里的 1 分钟堪比 1 小时，真难捱呀！

34

9 月 10 日星期二　伦敦

还有一个星期就要点火了，马克和莎拉在日内瓦与其他国际工作组一起讨论最终安排。虽然到目前为止，他俩的关系仍然是柏拉图式的，但马克发现自己越来越难隐藏对莎拉的感情。他还是无法完全确定莎拉对自己是否有同样的感觉，但他也不想突然发起猛攻破坏两人现在的友谊。一方面，现在真的不是谈情说爱的时候，但是，如果奥丁项目失败，世界末日到来，那他也不想让自己对她的爱意就这样埋在心底。

马克一直期待着即将到来的周末，他计划在伦敦和艾维碰面。艾维和她的高中艺术班的同学们会在英国待一周，参观伦敦的几个博物馆和画廊。昨晚在视网膜推送上观看了艾维在泰特美术馆和国家肖像画廊拍摄的视频，愉快地通过网络感受女儿的喜悦。他非常惊讶！不仅因为年轻人活力四射，对奥丁项目持无关紧要的态度；还因为在这个节骨眼上，世界上大多数学校依然正常运转！

但，就在这时，他的世界崩溃了。

首先是伦敦警方传来的消息，艾维从她下榻的酒店失踪了！

那天晚上，她的室友购物后回到酒店，发现艾维不在，学校立刻报警。警方一直强调，她很可能只是刚好出去散步而没有告诉任何人，但他们也承认她处于离线状态这一点的确很奇怪。

在与警方交谈不到一小时后，马克回到在日内瓦下榻的酒店，打点好一切准备飞往伦敦 ——莎拉坚持陪他去，两人快速打包好行李。马克始终抱着希望，希望艾维只是去散步，迷路了。但是就在他们离开酒店房间之际，还没走到门口，马克的手环滴滴响，他停下脚步看这条消息。

布鲁克纳教授，恭喜你从欧洲核子研究组织事件死里逃生。但现在你得帮助我们，确保地球母亲除掉人类瘟疫。如果你想让你的女儿活得久一点，让她见证地球母亲的光荣复活，那么你必须完全按照我们的要求行事。如果你跟当局说了这件事，你的女儿将看不到明天的日出。

遵循以下指示。请确认。

马克觉得他的世界开始天旋地转，他跌靠在门上，然后重重地跌坐在地上。莎拉问他发生了什么事，但她的声音听起来好像是从很远的地方传来的。马克再次看了看这条消息。他们想要什么？这条消息究竟是什么意思？！"地球母亲"的提法表明这条信息是净化者发的，或者有人想冒充净化者！

他用颤抖的声音对着手环说："已确认。"

那个晚上发了什么事情以及怎么登上飞往伦敦的航班，马克都不怎么记得了。他只记得自己接到了夏洛特从纽约打来的电话，和她通话的时候他尽最大努力保持冷静。电话那头的夏洛特情绪非常激动，她想赶下一趟航班。她告诉他，伦敦的警察也跟她谈过话，警方很想知道艾维是否跟朋友吵架了，有没有可能跟团队里的哪个女孩闹翻了，所以才失踪了。当然没有！她告诉警方，艾维很受欢迎，她和任何十几岁的少女一样通情达理。马克努力说服前妻，告诉她现在绝对没必要飞来伦敦，艾维很快就会回来。也许她的手环被偷了，她无法找到回酒店的路，也无法联系任何人。马克知道这听起来并不是很有说服力，但在他获得更多信息之前，他也不敢冒险再跟她多说什么。

"查莉，几个小时后我会到达伦敦，一有消息就打电话给你。"他希望自己的声音听起来很冷静。

所以，这会儿他和莎拉坐在一家咖啡馆外面，这家店坐落于拥挤的大都市中最繁忙的地方之一。等待！不仅在等恐怖分子的联系。莎拉说服了他……他们……获得她年轻的黑客朋友席琳的帮助；如果有谁能够通过网络渗透到这个团体并找到他的女儿，那么席琳肯定也做得到。

莎拉花了很大力气才说服了马克。"莎拉，我们不知道他们的要求是什么。我们所知道的是，净化者会不惜一切代价获得他们想要的东西。"

但莎拉赢了这场争论。"席琳是世界上最聪明的网络黑客之一。"她把声音降低到悄声耳语，"你肯定知道她正在为联合国情报中心工作，负责渗透净化者的网络，所以地球上没人比她更适合帮我们找到艾维。我们都知道，现在最重要的是时间。我们等待的时间越长，就越难追踪

　　　　　　　　　　　　　　　　　太阳坠落

到他们。"

所以，他们来到这里等席琳，同时也等绑匪的指示。马克盯着手环，期待有消息传来——什么都好，只要让他知道艾维还活着。几分钟后，他站了起来，"我要再去买一杯咖啡。你要来一杯吗？"

"不了，谢谢，"莎拉说，"我吃一些沙拉。再不吃掉就更难吃了。"

马克走进咖啡馆，莎拉看不见他了。他排队还没一分钟，手环就嗡嗡响了。马克低头一看，这条消息让他十分恐惧。

教授，你真的应该吃点午餐。我们需要你的头脑保持最清醒的状态。

准备行动……

他们在监视他！

这意味着他们也会看到他与席琳见面。马克冲出了咖啡厅，心脏怦怦直跳。当他穿过咖啡店门口拥挤的排队人群，有几个人转身盯着他看。绑匪也在这里面吗？他们跟踪他多久了？

马克脸上的表情一定是透露了他内心的极度恐慌，因为莎拉看到他，脸都僵了，"怎么了？"

他给她看了这条消息，然后瘫坐在椅子上，双手抱头。这一切看起来都太不真实了！

莎拉轻轻地按住他的手臂，低声说："他们可以看到我们，但我认为他们不能听到我们的声音。记得吗？是我们自己选择了这张桌子，所以他们不能提前窃听，而且周围人声嘈杂，这意味着如果我们轻声说话，无人机窃听器也听不到我们在说什么。"

马克抬头看着她。莎拉是对的，但这丝毫没有让他感到放心，"我们现在不能和你的朋友见面。这太冒险了！你也明白，对吧？"

莎拉凝视了他几秒钟，然后点点头。

突然，马克的手环再次发出声响。他强迫自己低头看新消息。

布鲁克纳教授，你的奥丁项目是一个荒谬的项目，它不会成功！作为它的创造者，也就是你，现在将成为它的消灭者。因为你爱你的女儿，所以你得完全按照我们净化者的要求行动。如果你听话，她就不会受到伤害，但只有我们满意你的任务完成情况，你才能再见到她！

马克一想起艾维，就很揪心，感到恐惧和焦虑，现在又多了一种强烈的不祥预感。他嘴巴发苦，感觉喉咙里有胆汁。他们到底想要从他身上得到什么？显然他们有把握他会同意。不久前，他还在说，像净化者这样无情但足智多谋的组织会有1000种方法来阻止奥丁项目，但他再也不这么说了。由于净化者当时没有成功地将欧洲核子研究组织炸成一个巨大的陨石坑，8个项目的工地已变成难以人为攻破的堡垒，它们有全方位的内部外围监视，而且进入奥丁项目任一程序所需的安全许可变得非常严格，这也导致许多科学家和工程师现在很难好好完成工作。每一个可以想象得到的弱点现在都已经解决了，包括破解量子加密数据文件、非法侵入 Minds 的计算机系统。

然而……净化者是不是刚找到了奥丁项目的致命弱点：它的两个创造者之一？

一分钟后，第三条消息传来了，刚收到消息的时候马克根本不知道如何是好。

为了换取你女儿的生命，我们要求你做一件简单的事。你必须让我们访问 REAPER-9 代码。

如果你让不当的人类道德责任感蒙蔽了你的判断，那可真遗憾啊！你的女儿会死得很难看！

你有 24 小时的考虑时间。

马克盯着这条信息看了几秒钟，大脑一片混乱，然后他明白了。

当他抬起双眼对上莎拉的目光，他只能感受到一种说不出口的无助感——这是一种他所熟悉的经历，只不过这次的恶魔太真实了！

莎拉也看了这条消息，她轻声细语，"马克，深吸一口气。告诉我和 REAPER-9 项目有关的事情。"

马克竭力恢复冷静。

"这是一个计算机代码，大约是十五年前我和李强一起开发的。这个代码能够计算暗物质粒子的性质——它们的寿命、衰变纲图等。这是一个很大的代码——超过两万行。我们在研究中用了这个代码，所以才有了后来突破性的预测。"

"你们发现暗物质会自我互动？"莎拉问道，"这与奥丁项目有什么关系呢？我的意思是，那都是成熟的科学了，对吗？它已经出现在公有领域。"

"事情并没有这么简单。"马克叹了口气，还在努力弄清净化者是怎么发现这个弱点的。全世界现在有数百个研究小组在不分昼夜地工作；成千上万的工程师正在建造巨大的超导磁体，其中有一些位于偏远地区；加速器物理学家、地质学家和工程师正合力完成暗物质束的细节，确保每个脉冲都能精确地瞄准正确的方向，使 8 个脉冲全都在"零点"的同一纳秒内汇聚，"零点"在地球融化的核心深处，只有胡椒粒大小。然而，净化者仍然明确地知道目标是什么，或者更确切地说是对谁下手……

"他们的计划很简单，"他最终还是说了，"REAPER-9 项目仍然是校准的重要组成部分。他们希望我让他们访问这个项目。我可以猜到为什么，他们需要做的只是改变其中一行代码——两万多行中的一行。"

他看到莎拉脸上震惊的表情。"许多年前，"他接着说，"我参与了带电微子寿命的第一次预测计算，就是那个必须被磁铁弯曲的粒子。代码中的相关子程序涉及一种叫 R- 奇偶性（R-parity）守恒的东西，这是被我写进主程序的数字。改变那行代码的话，我们对带电微子的生命周期估计就会出现错误。"

"然后？这会有什么影响？我的意思是，你似乎在谈论代码行，那只是模拟，但我们到时用的是真正的粒子束，并且你们已经设置好了整个任务确保不会出差错。还是我错过了什么信息？"

马克咬唇，摇了摇头，"不，REAPER-9 代码不仅仅是一次模拟。如果它被改变以用于预测，那么带电微子将比实际情况更快地衰变回中性微子，然后中性微子束的能量、粒子的速度将被调整成适应预测的状态，而且当中性微子束撞击地球的时候它依然会携带带电粒子。"

莎拉摇了摇头，"我还是不明白。为什么要计算运行期间的带电微子寿命？为什么不提前将这些数字通过硬接线放到加速器设计中呢？"

"因为那样的话我们就会无法控制它们。中性微子束的能量和亮度始终会有微小的误差条，因此必须不断调整所有参数。别忘了，为了让运行起作用，8束中性微子都要重叠在一起，而且这些粒子要以接近光速的速度行进，不容许有一丝错误。"

"好的。假设它不起作用，我们可以再试一次，对吗？一旦我们知道了，就可以再次纠正。"

"啊，我现在知道他们要做什么了，或者至少我可以猜到。他们只想篡改控制欧洲核子研究组织的中性微子束代码。他们知道我仍拥有密码可以访问欧洲核子研究组织运行的代码。其他两个实验室的中性微子束不会受到影响。"

莎拉猛地回到座位上。"什么？"她太大声了，坐在附近的几个人转身看着她。她向前倾身，再次压低音量，"但如果8束中性微子没有都在'零点'相遇，那么完美的平衡就会被破坏，能量脉冲会再次被送回，回到地壳。"

马克点点头，"如果欧洲核子研究组织的中性微子束没有穿过地核，那么8束当中就有3束会被破坏。剩下的5束不会造成灾难性事件，但仍会造成严重的地震活动：它们在哪里，哪里就会发生地震和海啸，但人类还是可以存活下来。"

他看到莎拉的脸吓得发白。"你的意思是'只有'数百万人可能会死，而不是数十亿人？"

马克感到绝望，"这似乎就是他们准备承担的风险。更重要的是，他们似乎很有把握，认定我为了救艾维，会和他们一起冒险。"

虽然现在马克已经说明了净化者可能会有什么计划，但他依然觉得好像有什么事情让自己很困扰。起初，他无法清楚表达，然后他想好怎么说了，"我不明白他们为什么要这样做——为什么不直接破坏8束中性微子中的1束，让整个地球快速灭亡？为什么是3束？"

"也许因为这更容易，"莎拉答道，"这么做依然确保了奥丁项目的失败。也许净化者不希望人类自己突然消亡，也许他们希望自己活久一点才能看到自己的任务完成情况。当地球失去大气的时候，他们和其他所有生物一起慢慢窒息而死。马克，我不知道。这群人真是太该死，太恶心了！"

马克觉得自己正抓着最后一根救命的稻草，"但是这样，我们会再尝试一次。我们必须这样做！"

"不，马克，我们不能这么做！这么做的话，全球舆论将摒弃奥丁项目，可能又会回到MPD项目。你自己也清楚当初争取奥丁项目有多困难。你真的相信他们会批准第二次吗？再说了，你怎么能在数百万无辜的人的死刑令上签字？我知道我永远不会原谅自己三月份那时在里约没有做更多的事情。我看到很多人死了，我只救了自己！但这不一样，你会犯下种族灭绝罪！"

马克感觉自己的愤怒就快爆发了。——她在说什么？难不成要他牺牲自己的女儿吗？

"莎拉，请谅解我的道德哲学。我现在满脑子只能想到艾维。你难道看不出来吗？"

两人沉默无言地坐着。最后，莎拉低声说："如果你让席琳帮忙，我们还是可以找到艾维。不要小瞧她年纪轻，这位小姑娘拥有的资源非常惊人！"

马克很沮丧，疲惫不堪，"现在，只能这样，不是吗？否则，如果我按照他们说的去做，就是用数百万人的生命来换取我女儿的生命……和艾维一样年纪的其他女孩和她们的家人——我永远不会见到的人。你知道让我最受打击的是什么吗？是绑匪非常肯定我会选择听他们的指示。"

突然，他的手环又嗡嗡响了。但这一次，不是一条消息，屏幕上是模糊的视频推送。画面非常暗，难以看清楚，所以马克用手捂住手环阻挡强烈的阳光。他口干舌燥，发出无声的呜咽，"哦，天啊，不！"是她！是艾维！他的宝贝女儿躺在砖地上肮脏的垫子上昏迷不醒。或者她只是在睡觉？他希望她是在睡觉！光线很好，他可以看到她的胸部轻微起伏。至少她还活着！在她身后，是一堵彩色的砖墙和弯曲拱门背后的一片黑暗。马克觉得那里看起来像一个酒窖，或者一个地牢。然后，毫无预警，屏幕一下子变空白了。

"哦，天啊，马克，那是哪里？"莎拉柔声问。

他太震惊了，无法回答。看到女儿那副模样，这个非常恐怖的现实忽地更让人惊恐！最后，马克抬头看着莎拉，眼中燃烧着一股火焰，"现在几点了？我们需要见到你的朋友。"

就在这时，莎拉收到了一条消息，是席琳发的。她把消息给马克看。

进入休眠状态。关闭设备，断开 AR 推送，离开现在坐的这张桌子，走到广场另一边。那里人流量更大，我们可以甩掉那些监视你们的人。

莎拉看着马克，"我跟你说了吧，她很厉害。她也在看着我们。走吧，是时候反击了。"

㉟

9月10日星期二　伦敦

访问考文特花园的几个监控摄像机对席琳来说是小菜一碟。现在，席琳站在熙熙攘攘的广场一侧的阴影中，仔细盯着她的视网膜推送。分画面的一侧是个鸟瞰图，她看到莎拉和马克坐在咖啡桌旁，而分画面另一侧，她看到有两个人正在监视着他俩。一个是光头老人，看起来像是负责人；另一个是蓄着胡子的年轻人，看起来像是个技术人员。她对自己笑了笑——监视人的人现在被监视了。她不知道他们想干吗，但不管是什么情况，问题都很严重。马克和莎拉看起来很紧张，在激烈讨论什么，她希望自己很快能了解情况。

席琳一到这里，就发现自己并不是唯一一个用摄像机瞄准两位科学家那桌的人，她还追踪到了另一个黑客的踪迹，就在广场南侧的一个酒吧——位置比她想的远多了。但时机点必须对！在发出信息叫莎拉进入休眠状态后，她一直等到他俩从咖啡馆站起身的最后一刻，然后关掉了咖啡馆摄像机的推送。她看着那两个监视莎拉和马克的人，他俩一脸震惊，然后激动地讨论，大概是在讨论为什么监控画面消失了吧。席琳暗笑。伙计们，现在就没那么聪明了，是吗？突然，他俩从椅子上匆匆跳下来，赶紧冲出酒吧，但他们得花几分钟才能走出咖啡馆，她希望这点时间足够让莎拉和马克甩掉他们。

确认过拉下来的棒球帽遮住了自己的脸，席琳从阴影中走进强烈的阳光下。她一下子就看到了莎拉和马克，于是穿过人群径直朝他俩走去。当她与他俩擦身而过时，她保持刚才的前进姿态，低声说："跟我走。"

一分钟后，席琳站在一群人后面，这群人正聚集在街头看表演。她无法越过人群看清楚被围观的人在做什么——很可能是在变魔术——他的啪嗒啪嗒声热情洋溢，吸引了很多观众。一到那里，席琳就弹开了背包里的静噪干扰器，这个干扰器比哈什米在德黑兰给她的那个更高端，现在她头顶上所有的无人机或卫星都拍不到她。她希望一旦莎拉和马克走进屏蔽范围，他们也不会被监控拍到。但愿，这可以给她足够的时间来了解发生了什么事情。

下午五点刚过，席琳回到布莱奇利，就急着开始工作。至少还有10个人在办公桌前工作，但没有人注意到她进来了，VR眼罩让每个人待在一个只有他们自己看得到的世界里。

回到办公桌前，席琳戴上眼罩，访问了她在净化者网络上建立的大量信息库。这是她第一次有真实的线索可以追踪，只不过她现在只有几个小时而不是几天的时间来渗透他们的网络空间。

她的第一项任务相对容易，在她找到艾维被关押的地方之前，她要先找到绑匪。席琳没花多少时间就追踪到了前天第一次发消息给马克的IP来源。她一点都不惊讶，绑匪已经设置了巧妙的转移、活板门和防火墙，这些都是她先前破解了无数次的东西。看起来，不管幕后神秘人是谁，他们都是匆匆掩盖了自己的踪迹，这意味着他们就在这条线上某个地方。如果继续追踪和探究，席琳知道她会找到自己想要的东西。目前她使用的特洛伊木马间谍软件已被布莱奇利的团队大大完善了，比她先前创建的原始代码更强大！

席琳一边工作一边哼歌，身子跟着音乐节奏摆动，她操纵虚拟显示屏的节奏与音乐节拍同步。最近她成了融合朋克的粉丝，这种音乐融合了西非摇滚和亚洲韩国激情的流行音乐，她发现融合朋克节拍的急促性正是她沉浸在暗网中时刺激思维所需要的。尽管她的任务非常重要，但是身处网络空间会让席琳十分高兴。她对网络几乎无所不知。

席琳工作的时候，她的间谍软件代码悄悄地流过暗网，就像一位数字忍者在搜索和探索弱点、跟踪线索、建立相关性、寻找模式。

到了五点四十五分，她确定了给马克发送消息的来源——来自伦敦市中心尤斯顿路的英国图书馆内部某个地方。而且，虽然网络黑客通常会故意延时，让任何人都难以确定入侵网络的确切时间，但在这个案例中，消息创建的发送都是实时的。就在那里！真是草率啊！她花了不到两分钟的时间访问图书馆的计算机系统，找到下午两点至三点使用电脑的所有人，消息就是在那一个小时内发送给马克的。

太阳坠落

在使用图书馆计算机的大约 100 个人当中，只有 7 个人隐藏了自己的身份。其中 5 个人在发送最后一条信息前几分钟离开了，这意味着只有两名可疑人士，而这两人都在下午三点之后才离开图书馆。

席琳现在所要做的就是从图书馆附近的街道摄像机中获取数据，看看是谁在那个时候离开的。小菜一碟！果然，两人先后离开了图书馆：一男一女，年龄都在三十出头到三十五岁之间。她现在有足够的生物识别数据来搜索这两个人。

这座城市数千台摄像机拍摄了 1000 多万伦敦人，从中搜索匹配的人员只需要几秒钟。席琳在大英图书馆对面的一家咖啡馆找到了这位女士：她坐在一个角落里，品尝奶昔，阅读书籍，看起来和那里的每一位顾客没什么两样，没什么可疑之处。席琳几乎可以肯定她不是绑匪。

相比之下，这名男子正在前行。每个有时间编码的推送都显示他在不同的位置，所以席琳能够绘制他在伦敦的路线。最近的一段视频就在十分钟前，当时他走进了一个看起来像旧仓库的地方。席琳访问的卫星数据让她能够对该地区进行调查，快速搜索结果告诉她，这个地方就位于泰晤士河以南的塔桥附近，是十年前伦敦洪水灾害最严重的一个街区。其中大部分房屋都还处于废弃状态，很隐秘，很方便。席琳迅速访问并征用了一架高空飞行的监视无人机，尽可能地把画面放大到废弃的建筑物上。他们把艾维关在这个地方吗？

想要根据她在暗网上找到的信息拼凑出这个男人的粗略轮廓并不容易，席琳还没办法将他与其他任何人或任何与净化者有关的事情联系起来，但是已经有足够的迹象表明他隐藏了很多秘密。

席琳脱下眼罩，坐回椅子上，揉了揉眼睛。这时差不多是晚上七点了，办公室还有五六个人在工作。她突然想起来，自午餐时间在阿姨的公寓里吃了一块蛋糕后，自己还没有吃东西。但食物可以放一旁，她现在就像一头母狮，正在接近猎物，不能停下来。她让眼罩溜下来继续罩着双眼，再次把物质世界抛在脑后。

36

9 月 10 日星期二　伦敦

把女儿的生命托付给一个陌生人，一个比艾维年长五岁的女孩，此举连马克自己都吓了一跳。但他还能有什么选择？过去 24 小时是一场真实的噩梦。

席琳告诉他们不要回酒店，因为绑匪很可能在监视那个地方。他们需要找到一个没有监控摄像头的地方，并等待她的电话。莎拉建议到伦敦大学学院的太阳能研究实验室赫利俄斯研究所躲一下，她是那里的常客，可以通过访客通行证自由进入。

两人默默无言，从考文特花园一路走到伦敦大学学院，走了两千米。马克不敢去想艾维躺在那张肮脏垫子上的画面，他打心里感谢莎拉给他独自思考的空间。他们在路上没有遇到任何人。莎拉把他带到四楼，指纹被识别出来的时候，她松了一口气，她上次来访用的那间办公室门打开了，里面空无一人。莎拉迅速关上门，把门锁上。

马克瘫倒在靠窗的椅子上，低头看着自己的手环。席琳已经在他们的设备上动了手脚，以确保他们的人身安全。但他每分每秒都在期待收到绑匪发来的消息，让他知道，他们已经知道他想要什么了。几分钟后，他站起身，在这间小小的办公室里踱步，每隔几分钟就在窗口停下，凝视着沐浴在午后阳光下的城市。艾维就在窗外某个地方，独自一个人被吓坏了，而我却困在这里。或者她根本不在伦敦？

莎拉坐在桌边，手捧一杯咖啡慢慢品尝，她盯着远处，显然不知道该说什么来安慰马克。马克认为自己不应该把她卷进这一切，但这一次他和以前一样，很感激她能陪在自己身边。

七点刚过，外面的天都黑了。就在这时，马克通过席琳设置的安全路径收到了她发来的消息。看到这条消息时，他的心跳漏了一个节拍，"天啊！莎拉。她找到了她！席琳找到了艾维！"

"我告诉过你，席琳很牛！"莎拉冲到他身旁。

马克给莎拉看了这条信息。

马克，我认为他们把艾维关在泰晤士河南边一个废弃的仓库里。

我把坐标发给你了。

莎拉抬头看着马克，"那我们现在要做什么？"

这真的没什么可讨论的，他希望莎拉能理解，"我们什么都不做。我做。"

"别这样，我知道她是你的女儿，但咱俩现在是一个团队。而且我不是一个顺从你的助手，该死的——"

"莎拉，别这样。你必须知道，如果救艾维意味着我要牺牲自己的性命，那么我真的会这么做，但我不能要求你也这么做。我必须面对这个难关。就我自己。"

"让我猜猜，你要我留在这个安全的地方，而你要像电影《夺宝奇兵》里的印第安纳·琼斯那样冒险，打败坏人？"

"不是那样的，"马克说，脸上没有一丝微笑。"我知道你可以照顾好自己……只是——"

"去你的！马克·布鲁克纳！"

"你听我说，"他说，轻轻地搂住她的肩膀。

他把她拉近自己，看着她的双眼，恳求道，"她是我的宝贝女儿。我知道你想帮忙，但如果他们嗅到了我们想做什么，那我不知道他们会干出什么事。我绝对不能让你受委屈。对不起！"

莎拉似乎放松了点，叹了口气，"那么，你的计划是什么？印第安纳？你没带枪，也没带鞭子。该死的，你甚至没戴帽子！"

马克微微一笑，"如果席琳猜对了，那么我可以自己做到，至少我有惊奇元素。如果我发现情况对我不利，那么我们可以考虑召唤骑兵。"

莎拉突然靠近，轻轻地吻住他。马克内心深处某个地方很激动，因为莎拉对自己也有一样的感觉！但现在他的情绪都被担心艾维的恐惧吞噬了。她推开他，咧嘴笑了。

"这是为了祝你好运，"她说，"请不要干任何蠢事。"

我准备去追捕一群疯子，他们掳走了我的女儿，我没有装备，没有计划。这就是蠢事。

他挤出一丝苦笑，匆匆走出门。

这是一个湿热的夜晚，在赫利俄斯研究所的庭院外，地面和天上的交通都很繁忙。马克突然想到，自己不能冒险乘坐公路或空中出租车，万一绑匪在他支付车费的时候追踪到他了呢，他必须尽量不引人注目。马克环顾庭院，找到一辆未上锁的自行车，骑走了，尽可能快速前进，希望席琳给自己的干扰器能让自己完成任务。虽然骑自行车会花费更长的时间，但他不能冒任何风险，这意味着他必须在被人发现之前就到达那个仓库。马克希望自己不会因为耽误了时间而后悔。

在湿热的傍晚骑车，马克很快就出汗了。他努力集中注意力，脑中却不断浮现艾维被关在黑暗仓库里的画面。当他到达仓库，他期望找到什么？

如果这个地方有人看守，或者仓库里有好几个人，那他要怎么办？

到达塔桥时，交通量急剧减少。马克以前从未到过泰晤士河以南，眼前的一切让他惊呆了：被废弃的办公大楼、仓库和高层建筑。上升的海平面已经高于泰晤士河口，这个河口现在比几十年前大五倍，周围的许多乡村——英格兰东南部现在都被淹没在水下。为了尽量减少洪水对首都的影响，伦敦的防洪部门对此做了合理的安排，但是泰晤士河以南的大片土地也因此被牺牲了。他相信席琳，现在可以安全使用 AR 而不会被发现，用手环也是，所以他在镜片上查看了一下周边的地图。

这个城市的许多道路已经变成了浅水道，变成一个穷人的威尼斯水城，马克需要穿过几条仍可通行的街道才能到达一条通往公路交通的道路。这个地方空无一人，看起来没有安装监控摄像头，是藏人的理想位置。

就在这时，他听到耳机里传来席琳的声音。

"马克，我在跟踪你，我可以看到你就快到仓库了。我还在监控仓库，那里目前没有任何活动迹象。我认为你到那里去是安全的。"

马克的 AR 显示仓库就在前面。他把自行车放在墙边，剩下的路他是用跑的。他朝仓库走近的时候尽可能靠近大楼，差点绊倒了在门口睡觉的人。那个男人坐起身，哼了一声，拿着把大菜刀朝马克挥舞。马克已经够紧张的了，这件事让他非常害怕，他继续快速跑动。

仓库位于一个被围起来的废弃遗址中间。马克在敞开的大门边上站了几秒，喘口气。大楼的这一侧没有窗户，所以他冲过开阔的庭院跑到离自己最近的墙壁，在那等着，确保自己没被人发现。席琳的声音再次传来。

"马克，我可以看到你在大楼边上。我不知道里面有什么在等着你。凡事小心！"

他没有回她，紧盯着拐角处，在几步之外，大约肩膀高的地方有一个小窗户。他的背紧紧靠在墙上，一边朝着窗户的方向前进，一边向内窥视。

这个地方乍看之下空无一人，但随后忽隐忽现的人造光线引起了马克的注意。在远处角落的阴暗处，一个穿着 T 恤的金发男子坐在那里，背对着马克，似乎全神贯注地盯着电脑显示器。他旁边的地板上随意堆放着电子设备。马克不确定，但这看起来像监视工具包。这一切似乎都是临时装备。如果这是他们的行动中心，那么显然会有人进进出出。

马克内心涌起一阵狂怒。似乎只有这个男人一个人，但艾维在哪里？这里有地下室吗？现在他即将要做蠢事的所有想法都消失了，不顾一切，在大楼周边全速奔跑，想找到一条进去的路。

很好，蠢货，演出时间到了！

大楼入口是一扇大金属门，马克打开这扇门，直到门缝大到足以让他挤过去而不发出声响。马克松了一口气。进去之后，他站着不动，用力控制自己的呼吸，过了几秒钟他才适应黑暗。他从一个狭窄的大厅入口走进去，左手边看起来像一间小厨房，右手边则是一条通往主仓库的走廊。马克四处寻找武器，这才意识到自己毫无准备就展开了这次救援行动。幸好有一块肮脏的木板靠在厨房门上，看起来很结实，具有一定的破坏性。马克悄悄地捡起木板，木板结实感的令人安心，这让他很满意，然后他慢慢地穿过走廊。里面光线昏暗，马克没法避开碎片和破碎的玻璃碴，走路的时候嘎吱作响。他试着踮起脚尖走路，忍不住发出一声咒骂。

马克走进仓库开阔的主空间，静静地站在阴影里，快速扫视了周围一圈，寻找有关艾维的蛛丝马迹，但没找到可以通往地窖的明显路线。至少那个盯着电脑屏幕的男人现在还没意识到马克的到来，这里看起来只有他一个人。

惊奇元素并没有继续发挥作用。

毫无预警地，这名男子转动椅子，然后直直盯着马克站着的地方！马克没有时间思考，幸运的是，他的敌人因为受到惊吓暂时呆住了。马克愤怒地大吼一声，冲了过去。

一切似乎都放慢了速度，世界感觉很梦幻。当那个男人突然回过神，手伸向桌子想抄起枪支，马克已经把两人的距离缩短了一半。没有足够的时间走完剩下的路，他的战斗本能被激发了！马克举起双臂，用尽全力把木板往前挥。木板弧线向前，打中了男人的下巴，发出啪的一声响，男人整个人都往椅背靠过去，然后重重地倒在地板上，一动不动。

马克压在男人身上，把枪从桌上拿下来，做好开枪的准备，但此刻他不必这么谨慎。这个男人昏过去了，嘴巴正在流血，张嘴的角度很奇怪，下巴被打碎了。马克站了几秒钟，转过身继续搜索仓库，迫切地想找到女儿。

"艾维！艾维！你听得见吗？爸爸来救你了！"

一片安静。

经过几分钟绝望的搜寻，他放弃了。难道他只是来搏斗的？他拍了拍手环，联系席琳，"席琳，我没事。但这里没有艾维的踪迹。"

"该死的绑匪！告诉我，我怎样才能帮到你？"

"和我保持联系。"

马克想过要叫醒那个无意识的男人，想问他知不知道，不过马克转而把注意力放到桌上的计算机上，计算机里头肯定有一些线索。屏幕上有几个实时视频输入窗口，最先引起他注意的是仓库内部的监控图。他低头看着自己，把脖子伸回去，没错，一架小小的蜻蜓微型无人机就在他头顶上方几英尺的地方无声盘旋，拍下他的一举一动。怪不得那个男人知道我在这里。

马克回过头继续盯着屏幕。另一个视频窗口是艾维被关押的背景画面：她先前躺的那张毯子，背后彩色的砖墙。但画面里没有艾维。窗口左上角显示的字样是"圣潘克拉斯"。

他的心沉了下去，"席琳，我来错地方了。我现在看的画面是艾维被关押的现场监控，或者说她曾经被关押的地方，但现在我看不到她。这个地方和他们之前发给我的视频绝对是同一个地方。画面上只显示'圣潘克拉斯'。"

"好的，我正在通过你的手环访问那台电脑，这样我就可以跟踪视频监控画面的来源了。给我一点时间。"

马克很无助，那个被他制服的人显然是绑匪之一。但如果艾维不在这里，那这个地方到底是干什么用的？某种藏身处吗？艾维是否被临时关押在另一个地方，稍后就会转移到这里？突如其来的疲惫让他不堪重负，几分钟前还在刺激他感官的飙升的肾上腺素现在已经消失了。他错过了找到艾维的唯一机会吗？

突然，一个女人的脸出现在屏幕角落里，她正盯着马克看。他们知道我在这里。好极了！

马克从椅子上跳下来，不知道该怎么办。他不能留在这里，这是肯定的。他刚刚签下了女儿的死刑令吗？

但我该去哪里？圣潘克拉斯火车站？艾维现在在那里吗？或者说至少她曾经在那里？保持冷静，好好思考，该死的。专心想！

接着他又听到了席琳的声音，"马克，我找到了。不是圣潘克拉斯火车站，是圣潘克拉斯教堂。她被囚禁在教堂的地下室里。"

"那到底是什么地方？"

"绑架艾维的人在大英图书馆联系你的原因之一是：教堂就在图书

太阳坠落

馆对面的路上。"

"噢,不!"马克呻吟道,"那里距离赫利俄斯研究所只有几个街区,莎拉还在那里,过去几个小时我都在那里。我刚才只是白费力气,瞎找一通。"他跌跌撞撞走到路上,但是席琳还没说完。

"马克,听着!首先,如果你没有去仓库,我们就不会找到这个地方,但我还有其他发现。今天下午图书馆里不只一名绑匪,还有一个女人,但我愚蠢地把她排除在外。"

"你怎么知道的?"他突然呼吸困难,太阳穴怦怦直跳。

"因为我刚闯入她的手环并设置了自动跟踪。她一整个下午都在咖啡店,刚刚才离开。沿着教堂往上走就能走到咖啡店。她一定是在闲逛,密切留意什么事情,现在看来她正在前往教堂。"

马克很肯定,这是他刚才见到的那个女人,她也见到了他。他已经没时间了,他无法在绑匪之前赶到那里。

但莎拉可以。

"席琳,告诉莎拉。告诉她——"他不知道自己期待莎拉做什么,他这样做会把她直接推入危险之中。大脑中某个角落有一道声音在警告他,这是一个严重的错误,要求莎拉这么做是不公平的!但他还有其他选择吗?

"告诉她去教堂,但不要被人看到。如果她遇到任何人,叫她什么都不要做,我会尽快赶到那儿。还有,席琳,报警吧!我们的身份已经暴露了,没必要再小心翼翼了。"

"好,"席琳说,"我会继续监控教堂。"她断线了。

马克·布鲁克纳这辈子从没这么无力过!

㊲

9 月 10 日星期二　伦敦

　　没等席琳讲完最新情况，莎拉便走出赫利俄斯研究所大楼并拔腿跑起来，与此同时，席琳继续通过视网膜 AR 发推送给她。在她 AR 视野的一角是伦敦大学学院和教堂之间的街区地图；在另一角，她看到一架无人机在教堂上空的实时监控画面。不用一分钟她就可以到达那里。

　　教堂位于绿树成荫的幽静大道上，与繁忙的尤斯顿路交界。莎拉从对面的小街跑出来，放慢脚步，更加小心谨慎地走近教堂。无人机的监控画面里没有人，运气好的话，也许她在那里可以打败绑匪。一排壮观的金属栅栏封住了通往教堂墓地的路，一道上了锁的门看起来像是唯一的入口。当席琳告诉她在这个地方能做什么的时候，莎拉正沿着栅栏绕了一圈想找到另一条路。

　　"教堂下面有个地下室。地下室的在线图像显示它的墙壁与马克看到的视频里的墙壁匹配。这里最初似乎是个地下墓穴，现在还有 500 多具尸体埋在那里！但过去 10 年，这个地方已经被抛弃了，是个完美的监狱地点。我敢肯定，艾维之前肯定被关在那里，但我不知道她现在是否还被关在里面。"

"谢谢。"莎拉气喘吁吁地说。她静静地站了一会儿，透过栅栏盯着里面看，发现那里有一些被遗弃的东西，她惊呆了！这个地方让她感到很不安！她只能听到自己沉重的呼吸声。

就在这时，耳边传来了席琳的声音，"莎拉，好像有人来了。你最好藏起来。"

她赶紧躲在树后面，一秒钟后她就听到了发动机的声音。从暗处窥视，莎拉看到一部来历不明的大黑色面包车沿着栅栏停了下来。一名男子从车上跳下来，打开那扇上锁的门，把门往里推。入口很宽，足以让面包车开进教堂墓地并离开她的视线。他们是否准备将艾维转移到另一个地方，因为他们已经知道马克正要找上门？

"莎拉，我已经把无人机带到了 200 米远的地方，以防他们听到它的声音，它的相机分辨率还不足以拍清细节，所以现在只能靠你的眼睛看了。"

莎拉仔细看了看这条街，没人了。她绕回前门。院子里没有人，面包车里看起来也空无一人，所以司机肯定已经到教堂里面去了，可能去了地下室。她深吸一口气，心脏依然怦怦地快速跳动，还没从刚才的快跑中缓过来，而且丝毫没有放慢的迹象。如果里面只有一个人，也许是席琳提到的刚从咖啡店里走出来的那个女人，那么她可能还有胜算，毕竟，她还有自己的惊奇元素。但她不知道那里面有多少个绑匪。

"莎拉，我只能让你走到这个门口。请小心！你现在什么也做不了，快躲起来。警察正在赶过来。"

席琳说得对，这也是最适合莎拉的决定。但其中一名绑匪突然从面包车后面出现，拉开了车子侧面的推拉门。来不及了！她被困在空荡荡的地面上，而且是在最显眼的地方。他看到了她！这一瞬间像是永恒定格！两人都没有动，直到另外两个绑架艾维的绑匪出现，打破了这短暂的沉默——一个是刚才开门的男人，还有一个女人。

两人半抬半拖动艾维，艾维的衣服凌乱，脸上和头发满是污垢。一开始，莎拉几乎认不出她！这个女孩看起来一脸茫然，好像被下药了。

这一幕让萨拉恢复了理智。她离大门只有一臂之遥，打开的挂锁仍挂在门闩上。

莎拉向前冲，伸手拉上门，同时急匆匆地拿走门上的挂锁。那个司机看到莎拉正在锁门，向她冲了过来。她只剩几秒钟不到，只听到大门铿锵一声关上了，她把门闩上。虽然她笨手笨脚，但男子从门的另一侧向她冲过来的时候，她还是成功把挂锁锁回去了。男人大声咆哮，双臂伸出栅栏，想伸手抓住莎拉，但够不到。莎拉呆呆地看着！看到男人从口袋里掏出一把钥匙，想用双手穿过栅栏够到挂锁用钥匙打开门。谢天谢地！他被锁在里面，从这个角度开锁太难了。

第二个男子此时放开了艾维，她沉沉地倒在地上。男人平静地走到艾维身后，用枪对准她的后脑勺。莎拉吓坏了，站着一动不动。

"梅特林博士，你干了一件非常蠢的事情！"他冲她大叫，"我的同事会把挂锁的钥匙给你，你把锁打开，否则你的男朋友可能不会原谅你害死了他的女儿！"

她有什么选择？她到底在想什么？难道他们会束手就擒，被关在墓地里，直到她的救兵到达吗？莎拉慢慢地走向大门，浑身愤怒地颤抖着。门内侧的那个男人残忍地冲她笑着，手伸出栅栏，把钥匙给她。

就在这时，莎拉突然听到头顶有一阵嗡嗡声。起初，她以为这一定是席琳操作的监控无人机。

莎拉抬头一看，一架武器化的警用无人机掠过栅栏，丝毫没有减速，朝站在艾维身后的持枪男子开了两枪。男子往后倒，鲜血四溅，枪从手上飞了出去。司机的手伸出栅栏扑向莎拉，但莎拉跌跌撞撞地向后退，再次退到他抓不到的地方，他什么都没抓到。几秒钟之内，更多的警用无人机出现在空中，一道冷机械化的声音命令另外两名绑匪把双手放在后脑勺，趴在地上。

莎拉当场僵住了。头顶上方的一架警用直升机传来一道机器人的声音，嗡嗡直响，"梅特林博士，请往后退。"

这道声音把莎拉从恍惚中唤回现实，但是她没有听从机器人的指令，而是直接冲到大门打开锁，跨过尸体走向艾维。艾维盯着她，整个人都吓坏了，两只眼睛睁得大大的。

"走吧，艾维，我们离开这里。你现在安全了。我是莎拉。你父亲跟我说了很多关于你的事情。"莎拉轻轻架起这个浑身无力的女孩，让她站起来，带着她回到街上。

她们匆匆走到街道的另一边，坐在路缘。警察现在已经到达现场，冲进墓地。外面慢慢地聚集了一小群围观的路人。

莎拉麻木地看着这一切，紧紧抱住艾维。她可以感觉到这个靠在自己胸前的女孩在无声地抽泣，浑身颤抖。

莎拉和马克到医院探望艾维的时候差不多是午夜。她可以理解马克的心情，他不想离开女儿的身边，却不得不在伦敦警察厅忍受警方详细的盘问。他们三个人分别在不同的房间里接受了警察盘问，莎拉已经告诉警方自己所知道的一切，她敢肯定自己的描述与马克和席琳的描述相符。

现在，莎拉陪着马克站在艾维的病床旁，打量着这个在睡梦中非常镇定的女孩。

马克轻声开口，"不管怎么样，这一切在一周后都会结束。"

他挤出一丝微笑无疑是想让人安心。不过，他这是想说服她，还是说服他自己？

"尽管如此，但一周突然像是非常长的一段时间，不是吗？"

马克揉了揉双眼，点点头，"你也知道他们会继续搞破坏，对吧？"

莎拉想知道在伦敦逮捕到的那两个净化者提供的消息是否足以击垮净化者的整个网络。对此，她非常怀疑！

太阳坠落

9月16日星期一　约旦安曼

　　天刚亮马克就醒了，他静静地躺了几分钟，想到前一周可怕的苦难经历给女儿造成的创伤。夏洛特告诉他，即使艾维已经服用了镇静催眠药物，也没法好好睡上一觉，而且她经常从噩梦中惊醒。考虑到艾维所经历的一切，这不足以为奇。但鉴于目前已经非常接近点火时间，他们无法为她安排任何心理辅导。不过，艾维是个很坚强的女孩，而且，如果他们撑过了这一切，以后有的是时间担心任何持久性的心理创伤。马克不得不一直告诉自己，这不是他的错。至少女儿现在是安全的。他们很快就做出决定，在点火完成之前，让奥丁项目主要参与人员的家人或爱人离开网络，接受秘密保护及监控。但现在他比以往任何时候都更想念艾维！

　　莎拉正躺在自己身旁，他听着她轻柔的呼吸声，翻身看着她。她睡着的时候看起来更漂亮了！他们之所以一起过夜，是不是因为以后可能再也没有机会了？或者这是他们目前解压的唯一方式？也许在某个时候，在更正常的情况下，这迟早都会发生。不过，对他来说，也许这三个原因都有吧。

马克想过要到外面跑个步，以缓解现在的紧张情绪，但他也知道这已经不可能了——酒店警戒森严，这都是为了保护住在这里的科学家、记者和政客，在没有非常必要且不经严格安检的情况下，没有人能进出酒店。于是，他静悄悄地下床，踩着冰凉的大理石地板走到窗边，拉起百叶窗，打开窗扇，深呼吸，立即感受到空调房内和闷热室外的温度差。沐浴在清晨深褐色的阳光下，他出神地盯着这座古老的城市。一夜暴雨之后，太阳从远处沙漠的天际线缓缓升起，阳光一如以往强烈耀眼，这标志着今天又是中东地区一个闷热的日子。点火时刻就快到了：还有33小时。他在想明天会不会是他最后一次看到日出，他快速摇头甩开这个想法。不，奥丁项目会成功！他整个职业生涯都在努力弄清暗物质的秘密，努力了这么久，走了这么远，并不是为了让自己的努力一文不值。他关上窗户，走向浴室。正当他往回走，他听到莎拉微微一动，于是转过头看她。

"早。"

"你也早呀。"莎拉舒展身子，睡眼惺忪地笑了笑，本来一直盖在她身上的被单滑落了。

"我最好冲个冷水澡。"

看到他正在看自己，莎拉笑了，拉回被单。"现在几点了？"

"还早着呢。别忘了，出发之前我们要和强一起吃早饭。"

出于政治和实际的考虑，随着倒计时正在进行，约旦的 8 号磁体（Mag-8）被选为整个奥丁项目的主要运行中心。这个节骨眼已经不用再做什么了——所有的测试和检查都已完成，安全系数现在也非常高，除非发生重大事故，否则任何事情都无法阻挡点火。但是世界无法承受任何差错，所以人们一致认为，如果 8 个设施中任意一个遭到破坏，或者最后一刻发生无法预料的故障，那么整个运行将被取消。

净化者发动某种袭击是所有人最担心的，但马克还担心奥丁项目的另一方面的问题。明天，控制权将转移给 8 个人工智能 Minds，全球 8 个设施各有 1 个人工智能 Mind。在倒计时 3 小时的时候，所有操作将进入锁定状态，这意味着虽然 Minds 之间可以相互沟通，提出最后一刻任何导致项目推迟的问题，但是科学家却无法从外部对此进行干预。这是一个冒险的决定，但净化者对网络攻击的真正威胁意味着这种做法是最安全的选择。

因此，打个比方，也就是说智人的命运将首次掌握在人工智能手中。马克以前从不相信自己生命中会有这么一天的到来。

上周有几天发生的事情真的有可能推迟点火时间。首先是新西兰南岛上的 6 号磁体（Mag-6）和夏威夷岛上的 7 号磁体（Mag-7）不得不应对轻微的地震。这两个地点从地质学角度来说都不是理想的地点，但它们是太平洋上唯一可以容纳弯曲磁体的两个地方。颤动并没有持续，而且它们看起来不像是更严重的地震活动前兆，不可能会破坏弯曲磁体排列，所以他们最终决定不推迟点火。

紧接着，就在三天前，马克听说主要暗物质加速器地点之一的日本质子加速器研究综合体实验室的质子束增强环中有一个超导磁体存在问题。缠绕着磁体中央螺线管的 50 千米长的铌电缆有部分似乎退化了，而且必须更换。这个问题很快就解决了，唯一的损害是打击了日本加速器工程师的骄傲。

现在一切似乎都在轨道上。经过数月激烈的全球性活动，人类有史以来最雄心勃勃，当然也是最重要最艰巨的计划已经做好了准备。马克希望如此。

现在一切都归结于这一刻。唯有等待。

吃早饭的时候，李强看起来非常激动，烦躁不安。"我不明白为什么这么多重要人物都来了约旦。"他说，"我知道 8 号磁体是整个行动指定的中心，我也可以理解世界媒体需要在这里进行报道，但是其他人呢？"

马克没有回应。当然，李强说得很对。

"……我的意思是，无论我们脚下的地核是否真的被激活了，那也就那么一回事，或者根本没有反应，我们也不知道最近这几个月的辛苦付出有没有成功。"

马克点点头，"没错。但是很多人都希望成为历史的见证人。当世界获救时，他们可以说他们就在现场。无论如何，不要忘记，大多数人都做了明智的选择，在家里和亲人一起度过最后的日子。"他又想到了艾维。

莎拉问道："这样的话，那我们为什么都在这里？现在看来我们在这里没什么事可做。"她一直打算回英国和家人一起待着，但她意识到

太阳坠落

现在回去已经来不及了。

马克叹了口气，"我想从头到尾见证这一幕算是我们道德上应尽的义务吧。好吧，不管怎么说，这是我和强的义务。但是，嘿！当我们拯救了世界，我们就是全球的英雄了！再说了，如果我真的得见证世界末日，那么，还有什么能够比与你俩一起分享经验更美妙呢？"

他自认为这是一个可以令人轻松的笑话，但实际上这一点都不好笑。

选择8号磁体作为行动的重点是慎重考虑过后所做的决定。人们一致认为，只给8个Minds的一个（即约旦的这个）越权控制权是确保运行不会受到破坏的唯一方法。其他7个Minds中的任何一个做的每一个决定都必须通过8号磁体Mind同意。约旦沙漠中孤零零的中东同步加速器光源实验科学与应用中心（简称"SESAME"）也更便于处理安全问题。

与此同时，世界上其他人更加紧张了。现在所有的交通系统都陷入了停滞状态，银行、办公室和学校已关闭，许多国家已经出动军队控制局面。整个社区聚集在一起求安慰，基本的紧急服务都停止了。旧账一笔勾销，分歧消除了，有时是和平解决，有时甚至是暴力解决。有些人狂欢，有些人祈祷，而有些人则无法摆脱压倒性的虚无主义和无用感。那些不愿意目睹地球毁灭的人选择自杀的比率飙升。一些人则躲藏在地下掩体中，他们被误导了，以为如果奥丁项目失败了，他们在地下能受到保护。

不过，大多数人对奥丁项目的成功仍坚定地抱着乐观态度，他们无法接受失败。马克经常听到"抱最好的希望，同时做最坏的准备"的哲学，在这种情况下，差到极点的"最坏"真的就是这么一回事。没有人预见

9月17日星期二12:45（世界协调时间）之后的事情，所有等待，所有准备，所有测试和检查公式以及仪器校准，都在这一刻结束了。那是清算的时刻：获救日或世界末日。

对8号磁体而言，这一时间是15:45。

两名约旦军人朝他们的桌子走近，其中一名较年轻的士兵身着军装，手持一把令人印象深刻的半自动M26枪放在胸前，站在高级军官的后面。这位高级军官是一名四十多岁的男子，穿着干净的卡其色裤子，蓄着厚厚的黑胡须，用一口完美的英语跟他们说："不好意思，打断你们用餐，但我们准备在几分钟后前往中东同步加速器光源实验科学与应用中心，所有客人要在大厅集合。"

三人点头对他们表示感谢，喝完咖啡，准备出发。

中东同步加速器光源实验科学与应用中心位于安曼郊外，车程为一小时，最初这里是作为同步加速器光源开始执行科学任务，在经过多次推迟和巨大的政治绊脚石之后，它的第一束高速带电粒子束于2020年初产生。现在中东同步加速器光源实验科学与应用中心是一个主要的高能设施，也是中东地区最大的设施，它还是世界上少数几个有以色列、沙特和伊朗科学家密切合作的地方之一。所以，如果说有个地方能够象征人类面对全球逆境而团结一致，那么这个地方就是中东同步加速器光源实验科学与应用中心。使它成为一个理想地点的原因还有一个，它已经拥有建造巨大弯曲磁体的所必需的基础设施。

在一大支军车队的护送下，马克、莎拉、李强和其他一大群权贵人士、政治家以及记者一起抵达中东同步加速器光源实验科学与应用中心，被一脸紧张的士兵带到了大楼内。主接待大厅和宏伟宫殿的入口相差无异。马克惊叹大厅地砖的华丽图案和高光泽，他还闻到了墙壁刚刷的油漆味，这一切都是为了让世界眼睛一亮。

当他们和其他客人慢慢往前走的时候，马克注意到莎拉的身子突然僵住了。他顺着她的视线看去：参议员霍根正站在房间的另一头，与一群男女交谈。马克轻拍她的手臂，莎拉猛地一跳。"莎拉，别理他。我知道他也许是一个讨厌的恶霸，但事情一结束，你就不需要再与他打交道了。"

莎拉没有回话。

他们被带到主会议中心，并被要求在发放 3D 眼罩的时候入座。他们要对 8 个设施进行虚拟参观。马克之前曾亲眼见过很多次，但他还是戴上了眼罩。他很难相信，就在七个月前，李强才勾勒出向地球发射暗物质束的疯狂想法，如今，他们已经在这里，想法已成为现实。他只要坐在椅子上就可以被"载到"世界各地。在这 8 个地点，以人形出现的本地 Mind 作为向导，向他们解释了各自所涉及的物理学。此刻，任何可以分散注意力、有助于消磨剩余时间的事情都很受欢迎。他朝坐在身旁的莎拉伸出手，找到了她的手，紧紧握住。

39

9月17日星期二 00:02（美国东部时间）　华盛顿特区

虽然在点火前最后几个小时，全世界集体屏住呼吸，但席琳却比以往任何时候都更忙。华盛顿特区的网络犯罪中心比布莱奇利更大、事更多，她再也没法悠闲地骑着自行车去上班，而且她已经连续几天没离开办公大楼，也连续48小时没睡过觉。但现在她也不能睡！因为她现在终于找到了进入净化者网络的途径。

上周伦敦绑架事件结束后，她被告知世界现在比以往任何时候都需要她独特的技能。当局确信净化者会再次发动袭击，但没人确定是何时、何地以及如何袭击。令人沮丧的是，伦敦警方逮捕了那两名绑匪后并没有取得重大突破。绑匪只不过是遵照指示办事，对自己内部的指挥系统一无所知。现在，政府已经招募了一大批黑客，试图借用黑客们所拥有的些许线索进入净化者的网络。

在艾维绑架案发生之后，席琳在布莱奇利的身份暴露了，所以她不能继续在那里工作，只得飞往华盛顿。在点火之前，她一直想回到德黑兰的家里与父母在一起，但所有的商业航班都停飞了。她承认，自己前天晚上和父母聊天的时候哭了很久。

是的，她让爸爸妈妈放心，有人照顾她，大家对她都很好。

席琳估计，现在肯定有数百个国际网络安全组织与网络哨兵在一起工作，目的是确保奥丁项目的硬件和软件都不会受到攻击。许多人相信来自净化者的威胁已经减少——奥丁项目是安全的！

但席琳没那么蠢。她早就了解到，这种邪教并不是一个夸耀意识形态的组织，也不是那种需要大肆宣传的组织。毕竟，它存在的唯一理由是为了终结人类，而不是招募新的追随者。再也不用招募了！无论他们打算做什么，一切已经就绪。

反常的是，随着点火的时间越来越近，进入净化者网络这一任务变得越来越容易。由于奥丁项目各个方面的安全性的加强，净化者可攻击的选择范围缩小了。席琳认为这就像是在下国际象棋，她的对手正在从棋盘上丢失棋子，对手可以采取的行动受到了限制。

对她和华盛顿特区几乎所有人来说，他们都非常清楚，净化者希望能够达成什么目的。净化者的任务很简单：他们认为正在消失的地球磁场是他们意识形态的一种实现，一种证明。首先，他们已经竭尽全力阻止奥丁项目的开展。确保全人类缓慢死去是他们最稳妥的选择，但现在，随着终止奥丁项目的可用时间越来越少，如果8道中性微子束的其中一道出现问题，那么，尽管这一灾难性故障无法完全毁灭所有生命，但是它的破坏速度非常快，单单这一点就十分有吸引力。距离进入锁定状态只剩几个小时了，当8个设施全都完全与外界隔离时，席琳知道净化者的时间已经不多了——通过精心的设计，进入锁定状态之后没人可以对奥丁项目进行人为干涉或干扰。

但这也意味着她所剩的时间也不多了。

然后，就在午夜之前，她第一次能真正休息了。出乎意料的是，她找到了一个不起眼的暗网论坛，里面的成员都表示了所有正确的意识形态观点。起初她认为这是个骗局。通过侵入其中一名成员的账号，一名得克萨斯白人至上主义者，此人认为上帝即将摧毁除了少数人之外的所有人，当然他是少数人之一，因此她能够阅读所有帖子。她阅读帖子的时候论坛里恰好收到了一条消息。这条消息似乎已经分布在整个净化者的网络中，而她只要追踪到它的源头即可。席琳只花了几分钟就找到消息来源了，然后起身拿下眼罩。她得喝一杯水，理清思绪，搞清这条新消息的意义。

席琳回到办公桌前，她不能和这里的任何人说话。时间还没到，她试图冷静下来，希望没有人注意到她的兴奋。但是，在广阔的开放式空间中，其他所有黑客也都戴着眼罩。开着空调的办公室突然让她觉得很冷，她颤抖着。席琳既兴奋又恐惧，她必须迅速决定如何处理这些信息。她需要和莎拉、马克说说话。她看了眼罩上的显示屏一眼，现在约旦是凌晨，点火当日的早晨。

她连线莎拉，不久之后，这位太阳物理学家的脸出现在席琳眼罩显示屏的右上角。画质很差，因为除了必要的通信无人机以外，为了限制网络流量，其他电子设备都已经关闭，因此她使用的安全线路不具备必要的带宽。但她还是可以看到莎拉的眼睛充满血丝，还有她的黑眼圈。也就是说，自己不是唯一一个无法入睡的人咯。

席琳还没想好怎么跟莎拉说这条爆炸性的消息，所以她决定慢慢说。

她说话很轻，以免不小心被其他人听到。"你好，莎拉。马克和你在一起吗？"

"嗨，席琳。我们看不到你。你是通过眼罩联系我们的吗？"

"是啊。不好意思，画质比较差，但是我还在干活。"

"啊，没关系。你那边现在肯定是半夜了吧。不过，是的，马克和我在一起。"莎拉抬起手环，以便让席琳看到自己身后的马克。他微微一笑，朝席琳挥了挥手。

席琳突然意识到莎拉周围有很多人，她深吸了一口气。

"好，你们听着。我找到了一些信息。净化者肯定正在谋划袭击。"

莎拉吸了一口气，当马克靠近莎拉的手环时，他的脸在席琳的显示屏上放大了。"什么信息？"

"我还不知道任何细节，但我正在努力中。我收到一条简短的信息，表明他们正在有所行动。"她停顿了一下，理清思绪。"你们是我最先分享的人。我的意思是，这条消息所体现的并不是它的来源。我读给你们听吧。"她把含有信息的窗口滑到显示器旁，这样她就可以清楚地看到消息内容。"这条消息说，'致所有让智人受难、寻求净化地球母亲的人：大喜！审判日即将到来。明天，我们将目睹人类毁在我们的手上！'署名'马克索布'。"

马克最先开口,他的声音有回声,"很好,这是净化者老大发来的消息。但这条信息并没有真正说明什么。据我们所知,这只是一种宣传行动。没有什么信息表明他们实际上真的采取了什么计划。"

"我同意。但这并不是我联系你们的原因,"席琳说,声音有点大。她拉起眼罩,迅速看了办公室一眼,确保没人听到她说的话。她很庆幸没被听到。她拉下眼罩,压低声音,"重点是这条消息的发送者!每个人都知道马克索布就是那个非常神秘的幕后人,不是吗?净化者背后的男人很可能不仅仅是个护身符傀儡。"

她顿了一下,心跳加速,"这就是你们两个都需要知道这条信息的原因。你们看,我找到了消息的来源。我现在知道他是谁了,马克索布……就是加布里埃尔·阿古达!"

莎拉和马克似乎僵住了,两人都惊呆了。然后莎拉嘶哑地说:"阿古达?这不可能。这难道不是太荒谬了吗?"

马克皱着眉头,看起来好像被一个特别难的方程式困住了。"不会吧,席琳,你是认真的吗?这听起来像是奇怪的阴谋理论胡扯。一位受人尊敬的地质学学者和想灭绝种族的疯狂恐怖分子之间能有什么联系?我的意思是,自从卫星数据泄露那件事发生之后,我对阿古达一直怀有疑虑,而且每个人都知道他更喜欢 MPD 而不是奥丁项目,但是这个……这也太荒唐可笑了!"

席琳努力控制自己的挫败感。她没有想到他俩会是这样的反应,"呃,马克,你错了!我很肯定。"

"这样吧,席琳,"莎拉插话,"问题是我们要如何处理?除了我们仨,没有人知道这件事，对吧？那么，说吧，你有什么证据？"

"我知道这听起来很疯狂，但我通过这条消息追踪到了阿古达的私人账号——"

"等一下，席琳，"莎拉再次插话，"如果他是马克索布，那为什么阿古达会蠢到这个地步，用私人账号发送一条表明自己犯罪的消息？这条消息是否足以让他被逮捕并接受审问？"顿了一下，她接着说，"这当然意味着推迟点火时间，直到我们能够弄清他们打算做什么。"

马克的脸再一次出现在席琳的屏幕上，"还有件事。难道我们不需要考虑一种情况，净化者是不是通过构建虚假链接想让你误以为阿古达是马克索布？他们想要播下怀疑的种子，目的是推迟点火？这可能是他们现在所能期待的最好结果。"

席琳无法理解，他们似乎都在为阿古达辩护。当然，他们比她更了解他，因此可能暂且相信他是无辜的。但是……她又试了一次。

"哪怕只有一点点可能性表明阿古达是幕后老大，而且他有一个破坏计划，那我们也必须让当局知道。你俩也都清楚，对吗？如果点火会被推迟，那么就推迟吧——至少我们对一切了如指掌。"

莎拉摇了摇头，"这存在两个问题。首先，如果我们现在去找当局，要求他们逮捕并讯问阿古达，他们会相信谁呢？肯定会相信阿古达。我们要记住，加布里埃尔·阿古达是奥丁项目委员会的副主席。而我们所拥有的只是一个煽动性的陈述，而且这个陈述是由世界上最有影响力的一名科学家提出来的，而这名科学家呢，又是从一名因为窃取政府秘密文件而备受瞩目的年轻黑客那边得知的消息。席琳，很抱歉。但人们就是会这么想。而且我们在进入锁定状态之前根本没时间去说服合适的人，无论我们该找谁，结果都一样。"

"其次，更为重要的是，如果净化者的确在谋划些什么，那么我们还有希望，我们还有几个小时的宝贵时间，我们可以在不引起他们怀疑的情况下弄清他们的计划。一旦阿古达被抓，好吧，就假设他是马克索布，那么游戏难度可能会上升。毫无疑问他们肯定已经准备好计划要应对这种可能出现的结果。"

席琳无法相信自己所听到的一切，但莎拉还没说完，"除此之外，我们只需要保证奥丁项目在锁定状态之前是安全的。进入锁定状态的全部意义在于，净化者必须在此之前做点什么。进入锁定状态后，任何人都无法人为干涉奥丁项目。"

这一点席琳想过了，但最让她害怕的是什么，她让自己听起来不那么绝望。"但是……如果他们正在运行某种程序，可能是某些病毒，只有在进入锁定状态后才能激活怎么办？如果 8 号磁体的 Mind 被感染或被入侵，像夏天那会儿欧洲核子研究组织 Mind 被黑客入侵那样，那么，到时就没有什么可以阻止他们了，那时我们已经无能为力了！"

这回换成马克摇了摇头。"就算我们能够在进入锁定状态后停止点火，"他说，"我不知道还需要做什么，我们只能命令导弹攻击 8 号磁体，但即便是那么做也无济于事。"

莎拉转身面对马克，这样一来她的手环没法拍到他俩，他们似乎已经忘记了席琳还在手环的另一端，但席琳还是能听到他俩的对话。"这是什么意思？"莎拉问他。

"我的意思是我们也必须淘汰其他7个设施。你想一想，如果净化者有本事用某种方式破坏8号磁体，那么我们必须假设他们能够篡改其他7个Minds的任何指令，从而在只摧毁了8号磁体的情况下终止运行。请记住，只要终止8道中性微子束当中的任何一道，那么这就是噩梦一场！即使我们可以通过如此激进的措施避免点火，但是到时赢家还是净化者。奥丁项目就此结束。"他的声音听起来很疲惫。

"天啊！所以不管怎么样，我们都输了！"

"可能还有另一种方式。"席琳插话道。自从她决定联系莎拉和马克之后，这个想法一直萦绕在她的脑海里。"如果你们能成功说服阿古达呢？我并不是说让他完全认罪，只是说找出他的犯罪证明，足以说服全世界听取我们的意见，从而同意停止点火。毕竟，他现在和你们一起在8号磁体的现场。"他俩没答话，所以她继续说，"但你们只有6小时不到了。"

40

9 月 17 日星期二 09:30　安曼 8 号磁体现场

莎拉知道席琳是对的。他们必须找到一种方法与阿古达对质，即使她误会了，他们也不能就这样无动于衷。在他们确定好计划之前，她和马克争执了差不多两个小时，莎拉可以看得出来，从刚才到现在，马克比她更不高兴。但是争执已经浪费了很多时间，她知道他明白她这个推理的合理性。这是他们最后的一张王牌。

她认为，使阿古达陷入圈套的唯一方法就是让他感到安全且不受威胁，因此，她必须单独与他见上一面。利用他的自信，他的虚荣心，这样也许能让他泄露一些信息为他们所用，但是首先要他来见她就是个更棘手的问题。如何在不让他起疑的情况下成功约他见面？

"得让他以为我知道的比实际知道的还多，让他把我当作是一个威胁——"

太阳坠落

"一个他想要灭掉的威胁。"马克提醒她。

"马克，这种事我们经历过了。"

他没有回应。他把她拉近，抱住她。她知道这个计划让他十分不舒服，让自己所爱的人直接处于这样危险的境地。他刚经历了一次重大创伤，差点失去了他在这个世界上最爱的人！

但莎拉不是艾维，父亲对女儿的爱与这种不合时宜的骑士精神不能相提并论。

莎拉知道阿古达是在他们来了一小时后才抵达 8 号磁体现场，与他一同抵达的还有彼得·霍根以及一群高官。大多数人聚集在宽敞的观景大厅，这里可以俯瞰中央接待室。巨型磁体高悬在他们头顶，像是外星人的太空舰队无声地悬停着，气势逼人；他们下面是铝中性微子管，这些管悬挂在接待室的墙壁和屋顶上，在明亮的灯光下闪闪发亮。总共有 3 根管从主圆筒依次分开，每个管子周围都有弯曲磁铁，主圆筒的前端是封闭的，末端朝着西北方向，时刻准备迎接欧洲核子研究组织发射过来的重中性微子束。三根管的另一端朝下，垂直指向聚焦室，在那里它们将再次合并成圆柱体，向下射进地面。整个建筑物是她之前在秘鲁看到的未完工的 4 号磁体的精确复制品。

距离点火还有 6 个小时，距离锁定还有 3 个小时，气氛十分紧张。人们群聚在一起，轻声交谈，仿佛连稍微提高音量也可能危及任务。耳边偶尔传来的笑声在莎拉听来都像是很尴尬的笑。技术人员和工程师在进入锁定状态之前仍然可以进行最终检查。马克找到了李强，为了避开众人耳目，他把李强带到外面说话。马克始终认为，李强是唯一一个能让他们信任的人，所以他必须把这件事告诉李强。

莎拉不想在公开场合与阿古达对质，以免被他发现自己的不对劲，把他给吓跑了。所以，他们一致认为，现在她不应该出现在阿古达眼前，而是给他发条信息就好。莎拉找到一间没有人的会议室，躲在那里编辑了这样一条消息。

加布里埃尔，我不知道自己还可以求助谁，但我急需找个人谈一谈。

我们发现有人密谋要破坏 8 号磁体，我们必须警告大家。你可以私下和我谈谈吗？

等待阿古达回应的这段时间真是令莎拉难以忍受！时间一分一分地流逝，她在想阿古达是不是故意忽略这条短信。他起疑了吗？有可能。他会不会想到他们是在引他上钩？马克、李强和她一起待在会议室里。

"见鬼了，马克，差不多过了 20 分钟，他还没回复。我们刚犯了一个可怕的错误吗？"

马克在会议室里踱来踱去，"这样吧，再等个 10 分钟，如果我们还没收到阿古达的消息，那么我们就得去找安全小组，坚决要求逮捕他。他们忽视我们，我们就逼疯他们！"

这时莎拉收到一条消息。

电子助推器旧环形大厅。

15 分钟后见。

放松与恐惧的情绪在她的心头交杂。就这样！竞赛开始！

助推器大厅位于中东同步加速器光源实验科学与应用中心旧的大楼内——这是一栋旧时代的人工制品，尽管它生产的微型加速器仍被用于

　　　　　　　　　　　　　　太阳坠落

产生电子以注入新加速器的更大存储环，但自从几个月前奥丁项目开展以来，这些实验性建筑一直处于休眠状态和废弃状态，所有大型超导磁体都被用于 8 号磁体的建造。

这栋大楼隐藏在一道又一道同轴的高大屏蔽墙内，得沿着蜿蜒的走廊进入，就像走在圆形花园迷宫的外层，只不过这个外层是两米厚的混凝土墙而不是绿色树篱。莎拉走进去的时候，这栋大楼很安静，空气中弥漫着令人窒息的污浊气味。她可以看到大厅的中央区域、加速器环的位置、周长 40 米的圆形管，然后她穿过像一连串类似项圈的磁铁。

显然阿古达很熟悉中东同步加速器光源实验科学与应用中心大楼，这个大厅肯定能远离众人耳目。

莎拉尽管非常害怕，但还是硬着头皮走到实验大楼，反复练习了自己要说的话，绝不能放松警惕。她紧张地查看 AR 推送，确保它录下了她的所见所闻。当她走进大楼里面，信号没了，对此她并不感到惊讶。马克与席琳现在和她已经失联了！阿古达选择这个地方是为了掩人耳目吗？他起疑了吗？他是不是甚至打定主意不让她离开这里？她知道自己冒着很大的风险，但这似乎是唯一的方法。

莎拉想知道阿古达是否到了，便走上走廊。这条屏蔽的走廊可以通向一个大厅。莎拉环视周围一圈，地上唯一可以走的路是一条狭窄的走道，走道两侧分别是外墙和加速器环，外环加速器的高度及腰。这里面放满了仪器：一层又一层的架子堆满了电子设备，这些设备被五颜六色的电线和电缆连接在一起。所有设备看起来都处于关闭状态，没有发出平时令人安心的嗡嗡声，也没有 LED 的彩色指示灯闪烁。只有一些桌子，桌上放着被遗弃的工具和休眠的电脑显示器。

莎拉唯一听到的声音是自己的脚步声和耳朵里血液涌动的呼呼声。莎拉这一侧的光线很差，起初她以为这里只有她一个人，阿古达还没到。也许他不会来，也许他计划把她关押在这里，直到锁定之后。不，他不会愚蠢地以为她是唯一一个知道净化者计划的人吧。

然后她看到一个人影从背光处走出来。

"啊，莎拉。你来啦！"

莎拉停下脚步。一开始的时候，她很困惑，紧接着，感到非常害怕，觉得身体有一阵奇怪的刺痛感，好像全身上下都被贴上了电极片。

是霍根！参议员彼得·霍根！他露出了最灿烂的笑容。

他身着时尚的奶油色西装，正在研究一台设备，那台设备看起来像是小型显示器平板的设备。

"阿古达没出现，反倒是我来了，我希望你不会因此感到太失望。他觉得这对他来说实在是太重要了，所以他就请我过来了。"他心怀不轨地冲她眨眨眼。她体内的每一根神经都在大声呼喊，叫她快逃！但她知道她必须听他把话说完。

霍根轻轻地将显示器平板放在桌子上，慢慢走向她。"莎拉，我们在这里，就只有咱俩。"他伸出双手，往两边摊开，"所以，我想我们可以坦诚相待，对吗？"他没有等她回答，"现在告诉我，你认为8号磁体存在某种安全漏洞，而且奥丁项目处于危险之中？而这一切，就发生在人类史上最重要的时刻之前几小时。难道你不觉得太迟了吗？毕竟这一天全世界都在担心床底下的大怪兽！"

莎拉松了一口气，因为他在距离自己几米远的地方停下了脚步。莎拉努力找回自己的声音，令她惊讶的是，自己的声音听起来比预期的沉稳多了，"参议员，正经点。我急需和阿古达谈谈，因为——"

"——因为你想从他口中挖出秘密，对吧？就像之前你处理那些卫星数据文件那样？"

他又笑了，露出牙齿，像鲨鱼般可怕。"可是，我不觉得阿古达现在可以帮到你。可怜的阿古达，他瞄准的目标总是超出他的智力范围。一个没有想象力的男人就和渺小的小人物没什么两样。"

起初，莎拉并不是很明白他是什么意思。然后，她彻底懂了！她不知道自己是怎么知道的，她就是知道了——就像她很清楚自己这辈子都在做什么。噢，天杀的！阿古达不是我们要找的人！从头到尾都不是！马克索布就在我眼前！

她不需要把这件事合理化：一个成功的美国政客怎么可能是、为什么会是一个打算将人类从地球上清除掉的恐怖组织的头目？

莎拉感到肾上腺素飙升，浑身充满了勇气。我必须保持镇静，否则我们就完蛋了。不知怎的，她努力让自己冷静下来。她重新聚焦，确认她的视网膜推送器还在记录眼前的一切。很好，让我们看看你的爆料，该死的混蛋！

"参议员，那么也许您可以帮得上忙。毕竟，显然您才是具有真正影响力的人，一个愿意听我说话的人。"

他没回答，于是她继续说，"当然，我们不想触发不必要的点火延迟，因为这意味着在下一次点火会被延迟数周，我亲眼见过里约发生的大事件。我们不能冒险等待这样的灾难性事件再次发生！"

"啊，这是当然，三月份那场大事件发生的时候你人在里约。啊，你肯定难过极了！那么多悲惨的生命死去，而你却无法阻止……"

你这个混蛋！莎拉就快发狂了，但是她必须竭尽全力压抑自己的愤怒！

他又笑了，"莎拉，能不能请你告诉我，你是如何获得这些消息的？毕竟全世界的网络安全此时此刻都在全力以赴地确保今天的项目能够顺利进行。"

莎拉深呼吸，"我有理由相信净化者就在8号磁体现场，而且他们正在密谋某种破坏行动。"

"哦？这是你发现的吗？网络哨兵和其他人似乎都没发现。"

她是不是听到了他的音量微微提高，好像对这场竞赛感到很兴奋？很好！他还没有问她在怀疑什么，这是否直接承认了真的有这样一个计划？

"是的，看起来是这样。"她想刺激他，"虽然马克·布鲁克纳认为净化者知道他们的行动已经失败了，也知道现在停止点火已经太迟了。"

"莎拉，那你是怎么想的呢？"他的眼睛闪闪发亮。

很好，就是这样！幕后老大是霍根，不是阿古达，这已经不重要了。

这才是她排练好的对话内容。她要惹怒他！"我不是很确定，"她尽可能保持冷静，"就我个人而言，我认为我们无法抓住这个机会。他们非常……足智多谋。但目前为止他们失败很多次了，这也表明他们不具备打击对手的专业知识、才能和想象力。他们的行为看起来太笨拙、毫无章法、缺乏全面考虑。"

霍根淡蓝色的双眼攫住她的目光，似乎很想听她说下去。她不得不继续说。她刚才宣称自己发现了一个阴谋，现在则说净化者无法实现这个阴谋，她认为霍根并没有注意到内容的变化。

"我个人很想知道他们所谓的领导者马克索布是否真的存在。这听起来更像是一群绝望的人所发明的一个虚拟概念。当然，如果马克索布确实存在而且正在谋划些什么，那么我希望他能够在最后一刻露出真面目，沐浴在实现最终目标的荣耀下。"

两个人说了这么久，这是霍根第一次没有立即回应，他似乎在仔细考虑她说的话。意识到自己的犹豫，他突然挺直身子，然后漫不经心地向前走了一步。她要坚定信念，不能被他吓跑。莎拉给自己加油打气，站在原地，一动不动。

"莎拉，你说的内容越来越无聊了。实话告诉你吧，我没时间听你废话。所以，别再扮演无聊的业余心理学家。"

她的机会来了！

"呀，我不是在开玩笑！我可认真了！奇怪了，参议员霍根，你还没有问我知道了什么，可能发现了什么。或许我应该叫你'马克索布'？"

就好像开关被按动，霍根的笑容消失了，取而代之的是一脸凶恶。

"呵！莎拉，"他咆哮道，"你是多么聪明的人啊！然而你却想见到加布里埃尔。你发现他发给净化者的短信了吗？你这么快就上当了，这可大大侮辱了你的智商——竟然认为加布里埃尔·阿古达可以控制整个地球的命运！当然，我很高兴你现在意识到了自己的错误。"他的表情突然变柔和了，眼睛往上面看，好像回想起了一段美好的回忆。"可怜的阿古达，他在很多方面都派得上用场——总是渴望和大男孩们一起玩，而且非常渴望在这个世界上留下属于他自己的印记。"

她得快速思考。如果霍根用阿古达的账号发消息是为了转移注意力，那么他为什么要这么做呢？为什么要在最后的关头冒这么大的风险？等等。也许原因很明显。也许他不得不联系他的追随者们——这是净化者创始人最后的召唤。他太自我了！不甘沉默！

霍根又恢复了病态的冷漠凝视，她觉得他的目光看穿了自己的想法。"那么，莎拉，请告诉我，你的计划是什么？是你的骑士穿着闪亮的盔甲冲进来，从邪恶的魔掌中拯救你？"他又摇了摇头，仿佛在责备一个犯错的孩子，"我应该告诉你，一听到你进门，我就用遥控把门锁上了。毕竟，我们不希望有人打扰咱俩之间的亲密交流。所以，恐怕没有人可以从这里进出。这里就只有你和我，直到点火结束。"

莎拉尽管很恐惧，但她不知道从哪里获得了力量，脱口而出，"为什么？你打算做什么？"

霍根笑了。这是一道令人毛骨悚然的笑声，丝毫没有人情味。"哎，莎拉，咱们现在的情况是不是一个好人在说服一个坏人说出他的整体计划，因为他已经认为自己不会受到惩罚了？你真贴心呐。但这样一来，就不好玩了。"

霍根现在距离莎拉只有一臂之遥，但不知怎的，莎拉她不自觉地往后退了一步，感觉自己的背部正靠在加速器环冰冷的金属上。她被困住了！就像恶狼正逼近猎人，霍根感受到了她的恐慌，"既贴心又天真的莎拉·梅特林博士，现在，这些事情是你无能为力的。你真的认为你可以阻止这些必然会发生的事情吗？"

她得拖延时间！她需要知道什么是必然会发生的事情！她可以稍后再担心逃跑的事情，但现在她绝不能放弃！

41

席琳联系不上莎拉。起初她认为这只是大楼为了增加安全性而没有网络，但自从莎拉走进助推器大厅，她的 AR 推送器就掉线了，这肯定是因为大楼里面有某种信号屏蔽。如果阿古达选择在那里和她见面，那么这是不是因为他已经知道了大楼内外的所有信息都会被屏蔽？几秒后，马克联系了她，马克的声音听起来一点也不惊讶，"席琳，我收不到莎拉的信号，我猜你也没收到。"

"是，我也失去了信号。发生了什么事？"

"我很自责，因为我没有早点想到这件事。那栋大楼里的粒子加速器产生的射频意味着机器运转的时候，整栋大楼就相当于一个巨大的法拉第笼，阻止无线电波逃逸而且会干扰外面的电子仪器。"

"也就是说，莎拉在那里单独和阿古达对质，我们看不到也听不到正在发生什么事情？"

"你不用跟我说那些，我必须跟着她进去。"

"不，等等！"她察觉到自己提高了音量，"我的意思是你不能去。如果在莎拉从他嘴里套出话之前，他看到了你，那么一切就完蛋了！"

"席琳，可能已经完蛋了。如果阿古达选择了这个地方避开耳目，那么他也许已经知道我们盯上他了，这意味着莎拉的生命处于危险之中。我不能冒这个险！"

席琳知道自己无法阻止马克。她将自己的显示屏切换到马克的视网膜推送，即使知道这么做也没什么意义，因为一旦马克走进大楼，他们就会失联。

所以，两人同时看到了助推器环形大楼的门被锁上了。

"他妈的！我被锁在外面了。"马克的声音在她的耳机上噼啪作响，"莎拉和那个怪物一起被关在里面。席琳，你那边的终端可以做些什么吗？"

她没有马上回答。她突然想到了一件事：如果门被锁定，那么阿古达绝对是看穿了他们的计划。在这种情况下，他会单独把莎拉锁在里面吗？她迅速通过阿古达的手环追踪他的位置。

是的，她是对的！

"马克，阿古达没和莎拉在一起。他仍然在主楼的某个地方，但我无法确定他的具体位置。"

"你的意思是他把莎拉一个人锁在那里？让莎拉不要阻止点火？这没有意义啊！难道他不想知道莎拉知道了什么吗？"

马克说得对，阿古达无法确定除了莎拉，还有谁知道这件事。

当马克转身离开门并回到 8 号磁体大楼时，她通过马克的眼睛看着外面。他说："那好，你看看是否可以把门打开。我要去找阿古达。"

"好，"席琳说，"我正在把他所处位置的地图发到你的 AR 推送上，但之后就只能靠你自己了。我想到了另一个办法，如果需要我帮忙，请联系我。"

席琳知道试图把莎拉救出来只是在浪费时间，攻击中东同步加速器光源实验科学与应用中心的中央控制系统也没法打开这些门。甚至在进入锁定状态之前，8 号磁体的 Mind 或哨兵就会立即盯上自己。莎拉被锁在那里，独自一人，但据席琳所知，那里很安全。只要再过几小时，他们就无处可去了。不过，也许自己可以试着做点什么，这将是她一生中尝试过的最惊人也最愚蠢的事情！

席琳颤抖着。事实上，这么做可能意味着要搭上自己的性命！但她别无选择；而且如果没有他人的帮助她就无法完成。首先，她得穿越这城镇，到美国联邦调查局（FBI）的国家安全设施去一趟。

她悄悄地溜出了过去 5 天一直待在这里工作的这栋大楼，感受到室外夜晚凉爽的空气。街道上非常安静，这个城市里的所有人似乎已经决定等待，并在仍在运营的少数官方媒体网络上观看事件进展。周围几乎没有任何汽车，但她发现充电桩旁边刚好有一部车，像是被匆匆抛下的。她爬上车，闯入车载电脑，朝 FBI 驶去。在途中，她打电话给一个人，那个人可能会愿意对她伸出援手。

扎克·博德曼几乎是立刻接起电话。和大家一样，他的声音听起来很紧张，看到席琳的来电他肯定很惊讶，但他也做好了倾听的准备。当席琳听到这位年轻的 FBI 男子开口说话，笑了。他俩有很多共同之处。博德曼比席琳大几岁，二月份那会儿，她被捕之后接受了两天的审讯，在那期间，他对她非常钦佩，这真是尴尬啊。在所有审问她的 FBI 成员中，数他最钦佩特洛伊木马代码。她认为他身上有着和自己相同的品质，幸好她一直和他保持联系。

她把马克索布发的消息告诉他，并简要说明了自己所知道的事情。

"我们可以大胆假设，如果净化者做了粗暴的事情，比如在 8 号磁体中植入炸弹，那么 Mind 或者网络哨兵现在就能找出来，对吧？"

"当然。不然你认为他们会做什么？"

席琳犹豫了，她应该透露多少？说太多了，他会说服她甩掉那些想法。更有可能的是，他只会觉得她疯了！

她深吸了一口气，她得抓住机会。"扎克，你对蜂群技术（swarm technology）有多了解？"

"哈？呃……这么说吧，这不是我擅长的领域，但我们单位有很多人在研究这项技术。中国和印度也有很多人在研究。这不是什么大秘密。但是你现在为什么问我这个问题？再说了，我们距离进入锁定状态只剩几个小时的时间，而且——"

"扎克，这些我知道，"她打断他，"而且我知道任何人都可以在网上查看相关的详细信息：飞行纳米机器、大量生产、单个'蜂群'可能多达 10 亿——它们是独立的实体，一起行动，但每个都遵守非常简单的规则——"

"你的意思是与周围的纳米蜂群保持一定的距离，产生一种精心设计的运动错觉？"

"没错！就像一群椋鸟，在天空中拼出各种令人惊叹的图案（椋鸟总会成群结队地在空中一起飞行，通常在日落时分群飞的它们，飞行时非常整齐，还会经常变换飞行队形，形成非常美丽的自然奇观。——译者注）。"

她一边打电话，一边看着车窗外的世界。汽车沿着已经设计好的路线加速行驶，绕过匆匆停泊的车辆，可能是被遗弃的车辆。空无一人的华盛顿街景就像是一幅世界末日后的恐怖电影画面。

"但这是不对的，"扎克说，"纳米蜂群更像是一种人造有机体，是一团可编程序的物质。每个纳米机器人的处理器都具有昆虫大脑的存储容量和功率。然而，因为它不需要任何智能来让自己'活着'，或觅食或寻找伴侣，所以它的全部重点都在于自己的使命。"

这正是席琳所担心的，"所以，一个蜂群更像是一支军队，这支军队里有 10 亿只能产生心灵感应的杀手蜂？"

"是的，但是，席琳，等一下。你的意思是净化者可能已经把纳米蜂群转移到 8 号磁体中？"

扎克大声说出她在脑中考虑的事情，这听起来既可怕又更加真实！

"扎克，我不知道。从逻辑上讲，我只是在想，如果他们想避开 Mind 的侦查，那么这是他们唯一的选择。"

"我还是不明白。这怎么可能？"

"这个我稍后跟你解释。但是我需要进入你的全面沉浸式位移（Total Immersive Displacement，简称 TID）实验室，你得帮我。"她知道自己说出口的比脑中想的更梦幻。

他沉默了几秒，然后说："好吧，我在听。"

她查看了车载地图。差不多再过 30 分钟，她就可以和扎克碰面，这段时间足够让她概述自己的想法，并说服扎克自己还没疯掉。

席琳把停在离国家安全设施大院前门约 50 米远的地方，席琳决定走过去，犯不着吓唬卫兵。当走近时，她看到了那名年轻特工的瘦弱身影，他就站在安全门边上，被门上面的弧形灯投下的耀眼光芒罩着。

扎克·博德曼走向她，他的两侧是全副武装的哨兵。看起来今晚他俩更想待在其他地方，哪里都好，只要不是这里。

"达尔维希女士，请不要再往前走了！"其中一个哨兵说，并往后退了一步，在席琳接近的时候把枪对准她。哨兵在她面前举起生物识别扫描仪，满意地点点头，转向扎克，"好了，特工博德曼，她没问题，可以进来，但她必须一直和您在一起，您明白吗？"

扎克谢过他，并示意席琳跟自己穿过这些障碍进入人院。

席琳走在他身后，一边走一边看时间，这一路花的时间比她预期的还久。距离进入锁定状态只剩不到 90 分钟。眺望那座壮观的大楼，她可以看到里面有很多活动在进行。扎克带领她沿着对角线的一条路从主要入口走到了地面遥远的另一端。当他们走近时，她可以看到一栋更新、更小的建筑的光滑玻璃和钢结构，这栋建筑被梧桐树遮住了一大半。就是这里！联邦调查局的全面沉浸式位移实验室。她非常了解全面沉浸式位移，知道它还只是一种具备高度实验性的技术，但这是她唯一的机会。

她看得出扎克很紧张，但希望他够聪明，能够明白不帮她的后果。起初，他还想争论说他才是应该被位移的人。但是她说服了他，被位移的人必须是她。因为如果出了什么问题，她需要他把她带回来。

在虚拟现实的早期，全面沉浸式位移技术已经使用了很多年。席琳记得父亲在她较年幼的时候跟她说过全面沉浸式位移。她在虚拟现实世界中长大，但它主要用于娱乐行业，首先是完全身临其境的游戏体验，然后是在电影制片中360度立体摄像机和双耳音频中的广泛使用。

全面沉浸式位移非常特别。完全位移技术，即人们可以最真实地体验处于不同物理位置的感受，但是考虑到安全性和伦理问题，所以这仍然是一种受严格控制的技术。然而，几年前，许多国家的军队已经完善了真正的全面沉浸式位移技术，这已经是一个公开的秘密。

在前往实验楼的路上，扎克一句话都没说。现在他把眼睛和手掌贴在扫描仪上，门自动滑开了。当他们走进无人的大楼，灯光闪烁，席琳希望他们的出现不会引起其他人的注意。他们沿着走廊走向实验室，伴着他们脚步声的回响。两人一边走，扎克一边跟席琳粗略说明位移所涉及的流程。"纳米机器人将被直接注射到位移对象的血液里，然后进入大脑。"席琳察觉到扎克边说边盯着她看，"进入大脑之后，它们就控制了负责传输视觉信号、听觉信号和其他感官信号的神经元。"

虽然扎克说的这一切席琳之前都已经了解了，但她还是让他说下去，因为说话看起来可以让他放松。自从席琳听说了全面沉浸式位移，她一直对它很着迷，但从没想过能够亲身体验，当然她也没想过是在风险这么高的情况下。

她认为这个想法从技术层面来说真是棒极了！纳米机器人从遥远的地方接收数据，直接将数据传送给位移对象，从而给予他或她一种完全身临其境的体验：视觉、听觉、感觉、甚至可以让位移对象闻到他们被"运送到"的地方，就好像他们肉身也在那里。席琳觉得自己的心跳加速了，因为她即将执行的任务非常艰巨！

他们到达实验室，扎克得再次进行生物识别扫描才能进入。席琳跟着他走进一间明亮的大型研究实验室，一切看起来都很新，仿佛没人踏足过这个地方。有一面墙上挂满了一组电子仪器，一些五颜六色的 LED 灯闪烁着；无窗，除了闪闪发光的白色塑料，其他地方空荡荡的。唯一的家具似乎是实验室中间的黑色皮革斜躺椅，它让席琳想起了看牙医的时候躺的椅子。

席琳注意到扎克没有跟着自己，她走向躺椅，转过身，扎克就站在那里，在实验室入口处徘徊，她没见过他这么紧张的样子。席琳努力控制自己的担忧，冲着他笑，"我知道自己进来这里要做什么。"

扎克没有回应她，缓慢地走到电了设备箱，开始接通仪器。

随着实验室的背景嗡嗡声明显增大，席琳突然意识到自己对扎克的过分要求，便走到他身边，伸出一只手放在他的胳膊上，"扎克，我知道这很疯狂，也知道这很危险。我们所能希望的最好结果是，我的担忧纯属虚幻，项目顺利进行，咱俩都被逮捕了。但是如果我不——"

扎克的眼里突然充满怒火，"难道我不知道吗？！如果我不这样做，你能走到这一步吗？！"他转过身去继续摆弄仪器。

"我很抱歉。"席琳的声音低得几乎听不到，她走回实验室中间的躺椅。当然，他们有充分的理由感到紧张。毕竟，她所计划要做的这件事他俩以前都从未经历过。

席琳伸出手指抚摸这把全面沉浸式位移躺椅的光滑皮革，它有一种催眠特质，美妙，但也令人恐惧。她曾梦想过这一刻，但现在它即将成为现实，所有的兴奋和浪漫都消失了，剩下的只有一种不祥的预感。

系统启动，低沉的电子嗡嗡声音调变高了。扎克走到席琳身边，托着一个金属盘，盘子上面放着一个看起来非常普通的注射器。"席琳，只要你独自一人位移到某个地方，全面沉浸式位移技术完全可以保证你的安全。但是你想把自己放在 8 号磁体设施里面，那真是疯了！"该死！他还在试图说服她，"那里有一个 Mind 处于高度警惕状态，任何异常……任何东西都会引起它的警惕。"

"扎克，我知道。我知道自己冒着非常大的风险，但我必须这样做。无论净化者的计划可能是什么，我认为一切只有进入锁定状态之后才能清晰明了。如果我太早位移，我将被人类控制器检测到并被踢出来。但是，当锁定状态启动的时候，我在里面待着将会起到至关重要的作用！我只是希望 Mind 给我一个解释的机会。"

她希望自己说的话听起来比她感觉的更自信，但扎克压根没被她说服，他想唤醒她的常识，"我们都知道，Mind 可以消化新知识和学习新技巧，而且它在这方面的能力是人类的 100 万倍。所以别跟我说你可以骗过它。"

"不。我不想和你争论机器意识，这毫无意义。"她停下来看着扎克，"我只是认为人工智能 Mind 无法识别一个精神病患的想法，而这个精神病患想要摧毁世界！这就是我必须帮助它的原因。"

席琳没有等他回应便放松自己，坐在椅子上。碰到椅子的时候，皮肤感到一阵冰冷，"扎克，我们可以继续位移吗？我们没什么时间了，我们对时间的拿捏要恰到好处。"

他点点头，手伸到椅子后面，拿出一个可以罩住脸部和头部的黑色头盔，"戴上头盔。它里面有上千个传感器和探头，可以感知你的大脑活动，并把你的想法传到遥远的地方。同时，它将反向发送数据。"他顿了一下，好像担心自己说的话会吓坏她，补充说，"但戴着它应该感觉很舒服。"

席琳小心翼翼地戴好头盔，惊讶得倒吸一口气。头盔前的眼罩从外面看是黑色的，但是从内部往外看却是明亮的浅蓝色光。她觉得自己仿佛正凝视着晴朗的夏日天空。

席琳可以听到扎克把各种机器挂到她身上，这些机器会记录她的生命体征，让他可以立刻关闭纳米机器人的电源，把她带回实验室。席琳更紧张了！她想到了在德黑兰家中的父母，她知道他们现在正在担心世界，担心是否还能见到宝贝女儿。她想到了马吉德，她从没这么想念他！她想象莎拉此时正在经历的事情，肯定是十分无助地被关在大楼里。

扎克把席琳从遐想中唤回现实，"好了，席琳。你准备好了吗？"

席琳感到口干舌燥。保护 8 号磁体 Mind 的哨兵以及 Mind 本身，如果它们认为她是敌对的存在且拒绝与她联合行动，那么她的大脑将会炸毁。

"好的，请继续。"她低声说，声音低得几乎只有她自己能听到。

"很好，放松手臂。希望这不会太疼，我以前从没干过。"随后她的前臂感受到一股强大的压力。席琳深吸了一口气：就是这种感觉吗？

现在没有退路了，扎克已给她注射了纳米机器人。突然间，这看起来不像是个好主意。因为一瞬间她飘起来了，身体不再属于她自己。有那么一会儿，她害怕极了！她小时候备受睡眠麻痹的困扰：完全清醒但无法移动或说话。这种感觉就和那时一样——然后感觉消失了……

唯一的蓝光在慢慢变化，席琳可以分辨出地形地物。当视线聚焦，就可以看清楚周围的环境，她看到自己正站在一座花园里，她猜想这是一个虚拟现实的控制区，让她在位移之前熟悉控制化身的感觉。她低头看到自己正赤着脚站在修剪整齐的草坪上，周围是郁郁葱葱的灌木丛和五颜六色的鲜花。她可以"感觉到"脚下的草，闻到茉莉花和玫瑰的甜美香气。她试着把手举到脸上，发现这个动作很容易做到。她告诉自己，她所看到的是一只计算机生成的手，并不是她的手。她知道在实验室里，自己的手没有移动。她的大脑已经向肌肉发出信号抬起手臂，但是纳米机器人已经拦截了这个信号并将它转化为一种感觉：举起想象中的手臂化身。

席琳平时一直都在玩沉浸式 VR 游戏，能够非常自在地在计算机生成的世界中体验四处移动和交互的感觉。戴着游戏头盔、触觉服装和手套，很容易就让大脑相信自己处在一个外星人和怪物的奇幻世界里，但就算这样，玩家还是得转过头环顾四周，还是要真的挥动手臂或者使用手指，因为实际的动作会被转化到虚拟世界。

不过，这回不一样！她的每一个感官都向她证实，她是真的站在花园里，这种错觉不可能完全消失，即使她非常努力地说服自己事实并不是这么一回事。席琳抑制住恐惧的情绪，强迫自己放松，接受这一切。

当扎克轻声地跟她说话的时候,她意识到这与平时的听觉略有不同,仿佛他的声音是从她脑中发出来的:好了,席琳,认真听我说,因为这非常重要——一旦锁定状态启动,外界就无法通过任何方式与8号磁体 Mind 接触,所以一切取决于 Mind 找上你,而不是你找上 Mind。

　　我准备好了。 席琳可以在"她的大脑里"听到自己的声音,但不确定实验室的自己是否动了嘴唇。然而,她的想法显然已经传递给了扎克,因为他立刻对她的想法做出了反应。很好。从这个终端看,一切看起来都很正常。现在我们唯有等待。

42

9 月 17 日星期二 11：00　安曼 8 号磁体现场

莎拉现在不能放弃。也许她是和这个怪物被锁在里面，但她仍在录制他坦白后的罪状。她得知道他的计划。我得拖延时间。让他开口，让他觉得他赢了。

"那么，请告诉我，参议员。请让我明白，你到底为什么要这么做？"

"你又在玩业余心理学家的把戏了。"霍根笑道。他似乎放松了一下，然后往后退一步，好像觉得自己已经拥有了全世界的时间，而且他正在考虑要不要终止他们的谈话。"如果我们要好好谈一谈这事，那我可能需要舒服地躺在沙发上。这么说吧，梅特林博士，现在距离世界末日只有几小时，为什么不干脆让你直接躺在地上呢？不管是哪一种情况，我都不会让你活那么久。让我们看看你有没有理解我说的话。"

天啊，他就要承认他整个扭曲的意识形态了！然后他会杀了我！她的背重重地压在电子束管上，金属制的管子让她感觉很冷。她偷偷地瞥了身后一眼，看看能不能拿什么东西来当武器，希望他没有注意到自己这个动作。但是如果他不坦白呢？他肯定知道如果不干上一架我是不会屈服的！她必须让他开口，让他透露点什么。

"任何进化心理学家都会告诉你，你对利他主义的感受是一种进化特征，这包括你对人类同胞的同情和怜悯。你不是很优秀，因为你选择了退回到 10 万年前，对人友好，与人合作，这些恰恰是我们祖先的兴趣所在。又或者也许你只是努力想成为更好的人，因为有些圣书上说你最好这么做，否则会招来神级创造者的不满。但就个人而言，除了自我感觉良好，利他主义对我们有什么用呢？如果你不当利他主义者怎么办呢？那么你会被解放！再也不用渴望，也不需要让别人开心。"

"你被解放了，是吗？霍根，是这样吗？但这对你来说远远还不够，对不对？对人类有同情心是一回事，但是你那空虚的、变态的抵触心理……我是说，这是一种异常的疯狂。"

远远看去，这番话看起米并没有引起霍根的焦躁。

"事实上，我真的不记得自己对同胞的感情……而且,啊,女人啊……那就更不好意思了……是什么时候真正开始的。你知道，当我还是个学生的时候，我读过伊曼努尔·康德的作品嘛。那时我以为我知道自己是谁，知道自己是什么样的人，我与其他 100 万年轻人并没什么不同。我是一个厌恶人类者。但是，当我看得越多，我就越意识到，像康德这样的人，或者像古斯塔夫·福楼拜这样的作家，甚至像米开朗琪罗和牛顿这样的天才，都被认为是世上有名的厌恶人类者。他们只是孤独者，不喜欢和其他人待在一起，只不过是一种社交恐惧症导致他们不喜欢周围的人。莎拉，他们是弱小可怜的反社会主义者，后来我变得比其他人更鄙视他们。"他又露出那种笑容了！那种让她想吐的冷笑。

"我确实尝试过合理解释过我的感情，理解我的虚无主义。我想最终我成功了。"他停了下来，转过头去，仿佛想要唤起自己内心的人类情感，但是他迅速将注意力转回到莎拉身上，再次露出了冰冷的目光。

"你知道这一切都是我们自找的，不是吗？"

他的音量突然变大，"我们摧毁地球多久了？！你认为在地球再过多久会反击人类？！我们改变了气候，我们掠夺了资源，我们毒害了土地、海洋和大气！最后，地球母亲受够了。这难道很难理解吗？"说话的时候他的嘴角有白色唾沫。

天哪，他真的完全是疯掉了！她让自己面无表情。在这种全新的坦然以对的氛围中，他最终会透露她所需要的信息吗？

"呈现马克索布这一人物角色也没有那么难。人们认为一个受人尊敬的美国参议员不太可能会过着这样的双重生活，对此大家只会一笑而过。而马克索布是漫画里一个十恶不赦的流氓，不是吗？在我二十七八岁的时候——"他顿了一下，头歪一边，"顺便问一句，你不介意我告诉你这一切，对吗？我的意思是，我希望你没有要去其他地方。你还有其他'紧急'的约会吗？可是，离世界末日咫尺之遥，能够如此坦率地聊天真是太愉快了！无论如何，正如我刚才说的，在我二十七八岁的时候，我在阿拉伯海湾花了很多时间向政府提出建议，提出新的清洁能源计划。但有一天，我被赶出了东部沙漠，在那里我遇到了心怀不满的贝都因部落成员。他们当中许多人都是在世界上最富裕的国家长大的，拥有各种你想象得到的奢侈品。但随着 2028 年的石油事故以及太阳能技术新突破的同时发生，世界对化石燃料显然不再有需求。几乎就在一夜之间，曾经非常富裕的海湾国家陷入了极度贫困之中。因此，这些国家的人变得又痛苦又愤怒！"

"招人太简单了！我开始在暗网上招募人员，首先就是招募中东地区的人，然后逐渐从全球各个角落进行招募。我给自己取了一个阿拉伯名字，马克索布，我认为它的含义是'1 号招募人员'。感谢他们！我认为是他们把我招募到了他们的伟业中，而我赐给了他们这份伟业！"

他叹了口气，"莎拉，现在你知道来龙去脉了，你知道我是什么样的人。但我还是认为你不能明白这一切的必要性，你能吗？"

此时他的眼里有一种莎拉从未见过的疯狂，好像他这一辈子为了表现出正常的模样，表现得像个人，一直压抑住这种疯狂。现在他终于可以撕下这张面具，露出面具下的怪物嘴脸。

"霍根，什么是必要的？"

"啊，我很享受这样的对话。你想要我告诉你我的计划。这样吧，我们假设这其实很简单：一个很小的疏忽，会让所有人余生都在责备自己忽略了它，我想这个疏忽将在点火之后十分钟左右出现。"

他旁边的桌子上堆满了大量的电子零件：丢弃的工具、组件和积满灰尘的显示器平板。霍根低下头，选择了一支难看的扳手，把它从一只手放到另一只手，似乎在测试它有多重。

混蛋！我就这样完蛋了吗？！莎拉感到一阵寒意。霍根比她高大，也比她更有力气，他正打算用扳手打死她，这就好像是一局噩梦般的妙探寻凶游戏［妙探寻凶（英文原名 Clue）是一款图版游戏，由英国伯明翰事务律师行文员 Anthony Pratt 创作。——译者注］。她太恐惧了，忍不住发出尖叫！霍根狰狞地笑了，她的恐惧似乎取悦了他。他走向莎拉，不可思议的是，她竟然听到他在哼着小曲！

他的极度傲慢和过度自信意味着当莎拉攻击他的时候，他还在低头看着扳手。莎拉怒吼一声，准备作战！她敏捷地扑向他，把所有的恐惧和愤怒转化成右臂的力量。她向前挥拳，在他做出反应之前狠狠揍他。"霍根，你去死吧！"她大叫一声，用拳头狠狠揍他的鼻子。她听到了他鼻骨骨裂嘎吱作响的声音，当他的鼻子喷出血流的时候，他脸上的惊讶变成了龇牙咧嘴的痛苦表情，整个人向后倾，被粗粗的电缆绊倒了，挥舞着手臂胡乱地摸索着扳手，他的头砰地撞到了加速器环一侧突出来的钢质边缘。

摔到地上之前他已经失去了意识。

莎拉肾上腺素飙升，赶紧转过身，跑向通往出口的蜿蜒走廊。她不知道要怎么离开这里，霍根说他已经从里面通过远程操控把门锁上了，所以她猜在里面某个地方可能可以把门打开。

走到钢质大门旁，莎拉猛按墙上大大的出口按钮。门没反应！

莎拉发出沮丧和愤怒的尖叫声，声音在四周回响。她开始敲打门。她手上有他们急需的证据可以证明净化者正在谋划些什么，但她却无法让这些证据发挥作用。马克和席琳在做什么？ 距离进入锁定状态不到两小时了，但她却和外界失联！

为了不让自己越来越恐慌，莎拉想知道是否还有另外一条出路，然后她想起霍根从暗处走出来的时候一直在看的那个电子平板。没错！他肯定是用那个平板远程把门锁了。

莎拉回到了加速器大厅。

一串未干的血迹在地板上闪烁，但根本看不见霍根的人影，而且他刚才放在桌上的电子平板也不见了。

㊸

9 月 17 日星期二 11:30 安曼 8 号磁体现场

马克冲回 8 号磁体主楼。没时间去制定计划了！如果阿古达把莎拉锁在电子助推器大厅里，那么这不仅证明了他肯定于心有愧，还证明了他正在谋划一些事情，而且他不希望莎拉成为绊脚石。但他是否会蠢到以为只有她一个人在行动？他们先前可不是这么想的。

马克只知道自己现在别无选择，只能当面与这位地质学家对质。

席琳说加布里埃尔·阿古达就在主楼的某个地方，但他并不在主观景廊中的贵宾群里。马克尽量表现出冷静的样子，不去引起人们的注意。他在脑中飞快地想了一遍自己的选择，他没有很多备选项。嗯，就是这样，不能再自己一个人冒险了！他要通知安全小组。

马克谈不上认识退役的侯赛因·哈桑将军，但是他很清楚哈桑是发号施令而不是接受命令的人。马克没有理由不相信他。

他一步跨三级台阶快速下楼。在将军的办公室外面，他向那两个上前阻挡他的警卫亮出身份证件。太晚了——门已经开了，将军挥手叫他进去。

这位 8 号磁体的安全负责人就坐在一张桃花心大木桌子后面，身后是一张更大的约旦国王照片。在场的还有其他人员，马克认出其中有几位联合国官员，所有人都在激烈地对话。

马克没时间寒暄，开门见山。

"将军，很抱歉打断了你们，但我要告诉您的事情很重要，您必须相信我，因为我们没有太多时间。"

将军盯着他，一脸不可思议。

"我有理由认为阿古达博士是一个危险人物，"马克继续说，"我们迫切需要与他谈话。"

"教授，您为什么会这么说？"将军的声音不带任何情绪，马克觉得他对这个消息并不感到特别惊讶。将军已经知道阿古达的事情了吗？如果是这样，为什么现在还不终止点火？

哈桑没有等马克回答，继续说，"布鲁克纳教授，你来晚了。我们已经掌握了这个情报。"

马克惊呆了。该死！到底发生了什么事？

"您听我说，该死！奥丁项目处于危险之中。"他狠狠地用拳头砸桌子，身子靠近将军，"加布里埃尔·阿古达不是您想的那样。他在密谋些什么，我们得赶快找到他！"

"没错，我刚才也跟您说了，"哈桑说，他的语气平稳，"一切尽在我们的掌控中。"

将军脚一蹬，椅子往后，起身在桌子后面走来走去。他朝房间里的其他人点头示意，"各位，不好意思，我先离开一下。教授，请跟我来。"

马克很困惑，跟着将军走出办公室，沿着走廊来到大楼尽头。两个约旦士兵在门外守着，马克一直认为那里肯定是众多行政办公室之一。他可以听到自己内心的嘀咕声。

士兵们注意到将军来了，于是有人开了门。

无论马克先前期待看到什么，但他从没想过会是眼前这样的场景。一群男女让开一条路让将军和他通过。就在那时，马克看到了加布里埃尔·阿古达：在房间的另一个角落，阿古达就坐在一个终端工作台上，他的头往前倾，浸在缓缓凝固的血泊里，他那呆滞的眼神似乎正直视着马克。他的手里有一把枪，摇摇欲坠。看起来他已经死了。

走近的时候，马克在阿古达的耳朵上方看到一个干净利落的枪洞，子弹肯定是从这里射穿的。

马克觉得自己的胆汁都快吐出来了。将军正在说话，马克强迫自己转移目光，集中注意力听他说。

"就在一小时前，我们发现了阿古达博士参与了密谋破坏8号磁体的计划。几分钟后，我们在这里找到了他。有人警告我们，阿古达会有所行动，显然他精神错乱，不顾一切地想破坏奥丁项目。"

"但是……这里又是怎么一回事？"马克低声问，指着阿古达的尸体，"这看起来像是自杀。"

"看起来确实像这么一回事，尤其是他还给我们留了一条信息。"

将军扬起了浓密的眉毛。

人之将死，其言也善吗？不管阿古达有什么计划，因为他知道自己的真面目已经暴露，所以为了保守秘密，他就结束了自己的生命？

"那您为什么不停止点火呢？"马克大叫。

"教授，正如我刚才所说的，局势已经得到了控制。阿古达计划在点火时刻引爆爆炸装置。就在暗物质束从欧洲核子研究核心到达这里的那一刻，这样一来，此举将会摧毁8号磁体。"

马克盯着将军，"您怎么知道这一切的？"

"布鲁克纳教授，因为有人向我们告密了，这和提醒我们注意阿古达的是同一个人。这个信息来源确实可靠。我们发现爆炸装置就藏在地下室里，和告密者说的一样，我们已经把它卸除了。"

马克的内心在挣扎，整件事好像有点不对劲。

"但是……爆炸装置是如何被放进地下室的呢？……所有8个设施周围的安全戒备都这么高，高到就连一块奶酪三明治被偷运进来都会提高威胁等级。那么，是谁……是谁告诉您这一切的？"

"如果您真的想知道，那么我只能说消息来源于最高层。参议员霍根本人收到了警告，是他告诉我的。教授，不好意思，如果您不介意的话，我现在需要去找参议员，他似乎也失踪了。"

将军转身离开会议室，然后放慢脚步，回头看马克。

"实际上，布鲁克纳教授，我想问您，您是如何获得这些信息的？您今天和参议员谈过这件事吗？"

"什么？"马克试图弄清楚这一切。不知怎的，他认为霍根肯定是和席琳同一时间获得这个情报。这是巧合吗？他对此表示怀疑。

"几分钟后我会跟您解释。但如果您确定危险已经解除，那么能否请您派几位手下跟我走一趟，帮忙打开助推器大厅的门。阿古达把梅特林博士锁在里面了。"

将军盯了马克几秒，然后示意两名武装士兵跟他一起去。

两位沉默的士兵一左一右跟着马克匆匆穿过大院。马克边走边努力把这一切拼凑出来。有些事情让他很困扰，时间点完全错了！他一边跑一边看时间，他与莎拉已经失联45分钟，在那之后她就被锁在了里面。但如果哈桑是对的，阿古达在一小时前就已经开枪自杀了，那么莎拉就不是被他锁起来的！

士兵们只用了几分钟就撤下了隐藏在墙板后面的电子锁装置，然后手动拉开钢质大门。大门稍一拉开缝隙，马克立刻在士兵阻止自己之前就冲了进去。当他的眼睛正在适应昏暗的光线时，他看到了莎拉正朝自己跑来，她一边跑一边遮住眼睛，以挡住刺眼的阳光。马克抱住她，她浑身发颤。

"马克，谢天谢地！"莎拉抽泣着，然后她突然推开马克，"我们没有多少时间了。"

"没关系，莎拉。他们找到了一个爆炸装置。而且阿古达已经死了，他开枪自杀了。"

"阿古达死了？想想也是，这是预料之中的事。马克，不是阿古达，一直以来都不是他。是霍根。霍根才是马克索布。而且他已经完全疯了。"然后她继续说，"事情还没结束，不可能就这样结束了！"

一切突然退回到了原点。当然，幕后黑手是霍根。他怎么这么迟钝！整个游戏是霍根布下的局。是他杀了阿古达吗？他亲手开枪的吗？

"马克，霍根就在里面某个地方。"莎拉转身指着一片黑暗的大厅。"他打算——"她的声音嘶哑了，接着她顿了一下，让自己冷静。"他受伤了。我打了他，他倒在了地板上，但现在我找不着他了。我们现在需要到控制室终止点火！"

看到莎拉脸上绝望的表情，马克没有再问任何问题。

"好，我们该走了。在路上你可以告诉我你发现了什么。"

他转身面向这两名士兵准备离开的时候，他们的武器却直接瞄准了莎拉和他。

"教授，很抱歉，"其中一个士兵一脸愧疚，一开口就这么说，"哈桑将军下令，要让你和梅特林博士待在这里，直到锁定状态启动。"

"什么鬼？"莎拉走向门口，"这太荒谬了！你没有听到我们的对话吗？参议员霍根才是你们应该担心的人，而且他就在那里的某个地方止谋划着什么，他将杀死你和你所爱的人！"

另一位年长的士兵走上前，把萨拉推回里面。马克紧张了，在莎拉还击之前抓住她的手。年轻人继续道："哈桑将军说您会指责美国参议员霍根。现在，请从这个入口后退一步。将军下令，如果您不遵守，我们就开枪。"

好像要强调这句话的真实性，他用指着莎拉的枪指向马克。那一瞬间，马克想冲向他们，但这不是他赢得了的战斗。

两名士兵稳稳地持枪，然后退回阳光下。

随着门开始滑动，那名年轻的士兵又说了一遍，"我们很抱歉。我们会待在外面。锁定安全启动后，两位将会立刻被放出来。"

马克听到了电子锁的咔嗒声，门被关上了。

44

9 月 17 日星期二 05:45　华盛顿特区

数字时钟在席琳视野的左上方悬着。扎克设定了倒计时，她已经看了它一个多小时。由于感官输入值很小，而且已经过了很长一段时间，她开始产生幻觉：漂浮在一个生动的梦幻世界中，她很难记住自己人在哪里，自己将要做什么。她再一次强迫自己集中注意力，她还站在花园里，虽然可以移动手臂和头部，但她似乎无法移动脚。

最后，她听到了扎克的声音，声音很清楚，但很微弱，仿佛是从很远的地方来传到她身边。"席琳，好了。锁定倒计时已经开始，我正要把送你进去。" 8 秒后，花园开始消失。席琳浑身突然一颤抖——位移成功了！她在 8 号磁体设施内！

席琳首先察觉到自己听到了 100 种不同的声音。之前是全面沉浸式位移实验室里的安静，然后是花园里的宁静，现在迎接她的则是一片嘈杂声、机器和电子设备的嗡嗡声。这一切听起来都很真实，而且人在8号磁体里的幻觉非常逼真！她的头顶上方是巨大黑色超导磁体，就固定在很多钢铁和石墨烯大梁上，这里到处都是电缆、仪器和五颜六色的灯。

她的皮肤能感受到这里的空气温暖而又干燥。席琳几乎可以尝到沙漠尘埃的味道。

她的预感是正确的，锁定状态并没有切断网络连接！本来现在 Mind 与外界之间的所有交流应该都被封锁了，但她体内的纳米机器人还在从8号磁体内部接收数据并将数据传送给她的大脑。她是否能够通过自己在8号磁体内的化身用嘴巴发表想法，与 Mind 交流？

现在已经顺利启动锁定状态，片刻之前在华盛顿的肉体和一万千米之外的8号磁体 Mind 之间根本不是通过云端连接的。这不可能！毕竟这才是锁定状态的意义。相反，信息交换似乎只是通过长程量子关联来维持的。纳米机器人与8号磁体内的空气分子进行充分的量子纠缠，以便交换量子信息。这种全面沉浸式位移技术就像魔术一样，令人难以置信的是，它真的成功了！席琳兴奋极了！

这是终极的出体体验。爱因斯坦讨厌量子纠缠的概念，他称之为"远距离的怪异行动"，然而此时此刻我在这里，我的思想从我的肉体位移，传遍了半个世界。

她站在一个高高立在地面的龙门架上，外面是一堵很大的围栏。她打量了周围一圈，注意到自己离一个巨大的弯曲磁体很近。它嗡嗡作响，仿佛是个有生命的物体。在她面前是一个及腰高的安全栏。她伸手去摸，感觉冰冷且坚实，她缩回了手指。这一切都不是真的，怎么可能会有如此真实的感受？不，等等，错了！所有这些……都是真的。我才是那个不真实的人，其实我人还在华盛顿特区。我脑中正在重现的一切是8号磁体设施内所有摄像机和传感器正在记录的内容。

席琳的化身爬上栏杆往下看，她所在的龙门架高出地面约10米。离她最近的磁体是第一层磁体中最上面的那个，地面正下方是一个立方体结构，她猜这里是容纳聚焦磁体的地方，也就是暗物质束聚集在一起然后垂直向下发射的地方。席琳的身子又向前倾斜了点，然后她抬起头看，另外两层磁体巍然耸立，远远高于她。

她现在需要与Mind接触，说服它找出一些不寻常的东西，什么都好，这些东西只有在锁定状态启动之后才会显现。

首先，她必须赢得它的信任。

席琳敏锐地意识到自己的困境：她自己并非以肉体的方式出现在这里。事实上，她并不比Mind本身更"真实"，它们都只是数据。为了沟通和合作，他们需要合并为一个人工智能意识，一个独特的组合。

席琳没什么时间可等待了。没有任何警告，她陷入了黑暗之中。这是哨兵在保护8号磁体的Mind吗？相比Mind本身，它们不是那么强大的人工智能，它们的功能很简单：确保没有外来软件可以入侵并感染Mind。事情一定是这样：它们会检测到华盛顿实验室的数据，并想办法屏蔽这些数据。

不，请不要让这成为终点，这样一来，一切都将是徒劳。席琳感到时间正在流逝，她不得不与哨兵沟通。

我叫席琳·达尔维希，我正在使用全面沉浸式位移技术与您沟通。

我不是一个威胁。我想要帮您。

没有反应。不管怎样，哨兵肯定都想到了这一点，但她不知道还能说些什么。突然间，过去几个月发生在她身上的事情全部涌进了她的意识，而且这是席琳·达尔维希有生以来第一次开始理解绝望的真正含义。

就在这时她收到了回复。她无法描述，这不是用语言传递的反应，更多的是用感觉，意义重大的感觉！是的，就是这样！这条回复既不友好，也不咄咄逼人，只是在陈述事实。

席琳·达尔维希。你不许影响我们。

锁定已经启动。

她感到很安慰，所有的交流都表明它们没有直接把她视为威胁，这意味着她还有希望。

我明白。但是你需要我的帮助。点火可能已经受到破坏。请让我访问 Mind。

Mind 无法被访问。没有发现任何破坏。锁定已就位。

好吧，也许要换个方法。这些守卫者人工智能只是按照编程行事。该死，它们只不过是复杂的软件程序。现在可能是个好时机，她不应该再把它们视为活的生命体。

她感到头部发出的嗡嗡声，越来越大，越来越急促，只不过这不像是声音，更像是头骨内的震动，千亿个神经元试图从系泊区挣脱开。一种难以形容的眩晕突然袭来，她好像在空间中翻滚。这种旋转的感觉太可怕了！不上不下，没有依靠。她在空间中迷失了，她的脑袋即将爆炸。

让我离开这个设备。太可怕了！妈妈，你能叫他们停下来吗？我不喜欢这种感觉……速度太快了！我就要摔下去了……

一种信念中的存在物。

滚！滚出我的大脑！我不要你在里面！

紧接着……空荡。安静。虚无。

她漂浮着，观察着和等待着……并且存在着，没有任何感觉、目的，也没有自我意识。她无法思考，也无法按理性行事，只是隐隐约约知道自己失去了理智。

然后，就像开始时那样，这种感觉很快就结束了，她又可以控制自己的思想了。见鬼了，到底发生了什么事？她感觉到了一种变位，好像她只是一个独立的存在，在远处观察自己的大脑功能。当她的思想、梦想和记忆遭到洗劫时，那个肉体的自我感觉好像被推到了一边。

这可能是 Mind 干的吗？是的，肯定是！

Mind 不是观察她与哨兵之间的交流，而是决定找出入侵者是谁，并与入侵者的想法合并！席琳尝试合理解释它是如何做到的：它必须通过纳米机器人把复杂的间谍软件发送到她的脑袋，以便读透她的想法。她觉得自己好像受到了侵犯，赤裸裸地呈现在它们面前！

但更重要的是，他们已经建立了联系。她又试了一次。

我希望你现在愿意相信我，相信我不怀恶意。

突然，设施内部的灯光又亮起来了，她听到了一道深沉、圆润、柔和的女性声音。

你是席琳·达尔维希。你认为 8 号磁体会受到破坏。但我没有发现任何异常。我不明白可能存在的攻击是什么。你的想法让我很困惑。

请解释。

有些人不希望奥丁项目成功。他们希望 8 号磁体失败。

很多人不希望奥丁项目继续进行。我明白这一点。他们计算过，认为风险太高。但是你说的是丧心病狂的人。那些人希望点火继续进行，但希望它失败。

那就对了。我相信他们已经在 8 号磁体里植入了一些东西。一些你没发现、也不会发现的东西，除非你知道自己要找的是什么。

她的预感对吗？一个纳米蜂群确实潜伏在 8 号磁体内部。每个机器人都会有专门的钳子来摧毁它们前进路径中遇到的所有东西。一个蜂群可以像刀子那样划过黄油，溶解强化的盔甲，或者通过最微小的裂缝进入戒备森严的建筑物。

当她想到这件事，她就忍不住打了个寒战，或者说如果她控制了自己的肉体，她就会打寒战。她脑中的声音把她从思绪中唤回来。

你认为一个蜂群可能已经渗透了设施。你认为，如果它让运行自动软件离网，那么我只能意识到它的存在，意识到它是否与设施内的任何东西在物理上有相互影响。这是对的。

这并不能证明这里真的有一个蜂群漂在某处等待着，等待最后一刻发动攻击，但如果它真的存在，那么 Mind 就没必要知道。蜂群可以像肉眼看不见的云那样一直停在空中，由周围的电磁辐射的人工光合作用提供动力。 Mind 只能看到并感受到设施中内置的传感器和摄像头检测到的内容。

如果它就在这里某处，有没有办法让它现形？

有。

下一秒，一切都变黑了。Mind 刚关掉了所有的灯吗？为什么？在她继续思考之前，整个设施突然笼罩在蓝紫色微光中，这个地方看起来很梦幻。在视野底部，席琳看到了这样的字眼：**单色紫外光 280 纳米 4.43 电子伏特。**

8 号磁体的内部都笼罩在紫外线中。 Mind 将所有设施 LED 灯光的波长压缩到 280 纳米。

等待的时候，席琳突然想到，如果她的肉体真的在这里，那么她会全身都处于黑暗中。人眼看不到无杂质的单色紫外线，而她并没有用她的肉眼看。在华盛顿肉体内漂浮的纳米机器人已经收到了数据，并且为了方便她看，把它变为她看得到的紫光。

然后，她没有看到光线颜色有太大变化，但 AR 显示屏上的数字却变了。光的波长变短了，而她猜第二组数据是光的相应能量，数字增加了：**高能短波灭菌紫外线光 100 纳米 12.4 电子伏特。**

这是什么意思？她一边努力回想大一那年学的量了理论入门物理课程，一边咒骂。与波长相关的光能量的某些知识……老师以前怎么说来着？快，想一想！想起来了，高能辐射，比如 X 射线和伽马射线，波长非常短。这意味着波长越短，光携带的能量越多。所以，Mind 刚刚在灯光下打开了能量调节控制器。如果此刻她的肉体在这里，她不仅看不到任何东西，而且电离辐射使她当场致死。Mind 准备做什么？ Mind 好像知道她在想什么，于是它又说了一遍。

如果纳米机器人蜂群确定存在，那么它会对高能紫外线做出反应。

这种紫外线会毁灭所有生物。

但纳米机器人不是生物呀！

你想的是对的。活的生物分子会受到紫外线的伤害。但是，虽然纳米机器人含有生物成分、DNA构成单元，但这种紫外线频率不会对它们造成伤害。相比活的生物物质，它们具有更精确的分子键，这些分子键会在极端的紫外线范围内振动。

分子键受到正确颜色的光照就会充满能量并震动，而且作为光再次发出能量。你看看你下面。

席琳突然明白Mind正在做什么！它正在调整8号磁体内部的光频率，直到可以看见蜂群。她靠着龙门架栏杆，看着自己脚下的地面。

眼前的场景让她倒吸一口气！或者至少她感觉自己好像吸了一口气。悬浮在大型设备旁的是一团漩涡般的明晃晃的光芒，它们围绕地面入口点附近的聚焦磁铁，暗物质光束将从这个入口点消失。这是一道迷人的美景，就像一群萤火虫在夜色中闪闪发光，正是因为她所处的位置，所以她无法完全看清独立的光点，而是看到模糊的团块。那团光芒正在慢慢地改变形状并在老位置悬浮着。

蜂群将紫外线重新发射回去，这些紫外线被它吸收了，却也暴露了它自己。这让它很愤怒！

席琳认为这样描述那些不动脑筋的机器很奇怪。Mind用意何在？蜂群无法表现出愤怒之类的情绪，但如果编程设置它一直隐藏着自己，那么它就会受到威胁……

这种紫外线无法摧毁它们，是这样吗？

不，我不能再增加光的能量，否则会损坏仪器。

似乎要确认蜂群现在已经知道自己露出马脚了，模糊的云状物突然变成集中在一起的蛇状，绕了好几圈，一边绕一边闪闪发光。然后，在毫无预警的情况下，它向上飞奔，切穿了支撑磁体结构的石墨烯大梁，速度非常快，快到令席琳的化身差点就看不清这一切是怎么发生的。

它就这样来来回回好几次，直到席琳感到一阵颠簸，因为她站的平台微微移动了。

它发现了她的存在吗？这是对她的袭击吗？如果是这样，它是怎么做到的？她的肉体不在这里。它会不会察觉到了！只是把她当作信息？当她是8号磁体内的外来物？也许切穿石墨烯大梁和她一点关系也没有。也许一旦它被发现了，它就会制造混乱。

但是蜂群现在重新聚集在一起，而且仍在闪烁，几乎与席琳站在同一高度，它好像在等待什么。也许短暂的破坏行为是一个警告。也许它就像是一个愤怒的小孩，正在发脾气。

但她错了。

蜂群慢慢朝她移动。噢！不！这太疯狂了。蜂群"看不见"我。

接着蜂群离她越来越近了。现在，纳米机器人闪烁的灯光在她面前非常明亮，模糊了她的整个视野。席琳害怕极了！我不是真的在这里！我不是真的在这里！为了向自己证明它不会对她造成伤害，她慢慢地伸出手去触摸蜂群的前缘。她的手指感到一阵灼热的疼痛，一直上延到手臂，她猛地往后退。

当然，出于同样的原因,她可以感觉到自己脚下的金属龙门架的坚固,还有面前冰冷的金属屏障，她可以触摸纳米机器人。如果蜂群可以对她做那些它们对石墨烯大梁所做的事情……*但我根本不在这里！我感受到的痛苦只是一种幻觉。它们不能伤害我的肉体。这一切都只发生在我脑海里。*然而现在她感受到手和手臂传来阵阵抽痛。她远离蜂群，越来越恐慌，她一直后退，直到碰到身后磁体壁冰冷的金属外壳。她无处可退！

蜂群继续靠近她，就好像它正在考虑如何漂亮地解决这种烦人的存在。

扎克，扎克，把我拉回去！如果他们攻击我的脸，我想我忍受不了这样的痛苦！该死，扎克到底在哪里？

席琳感觉自己好像在经历一场可怕的噩梦，她知道这只是一场梦。不，这更糟糕！全面沉浸式位移的全部意义在于，她现在所感受到的痛苦与肉体所体验到的一样真实。蜂群现在离她的脸庞只有几厘米远。这一刻，席琳知道自己就要死了！她闭上眼睛等待死亡。

啊！来了！寒冷直击她的内心。她吸气，僵住了几秒，她从未感到如此冰冷，但这种感觉很快就消失了。席琳睁开眼，蜂群还在那里，在她面前扭动，但看起来没那么明亮了。起初，她不明白，它看起来好像正在蒸发。然后，忽地，毫无预警地，整个蜂群消失了。席琳几乎不敢呼吸。她等着，想搞清楚刚才亲眼看见的一切。

Mind，刚才发生了什么事？它去哪了？

蜂群被干掉了。席琳·达尔维希的危险已解除。

她周围的蓝光慢慢恢复到正常的 LED 白色光。

她记得 AR 上的显示，数据变了。现在显示的是：

温度：210 开尔文。

她盯着这些字眼，210 开尔文即零下 63 摄氏度，难怪她感到很冷。她大脑中的纳米机器人必须重新调整温度，就像改变光的波长一样。如果蜂群袭击了她，纳米机器人是否也能保护她免受痛苦？席琳不由自主地颤抖。

Mind，请解释。你刚才做的事情和我想的一样吗？你冻结蜂群了吗？怎么这么容易就做到了？请帮助我理解这是怎么一回事。

那令人心安、近乎慈母的声音如是回答。

纳米机器人的生物分子构建基块在 230 开尔文以下的环境中无法发挥作用。8 号磁体设施内的其他所有仪器和电子设备在低至 200 开尔文的环境中依然能够处于最佳运行状态。我会保持这个温度，直到点火启动后。我已经再次运行全面的诊断检查。所有系统和仪器均处于正常运转状态。被破坏的石墨烯大梁将在 12 分钟内完成自我修复。方向偏离的磁体现在也复位了。

我将继续运行。

谢谢你，席琳·达尔维希。这是一次有趣的经历。

然后一阵颠簸，席琳回到了 VR 花园。Mind 跟她说了真心话，然后就这样把她弹出去了。这个转变实在太突然了，以至于有那么一瞬间她感到非常困惑。先前满耳充斥着 8 号磁体内的噪声，她一时无法接受花园突如其来的宁静。几乎全能的 Mind 连同蜂群的威胁一起消失了，她感到一种奇特的孤独感。

扎克，请带我回去。

渐渐地，她开始感受到一种不同的感觉，她感到自己不是站着，而是平躺着。她看到了扎克，他一脸担忧，温柔地帮她拿起头盔，"席琳？席琳。你可回来了。"他的声音听起来很遥远，好像他人在长长隧道的另一端。

席琳知道自己此刻应该微笑，但她突然觉得肚子一阵翻滚。她拼命拉开扎克和自己的距离，吐得很厉害。

她感觉到扎克的手在轻拍自己的肩膀。"扎克，对不起。"席琳说话有点含糊不清，并且不由自主地颤抖着，浑身是汗。她全身上下都疼痛不已，仿佛浑身都是瘀伤，头部突突作痛。

席琳看到了扎克眼中的担忧，但她还没有力气起身，只好倒回椅子上。她看着他，低声咕哝，声音沙哑，"我猜对了，扎克，8 号磁体里有蜂群。它……它……它太可怕了！它本来会摧毁一切！"她浑身颤抖，用手背抹了抹嘴。

看着扎克脸上的恐怖表情，她赶紧接着说："但我觉得现在没问题了。Mind……它跟我说话了，扎克……它干掉了蜂群……点火将照常运行。"

席琳再次挤出一丝微笑，因为她觉得这种场合就应该要笑一笑。她简直不敢相信自己竟然做到了，或者更确切地说，Mind 做到了。她的身子不停地颤抖。

距离点火还有 160 分钟。

45

9月17日星期二13:15　安曼8号磁体现场

在进入锁定状态之后几分钟，助推器大厅的门开了，马克和莎拉被放了出来。他俩说服那两名守卫士兵中的那个年轻人把身后的门锁上，并继续在门外守着。他们试过在迷宫般的大楼里寻找霍根，但是他可以藏身的地方太多了，不过他们确信他无处可逃。

现在停止点火为时已晚，但他们仍然匆匆赶回8号磁体大楼。马克尝试过联系席琳，但她没有回应。

8号磁体大楼里面一团糟。马克不耐烦地说："走吧，我们得找到哈桑"，然后抓起莎拉的手，往控制室跑去。他们从围成一团的科学家、技术人员和官员中挤过去，压根儿没看到安全负责人。马克认出了一位年轻的加速器物理学家，当他从自己身边飞奔而过时，马克拦住了他，"小伙子，停一下。这里到底发生了什么事？"

"我们现在还不确定。没人清楚这是怎么一回事。"他气喘吁吁地说，"Mind 的表现失去了理性。起初里面完全黑掉了，然后温度突然降得比冰柜还低。我们不知道它到底想做什么？"

"Mind 没跟你们说什么吗？"

"不，我们处于锁定状态。我们只能猜测出现了什么问题。"

一切似乎都在崩溃，这是噩梦般的场景。"那么，点火已经终止了吗？"

"不，似乎还在继续。但是有些事情错得很离谱。"突然出现的李强都快哭了。马克不得不得出一个令人沮丧的结论：在经历了一切之后，Mind 又被黑客入侵了。这条路走到尽头了！

李强走到马克身边，"你去了哪里？你听说了吗。刚刚有人下令摧毁欧洲核子研究组织和日本质子加速器研究综合体？"他的眼睛里透露着强烈的恳求，仿佛笃定马克肯定能搞定这一切。"马克，他们说这就是我们现在能做的一切。如果我们不能终止计划，我们只能假设 8 号磁体会失败，这样一来，我们就得在点火之前摧毁那两个暗物质实验室。"

马克直直地盯着李强。如果两个实验室被摧毁，那么 8 束中性微子中的 6 束将会被摧毁。是的，这样一来，他们就可以避免直接的灾难，但这将标志着奥丁项目的结束。马克正转身看向莎拉时，他的手环响了。是席琳！此刻他真的没心情和这位年轻的黑客说话，但是她的声音很急迫，吸引了他全部的注意力。她气喘吁吁地描述了自己和 Mind 所经历的一切。

"席琳，坚持住！我需要你就此打住，不再位移。我打算让你和所有人连线。他们需要听到你所掌握的消息。"他用力按了一下手环，让她和主控制室网络连线。席琳的脸突然出现在控制室和观景廊的屏幕上。与此同时好多屏幕上都出现了，这位年轻的伊朗女孩一边喘气，一边讲述了她的经历。马克身旁的莎拉张大嘴巴，"噢，天啊！"然后用双手捂住嘴。因为席琳身边年轻的FBI网络安全官员证明了她所说的一切属实，因此众人的怀疑很快就转变成惊诧与敬畏。

席琳对自己的经历感到很茫然。她的双眼黑了一圈，平时的橄榄色肌肤此刻看起来苍白而有点病态。但是就在那一刻，至少在马克看来，她是世界上最美丽的女孩。看起来她好像单枪匹马就让地球上所有生命免遭破坏。

一种放松和兴奋的氛围在8号磁体大楼内迅速蔓延开。马克认为，一旦这些惊人的新发现被广而告之，那么摧毁这两个实验室的命令肯定会被撤回。

哈桑将军突然现身，把马克从遐想中拉回现实，哈桑把他与莎拉叫到一旁。

"考虑到这是非常特殊的时期，所以关于早先发生的事情，我就不向二位道歉了。"

将军看起来并不后悔，马克冷静地观察他。他现在愿意听他们的话吗？

将军继续说："我承认，我不像先前说的那样'完全控制了局势'。你们那位华盛顿的朋友做了一些我不太明白的事情，但我这边的科学家告诉我，她的行为虽然愚蠢，却很勇敢，而且可能真的刚好拯救了奥丁项目。"

"那么，是否有人下令撤回导弹，不再摧毁欧洲核子研究组织和日本质子加速器研究综合体?"马克看了一眼莎拉。

"还没。那么做真是太蠢了!但是,世界各地所有实验室都只看到了华盛顿发来的惊人信息。所以,我们可以这么说,手指不用时刻再漂浮在按钮上了。"他扑哧一声笑了,马克认为他这是在自我解嘲。

"很好。因为梅特林博士要告诉您一些事。"

马克向莎拉点点头,留下莎拉和将军单独说话,随后莎拉快速让将军了解她从霍根那里得知的一切。将军看了一眼时间:15:05,倒计时40分钟。马克转身回到似乎正在发呆的李强身边。

"小老弟,你怎么样?"他问道。

"我也不知道。我想我没办法再应对更多问题了。不管怎么说,你自己看起来糟透了。"

"谢谢提醒。"马克咕哝一声,"咱俩能不能理一理我们所知道的事情?"李强点点头,"好……那么,据我们所知,蜂群并没有造成任何不可挽回的破坏,对吧?"

"但还有没有什么途径或者其他东西可能会干扰到 Mind 本身?"李强的声音和表情表明他现在还是很不安。

"对此我表示怀疑。我认为我们现在只能相信 Mind 了。"

"那么,跟我说说,为什么我依然烦恼不已,我们漏了什么?"

就在这时,莎拉轻轻拍了马克的肩膀。马克转向她。

"将军已经派遣安全小组到助推器大厅寻找霍根。"莎拉一脸严肃,但也松了一口气。

将军点点头,"如果他在那里,我们会找到他的。我们必须从他那里得到一些答案，而且我们没什么时间了。现在，不好意思，你们不介意我先去忙吧？"

莎拉说："马克，席琳想和你联系，还有强。她那边没法再做些什么了，但我们可以借助她的大脑。"

"没问题。"马克说。其他人现在似乎都认为点火会很顺利。一枚炸弹被拆除了，蜂群被干掉了。那么，为什么他还是感到心神不宁？李强和莎拉似乎和他一样焦虑，但这无济于事。

席琳的说话声突然在马克耳边响起。她差不多恢复到正常状态了。"马克，虽然我肯定会竭尽全力来帮忙，但我真的认为你和强最能搞清楚可能还存在什么问题。当然，我希望不存在任何问题。不过，你俩比任何人都更了解科学。"马克看着李强，他想不出自己还能派上什么用场。

"也许我说的会有所帮助。"莎拉皱起眉头，"当霍根认为我已经中计了，他很自豪，说这是非常简单的事，很容易被忽视。听起来他指的不是纳米蜂群。但如果不是，那他到底是什么意思？"

马克慢慢摇头，"Mind 应该能够检查每个微小的组件，如果发现任何错误，它要么会纠正错误，要么会终止点火。"

"但万一蜂群真的成功了呢？"李强突然想到。

马克和莎拉看着他，莎拉顺着他的思维逻辑说完，"天啊。你的意思是，当它攻击并切穿石墨烯大梁的时候，那只是为了转移注意力？让我们误以为它在执行计划之前已经被抓住了——"

"——事实上，它已经造成了原本想要造成的伤害。"李强说。

他们这会儿充分领悟了李强所暗示的严重性和关联性，就在这时，一阵突来的骚动转移了他们的注意力。几名士兵押着参议员彼得·霍根走了进来。他的脸上和衬衫前面的血迹都干了。他看来好像没有拒绝被捕。

哈桑将军转过身来对他的手下大喊："带他离开这里！立刻！"

其中一名士兵脱口而出，"但是，长官，你说要尽快把他带到你身边——"

"狗东西！现在！把他带到我的办公室！"话音刚落，哈桑就从他们身后走出来，离开控制室。

当霍根被带走时的时候，他往后挣扎了一下，转身看着马克和莎拉，冲着他俩眨了眨眼。

他知道他们很担心吗？他知道他们干掉了纳米蜂群吗？如果真是这样，那他还有别的阴谋吗——简单至极，以致没人想得到的阴谋？

天啊！他真的好累！马克揉了揉眼睛，看了看其他人。他不是实验主义者，他打交道的是方程式和计算机代码行，而不是真正的磁体和电子仪器。但是他的交谈对象可是席琳，"席琳，你能听到刚才说的一切吗？你说过你首先通过聚焦磁体看到了蜂群，就在中性微子束消失的垂直轴上方。有什么可能会——？"

然后马克想通了！"当然。活动遮板！我们需要检查活动遮板！"他大喊。李强和莎拉以及房间里许多技术人员只是愣愣地盯着他看。

"你的意思是什么？"李强说，"活动遮板怎么了？"

"想一想，可能出错的最简单组件是什么？我的意思是，如果没有打开活动遮板开关，从而关掉超导磁铁的电力，活动遮板本来不是要挡住中性微子束的路径吗？"

太阳坠落

"但为什么中性微子束的路径需要被挡住？"莎拉脱口问，"这说不通啊，马克。"

但马克听不进去了。当他环顾控制室的时候，他能感觉到肾上腺素开始飙升。"马赫人在哪里？我得见见马赫。"他匆匆找了坐在终端工作台的一名年轻女子，她是离自己最近的8号磁体技术人员。"马赫人在哪里？"

"谁？"她脱口而出，看起来很紧张。

"当然是该死的马赫·海达尔！你的上司！他妈的加速器总工程师。他人在哪里？！"

"哦，我……我——"

"没关系。我会找到他的。"马克知道自己应该停下来解释刚才的失态，但现在的时间太宝贵了！他根本没工夫去解释。

"你俩待在那里别走！"他冲出控制室，回过头冲莎拉和李强大喊，"我马上回来！"

他跑下金属台阶来到底层，奥丁项目的总工程师正在一扇巨大的钢质门旁与几位技术人员交谈，这些钢质门将8号磁体大厅的内部与外界隔开。

"马赫！"马克大喊。那个男人抬起头，满脸担忧。

"怎么了，布鲁克纳教授？你看起来像是看见了镇尼[《古兰经》中经常提到的"镇尼"（Jinn 或 Jinnat），大约出现39次，并被用作第七十二章章名。—— 译者注]？"

"聚焦磁体上的活动遮板，"马克开始说，"你跟我说过这是整个设施里最简单也最重要的部分，对吗？"

"没错，是的。"工程师笑了，"如果当带电微子脉冲到达四极杆时那个活动遮板关了，那么带电微子脉冲就会被它完全挡住。"他顿了一下，眉头紧蹙，"您为什么要问这个？"

"而且如果它关上了，你会知道，对吧？"

马赫·海达尔，这个为中东同步加速器光源实验科学与应用中心和8号磁体所取得的成就感到十分骄傲的人，他看着马克，好像眼前这个男人已经失去了理智。"但是它肯定是开着的。我们确保它开着，Mind也会这样做。"

"是的，是的，但现在有办法再检查一下吗？"

马赫看上去很困惑，然后稍微放松了一点。"教授，我们得担心所有事情，但请相信我，聚焦磁体活动遮板不是我们应该担心的。即使它不知为何原因再次关闭——比如沙漠突然刮起一阵风，这是易卜劣斯施的一些奸诈的精灵诡计——然后这会引发警告，而且 Mind 会知道这件事。"

马克眼角的余光注意到刚才一直在说话的那两位工程师摇了摇头，好像当他是个傻瓜。他无视他们对自己的误解。

"该死！如果我说错了，你就告诉我——"他停下来，理清思绪。他必须搞定这件事。现在不能出任何差错。"8号磁体设施内的数千个组件中每一个都含有许多仪器和传感器，而且会一直进行监测和校准以确保一切运行顺畅，并实时警告 Mind 任何异常的出现，对吗？"

"没错。"

太阳坠落

"所有组件都可以，除了四极磁体正下方中性微子束的活动遮板，那个组件依赖的是旧技术。几天前我们还开玩笑说可以手动操作它。因为它具备一项安全措施，也就是允许人为干预。"

"这也没错，教授。我不明白哪里——"

"那么 Mind 怎么能知道活动遮板是开着还是关着？"

"这个嘛，有个传感器会告诉它——"

"——但只有一个传感器，对吧？不同于 8 号磁体内其他所有的组件。"

"是的，只有一个。我们内置了冗余组件，但在某些情况下，这真的没有必要。"

马克抓住这个约旦工程师的肩膀，"如果这个传感器被损坏了怎么办——假设它的电子器件已经被炸毁了，那么 Mind 还是会以为它是开着的，而实际上它是关着的，对吗？"

马赫盯着他，愣住了，沉默了几秒，然后他低头看着手里拿着的平板并轻拍了一下。他一边拍着平板，一边说："磁体外壳内有一个直接指向活动遮板的摄像头，目前还没使用。这个摄像头没有与 Mind 控制的主网络相关联，我可以远程打开它。"

突然，马赫发出一声惊恐的呜咽，抬头看着马克，并把平板转向他，让他看屏幕。马克打了个寒战，活动遮板关闭了！它就在入口的地方，是一个 10 厘米厚的盘状物，直径有餐盘那么大，带电微子几分钟后会从这里通过。

他抬头看着马赫，"有没有办法可以进入 8 号磁体内部手动打开那个活动遮板？"

马赫一脸呆滞，他完全惊呆了。"马赫！"马克喊道、"请告诉我！"

他的眼睛重新聚焦，"是的，有一种方法。但用这个方法……等于自杀。"

马克看了一眼时间——距离点火还有 5 分钟，"要去哪里？怎么做？该死的，告诉我！"

马赫的眼里蓄满泪水。他点了点头，声音很小，"跟我来。"他的同事好像忘了他俩在做什么，他转过身和马克一起迅速走开。

"在大楼另一侧有个办法，很少有人知道，Mind 肯定也不知道。那里没有传感器，入口完全由非智能基础材料建成，处于完全离网的状态。"

他们绕过大楼，马克理顺了自己所知道的一切。如果活动遮板关闭，那么所有的带电微子将在转变为中性微子之前被挡住，当其他 7 束中性微子汇聚，8 号磁体将无法发挥作用提供地核所需的精确平衡。就是这么一回事！他低声咒骂。经过这几个月的呕心沥血，他真的无法相信问题就这样出现了！这是每个人都在努力避免的噩梦。他们不得不打开那个活动遮板，但他们只剩不到 5 分钟的时间。两人现在到了一个安静的走廊里，走廊围绕着混凝土屏蔽圆屋顶，那些巨大的弯曲磁体就在这个圆顶内部。在 8 号磁体的另一端，马赫停在一扇不起眼的灰色金属大门边上，盯着大门看了一会儿，仿佛忘了自己为何会出现在这里。

"马赫，现在请你把门打开！"

马赫转向他，满脸绝望的悲伤，"但是，布鲁克纳教授，打开这扇门也无济于事。我们没有时间发送一个机器人到那里。即使我们这样做了，Mind 也不会让它走很远。"

马克顿了一下，深吸一口气。"我知道，"他说，"我们不发送机器人。我要进去。现在，快！打开这扇该死的门！"

"教授，距离点火只有 4 分钟。您没时间了。如果您在中性微子束到达时出现在那里……辐射爆发……而且，里面现在是零下 60°。您没法在里面待上 4 分钟，如果没有合适的……"

马克叹了口气，"开门吧，马赫。我们还有其他选择吗？"

马赫肯定已经感受到马克的坚定意志，于是转过身，在门边的一个小键盘上输入了几位数，点击打开。马克从他身旁挤过去。

马克狂奔，他穿过一条狭窄的小巷，这条小巷蜿蜒曲折，在混凝土屏蔽墙之间绕来绕去，他头顶上方的这些屏障墙就像光滑的白色悬崖。他越往里走越觉得冷，冷得他的胸部开始发疼，所以他慢慢呼吸。他突然想起自己还没打电话给艾维，该死！她肯定会很生气，现在他再次让宝贝女儿失望了。他想到了莎拉和李强，他认为他俩在控制室里没法看到他。这也好。他知道自己必须这么做，这是唯一的办法。奥丁项目是他最大的成就，他现在还没做好接受项目失败的准备，更何况此刻距离成功就一步之遥。先前的恐慌和压力似乎消失了，拯救地球的使命在召唤他！

马克出现在空旷的大房间里，巨大的磁体阵列高高在上，它们的超导线圈嗡嗡作响，就连他的骨头都能感受到一种低沉的单调声音。前方，在大厅的正中央，是悬挂在钻孔上方的四极磁体，如果一切正常，暗物质束将通过这个孔射到地球的核心。

马克匆匆走向四极磁体，他的走路声在圆屋顶周围回响，他停下了脚步。——是 Mind 在说话，它听起来像是上帝。

马克·布鲁克纳，你不应该出现在这里。我不能让你破坏运行。

虽然他一直在期待着 Mind 发话，而且他知道这只不过是人工智能发出的合成声音，但这道声音仍让他充满了敬畏。不过，他不能让这声音分散自己的注意力。他一边跑，一边大喊："你听我说，我一直在跟席琳·达尔维希对话。你干掉的蜂群已经破坏了运行。四极磁体上的活动遮板已经关上了。"

不可能。我的诊断系统会提醒我。

他停了一下。感觉喉咙仿佛被砂纸硬生生卡住了。中央大厅的入口在哪里？他抬头看，"活动遮板的传感器被蜂群摧毁了，你不能依赖它发送的消息，你必须用不同的方法来检查。我的意思是，你是一个该死的 Mind。"

寒意已经渗透到了他的心脏，他每呼吸一次都像是有一把锋利的刀往胸口狠狠划一道口子。

有那么一瞬间的安静，Mind 回应了。

你是对的。活动遮板关着，我无法打开它。

"那就终止运行。立刻。"

我可以终止，但有风险。

"啊，天啊！为什么？"

现在倒计时 122 秒。此刻所有 3 个加速器的质子束能量都在增加。现在终止点火的唯一办法是关闭其他 7 个活动遮板中的 6 个，挡住中性微子束。

马克努力想搞懂自己听到的话，但寒气似乎渗入了他的大脑，他思考问题的速度变慢了。为什么是 6 个活动遮板？为什么不把 7 个全关了？

啊！因为它们能够承受得住有一束中性微子穿过，因为它可以不受阻挡从地球另一端穿过。

Mind 还在说话。

我刚与其他 Minds 沟通过，它们认为兹事体大，已经确定有一个及以上的 Minds 不同意关闭它们的活动遮板。因为它们估计有 20% 的可能性蜂群已经对我造成了伤害，所以它们无法相信我说话的真实性。

如果 3 个及以上的 Minds 没关闭它们的活动遮板，那么这将导致奥丁项目发生灾难性失败。我计算得出失败概率是 42.32%。

他听不下去了！如果这些人工智能和人类一样该死的毫无理智，那么对它们委以重任的意义何在！如果他现在离开，Mind 会下令关闭其他活动遮板。42% 的灾难性失败概率实在太高了！想想都很可怕！

他妈的，那么，就这样吧。我必须手动打开活动遮板。

希望 Mind 能够理解他即将要做的事情，马克·布鲁克纳冲向四极套管，寻找进到里面去的办法。他现在不可抑制地颤抖着，呼出了一团又一团白色气体。在那里！就在两个 3 米高的金属塔之间的间隙里，那里满满都是电子仪器。他从金属塔中间挤过去，就在那里！磁体就在那个舱室里，没有运行的时候那里的空间大到足够容纳一个人，但现在那里处于高真空状态！

活动遮板就在里面的某个地方。

舱室侧壁上的小舷窗已经结霜，这意味着他看不到里面。

他还剩多少时间？他的 AR 镜片已经结冰了，现在已经用不了。他知道肯定没多少时间了。

一切都覆盖上了一层白霜。一开始，他不知道从哪里入手，但随后，众神仿佛终于开始同情他，他看到了一个杠杆：一个很棒的老式杠杆。通过杠杆下面的霜刚好可以看到金属面板边缘。他用袖子把面板擦干净，然后他看到了自己正在寻找的东西。鲜红的大字跃然眼前：**活动遮板手动操控。**

当然，像中性微子束活动遮板这么重要的东西肯定会有一个机械杠杆供操作员在施工和测试过程中进行控制。他双手抓住金属棒，极度冰冷金属棒让他的手掌和手指疼得厉害，这种灼热疼痛的感觉迅速蔓延到他的双臂。他尝试把杠杆往下拉，但它一动不动。他意识到自己的双手现在已经被冻结，黏在杠杆上了。他笑了！他不太确定为什么会笑，但脑中冒出了一个奇怪的想法：我是我的实验之一，我现在是奥丁项目的一部分。他知道自己越来越虚弱，他的呼吸变浅了。现在是不是体温过低？也许吧。他想到了艾维，他好像看见她了。她劝他不要这么蠢，不要冒这么大的风险！但是艾维、莎拉和李强以及其他所有他认识的人，无论如何，他们永远也不会来到他身边，无法知道他尽力过了。认识到这点之后，一种全新的紧迫感油然而生。

他把全身的重量都放在杠杆上，毫无预警地，杠杆向下旋转。

他成功了吗？他及时打开活动遮板了吗？

他千方百计地想办法想把手从杠杆上拿下来，皮肤被撕下了好几层，但手还是在上面。内心深处有道声音在告诉他，在这里待着并不是个好主意。但他现在很困倦，似乎不觉得那么冷了。另一个磁体的 Mind 也说了些什么，但他不想再听了。

他的视线模糊不清，他想用那双被毁掉的手揉揉眼睛。

他的肺已被冻伤，他的浅浅的呼吸不再在眼前生成白雾。他的大脑沉重，思考速度缓慢。他想忆起自己正在这里做什么，然后大脑深处仅存的一丝自我意识让他想起来了。他成功了！他已经清除了通往地球核心路径上的障碍。射穿吧，中性微子小家伙们。我已经为你们打开了大门。一想到这，他那冰冻的嘴唇开始露出了一丝笑容，他感到一阵轻微的刺痛感，然后嘴里有一股酸味。很快地，这些感觉都消失了。

有那么一瞬间，他是清醒的。毕竟他及时打开了活动遮板。暗物质的脉冲刚通过 8 号磁体并且一直往下射到地球核心，留下了一阵高能 X 射线，善良的家伙马克·布鲁克纳刚刚接受了 52 希致命的辐射剂量，相当于被 CT 扫描了数千次。

他的双腿没法再继续支撑他的身子，他缓缓地倒在地上。脑海中浮现出一首老歌的歌词：Que será, será。他开始无声地哼唱。

艾维，很抱歉。爸爸非常非常爱你！

然后……没有然后了。

46

9 月 17 日星期二 15:47　安曼 8 号磁体现场

所有人都在奔跑。一旦点火了，Mind 就会提高 8 号磁体内的温度并终止锁定状态。莎拉比李强提前几步来到马克身边，8 号磁体首席工程师马赫·海达尔一直在她身边，不断地跟她说布鲁克纳教授是如何拯救世界的，但莎拉并不需要告知发生了什么事情，她所知道的只是马克在点火期间一直待在里面。

她把两个最早到达现场的护理人员机器人推到一旁，跪在躺在地上的马克身旁，轻轻地抬起他的头，放在自己的膝盖上，抱住。

他的眼皮缓缓睁开，抬头看着她，"莎拉？对不起，我看不太清楚。"他嘶哑地低语。

她不知道该说什么，泪水止不住地顺着脸颊一直流下来。

"活动遮板关上了，莎拉。我得把它打开。"他的声音现在非常微弱，她不得不弯腰听他说话。

"我知道。你做了一件非常勇敢的事！蠢毙了，但很勇敢！"她没必要告诉他，他刚才受到了致命剂量的辐射。

现在他的呼吸很浅，浑身无法控制地颤抖。

她低头看着他备受践踏的手，手上的皮肤变成了长长的红色碎屑。当她抚摸着他的头，感受到了他身上散发出的寒气。

"莎拉，你听说了其他设施的情况吗？它们都在运行吗？"

"我想我们很快就会收到消息。"她对他微笑。如果8束中性微子中的任何一束出现故障或错过了中心碰撞点，那么地球表面任何地方都会出现地震波，如果这真的发生了，卫星就会即刻汇报。也许此刻只属于相互深爱的人，紧紧握住彼此的手一起等待命运。她现在所能做的就是和马克在一起，把他抱在怀里，跟他说说话，安慰他。

马克虚弱地回以一笑，"我猜未来几年内他们会竖起我们的雕像。你一定要确保我的雕像体积庞大，好吗？"

莎拉泪流满面地笑了，"我保证你的雕像会很宏伟。毕竟，它得配得上你的雄心壮志。"

她认为自己应该继续跟马克说话，但不确定他是否还在听。他似乎时而清醒，时而昏迷。

她不清楚时间流逝的情况，她想关心奥丁项目是否成功了，但她无法获知消息。如果他们失败了，那么一切就会在几分钟内结束。在这最后一刻她就应该这样和马克紧紧拥抱在一起。

就在这时，莎拉感受到周围气氛高涨，大伙儿都兴高采烈的。掌声雷动，欢呼声四起。她能大胆地假设奥丁项目成功了吗？听起来好像没有失败——不是彼得·霍根计划的那样。她加大力气抱住马克，她意识到自己已经深深地爱上了他，"嘿，马克·布鲁克纳教授。你成功了！我们成功了！我觉得奥丁项目就快成功了！"

马克的眼皮颤了一下，"啊，希望如此……请确保大部分功劳都是强的……你也知道，他一直是我俩当中比较聪明的那个。如果项目失败了……也怪强，这是他的蠢主意。"他呼出了一口气，慢慢地闭上双眼。他不再打寒战了。

她以为他又昏迷了，但他用非常小的声音在说话，小到她几乎听不到，"还有莎拉……嗯，谢谢。谢谢你……让我成为这样的男人……我从未……从未想过。"

这是他最后说的话。

47

11 月 22 日星期五　英国南海

莎拉的双脚踩着海滨砂石，嘎吱作响。南海海滩空无一人，她很惊讶，毕竟今天英国南海岸的天气很好。虽然空气中弥漫着阵阵寒意，她穿了件厚夹克，但阳光明媚，天空湛蓝。莎拉望向大海，眺望着索伦特海峡的另一端，相比平时，此刻的怀特岛似乎离自己更近。一般说来，她没法透过雾气和海雾看清岛上绿树成荫的山丘，但是今天，她却看到了海滨建筑的玻璃窗，在午后阳光的照耀下闪闪发亮。

莎拉还是非常失落，虽然现在的日子比以前惬意多了。马克离开一段时间了，比他在世的时候被她爱着的时间还长。想一想，这难道不是很奇怪吗？她也这么想过，是不是因为他们是在特殊环境中爱上彼此，所以她对他的感情被强化了？不仅因为他们肩负重任，还因为他们在一起的时间可能很少。至少最后一点是真的。她也想知道自己现在是愧疚——多亏了他，她和世界上其他人才能幸存——还是感激，感谢他的无私献身？

不，她内心的极度空虚是真实的！

是的，生活越来越轻松。现在，她沿着南海海滩散步，却泣不成声。

马克以前一直哼着一首特别的歌，唱得她都快疯了。马克唱的是他自己最喜欢的美国摇滚杀手乐团（the Killers）的"明朗先生（Mr Brightside）"。所以，每天她沿着海滩散步时，她一遍又一遍地大声播放这首歌，泪如雨下。父母当然一直都很支持她，但她还是更想自己独处，甚至想离开这边海滩，她感受不到许多人正在拼命追求的希望。

自点火后已经过了两个月，世界已经习惯了这样的现实：哪怕净化者带来的直接威胁现在已经消失了，但世界还是必须处理人类面临的老问题。虽然存在很多假象，比如许多人声称他们察觉到磁场增强了，但官方认为这些只是点火之前曾经存在的孤立的残留部门。即消失的磁场不会在全球范围内均匀地失去磁力，只不过有一些地方的磁力存在的时间会比较长。

事实是，没有人知道一个行星大小的去纤颤器——实质上是奥丁项目——是如何在现实中发挥了作用；需要多长时间才能使暗物质碰撞所产生的能量将铁水、镍核的混乱湍流漩涡变成规律流动，从而可以再次启动和维持磁场。但毫无疑问，人们普遍希望，最黑暗的日子可能已经结束了。

莎拉离开了海滩，走到人行道，这条道路围绕着南海城堡面向大海的城垛。这座为亨利八世建造的 16 世纪炮兵堡垒给人一种永恒和怀旧的鲜明印象。她还记得与弟弟在这里一起度过的漫长夏日，她跑赢了弟弟，最先爬上城堡，跨坐在门外的一枚大炮上，这些大炮现在已经成了装饰品。

在点火之后的几个星期，她对身边的一切只感到麻木。回到英格兰后，她多次成功避开了媒体的关注。她在法庭上的证词和她与霍根的对话内容被公开后，她坚持不被打扰，远离媒体聚光灯。因为有很多人迫切希望听到她讲述自己的故事，所以她很高兴身边有人保护她，让她免受媒体的狂热追踪。

她做过的最艰难的事就是前往纽约与艾维、夏洛特见面。在艾维的要求下，她们在布莱恩公园碰面，艾维想知道父亲所做的每个细节，以及他不得不献身的原因。

一开始的时候，夏洛特也在场，感觉有点尴尬。后来夏洛特说她要离开一会儿，让她和艾维独处，莎拉对此很感激。她们坐在公园的长椅上聊天，过了一会儿，没话可聊了，于是她们就手牵着手，静静地坐着。

在纽约的时候莎拉也遇到了李强。在回中国之前，他一直在向联合国提供证据。他说，尽管没有任何迹象表明奥丁项目已成功完成任务，但他被国人誉为凯旋的英雄。

莎拉已经好几个星期没有席琳的消息，但这位年轻女子的成熟稳重还是给她留下了深刻的印象。尽管有了媒体关注和待遇丰厚的工作机会，但这位伊朗黑客只想回家找父母并完成学业。

在过去的几周里，有关磁场强化的报道似乎越来越多，不过莎拉不予理睬。如果她愿意，她可以轻易地从数百次测量和模拟中检查磁层的整体状态，但这不是她想要的方式。

而过去六个星期的每一天，莎拉风雨无阻，每天都出来沿着滨海区散步，每天她都会停在同一个地方，就在黑白条纹灯塔下面的南海城堡底部，然后掏出爷爷送她的礼物，一个小指南针。八岁那年，爷爷把这个指南针送给了她。爷孙俩就站在这个地方，爷爷向她展示了指针是如何指向北方的：远离水面，经过灯塔，穿越公共区域，指向朴次茅斯市。

　　今天，她和往常一样停下来，把手伸进口袋，拿出指南针。这些日子她心不在焉地重复这些动作，仅仅将指南针平放在手掌上本身已经成为一种仪式。她会看着针头漫无目的地旋转几秒后，再把指南针放回口袋，从不敢让自己真正相信磁场磁极已经完成反转。然而，今天，这个长期被遗忘的小指南针上的某个信息却拉回了她的视线。她用拇指和食指扭转并摇晃指南针，玻璃壳下的磁针不再自由摆动。相反，它已经很久不是这种状态了！它一动不动，指向索伦特，不像之前那样是正北，而是正南！地球磁场的磁极已经完成翻转，磁场已经恢复了足够的强度来控制并校准微小的磁针。

　　杀手乐队的歌曲在她耳边响起，命运呼唤明朗先生睁开他那双渴望的双眼。

　　她感到熟悉而温热的泪水顺着脸颊滚落，但这次流下的不只是悲伤。她望向大海，然后看看指南针，担心这一切就可能会消失，就像全息投影一样。

　　磁针不晃不动。这是她见过的最美好的事情。

暗物质技术说明

奥丁项目的核心前提是暗物质的行为，但这从科学角度来说有多精准？好吧，让我跟大家说明两件事。首先，暗物质是真实存在的。星系主要就是由暗物质组成。事实上，宇宙中存在的暗物质数量是普通物质的五倍。问题是，截至 2018 年 12 月写稿时，我们仍然不知道暗物质是由什么构成的，目前我们对它们也是一无所知。物理学家将暗物质称为"非重子物质"。我们知道暗物质受牵引的是重力而不是电磁力，这使得它能够通过普通物质，就好像它不存在一样。其次，确实存在这样一种情况：暗物质的候选粒子之一是中性微子，是一种由超对称所预测的假想粒子。我在《太阳坠落》一书中用到了中性微子，对此我唯一的担忧是在本书出版之前它被发现了，或者更糟糕的是，它被一些新的实验结果完全排除在外，而另一个被发现的粒子才是暗物质的真正组成部分。但是，到目前为止，情况还是很乐观，中性微子仍可能是暗物质的组成粒子。

至于暗物质束的自相互作用，目前就我们所知，这一点是正确的。然而，我在这里有点自由发挥，因为暗物质的自相互作用可能非常弱，否则我们就可以在天文学中看到相关的证据。

但如果这些暗物质束在碰撞的时候发生了剧烈的反应，产生了强大的能量……

还有一件事：将重中性微子衰变成带电微子，然后又重新变回轻中性微子（弯曲磁铁发挥作用需要的物质）。嗯，这没有错，只是我描述得过于简单了。世界各地的理论物理学家目前正致力于预测类数学模型，这些模型的技术名称有：受限最小超对称模型（英语：cMSSM）、ΛCDM 模型（英语：ΛCDM Model 或 Lambda-CDM Model），后者是所谓含宇宙学常数的 Λ - 冷暗物质（Cold Dark Matter）模型的简称。好吧，你们确实问过这些问题！什么？你们没问过？哦，那好吧，是我糊涂了。

致 谢

哈，这是一次大冒险！过去三年，每当我有足够的闲暇时间，比如这里一天、那里一个周末、夜晚或长途旅行，我都会沉浸在自己所创造的激动人心的虚幻世界里。放下我所熟悉的充实的现实生活，学术教学和研究、广播以及非小说创作，我会把自己关在南海家中的书房里，挣脱必须了解现实世界的决定论枷锁，然后在另一个世界里翱翔。在那个世界里我必须扮演上帝，可以决定众人的命运。

嘿，别误解了。我的意思是：想象力和创造力对于我所从事的科学研究和故事叙述而言一样重要。每当我坐下来让自己进入到自己所构建的新现实中时，并不是说我就一定要切换大脑思维。好吧，就是这样，我不太习惯这样放飞自我。

作为一名学术科学家，事实和数学原理、描述自然界中的某些方面或机制的理论与假设，根据经验数据和观察进行测试与检验，上述这些一直都让我感到很轻松自在。我还是一名讲解员：过去二十年，我努力通过广播和非小说写作尽可能地传达并描述我对物理世界本质和运转的了解。

那么，话说回来，虚构小说？真的吗？我可以吗？我会不会因为玷污牛顿、达尔文和法拉第的名声而被踢出伦敦皇家学会？以后我的学生还会相信我所说的一切吗？

啊，就让这些烦恼下地狱吧。我发现写小说和科学研究一样令人兴奋不已！通过让自己摆脱描述世界"现状"的束缚，我可以不落俗套地走进一个"充满可能"的世界。顺便提一下，这个"充满可能"的世界没有违背任何物理定律——我永远不会让自己创造出垃圾科学——而且在不远的将来，这很可能就是我们所生活的现实世界。确实，《太阳坠落》描述的就是我们的世界。当然，这些都是我的推测——书里书外，我已经把我们目前所知道的推到现有科学舒适区域以外一点点——但我认为我依然可以坦荡荡地直视我的太阳物理学、粒子物理学、暗物质学、计算机科学和纳米技术（这是一个很长的名单）的同事们，而且我要感谢那些向我保证书中所描述的一切完全合乎情理的人。我也很感谢近200名杰出的科学家和工程师，在过去七年里，我有幸参与制作英国广播公司电台节目《生命科学》（*The Life Scientific*），因而有幸与他们结识。虽然他们没有让我成为一个博学者——我的大脑无法储存我所获得的所有信息——但当下他们已经拓展了我的视野，让我看到了许多不同领域的大量的激动人心的科学，我尽可能多地在书中体现这些信息。

至于我小说写作技能的飞跃，原本我以为只需要掌握游泳池潜水炸弹般的沉着和微妙之处。事实证明，除了讲故事之外，写小说还需要更多的技巧。因此，我首先要感谢环球出版社（Transworld）的编辑西蒙·泰勒（Simon Taylor），感谢他对我的耐心引导、建议和指导。当我开始撰写这本书的时候，我向西蒙坦言自己从来没有参加过基本的创造性写作课程。他向我保证，他已经卷起袖子准备全程指导我。他说到做到！所以，谢谢你，西蒙！我敢肯定，在多次改稿的过程中，你所有的批注和评论都不断地打磨了《太阳坠落》，让它很接近最终出版的版本。

一如既往，正如过去近二十年来我们合作时我反复做的那样，我要感谢我的文学经纪人帕特里克·沃尔什（Patrick Walsh）。帕特里克旗下的许多作者都可以作证，他不仅仅是一名经纪人，他对这部小说的鼓励、建议、评论和修改意味着我实际上得到了两位优秀编辑的指导。

感谢卡劳特·凡·维基克(Charlotte van Wijk)和朱莉·克里斯普（Julie Crisp），他们仔细阅读了早期的草稿，并提出了许多精彩的建议，这些建议让故事线更精彩，情节更紧凑。

在阅读早期手稿并提出建议和意见的朋友和同事中，我还要特别感谢两个人：理查德·密灵顿(Richard Millington)和马克·理查森（Mark Richardson）。感谢二位纵容我沉浸其中，希望你们喜欢阅读最终出版的作品。我还要感谢萨里大学的两位同事，谢谢贾斯汀·里德（Justin Read）对暗物质的建议，谢谢艾伦·伍德沃德（Alan Woodward）在网络安全方面给予的经验与智慧。

感谢伊丽莎白·多布森（Elizabeth Dobson），她是一位出色又细心的编辑，她所有的修正和建议，让情节更加紧凑流畅，前后具有连贯性。我还要感谢环球出版社负责编辑和校对本书的维安·汤普森（Vivien Thompson）。

感谢这些我认识的人：朋友、同事和家人。同时我也希望他们能够原谅我，原谅我用了他们的名字、身份和性格特征。要特别感谢我的姐姐希琳·艾尔·哈利利（Shireen Al-Khalili），我在书中真的只借用了你的名字，没涉及其他的；还有我的太阳物理学家朋友露茜·格林（Lucie Green），我的前博士后、粒子物理学家赵强，欧洲核子研究组织的主任法比奥拉·吉亚诺蒂。

最后，当然，我要感谢我的妻子朱莉！感谢她一如既往地陪在我身边，稳定我的情绪。她那冷静、有条理的大脑拯救了我的混乱与浮躁。每当我被问及怎么有办法把撰写小说列入我的日程表，我总是说，这可得感谢我的妻子朱莉，感谢她让我的生活保持秩序和理智；感谢她的利索，帮我把不同的事情拼凑在一起——她一直都很擅长玩拼图。

太阳坠落

图书在版编目（ＣＩＰ）数据

太阳坠落 / （英）吉姆·艾尔-哈利利著 ； 吕雅鑫译. — 长沙 ： 湖南科学技术出版社，2021.12
ISBN 978-7-5710-1221-2

Ⅰ．①太… Ⅱ．①吉… ②吕… Ⅲ．①长篇小说－英国－现代 Ⅳ．①I561.45

中国版本图书馆CIP数据核字(2021)第189414号

Copyright © Jim-Al-Khalili 2019
This edition arranged with PEW Literary Agency Limited
through Andrew Nurnberg Associates International Limited

湖南科学技术出版社获得本书中文简体版中国独家出版发行权。
著作权登记号：18-2021-245

版权所有，侵权必究

TAIYANG ZHUILUO
太阳坠落
著 者：[英]吉姆·艾尔-哈利利
译 者：吕雅鑫
出 版 人：潘晓山
责任编辑：刘 英 李 媛
出版发行：湖南科学技术出版社
社 址：长沙市芙蓉中路一段 416 号泊富国际金融中心
网 址：http://www.hnstp.com
邮购联系：0731-84375808
印 刷：长沙超峰印刷有限公司
（印装质量问题请直接与本厂联系）
厂 址：长沙市宁乡县金洲新区泉洲北路 100 号
邮 编：410600
版 次：2021 年 12 月第 1 版
印 次：2021 年 12 月第 1 次印刷
开 本：880mm×1230mm 1/32
印 张：13.25
字 数：256 千字
书 号：ISBN 978-7-5710-1221-2
定 价：68.00 元

（版权所有·翻印必究）